ORAISON FUNEBRE

DE

LOUIS XVI,

ROI DE FRANCE ET DE NAVARRE,

Prononcée à Saint-Hélier, île de Jersey, le 21 janvier 1794, au Service solennel fait pour l'Anniversaire de sa mort, dans la Chapelle de M. l'Abbé CARRON;

Par un des Ecclésiastiques réfugiés alors dans cette île (Docteur de l'ancienne Faculté de Théologie de Paris, etc.)

A PARIS,

Chez Adrien LE CLERE, Imprimeur de N. S. P. le Pape et de l'Archevêché de Paris, quai des Augustins, n°. 35.

M. DCCC. XIV.

AVERTISSEMENT

DE L'AUTEUR,

ET HISTORIQUE DU DISCOURS

LE Discours que l'on offre aujourd'hui au public a été composé dans l'île de Jersey, il y a plus de vingt ans. On le demanda à l'Auteur à l'occasion du Service anniversaire qu'on vouloit faire pour le Roi Louis XVI. Il y avoit alors dans cette île environ 10 à 12,000 Français, prêtres ou laïques, déportés ou émigrés. Presque toute la noblesse de Bretagne, de Normandie, du Maine, de la Touraine, etc., et presque tout le clergé de ces mêmes provinces ou d'autres limitrophes, y avoient cherché un asile : ils y restoient, espérant toujours que quelque heureux événement alloit mettre fin à leur exil. En 1793, on n'osoit point encore donner de la publicité et quelque solennité au culte, parce qu'on n'avoit pas eu le temps ni la pensée d'arranger des chapelles, dans la confiance d'être bientôt délivrés. On vouloit de plus ménager le peuple du pays, fort attaché à sa religion, qui s'approche plus du calvinisme que celle d'Angleterre, et surtout

1.

nourri, à ce qu'on croyoit, dans beaucoup de pré-
jugés contre la religion catholique. Aller à la messe,
s'appeloit ostensiblement, aller prendre du thé. On
offroit le saint sacrifice, et on y assistoit rarement, très-
secrètement : on n'osoit ni chanter ni prononcer de
Discours devant un auditoire nombreux. Au commencement de 1794, la confiance s'étoit établie entre les
deux peuples : les prêtres catholiques purent se livrer
à leur zèle d'une manière avouée et publique.

Dans ces circonstances, M. l'abbé Carron, de Ren-
nes, déjà fameux par ses talens, sa charité, et ses soins
infatigables, accoutumés à se développer dans les établissemens les plus utiles, eut la pensée de réunir ce
qu'il y avoit de plus distingué dans la colonie, à un
Service solennel pour le Roi. D'après un Sermon que
j'avois déjà prêché dans une chapelle particulière,
on eut la confiance de s'adresser à moi pour une sorte
d'Oraison funèbre, ou au moins quelques paroles de
sentiment et d'édification. Je refusai pendant plusieurs jours, me retranchant sur le défaut de temps,
de mémoires, et surtout de talent. Le clergé insista,
et M. Carron m'envoya tout ce qu'il put trouver de
documens sur cette matière. Je commençai par forme
d'essai, et cet essai devint le Discours que l'on va lire.
Il n'y avoit alors d'autre intérêt plausible à parler devant un auditoire si choisi, et par conséquent si redoutable, que celui de répondre à l'honneur qu'on vou-

loit bien me faire, et de répandre ma douleur sur un
si beau sujet.

Mes espérances de succès étoient bien foibles, vu
que depuis long-temps je m'étois livré à un ministère de charité et d'utilité plutôt que d'éclat. Cependant je suis forcé d'avouer que je réussis au-delà
de mon espoir et surtout de mes prétentions, sans
doute parce que la piété et la sensibilité des auditeurs
suppléerent à la foiblesse de mes paroles. On me re-
demanda ce Discours chez M. de Catuelan, premier
président, chez M. de la Houssaie, président à mortier,
chez M. l'évêque de Bayeux, à Saint-Aubin, seconde
ville de l'île, etc. M. Dupré, docteur d'Oxford, et le
principal ecclésiastique protestant du pays, désira l'entendre dans une de ces chapelles françoises; je n'y mis
point d'obstacles : non-seulement il voulut bien m'accorder son suffrage, mais j'obtins de lui, à cette occasion, une recommandation honorable, qui m'ouvrit
ensuite plusieurs maisons de Londres. Je le débitai
ainsi à Jersey au moins sept à huit fois.

Enfin je pris la résolution d'aller dans la capitale,
pour y chercher, par mon travail, un supplément aux
secours très-nobles, mais nécessairement insuffisans,
que le gouvernement Anglais donnoit à presque tous
les réfugiés Français.

A Londres on me demanda mon Discours pour un
Service qu'on s'étoit d'abord proposé de faire pour

Louis XVI au mois de janvier 1793. Mais Robespierre étoit mort depuis six mois; les Français étoient devenus plus modérés; le gouvernement Anglais sembla entrevoir quelque espérance de rapprochement entre les deux pays : on ne voulut pas au moins y exaspérer les esprits par une démarche qui, nécessairement, devoit faire quelque bruit, ne fut-ce que par son objet. Mon éloge funèbre resta donc caché et bien caché, surtout depuis douze ans que je suis revenu à Paris : on peut s'en rapporter à une prudence nécessitée par l'inquisition soupçonneuse du gouvernement qui vient de s'écrouler.

Aujourd'hui je me décide à le faire imprimer pour adresser mon hommage, quoique bien obscur, au bon Roi que nous recouvrons. Jamais circonstance ne me parut plus favorable. Ce n'est point la recherche d'une vaine gloire qui me conduit; ce motif seroit bien peu digne de l'expérience de mon âge, et de la gravité de mon état. Mais j'avoue que je ne suis pas insensible au plaisir d'alimenter, suivant mes foibles moyens, la religion et le royalisme qui, depuis peu, refleurissent d'une manière si brillante parmi nous. C'est une humble violette que je viens déposer auprès des lis. Bientôt, sans doute, un talent plus élevé s'emparera de ce grand sujet, et j'applaudirai à ses succès avec transport. Je mets donc en avant ce Discours, pour inspirer à un autre le désir d'en faire un meilleur, et surtout plus approfondi. Je le laisse absolument tel que je l'ai composé, il y a vingt ans, ajoutant seulement quelques notes au bas des pages. Ce que je voudrois y changer ne se lieroit jamais bien avec ce que je serois tenté de conserver : je ne pourrois jamais retrouver la même teinte de couleur après un si long temps. D'ailleurs il me paroît convenable que l'on puisse observer ce que nous pensions à Jersey, à cette époque, sur ces objets si intéressans en religion et en droit public. Il faut donc, par la pensée, se transporter dans cette île au milieu de la colonie émigrée, il y a vingt ans : c'est le vrai point de vue dans lequel on doit juger ce Discours. J'espère qu'on n'y apercevra, ni aigreur, ni esprit de vengeance contre les personnes qui nous avoient placés dans cet état malheureux. On n'y doit surtout chercher point d'application au temps présent, trop éloigné alors. C'est seulement le temps de Robespierre et de ses complices qu'on a voulu peindre : et quel honnête homme pourroit jamais en parler sans l'accent de l'indignation !

On a blâmé, à la fin du Discours, quelques réflexions religieuses et morales, que l'on prétendit n'être propres qu'à ce qu'on appelle plus ordinairement un Sermon. Je crois que tout Discours prononcé dans l'Eglise, par un ministre de J. C., doit se rapporter plus ou moins à la morale ; c'est le but ultérieur du prédicateur, même dans les éloges funèbres ; c'est ce qui en fait le plus bel ornement. D'ailleurs ces espèces de reproches paternels ne blessent jamais personne, précisément parce qu'ils s'adressent à tous. C'est un zèle plein de confiance qui les présente, comme c'est une charité, déjà très-avancée dans le bien, qui les reçoit : ainsi que les conseils, on ne les adresse, le plus souvent, qu'à ceux qui en ont le moins de besoin ; et alors ces retours à sa propre conscience ne sont jamais sans quelque douceur, ne fût-ce que parce qu'ils sont toujours un moyen de perfectionnement. Si cela est vrai dans toutes les situations, à plus forte raison l'est-il encore dans le malheur.

ORAISON FUNÈBRE

DE LOUIS XVI,

ROI DE FRANCE ET DE NAVARRE.

Melior est patiens viro forti.
L'homme patient vaut mieux que l'homme fort.
Prov. chap. XVI.

En ce peu de paroles, MES TRÈS-CHERS FRÈRES, l'Esprit saint semble avoir d'avance caractérisé la gloire, propre à très-haut, très-puissant et très-excellent Prince, LOUIS XVI, Roi de France et de Navarre, dont nous venons aujourd'hui demander à Dieu le repos éternel, en offrant pour lui le saint sacrifice. Par cet oracle, il l'a élevé au-dessus de ces hommes qui éblouissent le monde, parce qu'ils savent le soumettre, qui ont ce courage de la force, qui se joue en faisant des malheureux, au lieu du courage de la patience, qui ne sait que supporter ses propres malheurs. Le premier n'est le plus souvent que l'effet de l'orgueil, le second est toujours le fruit de la véritable, de la seule vertu. C'est celui qui distingua LOUIS XVI pendant sa vie, c'est surtout celui qui illustra sa mort.

Sa mort ! quel mot je viens de prononcer ! et quel affreux souvenir il retrace à vos esprits ! Hélas ! un an s'est donc déjà écoulé, depuis qu'a été commis le crime horrible qui déshonorera à jamais la France, qui la dévoue aux vengeances du ciel et de la terre ! Un an s'est écoulé, et le sang répandu de l'homme juste, de l'oint du Seigneur, est encore foulé aux pieds par ses bourreaux. Mille autres crimes ont depuis encore signalé leur rage : l'auguste Épouse a mêlé son sang à celui de son royal Époux, et dans ce nouveau forfait la barbarie a surpassé encore ses premières fureurs. De deux enfans orphelins en si peu de temps, l'un d'eux, le plus jeune !... mon Roi..... ah ! bientôt, peut-être, il oubliera lui-même ce qu'il fut, ce qu'il doit être ; de perfides leçons lui apprendront à bénir.... ceux qui l'ont dépouillé de tout : l'autre, dans l'impuissance d'oublier jamais sa gloire passée, ne s'en ressouviendra que pour mieux sentir l'opprobre auquel elle est livrée ; opprobre où, pour combler ses maux, tout lui rappelle avec horreur les meurtriers d'un père et d'une mère. O Dieu ! jusques à quand laisserez-vous le crime triompher sur une terre qui vous fut autrefois si chère ? Vous le voyez, l'orgueil de ceux qui nous haïssent s'accroît tous les jours, *Superbia eorum qui te oderunt ascendit semper*, (Psaume 73.) et nous, restes infortunés de tant de victimes qui tombent, presque à chaque instant si près de nous, quel sort nous réservez-vous enfin? Nos ennemis pourront-ils encore long-temps nous faire ce reproche impie : Où est donc votre Dieu? (Ps. 78.)

Ah! au moins, accueillis si généreusement chez un peuple humain, nous le voyons, de plus en plus, sensible à nos malheurs : il nous permet d'invoquer votre nom suivant nos lois antiques et sacrées : nous en profitons pour vous adorer, vous prier, vous présenter la victime sainte qui expie les péchés du monde. Nous toucherons enfin, c'est notre plus doux espoir, nous toucherons votre miséricorde. Déjà, il est possible à vos ministres de se faire entendre aux fidèles, de leur parler avec liberté et confiance, quoique sur une terre étrangère. Je viens donc célébrer devant eux quelques-unes des vertus de notre infortuné Monarque. Oui, chrétiens, il est aussi impossible de les taire que de les méconnoître : mais qui pourroit s'arrêter long-temps à vous les peindre? tant elles sont liées avec les plus grandes calamités qui, peut-être, aient jamais été connues sur la terre. Non, je n'en aurai pas la force, et bientôt, sans doute, ma voix, étouffée par la douleur, ira se perdre, se confondre dans vos gémissemens. Je jetterai donc à peine quelques traits rapides sur la vie, sur la mort du plus malheureux, quoique du plus juste des Rois. Je m'efforcerai de remuer vos cœurs; ils vous parleront bien plus éloquemment que tous mes discours. Je chercherai surtout à édifier votre piété : et que de moyens n'en aurai-je pas en vous parlant de Louis ? encouragé surtout par la présence de ce Prélat respectable (1), image d'Athanase, dans son exil, comme il est son digne émule, par sa foi vive, ses mœurs pures, son zèle intrépide. Il a la gloire d'avoir, le premier, dans une grande province, parlé, combattu, souffert pour la cause de notre Dieu et de notre Roi : puisse ce souvenir exciter mon ardeur, et m'inspirer des sentimens dignes de mon sujet.

PREMIÈRE PARTIE.

Louis n'étoit pas encore sorti de l'enfance, lorsqu'une mort imprévue le priva d'un père juste et pieux. Quelle perte pour la France ! Toutes les vertus réunies à l'expérience de l'âge mûr, l'eussent peut-être sauvée de ses propres fureurs. Quelle perte pour Louis ! Héritier des vertus, il ne put l'être de cette triste, mais nécessaire défiance, fruit des années ; il ne put même entendre des leçons seules capables peut-être de lui faire connoître la malice des hommes. Eh ! pouvoit-il la soupçonner d'après son cœur ; un grand cœur est long-temps trompé : forcé, enfin, de croire

---

(1) M. Lemintier, évêque de Treguier, qui faisoit l'office.

aux méchans et de les craindre, il n'a pu qu'en être la victime; il n'étoit plus temps de leur résister.

Cependant, une digne Épouse lui est choisie, et si elle ne peut le dédommager d'un Père, si elle ne peut éclairer sa jeunesse, du moins lui offre-t-elle tout ce qui peut le plus, flatter, intéresser, attacher à jamais par les plus doux liens. La France la voit et triomphe; la joie éclate dans des fêtes magnifiques : rien ne manque, ce semble, au bonheur des illustres époux; mais une catastrophe sanglante vient le troubler (1). Mille soins généreux feront au moins connoître leur tendre sensibilité : soins inutiles, mille familles dans la capitale sont couvertes de deuil : de sinistres augures laissent déjà entrevoir la plus pure innocence, dévouée au malheur par une Providence impénétrable dans ses desseins : présages funestes, pourquoi venez-vous me troubler moi-même? Ah! laissez-nous, au moins, respirer un instant pour jeter un coup d'œil serein sur les vertus de Louis. Non, chrétiens, aux larmes si douces qu'elles nous feront couler, s'en mêleront toujours d'autres trop amères.

Une ame franche, un sens droit, un cœur sensible, surtout une simplicité touchante, distinguoient dès-lors ce fils de tant de Rois. Appelé à s'asseoir

---

(1) Il périt, à Paris, en 1770, huit ou neuf cents personnes au feu d'artifice pour le mariage du Roi, alors Dauphin.

un jour sur le premier trône de l'univers, il ne paroissoit point ébloui de l'éclat de ses destinées, il
ne sembloit que les craindre. Déjà perçoient à travers sa jeunesse, cet éloignement de tout faste, cette
intégrité de mœurs, ce respect pour la religion,
cet entier dévouement au bonheur des Français,
cette modestie enfin, cette défiance de lui-même,
si intéressantes dans l'homme privé, si heureuses
pour les peuples dans les Rois, et que la perversité
des siècles, la corruption des cours peuvent seules
rendre, hélas, si funestes. L'éducation avoit secondé
la nature : élevé par des maîtres sages, même austères, il en avoit appris à craindre Dieu, à aimer ses
semblables, à être sévère pour lui-même, indulgent
pour les autres, à être bon fils, bon mari, à devenir
un jour bon père. Pendant qu'il fut Dauphin, placé
si près du trône, et au-dessus de tous les sujets, il
n'oublia jamais qu'il étoit sujet lui-même, et plein
de respect et d'amour pour son aïeul, il se ressou-
vint toujours de la soumission qu'il devoit à son Roi.

Bientôt, ah! trop tôt! il monte sur ce trône, et
avant d'avoir eu le temps d'étudier les hommes, il
est forcé de les gouverner. Ici s'ouvre devant lui
une carrière à la fois immense et pleine d'écueils.
Seul, sans secours, sans expérience, il n'a d'autre
appui que sa vertu : elle lui suffiroit, si autour de
lui tout pouvoit lui ressembler. Déjà se déploie sur

son peuple cet amour de bienfaisance, de sacrifice,
qui fut toujours l'ame de ses pensées, le plus vif de
ses sentimens : il éternisera sa gloire, il eût comblé
son bonheur et celui de la France, si la France en
eût été digne.

Les ministres du dernier règne n'étoient point
agréables aux Français : il renouvelle d'abord le ministère, et n'y introduit que des hommes appelés
par la voix publique; quelques-uns même connus
par une vertu sévère, bien propre à faire revivre les
bonnes mœurs, ce fondement des empires. A leur
tête est placé ce vieillard recommandé par d'anciens
services (1). La foiblesse et l'insouciance de son
caractère n'ont pas été, sans doute, ce qui eût con-
venu à la France pour la purger de cette brillante,
mais désastreuse corruption (2), qui la souilloit alors,
fruit presque inévitable des progrès de la civilisation
et des arts, lorsqu'ils ne sont pas sanctifiés par la
religion. Mais que pouvoit faire de mieux la jeunesse et l'inexpérience de Louis, que de chercher
un guide dans la vieillesse instruite et exercée? Tout

_____

(1) M. de Maurepas.
(2) La corruption étoit grande sans doute à cette époque,
mais elle l'est devenue bien plus encore dans la suite, sous
le règne de l'anarchie et du despotisme, où l'irréligion a
été protégée par les lois.

ce qui vient de lui est bon et droit; les hommes seuls ont trompé et ses vœux et son zèle.

De ce zèle, de ce désir de soulager le peuple, naît d'abord la renonciation à un droit ancien, connu sous le nom de *joyeux avénement*. Louis sait que les impôts ordinaires ne pèsent que trop sur ses nouveaux sujets : il ne veut pas que leur joie leur coûte aucune privation; et déjà, dans Louis XVI, la France croit voir renaître Louis XII.

Mais un bienfait encore plus digne de lui a ouvert l'entrée de son règne. Depuis quatre ans la justice avoit perdu ses vrais magistrats. Trompé par un homme (1) naturellement impérieux, et couvrant, sous une apparence de réforme, sa jalousie, sa haine contre ses collègues, Louis XV, avoit transformé, disons mieux, détruit ces grands corps dépositaires des lois, et qui chargés d'éclairer le trône, ne deviendroient que d'inutiles, des vils flatteurs, s'ils pouvoient être anéantis pour prix de leur zèle (2). La justice prétendue gratuite étoit devenue ruineuse, et c'étoit encore le moindre de ses vices : la courageuse, l'impartiale équité, la décence elle-même avoient disparu de son temple. L'opinion publique

---

(1) M. de Maupeou.
(2) Presque tout le parlement de Bretagne étoit alors à Jersey.

proscrivoit trop visiblement ces fantômes nés seulement de l'erreur de l'autorité. Sous un Roi ami du
peuple, le premier de ses vœux ne sera point frus-
tré, les fleurs de lis ne seront plus souillées, elles
recouvrent leur pureté et leur gloire.

Toujours plus ardent pour cette félicité des Français, il la poursuit partout où ses regards peuvent
l'atteindre, partout où ses conseils peuvent la lui
montrer. Ici, c'est un reste de servitude qui, dans
quelques provinces, dégradoit encore l'homme, en
l'assimilant aux productions de cette terre qu'il est
destiné à soumettre. Le droit de main-morte est
aboli dans ses domaines : un grand exemple est
donné aux grands seigneurs du royaume, et tout
rappelle saint Louis, dans son successeur, après tant
de siècles.

Là, c'est une torture odieuse que la barbarie avoit
cru propre à faire sortir la vérité du milieu des déchiremens de la douleur; moyen honteux, qui ne
pouvoit que calomnier la foiblesse. Désormais, ce
n'est plus le désespoir, c'est la raison, guidée par
l'humanité, que le juge doit interroger sur les vrais
coupables; et c'est encore l'esprit de saint Louis qui
revit dans le plus sage de ses enfans.

Les prisons destinées à renfermer les accusés présentoient un spectacle hideux : leur demeure étoit
déjà un long supplice pour les détenus entassés les

uns sur les autres dans d'infects souterrains ; c'étoit
une inhumanité coupable pour le crime même convaincu, puisqu'il ne doit souffrir qu'au nom de la loi,
c'étoit une injustice atroce pour l'innocence. Louis
apprend, que désespérés dans ces affreux repaires,
des hommes demandent l'échafaud lui-même comme
une grâce (1). Ah! son cœur en frémit ; il lavera
cette tache odieuse imprimée sur la nature humaine
et sur la société civile : par ses ordres, les prisons
deviennent plus spacieuses et plus saines, et sans
rien perdre de leur sûreté, elles ne font plus rougir
l'administration de son pays.

Qui pourroit s'étonner ensuite de tant de soins
généreux versés sous son influence sur les hôpitaux,
ces asiles, non plus du crime, mais du malheur ? Oh!
combien dut intéresser son ame compatissante, la
triste humanité luttant avec sa seule vertu contre la
misère ou la maladie, puisqu'il ne put entendre,
sans en être touché, les gémissemens du vice lui-
même!

Parlerai-je ici des encouragemens qu'il donna à
l'agriculture, à l'industrie, à tous les arts, comme aux
moyens jugés les plus propres à faire fleurir les empires? Par ses soins, des marais sont desséchés, des

---

(1) L'abbé de Besplas s'étoit exprimé ainsi, prêchant un
jour devant le Roi, à Versailles.

landes se couvrent de riches moissons ; partout s'ouvrent de grandes routes, des canaux de navigation :
la marine ressuscite, un port immense est créé, malgré la nature, malgré les flots en courroux ; les plus
grands artistes de la France reproduisent chaque année quelques-uns de ses plus grands hommes. Hélas !
les ingrats triomphent aujourd'hui en s'exerçant à
diffamer leur bienfaiteur : une foule d'infortunés sont
nourris dans des ateliers .de charité, et ils sont devenus depuis les plus sûrs instrumens de la révolte
pour détrôner, pour assassiner leur père (1).

Que ne fit pas Louis, surtout pour le commerce,
cette ame de l'univers ? Ici, chrétiens, j'hésite ; je ne
sais si je dois louer notre Roi, ou si je dois le plaindre. D'une part, le commerce enrichit les nations et
paroît ainsi fonder leur puissance : il aggrandit les
idées de l'homme qui s'y livre, en ouvrant devant
lui la carrière des plus vastes combinaisons : il élève
et fortifie son ame en l'accoutumant à enfanter les
projets les plus hardis, à braver les plus grands revers : il paroît porter le bonheur jusque sous le toit
obscur du moindre citoyen, en le faisant jouir des
richesses du globe tout entier. La religion applaudit
elle-même à des communications qui développent,

· (1) Le faubourg Saint-Antoine.

qui cimentent la fraternité du genre humain ; par le commerce enfin la foi sainte répand ses trésors sur tout l'univers avec ceux de la nature. Mais d'un autre côté, le vil intérêt souille ces grandes combinaisons, parce qu'il en est le mobile unique : c'est aux plaisirs corrupteurs qu'il se consacre bien plus qu'aux besoins utiles, parce que son salaire est plus assuré : et, que de frais, que de pertes, que de maladies, que de morts pour flatter la sensualité d'un petit nombre d'hommes ? De plus, quelle dette immense s'appesantit sur les peuples, fruit des guerres toujours renaissantes au milieu des irréconciliables rivalités ? La religion enfin est négligée, comptée bientôt pour rien, parce que les idées seules de fortune enivrent l'ame, et que les innombrables moyens de poursuivre ce fantôme, absorbent toutes ses facultés. Ah ! chrétiens, dès le commencement du monde nos premiers pères se perdirent par la curiosité et l'orgueil. Depuis ce temps, sans le guide salutaire de la religion, l'élévation de nos pensées n'est le plus souvent qu'un écueil de plus offert à notre témérité, la satisfaction de nos sens n'est le plus souvent que le témoignage honteux de notre foiblesse. Ainsi autant un commerce de proche en proche et serviteur des vrais besoins, peut lier les hommes et leur être utile, autant un commerce immense et qui se fait l'esclave de la mollesse, peut cor-

rompre les nations, et les précipiter vers leur ruine (1).
Combien donc vous fûtes coupables, ô vous, qui sous
le prétexte trompeur d'ouvrir à la France une nouvelle
source de commerce sur un continent éloigné, en-
traînâtes Louis dans une guerre injuste autant que
ruineuse ! Monde nouveau, qui a tant fait de mal à
l'Européen, comme pour le punir de l'audace qui le
porta sur tes bords à travers les mers orageuses, n'é-
toit-ce donc pas assez que nous te dussions la perte
de notre santé, de notre repos, de nos mœurs, de
notre antique et heureuse simplicité ? que nous te
dussions nos jalousies éternelles, nos querelles sanglantes, surtout cet affoiblissement de la foi, presque
déjà perdue au milieu de tant de cultes divers, au
milieu de l'agitation de tant d'intérêts terrestres ? Quelques jouissances de luxe pouvoient-elles donc com-
penser tant de maux ? Il falloit encore que nous te
dussions, dans ces derniers temps, la perte de nos
lois, le renversement du trône, l'anéantissement de
la religion de nos pères. Oui, c'est le succès de l'indépendance de l'Amérique, c'est son indifférence religieuse, qui, vus de trop près par tant de Français,

---

(1) Les politiques voudront, peut-être, contester à l'auteur l'opinion qu'il émet ici contre un commerce trop
étendu ; mais personne ne s'étonnera de voir un ministre
de la religion blâmer ce qui lui paroît avoir été si funeste à
la foi et aux bonnes mœurs.

ont achevé de les corrompre, les ont disposés à s'armer contre leur Dieu, contre leur Roi. Mais Louis
n'en est pas moins innocent de tant de malheurs : en
faisant passer les mers à ses guerriers, il fut trompé
par l'erreur de son siècle, par ses guides, réputés les
hommes d'État les plus profonds : que dis-je, jusque
dans ses fautes, il mérite encore notre vénération et
notre amour, puisqu'il fut entraîné, surtout, par le
vœu de son peuple, par ce bien des Français, dont
l'apparence même fut toujours son idole. C'est le propre de la véritable vertu : lors même que le succès la
condamne, la pureté de ses motifs la justifie et la couronne; bien différente ainsi du vice, toujours trou-
blé par ses remords, toujours souillé par ses vues criminelles, lors même qu'il paroît entouré des dehors
les plus favorables. Ah ! nous célébrons des conquérans qui n'ont jamais rien fait que pour eux, qui ont
forcé les peuples de se sacrifier à leur ambition; pourrions-nous ne pas aimer Louis, lorsqu'il a tout fait
pour nous, lorsqu'il a sacrifié son repos, ses opinions,
ses répugnances à nos désirs, jusques à nos erreurs,
à ce que nous lui demandions nous-mêmes comme
le gage le plus sûr de notre gloire, de notre bonheur ?

Et qui jamais fut plus juste que Louis, livré à ses
propres pensées ? qui fut jamais plus ennemi de la
fausse gloire, plus ami des mœurs, de la religion ?

Cherche-t-il à faire des conquêtes, à agrandir son empire, même dans cette guerre où l'on égara sa jeunesse ? Non, c'est uniquement des avantages de ses sujets ou de ses alliés qu'il s'occupe. Loin d'ambitionner pour lui-même une plus grande puissance, déjà il a éloigné une partie de ces guerriers, accoutumés depuis long-temps à entourer le trône : l'intérêt de sa sûreté, l'éclat de sa couronne le touchent peu ; il espère ainsi soulager ses peuples, il ne balance pas, c'est dans leur amour seul qu'il met sa force et sa grandeur.

S'il dédaigne un faste frivole, aliment des petites ames, il a en horreur ces mauvaises mœurs, écueil des ames corrompues. Uni à une épouse qu'il chérissoit tendrement, il ne se permit jamais de souiller la pureté de ce lien sacré : ni l'austérité de la vertu, ni le ridicule lui-même dont le libertinage s'efforce de la couvrir ne l'en rebutèrent jamais. Dans l'âge des plaisirs, dans un rang où tout y provoque et s'étudie à les excuser, il arrêta la prescription du vice, et les grands scandales, dont il se vit de toutes parts entouré, ne lui semblèrent qu'un motif de plus de leur opposer un grand exemple.

C'est dans l'impression profonde qu'avoient faite sur lui les vérités saintes, qu'il faut chercher la source de cette force si peu commune. Louis respectoit sincèrement la religion ; soumis à ses dogmes, fidèle à

ses pratiques, pouvoit-il ne pas aimer la pureté de
sa morale ? Les ministres de cette religion les plus attachés à leur devoir, furent toujours ceux pour lesquels il se sentit le plus d'attrait. C'est à eux qu'il accordoit sa confiance intime, c'est eux surtout qu'il appeloit aux siéges les plus importans. Il repoussoit au
contraire de l'Eglise de sa capitale ce prélat ambitieux (2), qui depuis, par le déshonneur dont il a
couvert et l'épiscopat et la pourpre, n'a que trop justifié les scrupules de son Roi. Et combien n'avoit-il
pas besoin de ce tendre amour pour la religion, lui
qui, du faîte des grandeurs, devoit bientôt descendre
jusqu'à ne plus trouver de consolation que dans ce
dernier asile des malheureux. Ici, mes frères, le tableau
de ses vertus va recevoir encore un nouvel éclat de
celui de ses humiliations et de ses souffrances. Mais
arrêtons-nous un moment avant d'entrer dans cette
nouvelle et trop pénible carrière.

SECONDE PARTIE.

Qui l'eût pensé, qu'un prince si désintéressé pour
lui-même, si peu jaloux de son pouvoir, si soigneux

---

(1) Louis XVI ne voulut jamais consentir à nommer
M. de Brienne archevêque de Paris, parce qu'il ne comptoit
pas assez sur sa foi.

de plaire à ses sujets, pût être accusé de tyrannie, et devenir la victime de ce dévouement pour son peuple auquel il s'abandonnoit avec tant de confiance? Hélas! ô honte de notre siècle! ô opprobre éternel de notre patrie! c'est cette confiance elle-même qui l'a perdu; c'est parce que sa bonté étoit bien connue pour être sans bornes, que ses ennemis, sûrs du succès, se sont livrés contre lui à toute leur noirceur.

Depuis long-temps une secte impie et séditieuse s'étoit élevée dans le royaume. Elle se servoit des sophismes ingénieux de l'esprit, des illusions brillantes de l'imagination, pour ébranler les principes les plus solides de la raison et de la foi. Elle détruisoit le frein de la morale en multipliant les tableaux licencieux; elle renversoit le fondement de la subordination en flattant l'orgueil humain de l'idée qu'il pouvoit se gouverner lui-même. Secondée par la corruption et l'imprévoyance du dernier règne, cette secte s'étoit fait des prosélytes dans tous les rangs, dans tous les âges, surtout dans celui de la présomptueuse jeunesse. Elle épioit les occasions de développer son poison mortel; les circonstances ne lui furent que trop favorables.

Laguerre avoit achevé de ruiner la fortune publique. En vain Louis, toujours bienfaisant, toujours plus jaloux du bonheur des peuples que de son autorité, s'efforçoit d'alléger le poids des impôts en confiant leur répartition à des assemblées provinciales; leur aug-

mentation étoit aussi nécessaire qu'elle paroissoit im-
praticable. Les Etats généraux parurent seuls capables
de concilier tous les intérêts. C'est alors que l'esprit de
révolte espéra de renverser le trône. Et que n'avoit-il
pas en sa faveur? Un ministre qui séduisoit la France
par tous les dehors de la vertu, mais que sa naissance
et ses principes rendoient également ennemi de nos
lois : une foule d'écrits séditieux qui inondoient impu-
nément le royaume sous prétexte d'éclairer l'autorité :
une double représentation accordée au tiers Etat : des
assemblées, des suffrages, des élections manifestement
pleines de partialité. Ingrats, à qui dûtes-vous tous
ces avantages, si perfides dans vos mains impures, ne
fut-ce pas à la facilité de Louis, à la droiture de ses
intentions, à l'espoir qu'il eut si long-temps de ramener, par la condescendance, un peuple égaré? Et
qu'obtint-il en récompense de cette excessive générosité? Ah! l'orgueil est insatiable ; à chaque nouveau
bienfait succèdent de nouvelles prétentions. On veut,
en les confondant avec le peuple, anéantir les deux
premiers ordres de l'Etat. On veut, sous leurs ruines,
faire disparoître nos lois antiques et la monarchie elle-
même. Louis alors ne peut plus se dissimuler combien sa bonté est trahie ; c'est pourtant encore par le
seul langage de la raison et des lois, qu'il espère
vaincre ces forcenés. Dans cette séance à jamais mémorable (le 23 juin 1789), où pour la dernière fois

il fut roi, combien l'éclat de la majesté royale n'est-il
pas adouci par ce ton paternel qui applique à chaque
abus le remède le plus efficace, parce qu'il est le plus
mesuré, qui ne laisse en un mot, à ses enfans, d'autres
liens que ceux absolument nécessaires au soin de leur
conservation? Se roidir contre un usage si modéré de
l'autorité, c'étoit sans doute afficher la révolte ; aussi
parut-elle dès-lors à découvert. Des moyens plus re-
pressifs devinrent nécessaires. Par un excès d'audace
les séditieux les étouffèrent encore dans la main de
Louis. Il eût fallu verser le sang de son peuple; non,
il ne put s'y résoudre : ô héroïsme, je ne dirai plus
de la confiance, mais de l'amour ! Des tigres seuls
pouvoient abuser de ce sentiment sublime; ils exis-
toient pour le malheur du royaume. Le 14 juillet, tout
gouvernement légal fut anéanti, et l'anarchie leva désormais sur la France sa tête hideuse.

Qui pourroit, chrétiens, suivre notre Roi, livré
depuis ce temps à des factieux ou hypocrites ou dé-
couverts, toujours implacables ennemis de celui qui
les a comblés de bienfaits ? Qui pourroit dire combien
il souffrit en voyant d'abord sa capitale teinte du sang
des Français, de ce sang qu'il avoit voulu conserver
au prix de tant de sacrifices ? Bientôt il est assiégé
lui-même jusque dans son palais; il n'en enchaîne
pas moins le courage de ses gardes fidèles, et ce n'est
qu'à leur intrépide, mais constante résignation, qu'il

doit son salut, celui de son épouse, de ses enfans.
Ah! loin de penser à combattre ses sujets, il ne
veut pas même les fuir, il se livre à eux, quelque
barbares qu'ils soient. Il me semble alors voir notre
divin maître entouré de ses bourreaux, qui, au milieu de mille outrages, ne lui donnent le nom de roi
que pour insulter encore à son humiliation. Ici, il est
forcé de désarmer lui-même ceux que le zèle le plus
pur a fait voler auprès de sa personne sacrée, pour
la défendre contre des furieux : là, il reçoit une nouvelle preuve qu'elle est perdue pour lui cette liberté
qu'il a donnée à son peuple ; il ne lui est pas même
permis de changer de prison, d'aller respirer un air
plus sain seulement pendant quelques jours. Veut-il
se retirer dans une ville forte, pour y parler librement à ses sujets et s'efforcer de les rappeler à leur
devoir? ce père tendre est réduit à se déguiser au milieu de ses enfans ; et que d'abaissemens, que d'insultes accompagnent son retour! Est-ce donc un roi
qui rentre dans sa capitale ? non, c'est un esclave qui
vient reprendre ses fers. Enfin, ce qui encore coûte le
plus à son cœur, il est forcé ainsi de signer lui-même
la dégradation de ce pouvoir tutélaire qui ne lui étoit
cher que parce qu'il lui servoit à protéger la religion,
à faire fleurir tous les ordres de l'Etat. Illustres appuis
de la monarchie, vous dont, en gémissant, il abandonnoit alors les respectables prérogatives : ministres

fidèles de l'Evangile, dont il sembloit consacrer le
dépouillement, ne lui reprochez pas ce funeste usage
d'un pouvoir qu'il n'a plus, sa propre ruine a pu seule
entraîner la vôtre : avec quelle force il a publié vos
droits dans le seul moment où il s'est cru libre ! Ici,
ce n'est que pour vous défendre contre les dernières
fureurs d'un peuple trompé qu'il en appelle à la
douce, mais lente leçon du temps et de l'expérience.

Cependant, ce qu'il a promis, quoique avec si peu
de liberté et contre son opinion, il y sera fidèle, par
cela seul qu'il l'a promis ; mais il n'en réussira pas
davantage à désarmer les séditieux. Et quelle paix
peut-il y avoir avec le crime ? quelle union entre la
justice et l'iniquité ? Le temps étoit venu où la rebellion pouvoit se développer toute entière. Déjà c'est
ouvertement qu'on veut confier à un peuple aveugle
ou féroce le glaive des lois, ou plutôt le poignard de
l'anarchie : ainsi ce qu'on a forcé Louis de jurer,
bientôt on lui fait un crime de l'observer scrupuleu-
sement. Religion sainte, c'est pour toi surtout, c'est
pour défendre la liberté de ton culte, c'est pour protéger tes ministres, qu'il s'arme alors de ses sermens
contre son peuple : toi seule pouvois lui donner cette
fermeté vraiment héroïque, tu méritois d'en être le
principal objet. En vain une armée de brigands furieux l'entoure, et, le menaçant de mille morts, lui
demande à grands cris de sceller la proscription de

ces prêtres incorruptibles dont la présence les fait trop rougir. Si, depuis long-temps, il n'est plus roi par le pouvoir, il le sera encore alors, au moins par la majesté du courage jointe à une douceur toujours tranquille. «Vois, dit-il à un brave guerrier qu'il aperçoit auprès de lui, et dont il prend la main, qu'il pose sur son cœur, vois s'il palpite : celui qui n'a rien à se reprocher, ne craint point la mort ». Paroles sublimes, et où se peint ce grand sentiment de l'homme vertueux, toujours maître de lui-même au milieu des plus grands dangers. Il vous faudra donc consommer vos forfaits, ô vous, monstres de l'enfer, déchaînés à la fois et contre l'autel et contre le trône ! Aussi vous en coûtoit-il de prolonger plus long-temps cette horrible tragédie : depuis long-temps la patience de Louis, en irritant votre fureur, en déconcertoit les détestables projets ; sa courageuse résistance sert mieux cette soif du sang innocent, dont vous brûlez de vous désaltérer.

Pour que tout fût à la fois plein de noirceur et de barbarie dans cette catastrophe sanglante, c'est parmi ceux-là même où Louis va chercher un refuge avec sa famille, c'est parmi eux qu'il perd enfin ce reste de liberté qu'il paroissoit avoir encore : son trône est renversé ; le nom de roi lui-même est proscrit et voué à l'exécration. Enfermé comme un criminel, il entrevoit déjà le sort affreux qu'on lui prépare :

depuis quatre ans, presque chaque jour, il buvoit quelques gouttes de ce calice amer; il va en boire jusqu'à la lie.

La religion avoit toujours vécu dans son cœur, mais elle s'y étoit fortifiée encore sous les coups de l'adversité; tant et de si rudes épreuves firent connoître combien elle étoit solide. S'il avoit consenti, et bien malgré lui, à sacrifier l'éclat extérieur du culte catholique, jamais il n'avoit prétendu en sacrifier l'exercice; et au milieu de tant d'orages, il défendit toujours sa conscience, celle des vrais enfans de l'Eglise, la foi de ses pères. Cette foi vive et inébranlable devint alors une piété tendre, un sentiment affectueux qui seul lui faisoit supporter ses peines. Tout ce qu'il peut connoître de guides les plus sûrs, les plus attachés à leur Dieu, il les appelle; c'est à eux qu'il ouvre son intérieur, qu'il en soumet tous les mouvemens. Que cette soumission porte avec elle de grâces touchantes! quelle force, quelle douceur elle fait descendre du ciel dans cette âme qui ne s'appuie plus désormais que sur la croix de son Sauveur, qui ne cherche plus que dans ses plaies cet asile que lui refuse la malice des hommes!

Hélas! il est arrivé le moment où elle va déployer ses derniers excès. Louis est jugé : par qui? par ses sujets, par ses accusateurs, par ses ennemis implacables; il est jugé contre toutes les lois, même contre

ces lois nouvelles, fruit du crime et de la révolte. Il
est condamné malgré son innocence ; il est condamné,
celui que ses ennemis eux-mêmes, lorsqu'ils n'avoient
pas encore perdu toute pudeur, avoient appelé le
plus honnête homme de son royaume. Ce jugement
d'iniquité n'a rien qui l'étonne, il s'y attend ; il envisage la mort avec cette tranquillité ferme, mais sans
ostentation, qui fait le propre de la véritable grandeur d'ame, celle que donne la religion. Réuni avec
sa famille, dont on l'avoit séparé depuis long-temps,
il a besoin de lui apprendre leur malheur commun, la
sérénité de son visage avoit fait illusion à tous ses pro-
ches ; bientôt c'est lui-même qui les console : autour
de lui tout est livré aux convulsions de la douleur, lui
seul est tranquille. Arraché enfin à ce spectacle déchirant, après ce dernier adieu dit à sa femme, à ses enfans, à sa sœur, sa sœur, cet ange du ciel sur la terre,
il s'avance vers son supplice. Ces prières des mourans, que nous frémissons nous-mêmes de leur adresser, il les récite lentement, il se livre sans crainte
à ces images terribles ; elles l'occupent tout entier
dans ce long trajet depuis sa prison jusqu'au lieu où
l'attend l'horrible appareil qui doit terminer sa vie.
Là, il achève de recommander son ame à son Dieu :
prosterné aux pieds de son ministre, il en reçoit,
avec l'imposition des mains, le gage si précieux que
c'est dans son sein qu'elle va se reposer. Cette douce
confiance

confiance surtout ôte à une aussi cruelle mort toute
son amertume : il monte avec intrépidité sur ce théâtre de sang, comme s'il montoit encore sur le trône
de sa gloire, ou plutôt comme montant aux cieux, c'est
le cri du dépositaire de sa conscience, le plus fidèle
interprète de ses sentimens. Cependant on veut lui
lier les mains, précaution destinée aux lâches : un
moment il s'en indigne, mais aussitôt il s'y soumet;
c'est, dit-il, le dernier sacrifice. Ah! disons nous-
mêmes : c'est le plus bel empire de la foi, c'est l'héroïsme de la patience. Il est bien vrai, l'oracle de l'Esprit saint : Celui qui sait souffrir est bien plus grand
que celui qui sait vaincre. Que de guerriers ont mille
fois bravé la mort dans les combats, et ont tremblé devant l'échafaud! Qu'ils paroissent donc, ceux qui accu-
seroient Louis de pusillanimité pendant sa vie; qu'ils
le contemplent dans ce dernier moment où les regards
de l'univers ne sont plus rien devant l'éternité; qu'ils
avouent que ce courage si calme à la mort, ne permet
d'attribuer la longue patience de sa vie qu'à un excès
d'amour pour son peuple; qu'ils avouent surtout que
la religion fait la véritable force de l'homme, en lui
apprenant à souffrir ce qui révolte le plus la nature.
Tant de constance a confondu ses persécuteurs; la
foule, quoique glacée par l'effroi, lui a donné des
larmes; jusques aux bourreaux ont refusé leur ministère; et parmi tant de scélérats, à peine s'en est-il

3

trouvé qui le fussent assez pour les suppléer et trancher cette tête auguste.

O montagne de Gelboé (1), ô terre arrosée du sang de cette pure image de la Divinité parmi les hommes, que la rosée du ciel ne tombe jamais sur vous! Mais, que dis-je! Louis m'interdit lui-même ces mouvemens de vengeance où m'égare mon indignation contre la révolte, mon amour pour mon Roi. Dans ce testament, monument éternel de piété, de résignation, de charité, jusque sur l'échafaud, Louis pardonne à ses ennemis : en protestant de son innocence, il désire encore que son sang puisse être utile au bonheur des Français. Ah! soyez exaucés vœux plus purs, plus dignes de notre foi que ceux où m'entraînoit un zèle coupable : au Seigneur seul est la vengeance, il se l'est réservée.... Qu'elle est terrible sur notre malheureuse patrie! Quel amas de crimes et de malheurs, a depuis, souillé, désolé la France! Que de sang, que d'atrocités! quelle horrible fureur! Ah! les démons semblent

(1) Second livre des Rois, chap. 1er. C'est sur cette montagne que Saül, déjà blessé, acheva de se tuer en se précipitant sur son épée ; et c'est avec ces paroles de malédiction que David déploroit la mort de ce roi, qui étoit pourtant son ennemi et son persécuteur, et depuis long-temps condamné par Dieu lui-même. La mort de Saül ouvroit à David le chemin du trône ; il n'en fit pas moins mourir l'Amalécite qui se vantoit de l'avoir tué.

avoir soufflé aux Français leur rage. Est-ce donc là ce peuple si renommé parmi tous les autres peuples pour sa douceur? Après avoir immolé leur Roi, massacré ou chassé leurs prêtres, ils ont prétendu détrôner, anéantir Dieu lui-même. Comme cette nation, depuis si long-temps maudite sur toute la terre, les voilà donc sans roi, sans autels, sans sacrificateurs; déjà, comme les Juifs devant les armées romaines, ils se déchirent eux-mêmes; oui, ils savent seuls punir tant d'horreurs, ceux qui ont aidé à les commettre. Quelle hypocrisie d'abord! quelle fastueuse ostentation de religion pure, de morale saine, de douce législation, et cela, pour en venir à travers mille noirs complots suivis d'innombrables assassinats, au renversement de toute religion, de toute morale, de toute législation.

Voilà, chrétiens, où a pu conduire les hommes cet amour excessif de la liberté, qui n'est autre chose que le désir, d'abord de n'obéir à personne, bientôt de commander à tous. Cet esprit de domination a corrompu notre cœur, surtout depuis le péché de nos premiers pères. S'il est livré à lui-même, il ne connoît d'autre règle que l'intérêt personnel; guidé par la cupidité, il s'approprie tout; conduit par l'orgueil, il veut tout soumettre. Cet esprit audacieux ne sert donc que de voile aux inclinations les plus perverses, *velamen habentes malitiæ, libertatem:* c'est saint Pierre qui nous l'apprend; et il ajoute, qu'on ne peut être vraiment libre qu'en se faisant serviteur de Dieu, *quasi liberi;.... sed sicut servi Dei*: cette honorable, cette utile servitude fait la gloire de l'homme et son bonheur. De là tous les sages législateurs, dans tous les temps, ont appuyé la politique sur la Religion, toujours ils ont mis leurs lois sous la sauve-garde du serment et du culte de la Divinité. Aussi est-ce pour opposer à la licence un frein nécessaire, principalement dans les grands empires, que Dieu a empreint, sur le front des rois, le sceau de son autorité : leur personne est inviolable parce qu'elle est sacrée; leur pouvoir ne peut dépendre que de Dieu et des lois (1). Accorder à la mul-

_____

(1) Ceci demande quelque développement. — L'autorité des Rois dépend de Dieu, lorsque, dans la profondeur de ses conseils, il les élève ou les renverse à son gré; ce dont on ne peut douter, et ce dont on voit tant d'exemples. C'est par lui que règnent les Rois, parce que cette sage Providence, qui veille sur ses moindres créatures, a tourné vers eux le cœur de ceux qui leur obéirent les premiers. Quelques peuples ont cru pouvoir s'en rapporter à cette seule Providence pour procurer les bons Rois, ou éloigner les mauvais. Ils ont cru ainsi assurer encore mieux leurs destinées, qu'en les confiant à des restrictions trop souvent impuissantes contre la force ou l'adresse. Ils ont pensé que c'étoit tout au plus quelques mauvaises années à passer, dont l'indignation publique abrège ordinairement le cours, et qui sont toujours moins insupportables que les désordres infinis d'une révolution.

titude un prétendu droit d'insurrection, que dis-je!
lui en faire un devoir, c'est, non-seulement insulter
à la majesté des souverains, c'est encore ouvrir devant
les nations le gouffre de l'anarchie, c'est les précipiter inévitablement dans le malheur, puisque c'est livrer aux passions elles-mêmes le remède destiné à les
guérir. Cette farouche, cette impie liberté, si vantée
par les dominateurs de la France, est donc une chi-
mère impossible à réaliser; mais, quelle longue suite

Mais la plupart des nations ont établi des corps intermé-
diaires pour concourir, avec leur chef, à la formation des
lois de l'Etat, et pour lui en rappeler la sagesse quand il paroît l'oublier. Ces corps, unissant alors le respect à la fermeté, peuvent produire les effets les plus salutaires. Ils
peuvent au moins réclamer le gouvernement du successeur
immédiat pour suppléer un souverain qui auroit perdu la
raison, ou qui seroit tout-à-fait dénaturé. Mais ils ne peuvent jamais changer l'ordre de la succession établi par la
loi primitive, 1°. parce que cet ordre tient à une famille et
non pas seulement à un individu; 2°. parce que les nations
ne sont pas moins obligées à tenir leurs engagemens, que
les particuliers; et 3°. enfin, parce que ce changement de
famille ne donne jamais une garantie plus sûre de bonheur:
au contraire, il rend plus dure une autorité qui croit avoir
tout à craindre; plus inquiète une obéissance qui croit pouvoir tout oser; moins puissant, surtout moins tutélaire, un
gouvernement privé de la force que puisoit l'ancien dans le
respect commandé par une longue habitude. Quoi qu'il en
soit de ces corps, le peuple au moins ne peut jamais rien

d'abominations elle peut encore faire naître avant de se dévorer elle-même! Dieu seul le sait, chrétiens, il ne nous reste qu'à recourir à lui, à lui dire, en gémissant, mais avec confiance : Ah! secourez-nous vous-même, Seigneur, dans l'excès de nos tribulations, car le salut qui vient des hommes est vain : *Da nobis auxilium de tribulatione, quia vana salus hominis.* (Ps. 107.)

Nous souffrons, mes chers auditeurs; mais, pouvons-nous comparer nos souffrances à celles de Louis?

---

faire par lui-même en législation, étant par sa nature éternellement mineur, puisqu'en masse il n'arrive jamais à l'âge de raison. Il ne peut donc jamais demander compte à son tuteur, et c'est pourquoi il lui est encore plus nécessaire de se choisir de bons représentans, et par conséquent d'avoir de bons corps électoraux, que d'avoir même une bonne constitution : c'est à quoi heureusement il est plus propre qu'à faire de bonnes lois. Le choix d'un honnête homme éclairé, est un fait qu'indique assez la voix publique : une bonne loi tient à un raisonnement presque toujours abstrait dont le peuple est incapable. Par de bons représentans, une bonne constitution se feroit comme d'elle-même avec le temps, et elle se feroit mieux; elle seroit plus durable, parce qu'elle seroit appelée par les besoins, et fortifiée par les mœurs qui l'auroient fait naître.

Mais comme tout se tient dans l'homme, il est impossible de séparer ses devoirs de son bonheur, et les moyens d'accomplir les uns, des moyens de se procurer l'autre. Tout le ramène donc à celui qui fut son créateur pour rester toujours son maître et son bienfaiteur, à celui qui le fit à la fois

Quel homme privé oseroit se plaindre, en voyant couvert de tant d'opprobres ce qu'il y eut jamais de plus
grand sur la terre? Pouvons-nous même comparer nos
peines à celles de tant de nos concitoyens, fidèles à
leur Dieu et à leur Roi, qui habitent encore notre patrie? Ah! ils ne peuvent, comme nous, célébrer le
Roi que leur cœur révère, se réunir pour invoquer le
Dieu puissant qui fonde tout leur espoir, soulager leur
conscience aux pieds des ministres dispensateurs des
paroles de paix et de réconciliation. Nous souffrons,

---

homme, religieux, citoyen : là il trouve la véritable source
d'une autorité paternelle et d'une soumission filiale ; là il
aperçoit, par le souvenir d'une première famille d'où il dé-
rive, le Roi, dans le premier père ; les grands, dans les chefs
des premières familles qui en sont issues ; le peuple, dans la
multitude des enfans qui font la force et la gloire de la société toute entière. Ainsi, sous l'influence du maître commun qui est dans les cieux, tout prospère sur la terre, et
par un commandement sans orgueil, et par une soumission
sans murmure. Ainsi concourent à cimenter ce bel édifice
de la société, et le primitif, le doux lien de la religion, et
la force de ces lois antiques, nées d'un vénérable gouvernement, qui cache son berceau dans la nuit des siècles.

Ce qui précède donne l'idée d'une monarchie absolue
d'une part, et de l'autre d'une monarchie limitée ; toutes
deux appropriées aux différens peuples suivant leurs différens caractères, et perfectionnées surtout par les vertus
qu'inspire la religion, conséquences naturelles des vérités
qu'elle enseigne.

mais un peuple généreux est pour nous comme une providence sensible qui pourvoit à nos besoins, s'attendrit sur nos malheurs, s'arme pour notre défense. Nous souffrons, enfin; mais que de honteux souvenirs, en nous couvrant de confusion, nous reportent à la véritable, à la trop juste cause de nos calamités? Combien n'avions-nous pas offensé notre Dieu pendant notre prospérité passée? Si, depuis, nous avons partagé la gloire des fidèles amis du trône et de l'autel, nos motifs ont-ils toujours été bien purs? notre dévouement bien sincère? Est-ce bien à notre Dieu, à notre Roi, que nous avons rendu hommage? Et le mérite apparent de nos sacrifices, ne le devons-nous pas peut-être à l'intérêt personnel, à la vengeance, à l'exemple, à la vanité, à un reste de pudeur qui nous éloignoit de ces hommes trop dégoûtans de sang, trop hideux de noirceurs? Même dans notre exil, avons-nous toujours fait paroître cette gravité de mœurs qui convient si bien à des infortunés, cette piété, cette patience si nécessaires à des confesseurs de la foi? N'y avons-nous pas, au contraire, déshonoré trop souvent, par notre conduite, la cause la plus belle, la plus digne d'un chrétien, d'un Français?

Ah! si quelquefois il nous semble que nous allons être submergés par la tempête de la tribulation, comme autrefois la barque des apôtres par les flots de la mer, n'est-ce pas parce que J. C. dort encore au milieu de nous?

nous? Dans le cours de notre épouvantable révolution, nous voyons souvent les méchans prospérer, et les bons souffrir. Notre ame se trouble, nous osons dire à Dieu : Où est votre justice? Mais, dit saint Augustin, Dieu nous répond, Où est donc votre foi? N'est-ce pas là ce que je vous ai promis ? est-ce pour jouir du bonheur en ce monde que vous êtes chrétien ? *Ad hoc christianus factus es, ut in sæculo isto florerers?* Réveillons J. C. au milieu de nous, et notre foi appaisera la tempête de notre ame, bientôt peut-être celle de nos adversités.

Oui, mes frères, hâtons-nous de purger nos cœurs de tant de souillures qui suspendent encore sur nos têtes les miséricordes que le Seigneur ne demande qu'à répandre sur nous. C'est à celui qui se jette avec confiance entre ses bras, c'est au juste qu'il a promis de servir d'appui contre les traverses de la terre. *Jacta super Dominum curam tuam, et ipse te enutriet, non dabit in æternum fluctuationem justo.* (Ps. 54.) C'est donc seulement dans un repentir sincère que nous devons mettre notre véritable espoir ; sans lui, jamais nous ne fléchirions la colère du Dieu trois fois saint. Que ses jugemens sont terribles ! Peut-être, hélas, par tant de malheurs de notre Roi, a-t-il voulu punir un excès de douceur qui lui rendoit trop pénible le nécessaire usage d'une justice sévère. S'il en étoit ainsi, oh! combien nous aurions à craindre pour nous, qui, nous ne pouvons le nier, sommes tous bien plus coupables, et dont les fautes sont bien plus multipliées, bien plus inexcusables. Que notre intérêt le plus cher, celui de notre salut, que celui de la gloire immortelle de Louis, nous fasse, au moins en ce moment, élever vers le ciel des mains pures, en lui présentant la victime sainte. Ainsi seront entièrement effacées les taches qui pourroient souiller encore cette ame, d'ailleurs si chrétienne, et dont nous fûmes tant aimés. Ainsi nous acquerrons un protecteur de plus auprès de notre Dieu, pour en obtenir notre sanctification, et peut-être la fin de tous les malheurs, même en cette vie.

Mais pour cela, ô notre Maître et notre Sauveur, jetez du haut de votre trône, jetez enfin un regard de pitié sur votre Eglise désolée, sur cette vigne que vous aviez transportée parmi nous du fond de l'Orient, au milieu de tant de prodiges. (Ps. 79.) Vous l'aviez plantée vous-même, ses racines s'étoient étendues, et son ombre couvroit les montagnes. Ah! pourquoi avez-vous renversé l'un de ses plus solides appuis, cette Eglise de France, la plus belle de ses tiges, ce trône de Clovis, la première de ses conquêtes sur les barbares, le premier de ses défenseurs ; *ut quid detruxisti maceriam ejus ?* Aujourd'hui redevenus barbares eux-mêmes, tant de Français ingrats ont ravagé, détruit cette vigne qui les avoit nourris pendant si long-temps. Dieu puissant, tournez-vous vers votre peuple, regardez-nous du haut des cieux, voyez l'état où nous sommes réduits, pourriez-vous n'en être pas touché ? *Deus virtutum, convertere, respice de cœlo et vide, et visita vineam istam.* Protégez surtout cet enfant de votre droite, ce fils de saint Louis, ce nouveau Joas. Hélas, plus malheureux que l'ancien, il est livré encore à ses ennemis et aux vôtres. *Fiat manus tua super virum dexteræ tuæ.* Rétablissez son trône, relevez vos autels : c'est la prière que vous fait surtout, cette assemblée choisie parmi tant de fidèles. Oui, Seigneur, pour prix de sa foi, de ses sacrifices, vous la ferez sortir des portes du tombeau, et nous invoquerons encore votre nom dans notre patrie : *Non discedimus à te, vivificabis nos, et nomen tuum invocabimus.* Ainsi soit-il.

F I N.

ORAISON FUNÈBRE

DE

LOUIS XVI.

ORAISON FUNÈBRE

DE

LOUIS XVI,

Prononcée dans l'Église Royale de Saint-Denis, le 21 janvier 1815, jour de l'anniversaire de la mort du Roi, et du transport solennel de ses cendres, ainsi que de celles de la Reine;

En présence de Leurs Altesses Royales Monsieur, Frère du Roi, Monseigneur le Duc d'Angoulême, Monseigneur le Duc de Berry, de tous les Princes et Princesses du Sang royal.

Par M. Étienne-Antoine de BOULOGNE, ÉVÊQUE DE TROYES.

A PARIS,

Chez Adrien Le Clere, Imprimeur de N. S. P. le Pape et de l'Archevêché, quai des Augustins, n°. 35.

1817.

AVERTISSEMENT.

LE ROI ayant daigné nous désigner lui-même pour prêcher cette Oraison funèbre, la nouvelle d'un choix aussi flatteur ne nous fut transmise à Troyes que le 11 janvier, par une lettre ministérielle : de sorte que nous n'eûmes guère que huit jours pour la composer, l'apprendre et nous rendre à Paris. Nous hésitâmes d'abord de nous charger d'un travail si pénible et si précipité; mais le désir de répondre à une mission si honorable, et le vif intérêt que nous inspiroit un aussi grand sujet, fixèrent notre irrésolution. Le court espace qui nous étoit laissé fut d'autant plus fâcheux, qu'ayant eu l'honneur de lire notre Oraison funèbre à SA MAJESTÉ, qui ne devoit pas assister à la cérémonie, nous ne pûmes lui présenter qu'un ouvrage plutôt ébauché que fini; et c'est ainsi que nous la prononçâmes. Nous nous proposions de la reprendre sous œuvre, pour la livrer de suite à l'impression, lorsque survint presque aussitôt le déplorable événement qui replongea la France dans de nouveaux malheurs, et nous força à la retraite. Nous étant occupés depuis d'y mettre la dernière main, pour la rendre plus digne de son objet et de l'indulgence du public, nous avons cru devoir la faire paroître à l'approche du troisième anniversaire, époque où vont se réveiller

dans tous les cœurs françois les sentimens d'expiation et de douleur, et
au moment de la translation solennelle
des derniers restes de nos Rois, échappés à l'impiété révolutionnaire, et des
dépouilles mortelles des deux royales
Princesses, ADÉLAÏDE et VICTOIRE DE
FRANCE, dignes filles de saint Louis.
Nous croyons en cela remplir un vrai
devoir, en même temps que c'est pour
nous une douce satisfaction. Nous ai-
mons à penser qu'ayant commencé notre
carrière oratoire par l'Éloge de Louis
Dauphin, père du Roi-Martyr (1), nous

---

(1) Éloge de Louis Dauphin, père du Roi; discours
qui a remporté, en 1778, le prix proposé par une
Société, amie de la Religion et des Lettres. A Paris,
chez Adrien LE CLERE.

la terminons par l'Éloge du Roi-Martyr lui-même. Hélas! il y a près de quarante ans entre les deux discours, et
dans cet intervalle nous avons parcouru
des siècles!

ORAISON FUNÈBRE

DE

LOUIS XVI.

*Et dixit David ad Abisaï : Ne interficias eum ;
quis enim extendet manum suam in Chris-
tum Domini, et innocens erit?*

Et David dit à Abisaï : Gardez-vous d'attenter
à sa vie ; car quel est celui qui portera sa
main sur l'Oint du Seigneur, et sera innocent
d'un tel crime ? *I. Rois*, xxvi, 9.

MONSEIGNEUR (1),

C'est ainsi que David exprimoit sa
profonde horreur contre celui qui lui
lonnoit le barbare conseil d'immoler
Saül à sa vengeance. Saül venoit de

---

(1) S. A. R. MONSIEUR, frère du Roi.

1

tomber entre ses mains, bien moins
encore par le sort des combats que
par un juste châtiment du ciel. C'étoit
un prince que poursuivoit la main de
Dieu, et qui, non moins obsédé par le
trouble de son esprit que par celui de
sa conscience, ne pouvoit être que le
fléau de ses sujets. C'étoit l'implacable
ennemi de David, et sa mort lui ouvroit le chemin du trône; et cependant
il est saisi d'effroi à la seule idée du
meurtre de ce mauvais prince, parce
qu'il est l'oint du Seigneur, et que l'in-
dignité de l'homme ne sauroit effacer
en lui la consécration et la majesté
du monarque; et quand le coup fatal
sera porté, on l'entendra faire des vœux
pour que la rosée et la pluie ne tombent
plus sur la montagne malheureuse où
s'est commis cet attentat. Mais si telle
étoit la haute idée qu'il avoit de l'auguste dépositaire du suprême pouvoir
dans celui même qui en abuse et le

laisse avilir dans ses mains, qu'auroit-il dit, et de quel surcroît de surprise et d'indignation n'auroit-il pas été pénétré, si Saül, comme le Prince infortuné, objet éternel de nos larmes et de nos regrets, eût été le modèle de toutes les vertus royales, et un de ceux qui ont le plus honoré et le trône et l'humanité? Et de quelle malédiction n'auroit-il pas frappé les sacriléges qui ont porté leurs mains sur l'héritier de tant de rois, plus grands encore et plus illustres que ne furent autrefois ceux d'Israël et de Juda, et qui, dans sa personne auguste, ont violé tout à la fois, la triple majesté du diadème, du malheur et de la vertu?

Mais, que vois-je? et quel est donc ce nouveau monument qui fixe ici tous les regards et plus encore tous les cœurs? Il est donc vrai, et nos yeux ne nous trompent point; il est donc vrai que nous les possédons ces restes, j'ai presque dit ces reliques précieuses que nous croyions anéanties, de deux époux si dignes l'un de l'autre, plus rapprochés encore par leur tendresse mutuelle que par leur destinée commune, et d'autant plus chers à nos longs souvenirs, qu'ils ont traversé, avec une égale constance, la même mer de tribulations et d'infortunes? Comment ces dépouilles sacrées ont-elles échappé à ces mains doublement sacriléges qui violoient à la fois et les autels et les tombeaux? Comment les parricides intéressés à les ravir à nos respects, n'ont-ils donc pas cherché à faire disparoître jusqu'aux derniers vestiges de ces cendres redoutables? N'en doutons pas, Messieurs, c'est le miracle de la Providence. C'est le même miracle qui a sauvé ce Testament, le plus beau titre de la gloire de Louis; qui a sauvé les dé pouilles mortelles des auteurs vertueu de ses jours; qui a sauvé cette antiqu et vénérable basilique, le berceau de no rois et leur dernier asile; c'est enfin l même miracle qui a sauvé la monarchie, qui nous a tous sauvés, et qui nous sauvera encore, s'il le faut, par de nouveaux miracles. Bénie soit mille fois la pieuse et courageuse main qui les a recueillies ! Quel héritage pour sa famille auguste ! quel trésor pour la nation ! et quel objet plus propre à réveiller en nous ces sentimens de repentir, de tristesse et d'expiation qui conviennent si bien à ce funèbre et déplorable anniversaire, et au sacrifice divin que nous allons offrir pour la plus grande et la plus auguste victime qui jamais ait été immolée à la fureur des factions et à l'impiété en délire ?

Qu'attendez-vous de moi, Messieurs, dans cette grande et mémorable circonstance ? Exigerez-vous que *ma langue,* ainsi que celle du Prophète, *aille aussi vîte que la plume d'un écrivain habile* (1)? Penserez-vous que notre obéis-

---

(1) Ps. XLIV, 2.

sance à l'ordre glorieux que nous avons reçu, doive nous tenir lieu de facilité et de talens; et que nous puissions suppléer par le dévouement, et au temps qui nous manque et aux forces que nous n'avons plus? Le plus grand de nos orateurs cherchoit, dans un sujet à peu près semblable, des lamentations qui égalassent les calamités; et moi, je ne trouve dans le mien que des calamités qui surpassent toutes les lamentations. Que ferai-je donc ici? M'occuperai-je davantage ou de ses malheurs ou de ses vertus, ou de sa vie ou de sa mort? Si jamais discours a semblé défier tous les efforts de l'éloquence et du langage, n'est-ce donc pas celui-ci? et où prendrai-je des couleurs assez vives et des traits assez forts pour vous montrer, dans une même perspective, et le spectacle d'une grande nation s'agitant dans les convulsions de son agonie; et ce violent combat de tant de partis nés les uns des autres, et tour à tour abattus

les uns par les autres; et ces terribles
ouragans des passions humaines, soulevées à une si vaste profondeur, non
moins inexplicables et plus à craindre
encore que ces tourmentes qui agitent les
flots de l'Océan; et cette grande catastrophe, préparée par des forfaits sans nom
et suivie de malheurs sans exemple : et
ce Monarque infortuné, toujours calme
au milieu de tous ces élémens de trouble
et de discorde, toujours juste au milieu
de tant de crimes et d'injustices, toujours se soutenant par ses seules vertus
au milieu de tant de ruines, et mettant
le comble à sa gloire, en triomphant de
la mort, s'il ne peut triompher de ses
ennemis : et pour que rien ne manque à
un pareil tableau, le trône antique de la
France, qui, arraché de ses fondemens,
et s'écroulant avec fracas, ébranle tous
les autres; et annonce par le bruit de
sa chute, à l'univers épouvanté, qu'un
des plus florissans empires de la terre,

vient de mourir avec son Roi. Fut-il
jamais un plus vaste sujet, plus digne
de la majesté de l'histoire, plus fait pour
être offert à la méditation du sage et au
génie de l'orateur : et ne semble-t-il pas
que pour vous raconter des événemens
si étranges, il nous faille créer des expressions nouvelles? Mais l'indulgence
de ces grands Princes qui président à ce
concours illustre, nous rassure ; mais la
grandeur même de mon sujet soutiendra
ma foiblesse ; et la vue de ce tombeau par-
lera puissamment à vos cœurs, comme
vos cœurs vous parleront encore bien
plus éloquemment que nos foibles discours. C'est dans ce jour funèbre de larmes et de deuil, dans cette grande solennité de la douleur publique, que l'é-
loquence doit se taire pour faire place
au sentiment ; et gardons-nous d'en affoiblir l'élan par des mouvemens étudiés.
C'est au cœur seul qu'il appartient de
faire dignement l'éloge de mon Roi, et

celui qui le pleurera davantage, l'aura
le mieux loué.

C'est donc pour le pleurer, Messieurs,
ce Roi si digne de nos larmes, et nous
pénétrer plus vivement de l'esprit de
cette triste commémoration et de cette
amende honorable nationale qui nous
rassemble, que nous nous appliquerons
à vous montrer que le meilleur des rois
en a été le plus malheureux et le plus
à plaindre; et que si jamais homme ne
mérita moins la rigueur de son sort,
jamais homme ne la supporta avec plus
de constance et de grandeur d'ame : ce
qui nous offre naturellement le plan de
ce Discours, où nous montrerons que sa
mort a été tout à la fois la plus injuste
et la plus héroïque. C'est le tribut de douleur et d'admiration que nous allons offrir
à la mémoire de très-haut, très-puissant,
et très-excellent Prince, Louis XVIᵉ. du
nom, Roi de France et de Navarre; et
de très-haute, très-puissante et très-ex-

cellente Princesse, MARIE-ANTOINETTE-
JOSÈPHE-JEANNE DE LORRAINE, Archi-
duchesse d'Autriche, Reine de France
et de Navarre.

PREMIÈRE PARTIE.

Vous me prévenez sans doute, Messieurs, et nul de vous n'a pensé qu'en
nous proposant de montrer combien la
mort de LOUIS est de toutes la plus injuste, nous ayons voulu le venger des
imputations insensées des factieux, ni
vous prouver l'iniquité de cet arrêt inouï
qui a indigné l'univers, et qui est bien
plus encore la sentence de ceux qui la
prononcèrent que de celui qui la subit.
Qui est-ce donc qui doute aujourd'hui
de son innocence, et qui en a jamais
douté? Quelle est donc la voix qui
l'accuse? et quelle est la contrée, quelque lointaine qu'elle soit, où son nom
ne soit parvenu, non-seulement sans
tache, mais encore couvert de respect

et de gloire? Ses vertus et ses bienfaits sont les seuls témoins que nous puissions ici appeler, et les seuls défenseurs que nous puissions entendre. Ses vertus dont nous avons abusé, et ses bienfaits que nous avons méconnus : ses vertus qui le rendoient si digne de notre amour, et ses bienfaits qui le rendoient si digne de notre reconnoissance; voilà, Messieurs, la seule justification qui nous est permise, la seule qui soit digne de lui, la seule qui réponde à la majesté de sa cause et à la sainteté de sa mémoire.

En parcourant les pages de l'histoire, on a de la peine à comprendre comment on y voit si souvent les plus vicieux des princes jouir tranquillement des succès de leur ambition et de leur tyrannie, tandis que tant de rois, doués des plus heureuses qualités, ont été les victimes des plus noirs attentats; et puisqu'il faut le dire, au risque même de rappeler notre

humiliation, nos annales domestiques ne
nous offrent que trop de preuves de cette
triste vérité. Entreroit-il dans les desseins de la Providence de punir quelquefois les crimes des peuples par les vertus
des rois? ou voudroit-elle apprendre aux
rois que tel est le danger de leur condition, qu'ils ont à redouter jusqu'à leurs
vertus mêmes? Quoi qu'il en soit de ce
secret de la sagesse divine, le Monarque
que nous pleurons est un exemple des
plus mémorables, que les meilleurs princes ne sont pas à l'abri des plus funestes révolutions. Quel Roi fournit jamais
moins de prétextes de s'armer contre
lui? Quel fut plus éloigné, par la trempe
heureuse de son ame et de son caractère, de compromettre le repos de ses
peuples et d'ébranler leur fidélité? Et
quel réunit jamais plus de titres pour régner sur nos cœurs? Cependant n'est-ce
pas de ces titres mêmes qu'une nation,
dans son délire, a si cruellement abusé;

et qui jamais eut plus de droit que lui de nous dire, comme le père de famille dont parle l'Evangile : *Faut-il donc que votre œil soit mauvais, parce que je suis bon* (1)? Infortuné ! qui devoit pardonner tous les crimes, et auquel on ne devoit pas même pardonner ses vertus.

Et d'abord je le vois élevé à l'école de la vertu même, à celle de Louis Dauphin, de ce Prince à jamais regrettable, dont la mort prématurée fut le sinistre avant-coureur de nos désastres, et le premier signal des vengeances divines. C'est ce père, si digne de ce nom, qui lui transmit, avec le jour, la beauté de son ame, la droiture de son cœur, son amour pour la religion, son goût pour l'étude et pour le travail, la seule passion qu'il aura dans sa vie. Serons-nous surpris, qu'élevé par de telles mains, rien ne lui

_____

(1) S. Matth. xx, 15.

plaise que ce qui est simple, rien ne l'in-
téresse que ce qui est solide, rien ne l'attache que ce qui est honnête. Aurons-
nous de la peine à comprendre que les
premières leçons d'un tel maître, soute-
nues par de tels exemples, aient préparé
dans ce royal enfant, cette jeunesse sans
orage, comme sans erreur, où l'on ne
trouve aucun écart qui puisse offenser
la sagesse, aucun plaisir que ne puisse
avouer la vertu, ni aucune foiblesse dont
il ait à rougir. Ne nous sera-t-il pas
facile de sentir comment, à l'annonce
subite qu'il est roi, une sainte frayeur
s'empare de son ame; et que, craignant
également et sa jeunesse et sa puissance,
mille fois plus frappé des écueils que de
l'éclat qui l'environne, il s'écrie, dans
un sentiment douloureux de son insuffi-
sance : *Je suis Roi, et je n'ai que vingt
ans!* Hélas! pressentoit-il déjà cette carrière de souffrances et de calamités à laquelle il étoit destiné, et lisoit-il dans

l'avenir ce *malheur de régner* (1), terrible et dernière leçon qu'en mourant il devoit léguer à son fils? Il n'avoit donc que vingt ans; mais il avoit des mœurs pures et une probité sévère, un amour ardent pour la vérité, une aversion insurmontable pour les flatteurs, et une passion pour le bien, si vive et si sincère, que, pour s'y livrer sans réserve, il ne lui falloit que des hommes dignes de le lui montrer; et que faut-il donc de plus pour être roi? Combien est donc digne du trône celui qui craint tant d'y monter? Combien peu abusera de son pouvoir celui qui en redoute tant l'exercice, et qui, trouvant ses forces si au-dessous de ses devoirs, supplée par ce seul sentiment à tout ce qui lui manque, triomphe ainsi de sa jeunesse même, et a déjà deviné, en quelque sorte, tout le secret de la royauté? Ah! si la Provi-

_____

(1) Testament de Louis XVI.

dence avoit alors tiré de ses trésors un
de ces hommes d'État qu'elle semble
tenir en réserve, et que, de loin en loin
elle montre à ·la terre pour régénérer
les nations vieillissantes, et soutenir les
empires sur le penchant de leur ruine;
un de ces génies capables de donner
l'impulsion à une ame aussi belle, et
d'encourager ses efforts; un de ces ministres habiles, qui eût sondé d'une
main ferme les plaies profondes de
l'État, et dompté, par son ascendant,
cette force ennemie qui minoit sourdement les anciennes bornes, quel changement cet homme n'eût-il pas mis peut-
être dans nos destinées? Mais ce bonheur
ne fut pas donné à Louis; et il se vit seul,
assis sur le volcan, seul avec ses vertus
et les sentimens généreux de son ame,
foibles et impuissantes digues pour lutter contre le torrent qui les renversoit
toutes. Heureux encore si, trompé par
l'opinion publique, qu'il aimoit trop à
consulter

consulter, il n'eût admis sur les marches du trône, des novateurs, aussi faux amis que faux sages, qui, loin de diriger ses pas, les égarèrent; loin de seconder ses intentions, les trahirent; et, au lieu de l'aider à conduire au port le vaisseau de l'État, le lancèrent à travers les flots où il devoit s'engloutir et se perdre!

Cependant l'aurore de son règne n'en fut pas moins prospère, et ses vertus n'en brillèrent pas moins. La nation entière ne pouvoit qu'applaudir à cette administration aussi sévère que ses mœurs, et d'où étoit bannie toute prodigalité, comme tout faste étoit banni de sa personne : à cette modestie touchante, plus sensible encore au plaisir d'acquérir des connoissances qu'à celui de les montrer : à cette sage économie qui le rendoit *capable de toutes les privations* (1), et qui ne lui permettoit jamais

---

(1) Paroles de Louis.

2

aucune de ces grandes dépenses, *si inutiles*, disoit-il, *pour le bonheur* : à cette noble franchise, aussi étrangère aux intrigues qu'incapable de toute dissimulation : à cette politique éclairée, non moins droite que sa conscience, non moins ouverte que son caractère, et dont toute l'habileté étoit la bonne foi : à cet amour inaltérable pour la paix, qui s'accordoit si bien avec cette ame douce et calme que ne purent jamais séduire ni l'appât des conquêtes, ni le prestige de la gloire, la plus funeste tentation dont les rois aient à se défendre : et enfin, à cet accord précieux de ses vertus privées et publiques, qui, se soutenant toutes les unes par les autres, nous promettoient un règne heureux, et nous assuroient qu'un tel Prince ne manqueroit jamais ni à son Dieu, ni à son peuple, ni à la France, ni à lui-même.

Telle étoit la justice éclatante que d'un bout du Royaume à l'autre on aimoit à rendre à Louis, avant que les ennemis de l'ordre et de l'autorité eussent, à son égard, perverti l'opinion publique, et que le venin révolutionnaire se fût insinué dans les esprits et dans les cœurs. Mais à mesure que la corruption gagne, cette justice s'affoiblit, et à ce concert de louanges et d'amour, ne tardent pas à succéder, et les haines aveugles, et les préventions passionnées. C'est alors que l'ami de la vérité se vit en butte aux courtisans; l'ami des mœurs, aux amateurs de la licence; l'ami de la simplicité, aux amateurs du luxe et des plaisirs; l'ami de la religion, aux impies qui méditoient sa destruction et sa ruine; enfin l'ami de l'ordre, de la raison et de la sagesse, dont le premier but étoit d'améliorer sans détruire, ou de détruire sans bouleverser, à ces agitateurs inquiets et turbulens, qui ne vouloient que des secousses, et qui déterminés à ne rien laisser aller de ce qui va tout seul, ne

craignoient pas de tenter leurs expé-
riences, n'importe à quel prix; et de
hasarder, sur la trompeuse parole de
leurs systèmes, le sort de la patrie et le
salut du genre humain.

Déplorable fatalité! Comment tant
de vertus, qui, dans un autre siècle, lui
eussent mérité des statues, ne firent-
elles que des frondeurs chagrins qui les
tournèrent contre lui-même? et qui donc
nous expliquera comment, bien loin de
les apprécier et de les reconnoître, on
finit par s'en faire autant de moyens
pour le perdre, et autant de prétextes de
s'armer contre lui? C'est ainsi qu'on se servit de sa droiture et de sa candeur pour
lui tendre des piéges, et pour tromper
plus sûrement les vœux les plus purs de
son cœur : qu'on se prévalut de son indifférence au vain bruit de la renommée
pour lui ôter sa réputation, et pour ternir sa vie irréprochable; que l'on fut
d'autant plus hardi à lui enlever son

pouvoir, qu'il se montra moins jaloux de ses augustes prérogatives, et que pour avoir été si avare du sang de ses sujets, l'on fut si prodigue du sien. O mystère des destinées humaines! Et combien ce malheureux Prince devient plus cher et plus sacré à notre mémoire, quand on pense qu'il ne doit qu'à ses propres vertus ses lamentables infortunes; qu'il régneroit peut-être encore, s'il eût cherché davantage à régner; et que s'il eût été moins digne de porter la couronne, elle orneroit peut-être encore son noble front. Hélas! il eût fallu se rendre redoutable, et Louis ne cherchoit qu'à se rendre affable et populaire : il eût fallu augmenter plutôt les braves légions qui entouroient son trône, et Louis laissa diminuer le nombre de ses défenseurs; prendre enfin plus de confiance en lui-même, et trompé par sa modestie, il ne se confioit qu'aux lumières d'autrui. O le meilleur des Princes, si méconnu des hommes, falloit-il donc encore que vous fussiez méconnu de vous-même ? Ah ! si vous aviez pu croire que les hommes que vous gouverniez n'étoient pas aussi bons et aussi généreux que vous ; si vous aviez pu moins compter sur leur justice et leur reconnoissance ; si vous aviez su montrer autant de vigueur contre l'iniquité que vous aviez de penchant pour le bien ; si vous aviez pu vous convaincre que la sévérité est la dette de la justice, en même temps que la justice est la sauvegarde de la bonté, que de larmes n'auriez-vous pas épargné aux gens de bien, que de crimes aux méchans, que de malheurs, et à la France, et à vous-même ?

Reprochons-lui donc, si l'on veut, de n'avoir eu de force que pour se surmonter lui-même : d'avoir trop tempéré la puissance par la bonté, quand tout tendoit à l'attaquer ou à l'affoiblir par l'audace ; de s'être plus occupé de ses devoirs que de ses droits, tandis que ses sujets ne parloient que de leurs droits pour oublier tous leurs devoirs; ne songeant pas assez peut-être à ce qu'il devoit reconnoître à ses derniers instans, *qu'un prince sans autorité ne peut jamais faire le bien qui est dans son cœur* (1); d'avoir trop aimé à céder, quand il falloit résister et punir; de s'être montré si facile pour tous, quand il étoit si sévère à lui-même; et de n'avoir pas opposé à ses ennemis cette même énergie et cette même fermeté dont il soutint ses grands revers et ses longues souffrances. Ou plutôt ne lui reprochons rien; mais demandons - nous à nous - mêmes ce qu'auroit pu faire à sa place tout autre roi pour sauver sa couronne, ainsi que son pays; et si, dans cette grande lutte de la franchise et de la perfidie, de la loyauté et de la bassesse, de la sagesse et

_____

(1) Testament de Louis.

de la frénésie, enfin, du crime et de la
vertu, il ne falloit pas que ce fût le crime
qui prévalût, et la vertu qui succombât.

Ah! plaignons-le plutôt de n'être pas né
dans un autre siècle, et d'avoir régné dans
ce temps d'emportement et de vertige,
contre lequel ne peuvent rien, ni la force
des lois ni la force des armes. Plaignons-
le de s'être vu dans ces crises terribles et
ces extrémités désespérées, qui trompent toutes les précautions, et déconcertent à la fois et la prudence et le
courage. Plaignons-le de n'avoir pu guérir un peuple qui ne vouloit pas l'être,
et qui, dans sa corruption raisonnée et
sa démence systématique, étoit mécon-
tent de tout, excepté de lui-même. Plaignons-le de n'avoir pu combattre le génie du mal auquel le ciel *avoit donné*
toute puissance de nuire également et
à la terre et à la mer (1): si toutefois on

_____

(1) Apocal. vii, 2.

peut plaindre un Roi dont toutes les erreurs honorent la grande ame; qui jamais ne contracta une seule des taches dont fut souillée cette génération perverse qu'il eut à traverser; et qui, ayant à lutter contre tous les vices, ne donna l'exemple d'aucun : un Roi qui n'a jamais été trompé que par son amour même pour le bien; qui n'a jamais été complice que d'une séduction, celle de rendre son peuple heureux aux dépens de son repos et de sa vie même; qui a toujours été le maître de ses passions, s'il n'a pas été assez fort pour maîtriser celles des autres, et auquel on ne peut opposer qu'un seul tort dans sa vie, celui de n'avoir pu vaincre ni la rigueur de son sort ni la malignité des temps, de n'avoir pu surmonter des événemens insurmontables, ni triompher des injustices des hommes comme de celles de la fortune.

Ces injustices se manifesteront en-

core davantage et paroîtront bien plus
odieuses encore, quand, après avoir
abusé de ses vertus, qui le rendoient si
digne de notre amour, on méconnoîtra
encore ses bienfaits, qui le rendoient si
digne de notre reconnoissance. Et quels
bienfaits, Messieurs! ce sont tous les
soins que peut donner un souverain
à la prospérité de son empire; ce
sont tous les sacrifices personnels, qu'il
compte pour rien dès qu'ils peuvent
contribuer au soulagement de son peuple; c'est le généreux abandon de ses
droits, qui signala l'avénement à sa couronne; ce sont toutes les branches de
l'économie et de l'administration publique réformées à la fois; c'est l'industrie
ranimée, le commerce vivifié, l'agriculture encouragée, l'éducation nationale
épurée; c'est la législation qui reçoit toutes les améliorations que commandent et
l'expérience et le temps; c'est la marine
rendue à sa splendeur ancienne; la na-

vigation illustrée par des conquêtes d'un nouveau genre, et ces expéditions lointaines où l'ambition n'avoit rien à prétendre, mais où l'humanité avoit tout à gagner. Sous quel roi les malheureux réclamèrent-ils plus hautement leurs droits et furent-ils plus favorablement écoutés? Sous quel roi les ateliers de l'industrie et les établissemens de la charité publique furent-ils plus surveillés et plus multipliés? Sous quel roi les sciences et les arts reçurent-ils plus de récompenses et d'encouragemens? ces arts et ces sciences qui font la splendeur des États, mais qui peuvent aussi en faire la ruine quand on les préfère à tout, même à la vertu, et qu'on parvient à oublier que rien n'est plus près de la barbarie que l'abus de l'esprit et l'engouement du faux savoir. Que manquoit-il donc à la gloire de nos armes? et la seule guerre qu'il ait entrepris, fût-elle même une faute dans le principe, n'a-t-elle pas vengé l'honneur national des longues injures d'une puissance rivale? Que manquoit-il à notre considération au dehors? et n'avions-nous donc pas repris cet ascendant et cette supériorité en Europe que nous avoit fait perdre la foiblesse du dernier règne? Que manquoit-il enfin à Louis pour rendre ses travaux durables, la France à jamais florissante, et son règne immortel, qu'une nation digne de son Roi et digne d'elle-même; une nation qui méritât de jouir de tant de bienfaits par ses mœurs et par ses vertus, et qui eût conservé sa religion et son caractère, biens suprêmes que rien ne supplée, et sans lesquels tous les autres ne sont que des moyens de corruption et de ruine? Eh! de quoi sert à un État qu'il soit défendu par de nombreuses forteresses et par des légions aguerries; que les lettres fleurissent dans son sein, que ses vaisseaux couvrent les mers, que l'abondance règne dans ses ports, et qu'il étende ses communications jusqu'aux bornes du monde, quand tout conspire à ébranler ses fondemens, quand une consomption interne le travaille, quand il porte en lui-même le principe de sa dissolution, et qu'il est piqué au cœur par le poison des nouvelles doctrines, par le vil égoïsme, par la fatale indifférence, par ce dégoût superbe de tout ce qui est, pour ne rêver que ce qui doit être, et par cet esprit tristement raisonneur, qui, jugeant tout, décompose tout; semblable à ces eaux stagnantes qui creusent insensiblement le terrain qui les reçoit, et qui, bien loin de le fertiliser, n'y déposent qu'une fange putride d'où s'exhale une odeur de mort. C'est bien alors qu'on peut dire de lui comme de la statue de Nabuchodonosor, qu'il a la tête d'or et les pieds d'argile : d'autant plus malheureux, qu'aveuglé par ces biens trompeurs, il ne sent pas la profondeur de

sa misère. Mais Louis, en travaillant
ainsi à la prospérité de sa nation, n'en
acquéroit pas moins de droits à la reconnoissance publique ; il n'en montroit
pas moins, par tout ce qu'il faisoit et
d'utile et de juste, tout ce qu'il auroit fait
encore si ses coupables ennemis lui en
eussent donné le temps et laissé le pouvoir; et il n'en prouvoit pas moins qu'une
ame simple dans ses goûts et pure dans
ses affections, peut avoir encore de la
grandeur dans ses desseins, et de l'élévation dans ses vues et dans ses pensées.

Et cependant de quel retour fut-il
payé? quel témoignage reçut-il de son
peuple, et quel fruit retira-t-il de tant
de libérales concessions, de tant de
royales sollicitudes? O opprobre éternel du siècle des lumières! Qui nous
expliquera comment tant de bienfaits
ne firent que des ingrats, et ne purent
jamais désarmer les méchans? comment, après avoir accordé à son peuple

la liberté qu'il demandoit, on ne parloit que d'oppression? comment, après
avoir détruit dans son empire jusqu'à la
moindre trace de servitude, on ne parloit que d'esclavage? comment, après
avoir mis tous les actes de son autorité
à l'abri de toute surprise, on ne parloit
que d'actes arbitraires? comment, après
avoir accordé la tolérance aux cultes dis-
sidens, on ne parloit que d'intolérance
et de persécution? comment, après
avoir favorisé tous les talens et toutes
les sciences, on ne parloit que de mépris pour les lumières et d'indifférence
pour les talens? Que disons-nous, Messieurs? et quel sera l'étonnement de nos
neveux, quand ils sauront que du faîte
de ses grandeurs il fut précipité dans une
obscure enceinte, dernier reste du superbe héritage de ses aïeux, et que l'on
réduisit au dénuement le plus affreux,
celui qui aimoit tant le pauvre, qui
avoit adouci le sort des prisonniers,

et porté la réforme et la consolation dans tous les asiles du malheur et du crime; que l'on rendit esclave de ses propres sujets, celui qui avoit affranchi jusqu'au dernier de ses sujets; que l'on tyrannisa dans son culte et dans sa conscience, celui qui avoit accordé la liberté des cultes et celle des consciences; que l'on vit condamner, contre toutes les lois, celui qui avoit adouci les lois criminelles, et soumis à révision tant de condamnations précipitées, et tant de jugemens désavoués par la justice; qu'on le vit enfin diffamé, persécuté par les mêmes écrivains qu'il avoit tant favorisés, et qui, pour prix des statues qu'il élevoit dans son propre palais aux hommes de génie, minoient son trône sourdement, et furent les premiers à proclamer l'insurrection et à forger ses chaînes. Ingratitude monstrueuse, et déloyauté sans exemple dans les annales du monde! Quoi donc! et les hommes valent - ils
la

la peine qu'on leur fasse du bien? et seroit-il vrai que le grand art de les gouverner n'est pas peut-être celui de les aimer, mais de les contenir? Ah! loin de nous ces idées désespérantes. Mais que les rois apprennent du moins qu'un peuple devenu impie, est nécessairement un peuple ingrat, qui se dispense d'autant plus aisément de la reconnoissance, que se croyant en droit de demander compte à ses maîtres de tout le bien qu'ils ne font pas, il se croit aussi, par une suite nécessaire, quitte envers eux de tout le bien qu'ils lui ont fait, comme de tout celui qu'ils peuvent encore lui faire.

Et c'est, Messieurs, ce qui mettoit le comble aux infortunes de Louis. Non, ce qui affligeoit cette ame sensible, ce n'étoit pas tant de se voir chaque jour abreuvé d'humiliations et d'outrages, de se voir chaque jour enlever un lambeau de sa pourpre royale; c'étoit de voir ses in-

tentions calomniées, ses bienfaits méconnus : c'étoit d'apprendre qu'on lui
enlevoit l'amour de son peuple, qui occupoit tout son cœur et toute sa pensée.
Voilà ce qui faisoit le poison mortel de
sa vie, et la grande amertume qui absor-
boit toutes les autres. Ah! il me semble
le voir ici, ce royal cœur, se ranimer
et palpiter encore au nom de ce peuple
qui lui fut si cher, et dont il s'étoit proclamé solennellement *le premier ami*.
Il me semble voir sa poussière se réveiller sous ce drap mortuaire, et nous
adresser, du fond de son tombeau, ces
tendres et touchans reproches : *O mon
peuple, que vous ai-je fait, et en quoi
vous ai-je donc été contraire?* Répon-
dez-moi : *responde mihi* (1). O vous, qui
fûtes constamment l'objet de mes travaux; *vous, dont on disoit que j'étois
aimé, quand on vouloit me consoler*

_____

(1) Michée, vi, 3.

dans mes peines (1), ô mon peuple! car vous avez beau faire, *les François seront toujours mon peuple* (2) au milieu même de leurs plus grands égaremens: répondez - moi, *responde mihi*. Quelle demande m'avez-vous faite, que je ne vous aie pas accordée? quel voeu avez-vous formé pour votre bonheur, auquel je n'aie pas souscrit? quelle misère m'avez - vous exposée, que je n'aie pas voulu soulager? quel abus m'avez-vous dénoncé, que je n'aie pas voulu réformer? quel sacrifice falloit - il s'imposer, auquel je ne me sois soumis? Quel Roi en a donc fait autant que moi? et dans vingt ans n'ai-je pas répandu sur vous les bienfaits de plusieurs siècles? et mes fautes, si j'en ai faites, que sont - elles, sinon autant de preuves mêmes de mon amour pour vous?

---

(1) Proclamation de Louis.
(2) Paroles de Louis.

Mais que lui répondre, Messieurs, tandis qu'ici tout nous accuse en même temps que tout le justifie? que lui répondre, tandis que l'évidence dépose contre nous, que le règne des illusions s'est enfin dissipé, que le jour de la vérité nous éclaire tous maintenant, et que son innocence, montée jusqu'au ciel, retentit par toute la terre. Ah! c'est la douleur, ce sont les larmes, c'est le silence de la confusion qu'il nous faut pour toute réponse; c'est un saisissement et de honte et d'effroi quand nous pensons que le prix de tant de bienfaits, que la récompense de tant de vertus, et que la reconnoissance pour tant de sacrifices, a été...... un échafaud.

Mais si nous n'avons rien à répondre à l'auteur de tant de bienfaits, n'aurons-nous rien à dire aux artisans de tous nos malheurs, qui voudroient au moins nous tromper sur leurs causes, s'ils ne peuvent en cacher les effets;

les taire, s'ils ne peuvent les nier;
et, toujours incurables dans leur aveu-
glement, mettent peut-être encore au
rang de leurs titres de gloire tous les
fléaux qu'ils ont versés sur nous? Nous
seroit-il défendu de les interpeller à
notre tour, et de leur dire aussi, au nom
de tous les vrais François : Répondez-
nous, *responde mihi*. Ah! interrogeons
donc ici ces mandataires infidèles qui
trahirent à la fois, et leur Dieu, et leur
Roi, et leur patrie ; qui, appelés à
sauver l'Etat, furent les premiers à le
précipiter dans l'abîme; qui de représentans se firent conspirateurs, qui de
sujets se constituèrent maîtres, et qui
de maîtres devinrent tyrans; qui, au
nom des propriétés, les envahirent;
qui, pour violer toutes les lois, se dé-
clarèrent inviolables; qui, par une déloyauté inouie dans l'histoire des crimes,
se firent de leur mission un titre contre
leur mission, et de leurs sermens un

droit contre leurs sermens mêmes; et,
par tous ces grands attentats, préparèrent celui qui devoit bientôt mettre
le comble à tous les autres.

Interrogeons ces grands corps de judi-
cature, gardiens nés des antiquités nationales et des maximes héréditaires;
qui, atteints de la contagion commune,
laissèrent pénétrer dans le sanctuaire
des lois, l'esprit d'innovation et de système, et au lieu de se faire la règle de
l'opinion du siècle, s'en firent les esclaves : ces magistrats qui, rappelés par leur
souverain, oublièrent sitôt le respect et
la reconnoissance qu'ils devoient à leur
souverain; qui, les premiers, donnèrent
le signal de la résistance; qui, les premiers, ébranlèrent la fidélité en rai-
sonnant la soumission ; et qui, mettant
la discussion à la place de l'autorité, ac-
coutumèrent la nation à voir citer son
Roi au tribunal de ses propres sujets:
nouveaux Samsons, qui voulant ébran-

ler le temple, ont été, comme lui, ensevelis sous ses ruines.

Interrogeons ces dépositaires de son
pouvoir, avides de changemens pour
parvenir à la célébrité, et de la célébrité
pour parvenir à la fortune : tous ces ministres ou incapables ou perfides, qui abu-
soient de sa confiance sous le masque du
bien public, et qui semant les piéges sous
ses pas, commettoient le plus grand des
crimes envers les peuples, celui de tromper la conscience des rois.

Interrogeons ces flatteurs de la multitude, plus méprisables mille fois que
les flatteurs des princes, qui l'égaroient
par des promesses fallacieuses et des
droits chimériques; et qui, pour la tromper plus sûrement, armoient ses passions
de tous leurs systèmes, en même temps
qu'ils armoient leurs systèmes de toutes
ses passions : audacieux dominateurs, qui
se disoient une puissance, et qui en effet
en étoient une; la puissance de la des-

truction, la puissance de la désolation,
la puissance de la mort pour creuser le
tombeau des nations et aiguiser le fer
des parricides.

Interrogeons cette nation auparavant
si douce et si sensible, et devenue si
emportée et si cruelle; auparavant si facile à conduire, et devenue si indiscipli-
nable et si rebelle; auparavant si idolâtre de ses rois, et devenue si indocile
et si ingrate; qui se disoit si éclairée, et
qui devint si follement crédule et si hon-
teusement soumise aux vils tyrans qu'elle
se donnoit : et demandons-lui par quelle
inconcevable légèreté elle a pu passer
tout à coup des transports de l'amour
aux fureurs de la haine, des adorations
aux outrages, et en abjurant son Roi,
s'abjurer et se renoncer elle-même.

Interrogeons-nous nous-mêmes, et
que chacun de nous se demande si nous
n'avons pas mérité nos malheurs, en
abusant de la prospérité même que nous

lui devions ; si nous ne sommes pas devenus injustes envers lui par l'excès
même du bonheur dont nous jouissions, par je ne sais quelle satiété du
bien - être qui gagne certaines nations,
comme certains esprits malades éprouvent la satiété de la vie ; si nous n'a-
vons pas fatigué sa patience par des
plaintes inconsidérées ; si nous n'avons
pas été entraînés par vanité, par amour
propre, par caprice, par je ne sais quelle
inquiétude et quel désir du changement
que l'homme prend pour sa grandeur,
et qui n'est que sa maladie. Voilà, Messieurs, les sérieux retours que nous avons
sans cesse à faire sur nous-mêmes ? Voilà
les hommes que nous devons hautement
accuser comme l'unique source de nos
maux, en attendant que la postérité les
juge, et qu'elle venge en même temps
de leurs ingratitudes, ce Prince, non
moins juste que bon, qui, par ses soins
constans et son amour inaltérable pour

son peuple, auroit sauvé l'Etat, si l'Etat pouvoit être sauvé, lorsque les temps sont arrivés, *lorsqu'il est attaqué par une force invincible et divine*, lorsqu'une main fatale a tracé son arrêt, et que l'on peut dire de lui, comme de Babylone, *que ses jours sont comptés, qu'il est divisé de lui-même, qu'il a été mis dans la balance, et qu'il a été trouvé si léger* (1), qu'il ne peut plus se soutenir, et que de chutes en chutes et de ruines en ruines, il doit finir par crouler sur lui-même.

Et maintenant, ô rois ! comprenez, instruisez-vous, juges de la terre, et que les grandes et terribles leçons que vous donnent les malheurs de Louis ne soient pas perdus pour vous. Voyez à quoi tient le destin des plus belles couronnes et la dissolution des empires les mieux affermis : voyez combien fatale aux rois est

---

(1) Daniel, v, 27.

l'impiété audacieuse qui domine en nos jours : voyez jusqu'à quel point l'esprit de sédition et de révolte se confond avec l'esprit d'irréligion et de système. Et comment se feroient-ils donc un crime de détrôner les représentans de la Divinité sur la terre, ceux qui n'aspirent à rien moins qu'à détrôner la Divinité même, et qui nous ont donné le spectacle effrayant de l'athéisme mis sur l'autel ? Accoutumés à juger Dieu et ses mystères, comment ne se croiroient-ils pas en droit de juger le Roi et ses actions ? N'en doutons pas, l'ennemi de Dieu ne peut manquer de devenir l'ennemi de César ; et il est écrit que l'impie qui méconnoît et abjure son Dieu, méconnoît et abjure également son roi : *Maledicet regi suo et Deo suo* (1).

Et vous, peuples aussi, instruisez-

(1) Isaïe, VIII, 21.

vous à votre tour à force de malheurs.
Voyez tout ce que coûtent les victoires
que l'on remporte sur son Roi : voyez dans
quel abîme de misère et de dégradation un peuple peut descendre, lorsque
l'emportent ses passions effrénées : voyez
combien amers sont les fruits de cette
liberté après laquelle vous courriez en
aveugle, et de ces droits trompeurs dont
on berçoit votre crédulité. Apprenez que
vous avez le droit d'être heureux, et non
celui de vous nuire ; le droit d'être gou-
verné par la justice, et non celui de vous
la faire ; le droit de n'obéir qu'aux lois, et
non celui d'en être les arbitres : qu'ainsi
le veut l'ordre éternel, contre lequel
vous ne sauriez vous élever sans vous
punir vous-même, et attirer sur vous ce
déluge de calamités, que rien n'a égalé que
le déluge de vos crimes. Apprenez enfin
que les François ne sont forts que de leur
Roi ; que si sa puissance est dans notre
amour, notre vraie liberté est dans sa

puissance ; que nous ne pouvons rien lui
ôter, sans nous l'ôter à nous-mêmes, et
qu'ici la grandeur d'un seul est le trésor
de tous.

Mais la gloire de Louis n'est encore
qu'ébauchée, et de plus grands objets
encore nous appellent. Nous vous avons
montré, Messieurs, par toutes les vertus de sa vie, l'injustice de sa mort; il
faut encore vous en découvrir toute la
sublimité et l'héroïsme.

SECONDE PARTIE.

Un des plus beaux génies de l'antiquité a eu une idée véritablement grande,
quand il a dit que la plus glorieuse destinée que Dieu pût réserver à un mortel, c'est qu'il mourût pour la justice, et
que, pour prix de sa vertu, il succombât
sous le fer des méchans : et les premiers
défenseurs de la foi ont trouvé cette
pensée si belle et tout à la fois si chré-

tienne, qu'ils n'ont pas hésité d'en faire
l'application à la mort du Sauveur du
monde, pour prouver, qu'à ne prendre
même les choses qu'humainement parlant, la mort de l'Homme-Dieu avec tous
ses opprobres, bien loin de nuire à sa
gloire, n'avoit fait qu'y mettre le comble.
Nous ne pouvons qu'applaudir à cette
application ; mais sera-t-elle donc moins
naturellement appropriée à la mort du
juste que nous pleurons ; et nous paroîtra-
t-elle moins touchante, lorsque nous pen-
serons que ce juste est un Roi, que ce Roi
est immolé par ses propres sujets, qu'il est
victime de ses bienfaits mêmes, et qu'il
surpasse encore par le courage et l'héroïsme avec lequel il soutient sa mort,
la criminelle ingratitude de ceux qui
l'ont ordonnée. Mort véritablement héroïque, soit qu'on la considère, et dans
les sacrifices qui l'ont devancée, et dans
les sentimens qui l'ont accompagnée ;
de sorte que, bien loin de porter la moin-

dre atteinte au saint respect que nous devons à sa mémoire, elle la rend encore plus sacrée et plus vénérable, et fait du dernier terme de ses infortunes, le plus beau titre de sa gloire et de son triomphe.

Je dis, Messieurs, héroïque par les sacrifices qui la préparèrent. Depuis plusieurs années Louis la voyoit en face, il la voyoit s'avancer chaque jour par degrés, il la lisoit sur le front de tous les conjurés; il les entendoit s'écrier *qu'il est expédient qu'un homme meure, pour que toute la nation ne périsse pas* (1), et il savoit que cet homme c'étoit lui. Il voyoit plus d'un perfide s'avancer pour le trahir, et trafiquer, non de ses vêtemens, mais de ses jours. De toutes parts lui arrivoient les plus sinistres avertissemens, que confirmoient les plus sanglans outrages dont à chaque moment

_____

(1) S. Jean, xviii, 14.

il étoit abreuvé; et il ne pouvoit plus
se dissimuler le sort qui l'attendoit. Mais
alors quelles étoient ses inquiétudes et
ses craintes, et de quels soins s'occu-
poit-il? Hélas! toujours prêt à s'offrir en
holocauste pour son peuple, et à se sacrifier, comme Jonas, pour appaiser la
tempête, s'il prend des précautions, c'est
bien plus pour les autres que pour lui-
même, et s'il s'inquiète, c'est bien moins
des dangers qui menacent sa vie, que
des malheurs qui vont tomber sur sa
nation. Ce n'est point ici une simple
résignation à sa cruelle destinée, c'est
la disposition habituelle d'une ame
magnanime à laquelle il n'en coûtera
pas plus de faire le sacrifice de sa vie,
s'il le croit nécessaire au bonheur de
ses sujets, qu'il ne lui en coûte de faire
le sacrifice de sa royale autorité et des
plus beaux droits de sa couronne, dès
qu'il pense éviter par-là de plus violentes commotions et prévenir les horreurs

reurs d'une guerre intestine. S'il tente
une seule fois de s'arracher par la fuite
à l'horreur de sa situation, c'est bien plus
pour délivrer la France de ses oppresseurs, que pour se délivrer lui-même
de ses ennemis, et en se dérobant à leurs
fureurs, les empêcher de devenir encore
plus coupables. Digne peut-être alors
d'une plus vive admiration, quand il
veut épargner à ses sujets le déshonneur
d'un grand crime, que quand il pous-
sera l'héroïsme et la grandeur d'ame jusqu'à leur pardonner le crime même.

C'est toujours, Messieurs, dans cet
esprit d'immolation et d'un entier oubli
de lui-même, qu'on le verra songer à la
sûreté des autres, bien plus encore qu'à
la sienne propre. Combien de fois des serviteurs non moins courageux que fidèles,
voulurent, à l'exemple de Pierre, tirer
l'épée pour le défendre, et combien de
fois ne leur dit-il pas de la remettre dans
le fourreau, ne voulant pas, suivant ses

4

propres expressions, qu'*il fût répandu
une seule goutte de sang, dût-elle même
lui conserver et son trône et sa vie.* O
noble et touchante illusion de sa belle
ame! Comme s'il n'étoit pas responsable
de sa propre défense à sa nation, à son
siècle, à la postérité : comme si ses successeurs n'avoient pas droit au trône dont
il est l'héritier, et que sa vie ne fût pas
la vie de tous. C'est encore par ce généreux dévouement que dans la plus cri-
tique des circonstances on l'entend dire
qu'*il ne veut pas faire verser le sang
des François pour sa querelle.* Nouvelle
erreur, qui ne pouvoit germer que dans
un cœur aussi grand que le sien. Comme
si sa querelle n'étoit pas celle des François, la querelle de son peuple et de son
bonheur, la querelle de la justice et de
l'ordre public, la querelle de la religion
sur laquelle est appuyée son trône; disons tout, la querelle de Dieu même
qui lui a mis le glaive en main pou

exterminer les rebelles, et pour venger les lois en se vengeant lui-même.

Que dirons - nous, Messieurs, de ce refus qu'il fait de plaider lui-même sa cause devant ses juges, *de peur,* dit-il, *de les émouvoir, et d'avoir trop raison contre ses adversaires.* Mille fois supérieur ici à ce Socrate si vanté, qui ne vouloit faire de sa mort qu'un spectacle, et mit tant d'art à émouvoir ses juges et à confondre ses adversaires. Que dirons-nous encore de l'ordre qu'il donne à l'orateur aussi éloquent qu'intrépide, qui se charge de sa défense (1), d'en supprimer tout ce qui seroit trop pathétique, *parce qu'il ne veut pas les attendrir.* Sublime abandon de soi-même, et abnégation surhumaine, dont on chercheroit en vain la moindre trace chez tous les sages de l'antiquité, et qui fait de Louıs un héros d'une espèce unique,

----

(1) M. de Sèze.

dont on ne trouve aucun exemple dans
les annales de la vertu.

Mais nous, Messieurs, ne serions-nous
donc pas émus et attendris, en voyant
ce Prince infortuné refuser jusqu'aux
larmes de ses ennemis, comme pour
leur apprendre qu'ils sont à plaindre encore plus que lui; et que si quelqu'un
est ici digne de compassion et de pitié,
c'est ce peuple en délire qui ne se connoît pas lui-même, qui court aveuglé-
ment au-devant de sa perte, et qui, encore plus coupable que l'infidèle Jérusalem, met à mort à la fois, et ses prophètes
et ses rois. Spectacle vraiment attendrissant, et où Louis se montre d'autant plus
digne d'admiration qu'il cherche plus à
la fuir; d'autant plus digne de nos larmes qu'il ne veut pas que nous pleurions
sur lui; et toujours plus grand que lui-
même, apprend ainsi à l'univers que s'il
est glorieux d'occuper un trône avec
sagesse, il l'est encore davantage de le

perdre sans regret, et d'en descendre avec tant de grandeur.

Ah! son vœu magnanime ne sera que trop accompli, et ses juges barbares ne seront point attendris. Mais sa mort en deviendra plus héroïque, puisqu'elle aura toute la gloire et le mérite d'un sacrifice volontaire : mais son amour pour ses sujets en éclatera davantage; et il n'en prouvera que mieux à tous les siècles à venir, que, comme un autre Eléazar, il s'est immolé pour ses frères; que, nouveau rédempteur, il a donné sa propre vie pour le salut de sa nation; et qu'il est digne que l'on dise de lui, ainsi que du Sauveur du monde, qu'il s'est offert parce qu'il l'a voulu : *Oblatus est quia ipse voluit* (1).

Le dirons-nous cependant, Messieurs, c'est cet héroïque esprit de résignation, et d'abandon de sa propre vie pour épar-

_____

(1) Isaïe, LIII, 7.

gner celle des autres, qui ne fut point
apprécié par certains esprits, lesquels
n'y voyoient qu'un penchant à la foiblesse, un tribut payé à la crainte, ou
tout au plus, que le courage de souffrir.
Mais combien grande fut leur erreur!
combien injuste leur censure! Et où est
donc la force d'ame, si ce n'en est pas
une d'aller au-devant de la mort, quand
on la juge nécessaire au bonheur de son
peuple? Et où sont donc les occasions
où Louis ne se soit pas montré supérieur à toutes les craintes comme à tous
les dangers? Qui pourroit oublier ces
jours d'ivresse et d'effervescence populaire, où, sans autres armes que sa vertu
et sa mâle intrépidité, il fit, seul contre
tous, pâlir les factieux, et leur apprit
qu'il existe une majesté inaccessible
aux coups du sort, et aux atteintes des
méchans? Quoi donc! fut-il foible dans
cette nuit de deuil et de carnage, où
assiégé dans son propre palais par des

hommes altérés du sang de sa compagne
auguste et de ses gardes les plus fidèles,
il sut faire avorter, par sa noble assurance et sa stoïque fermeté, tous leurs
affreux desseins? Fut-il foible dans cette
journée plus désastreuse encore, et où se
méditoient de plus grands attentats? et
où, parmi les cris de rage et le fracas des
bronzes meurtriers, il sut montrer que
l'homme de bien qui a une conscience
pure, ne tremble jamais(1)? Fut-il foible, quand, traîné dans sa capitale, escorté des furies qui menaçoient ses jours,
et à travers les flots amoncelés d'une multitude effrénée, il y parut avec autant de
calme et de sérénité que lorsqu'il y venoit dans tout l'éclat de sa grandeur, au
milieu des transports de l'amour et des
cris de l'allégresse? Ah! ce n'est point au
soldat dont la valeur impétueuse affronte
les hasards dans le fort du combat et la

(1) Paroles de Louis XVI dans la journée du 20 juin.

chaleur de la mêlée, qu'appartient la
gloire du vrai courage ; c'est à celui qui,
toujours maître de lui-même parmi les
plus indignes traitemens qu'un mortel
ait jamais éprouvé, se montre encore
plus intrépide que le crime n'est hardi
et audacieux ; voit les poignards des assassins levés sur sa tête, et n'en est point
intimidé ; et connoissant les desseins homicides de ses ennemis, ne prend contre
eux aucune sûreté, parce qu'il est prêt
à tout, comme il ne s'étonne de rien.
Voilà le brave par excellence ; voilà le
héros qui est plus fort que celui qui prend
des villes ; et tel fut Louis, dans ces terribles circonstances, où jamais ni l'homme ni le Roi ne s'oublièrent un instant.
Hélas ! tant d'héroïsme et de courage
sera perdu, et pour lui-même, et pour les
autres, et ne sauvera pas plus son peuple de ses malheurs, que son trône de sa
ruine : mais il ne sera pas perdu pour sa
gloire ; il ne le sera pas pour la posté-

rité, qui admirera le Monarque qui sut ainsi s'élever autant au-dessus de lui-même, que ses ennemis descendoient plus bas; qui, par la force de son ame, honoroit l'humanité, dans le temps que l'humanité se dégradoit tant elle-même; qui soutenoit encore la grandeur de la nation dont il étoit le chef, dans le temps que cette nation souilloit toute sa gloire et flétrissoit sa renommée; et qui, toujours digne du trône et de son noble sang, soutenoit encore à lui seul l'honneur du nom françois, la splendeur de sa race et la gloire de quatorze siècles.

Mais il faut aborder l'endroit le plus pénible et le plus douloureux de mon discours, et vous parler de cette mort qui va nous révéler tout le secret de sa vie, et qui vaut à elle seule la plus belle vie du monde. Déjà *l'heure de la puissance des ténèbres est arrivée* (1). La

_____

(1) S. Luc, XXII, 53.

synagogue des conjurés s'ébranle; et d'abord divisés entre eux, ils se sont enfin donné la main pour perdre le juste. Les prêtres de Baal ont déchiré leurs vêtemens, et s'apprêtent à dévorer leur proie et leur victime. Les scribes et les pharisiens de l'impie sénat ont ourdi contre lui leur complot sacrilége : ces pharisiens qui ont toujours l'humanité et la liberté sur la bouche, et l'enfer dans le cœur; et ces scribes atroces, qui n'écrivent qu'avec du sang leurs lois et leurs décrets. Une populace effrénée, plus fanatique encore que celle de Jérusalem, pousse des cris de rage, et le proclame digne de mort. Déjà il est dressé ce sanguinaire tribunal, où siégent à la fois les juges, les accusateurs et les bourreaux; lesquels, foulant aux pieds toutes les lois de la pudeur, toutes les formes protectrices de l'innocence, prennent ici leur rebellion pour leur autorité, leurs calomnies pour des preuves,

et leurs factions pour des jugemens. Il
est interrogé celui qui ne peut l'être que
par *le Dieu qui juge au milieu des
dieux*(1), et, par une audace inouie dans
l'histoire de la perversité humaine, ils
lui reprochent, et ses propres bienfaits,
et leurs propres crimes, et jusqu'au sang
qu'ils ont versé eux-mêmes : et telle est
sa noble sécurité, la présence de son
esprit et la sagesse de ses réponses, que
celui qui préside à cette œuvre d'iniquité ne peut se défendre lui-même d'un
sentiment d'admiration et de surprise :
Ita ut miraretur præses vehementer (2).
Déjà est prononcée la fatale sentence :
et ici, ce n'est pas celui qui l'entend qui
tremble et qui frémit, c'est celui qui
l'annonce et qui la signifie. Déjà les
éternels adieux sont dits, les derniers
sacrifices sont faits, tous les cœurs de

---

(1) Psaume LXXXI, 1.
(2) S. Matth. XXVII, 14.

l'auguste famille se sont déchirés dans leur séparation : Louis s'est arraché des doux embrassemens des compagnes chéries qui allégeoient le poids de sa captivité, et qui n'auront pas même la triste consolation de mourir avec lui. Le voilà seul avec lui-même, ou plutôt seul avec Dieu, et *n'ayant plus que ce témoin de ses pensées auquel il puisse s'adresser* (1). Oh! combien, dans ce moment suprême, ce Dieu lui devient nécessaire! combien *il sent tout le bonheur d'avoir conservé ses principes* (2), et de n'avoir jamais douté des dogmes sacrés de sa foi! combien il s'applaudit d'avoir toujours fermé l'oreille aux suggestions perfides de cette triste philosophie qui n'auroit eu à lui offrir, dans ces affreux instans, que le vide de ses maxi-

---

(1) Expressions de Louis dans son Testament.

(2) Propres paroles de Louis, s'adressant à M. de Malesherbes.

mes et la promesse de son néant! combien il sent tout le besoin de cette religion sublime, qui ne se plaît jamais plus à consoler les malheureux, que quand tous les appuis humains leur manquent à la fois. Déjà elle lui envoie son ministre ou son ange réconciliateur, qui vient lui apporter les bénédictions du ciel et les paroles du salut. Qui pourra donc nous raconter cette scène de piété et d'attendrissement? Qui nous dira ce qui se passe entre l'homme de Dieu et le Monarque qui lui découvre tout son cœur? Qui nous révélera leurs pieux entretiens et leurs occupations célestes? et l'autel sacré que l'on dresse, et la célébration des augustes mystères, qu'a précédé ce doux sommeil, image naturelle, heureux augure du repos éternel dont il va jouir; et la réception du pain des forts, qui l'aidera si puissamment à monter sur l'autel ou sur le trône de son martyre, et à prouver à tous les siècles que s'il a su vivre, il sut aussi mourir?

Mais, qu'entends-je, et quel nouveau spectacle vient s'offrir à mes yeux? C'est l'heure fatale qui sonne; ce sont de cruels satellites qui s'avancent pour se saisir de la victime; c'est Louis, qui, en allant au-devant d'eux, leur demande, d'un air plus calme encore qu'intrépide, comme autrefois Jésus à la cohorte impie : Qui cherchez-vous? *Quem quæritis* (1)? et qui, toujours Roi, alors même qu'il ne peut plus l'être, leur ordonne de partir avec lui : *Partons.* C'est le départ du char funèbre qui roule lentement sur les ruines de la France, sur des ruisseaux de crimes et de sang; où Louis, comme de son char de triomphe, récite les prières ou le cantique des mourans; et, semblable à l'Agneau de Dieu, s'avance, à travers les glaives homicides, au lieu de son immolation, et monte

(1) S. Jean, xviii, 4.

enfin sur son Calvaire. Anges des cieux,
accourez tous en ce moment, puisqu'il vous invoque, pour contempler
le plus grand des spectacles que puisse
vous offrir la terre! Accourez, non
pour le soutenir dans son agonie et
dans sa défaillance, il n'en a pas besoin, puisque Dieu le soutient; non pour
détourner de lui le calice amer, il veut
le boire jusqu'à la lie; mais pour admirer un héros dont le courage et la
résignation égalent l'infortune, et qui,
sans plainte comme sans impatience,
sans foiblesse comme sans ostentation,
se montre également au-dessus, tantôt
de la compassion et tantôt de l'admiration qu'il inspire. Venez voir ce descendant de trente rois, condamné à perdre
la vie par ses propres sujets, auxquels
il a sacrifié sa propre vie, et qui, bien
loin de succomber sous ce poids immense d'injustice et d'ingratitude, conserve encore je ne sais quelle divine

impassibilité, je ne sais quelle sérénité surnaturelle qui déjà l'associe à la béatitude dont vous jouissez, et n'en soutient qu'avec plus de gloire et la dignité du Monarque et celle du chrétien. O miracle de la foi! il est donc vrai que le chrétien surpasse autant le sage que l'ouvrage de Dieu l'emporte sur l'ouvrage de l'homme? Et quel autre sentiment que celui de la religion auroit donc pu l'élever ainsi au-dessus de lui-même, le rendre encore plus calme mille fois que ses bourreaux ne sont barbares et furieux, et lui communiquer ce surcroît d'héroïsme inoui avec lequel non-seulement il leur pardonne tout le mal qu'ils lui ont fait, mais leur demande encore grâce *pour tout le mal qu'ils peuvent croire leur avoir été fait par lui-même* (1)? Les insensés! ils veulent l'avilir, et ils ne font que le relever da-

---

(1) Testament de Louis.

vantage;

vantagé; en déchirant son diadème, ils ont rendu son front plus auguste et plus vénérable, et ses mains sacrées, liées par des mains impies, ne s'en montreront que plus dignes de porter le sceptre. Saint Louis fut roi dans les fers, son fils est roi sur un échafaud. Saint Louis fit trembler les Barbares à son aspect, son fils fait redouter à ses ennemis mêmes jusqu'à l'ascendant de ses paroles; et leur iniquité, se trahissant, se confondant et se mentant plus que jamais à elle-même, apprendra à tout l'univers que l'innocence et la vertu sont invincibles à tous les hommes.

Enfin, le sacrifice est consommé, et l'auguste victime n'est plus. O jour affreux! ô jour plus sombre mille fois que la nuit! jour d'exécrable mémoire! que n'est-il effacé du nombre de nos jours? Et *pourquoi suis-je donc né pour être ainsi témoin de la ruine de ma patrie et de l'opprobre de ma na-*

5

tion (1)? Non, après le déicide dont se rendit coupable un peuple réprouvé, le plus grand crime que le soleil ait jamais éclairé, et la plus grande injure que les hommes aient jamais fait au ciel, c'est la sentence sacrilége qui fit tomber cette tête sacrée. Ministres d'un Dieu de paix et de miséricorde, nous louons, l'Evangile à la main, nous admirons même cette magnanimité d'ame, cette bonté inépuisable de notre Roi, qui, pardonnant à de si grands coupables, se montre tout à la fois, et l'image de Dieu, et l'image de son frère; mais, quels que soient les vœux que nous formons ici pour l'indulgence généreuse et l'oubli paternel de toutes les erreurs, il nous sera toujours permis de douter si la clémence royale peut aller jusque là; et nous n'assurerons pas moins qu'un si grand par-

(1) I. Machab. II, 7.

don ne peut se mériter que par un grand repentir, et qu'ici l'excès de la miséricorde ne dispense pas plus de l'expiation, qu'elle ne lave de l'opprobre.

Mais non, Messieurs, tout n'est pas consommé, et la mesure des forfaits, pour être à son comble, n'est pas encore à son terme. Un abîme doit appeler un autre abîme; et après l'époux ce sera encore l'épouse; et après l'épouse, la sœur; et après la sœur, le fils. Ce sera cette Reine infortunée que Marie-Thérèse nous avoit donnée avec tant de confiance, que nous avions reçue avec tant de transports : mélange heureux de bonté et de grâce, qui portoit sur son noble front, et la majesté des Césars, et la majesté des Bourbons; et, toujours digne d'elle-même, soit qu'elle monte au faîte des grandeurs, soit qu'elle descende jusqu'au dernier degré des misères humaines. Femme plus forte que la *femme forte*, plus élevée que son rang par son ca-

ractère; qui, au-dessus de ses malheurs
par son courage, comme au-dessus des
calomnies par sa vertu, ne conspira jamais que pour le bien public, et ne fut
jamais complice que des bienfaits de son
époux.

Ce sera cette vierge céleste, ornement
de son sexe et honneur de la piété, modèle impérissable de l'amour fraternel;
ame sublime, dont l'énergie égaloit la
candeur, aussi pure à la cour que pa-
tiente et résignée dans les fers, et digne
enfin d'un meilleur sort, si toutefois il
en est un plus beau que celui de vivre
en ange et de mourir en héroïne.

Ce sera ce royal enfant, tout orné de
ses charmes et de son innocence; tendre
lis, qui, sous des mains aussi viles que
barbares, tombe, à peine éclos, avant
son printemps. Forfaits inconcevables!
et comment les concevrions-nous, puisque nous-mêmes qui les avons vus, pouvons à peine y croire? Ah! qu'ils aient

immolé l'héritier (1) dont ils vouloient envahir l'héritage, nous pouvons l'expliquer; mais MARIE-ANTOINETTE; mais ÉLISABETH, qui n'avoient à leur léguer que leurs malheurs et leurs vertus; mais cet ange qui ne fait qu'essayer la vie, et qui déjà semble en avoir épuisé toutes les infortunes!... O mon Dieu! que faut-il donc admirer le plus ici, ou les mystères de votre Providence, ou les mystères de notre perversité; ou les profondeurs de vos jugemens, ou les profondeurs du cœur de l'homme? et qu'est-ce donc qu'un peuple, lorsque, pour le punir de ses égaremens, vous l'abandonnez à lui-même, et le livrez à ses propres fureurs?

Après cela, Messieurs, serons-nous bien surpris que le Seigneur ait versé sur ce malheureux royaume la coupe de ses vengeances, et que, pour nous servir de l'expression de l'Esprit saint (2), il

(1) S. Marc. XII, 7.
(2) Ezech. XIII, 13.

ait fait pleuvoir sa fureur sur ce peuple rebelle, foible jouet de tant d'erreurs, triste instrument de tant de crimes? Voyez le règne affreux de l'anarchie, de la terreur et de la confusion succéder à un règne d'amour, de paix et de confiance. Voyez ce déluge de maux qui vient engloutir la patrie, et, par vingt ans de désolation, expiant le délire et l'opprobre d'un jour. N'en doutons pas, Messieurs, c'est pour venger la mort de l'innocent que tant d'innocens ont péri. C'est pour venger le sang le plus pur et le plus auguste de la France qu'a été versé par torrens le sang de nos enfans. C'est pour venger la honte de nous être soustraits à la domination la plus glorieuse et la plus paternelle, celle de nos antiques Rois, que nous avons subi le joug le plus humiliant, et qu'on a vu cette noble nation des Francs, si orgueilleuse de ses Bourbons, et si fière de cette race de héros et de sages qu'ont adorée dix siècles, se courber tristement

sous le sceptre de fer d'un étranger obscur, non moins inconnu parmi nous
qu'ignoré dans sa propre patrie.

Mais ce n'est pas la France seule qui
portera la peine d'un si grand attentat.
Il faut encore que l'Europe entière en
reçoive le châtiment, et tous les trônes
ébranlés ressentiront le contre-coup de
ce grand coup qui fait tomber le premier trône de la terre. La fatale révolution portera partout ses ravages et ses
doctrines désastreuses: partout les fléaux
succéderont aux fléaux, et les ruines aux
ruines. On verra les rois châtiés dans
leurs propres palais, dans leurs cités
fumantes, pour n'avoir pas vengé la
profanation du diadème, et s'être séparés de la cause des rois; et l'ébranlement du nouveau monde répondant
à celui de l'ancien, apprendra à tous
les peuples, comme à tous les siècles,
que si le régicide est le plus grand des
crimes qui puisse armer la justice du
ciel, il est encore la plus grande cala-

mité que Dieu puisse tirer du trésor de sa colère.

Mais il faut, Messieurs, qu'à ces punitions mémorables, qui ont parcouru l'univers, à ces expiations forcées, qui n'ont dépendu que du ciel, succèdent ces expiations volontaires qui ne dépendent que de nous, et dont nous puissions nous faire un mérite aux yeux de Dieu, comme une gloire aux yeux des nations et de la postérité. Il faut qu'en cette grande commémoration se renouvelle cette vive horreur, cette consternation profonde où fut plongée la nation le jour de la fatale catastrophe. Il faut que, d'un bout de la France à l'autre, on puisse lire sur tous les fronts que le peuple François est innocent de la mort de son Roi, et que, loin d'avoir été le complice de ce forfait à jamais détestable, nous le vouons à l'exécration de l'univers. Il faut, qu'à l'exemple d'une nation rivale, qui venge tous les ans, par un deuil solennel, la majesté des rois, nous la surpassions en

douleurs et en regrets, comme nous l'a-
vons surpassé en injustice et en ingratitude, Il faut que, par un surcroît de supplications et de larmes, de jeûnes et de
bonnes œuvres, nous fléchissions la justice du ciel, et que nous obtenions du
Père des miséricordes, que cette grande
et mémorable iniquité ne nous soit pas
imputée, et que, suivant l'expression du
Prophète, il transporte loin de nous notre péché (1). Oui, notre péché, et il
nous faut l'entendre ici ce mot et si triste
et si véritable. Car quel que soit le deuil
que nous en portons, et quelque détesta-
tion que nous en fassions, il n'en est pas
moins vrai de dire qu'elle est notre péché; parce que si nous ne l'avons pas
consommée, nous l'avons préparée par
nos désordres et nos scandales, par le
mépris de Dieu et de ses lois, par je ne
sais quel engouement d'innovations et
quel amour exalté d'indépendance qui

---

(1) II. Rois, xii, 13.

s'étoit emparé des meilleurs esprits; et
que si nous avons été étrangers aux excès sacriléges des factieux, nous ne l'a-
vons pas été peut-être à l'exagération de
leurs idées, à leurs chimères politiques,
à leurs paradoxes pervers, à ce fanatisme d'impiété qui faisoit toute leur
morale, et qui, ôtant aux Rois leur
majesté, comme aux lois leur vigueur,
nous a, de piége en piége, de conséquence en conséquence, poussé jusqu'à
l'abîme : notre péché, parce qu'elle s'est
commise au milieu de nous, et que notre
gloire en sera éternellement souillée :
enfin, notre péché, parce que si nous
ne l'avons pas commise, nous l'avons
laissé commettre.

Allons donc pleurer entre le vestibule
et l'autel : allons nous prosterner devant
l'hostie de propitiation, pour celui qui
fut victime de son peuple, victime de
sa vertu même; et lui faire une sainte
violence pour que bientôt il règne dans
le ciel, celui qui ne songea qu'à faire le

bonheur de la terre. Mais que disons-
nous? Est-il bien vrai que Louis ait encore besoin de nos prières? est-il vrai
que ce soit pour lui ou pour nous que
les expiations soient nécessaires? est-il
vrai que ce soit à nous à lui offrir le
secours de nos vœux et de nos suffrages, ou est-ce lui qui déjà intercède
pour nous dans le sein d'Abraham où
il réside? N'en doutons pas, et croyons
sans témérité que cette ame prédestinée, purifiée par tant de souffrances,
a déjà reçu la récompense de ses vertus; que le Seigneur a eu pour lui
cette même clémence qu'il a eue pour
les autres; et que toutes les fragilités,
toutes les ombres de sa vie, ont disparu devant le jour immortel de sa
mort.

Saluons-le donc aujourd'hui Roi-
Martyr, c'est le seul titre de gloire qui
manquoit à sa race auguste; saluons-le
martyr, puisqu'aussi bien les impies
l'ont mis à mort, moins encore peut-

être par haine pour la royauté, que par haine pour la foi de ses pères, à laquelle *il fut toujours sincèrement uni de cœur* (1), et moins pour le punir du crime d'être Roi, que de son glorieux refus de souiller sa main en scellant la proscription des ministres fidèles. Saluons-le martyr, puisqu'aussi bien c'est de ce nom que l'appelle un grand et immortel Pontife : « O jour de triomphe » pour Louis! s'écrie-t-il, à qui Dieu a » donné, et la patience dans les plus » grandes infortunes, et la victoire au » lieu même de son supplice! Nous » avons la ferme confiance qu'il a heu- » reusement changé une couronne fra- » gile, et des lis qui se seroient bientôt » flétris, en un diadème impérissable, » que les anges mêmes ont tissus de lis » immortels (2) ».

Ainsi s'exprimoit Pie VI, lequel ne

----

(1) Testament de Louis.

(2) Allocution du Pape Pie VI, au Consistoire, le 17 juin 1793.

prévoyoit pas encore qu'il seroit martyr
lui-même, et qu'un destin à peu près semblable associeroit son nom à la gloire de ce
Monarque objet de sa vénération. Noble
et touchant témoignage ! favorable présage de l'union et de l'heureux accord qui
va régner entre le successeur de l'un et le
successeur de l'autre; entre un Pie nouveau, honneur de la tiare, et un nouveau Louis, honneur de la couronne ;
et qui, resserrant plus que jamais les antiques liens de l'Eglise de Rome et de
celle de France, soutiendra ainsi, l'un
par l'autre, le trône de saint Pierre et le
trône de saint Louis.

Mais s'il nous est permis de croire
que le Prince que nous pleurons préside
déjà du haut des cieux aux destins de la
France, et qu'il a changé les cyprès de
la mort en palmes triomphantes, il ne
l'est pas moins de penser qu'il s'accom-
plira ce vœu sublime, cette dernière expression de son amour et de son cœur :
Je désire que mon sang fasse le bon-

heur de la France. Paroles admirables,
et véritablement royales! Est-ce un
homme, est-ce un ange qui les a pro-
noncées? Ah! que ne peuvent-elles percer les voûtes de ce temple, voler aux
quatre coins de l'univers, afin que l'univers répète jusqu'aux siècles les plus
lointains : « Je désire que mon sang fasse
» le bonheur de la France ». Oui, Prince
magnanime autant qu'infortuné, votre
mort le fera, comme la mort de l'Homme-Dieu a procuré le salut du genre humain. Le sang du juste est monté jusqu'au ciel, non pour crier vengeance
comme celui d'Abel, mais pour crier
grâce et miséricorde. Il nous protégera,
il nous couvrira comme d'un bouclier :
il nous réconciliera avec Dieu, avec nos
frères, avec nous-mêmes; il s'interpo-
sera entre le ciel et nous; il éteindra
toutes les haines et toutes les discordes;
il fertilisera cette terre couverte de tant
de crimes et de tant d'égaremens, pour
y faire germer les vertus de nos aïeux;

il ressuscitera l'honneur antique ; il ra-
nimera cet esprit religieux qui doit tout
ranimer ; il rajeunira la France, que ses
vices avoient vieillie ; il renouvellera le
sang françois, en renouvelant le sang
chrétien ; il scellera la nouvelle alliance
qui vient d'unir le Roi et ses sujets ; et
les lis qu'il arrosera, relevant leur tige superbe, et plus belle et plus vigoureuse,
brilleront d'un éclat immortel.

Qu'elles soient donc gravées sur son
tombeau ces belles et mémorables paroles ! C'est la plus magnifique et la plus
éloquente épitaphe dont nous puissions
le décorer, et le génie de l'homme
n'en fera point qui puisse dire davantage
pour notre instruction, ainsi que pour
sa gloire. C'est bien de ce tombeau que
l'on peut dire, comme de celui dont parle
l'Esprit saint, qu'*il sera glorieux* (1) :
glorieux, par les grands souvenirs qu'il
rappellera, par les grandes leçons qu'il

_____

(1) Isaïe, XI, 10.

donnera, par les grandes vertus qu'il
inspirera. C'est-là que les politiques ap
prendront à juger les révolutions, à s
pénétrer vivement des malheurs qu'elle
entraînent, et à s'en dégoûter à jamais
C'est-là que les chrétiens apprendron
à mourir et à pardonner; les malheu
reux à se consoler, en se rappelant de
misères et des malheurs qui, à eux seuls
ont épuisé tous les malheurs et toute
les misères; les Rois à s'humilier sou
la main de celui qui brise les sceptre
comme des roseaux, fait mourir le
royaumes comme les Rois, et chasse d
vant lui les potentats et leurs diadèm
comme le vent disperse au loin la plu
vile poussière. C'est-là enfin, que tous l
cœurs françois viendront se retrempei
puiser une seconde vie, et une nouvel
surabondance de fidélité et d'amour.

Accourez donc tous en ce moment,
réunissez-vous autour de ce tombeau,
vous que la douleur et la piété ont appe
à cette triste cérémonie. Hélas! il va d'

paroît

paroître à vos yeux, il va descendre dans
ces demeures silencieuses, où nos Rois,
pour nous servir des expressions de Job,
avoient édifié leurs solitudes (1), et dont
ils ne devoient pas même avoir la triste
gloire de jouir. Venez vous enfoncer dans
ces royales catacombes où la mort seule
règne. Vous n'y trouverez plus tous ces
magnifiques cercueils qu'elle avoit entassés, comme pour orner son triomphe;
ni tous ces *ossemens humiliés* (2) qui
hier étoient des Rois; ni ces trente générations de Princes et de Monarques qui
dormoient dans la tombe: Louis est resté
seul de tous ces Rois fameux, l'orgueil de
notre France, dont il va aujourd'hui recommencer la succession. Ni les noms
glorieux de vaillans, de pieux et de sages; ni ceux de Père du peuple, de Père
des lettres, de Juste, de Grand, de Bien-
aimé, n'ont pu les défendre des outrages

_____

(1) Job. iii, 14.
(2) Ps. l, 10.

de l'impiété, qui, plus cruelle et plus vo-
race encore que la mort, a dispersé jusqu'à
leurs cendres, et dévoré jusqu'à leurs
sépulcres : tant Dieu se plaît à abaisser
toute grandeur qui n'est point à lui, et
toute gloire qui n'est pas la sienne! tant il
aime à prouver, par tous ces grands trophées de la mort, qu'il n'y a rien de
stable que son trône, rien d'éternel que
ses années!

Mais, après avoir rendu tout ce que
nous devions à la sainte et douloureuse
mémoire du Monarque que nous pleurons, ne nous acquitterons-nous pas,
dans ce jour solennel, de ce que nous devons à l'héritier de ses vertus encore plus
que de ses droits; à celui qui semble
agrandir l'amour qu'il a pour nous, de
tout celui qu'il eut pour son tendre et
malheureux frère, et de tous les regrets
que lui cause une mort qu'il pleure chaque jour. Oui, il règne sur nous ce noble
confident de ses pensées royales, ce lé-
gataire glorieux de tous ses bienfaisans

desseins, ce magnanime exécuteur de ce
Testament immortel, inépuisable source
d'admiration et de regrets, et le plus
beau chef-d'œuvre qui soit jamais sorti
du cœur d'un Roi, qui soit jamais sorti
du cœur d'un père; et si l'ordre se rétablit avec tant de promptitude, si tant
d'injustices se réparent, et si tant de
blessures se ferment à la fois, c'est qu'il
vit sous les yeux de ce frère qui est toujours vivant pour lui, et qu'il sent le
premier tout le prix qu'il nous a coûté.
Il règne; et autour de lui, nous voyons
d'un côté ce Prince aimable autant que
vertueux, idole de nos cœurs, pieux,
chrétien et loyal chevalier, et dont les enfans font la gloire et le bonheur, comme
ils sont notre douce et notre plus chère
espérance : et de l'autre, cet ange de la
France, que son absence même semble
nous rendre encore plus présente, cette
auguste prisonnière du Temple, qui par-
tagea les chaînes de son père, qui reçut
ses derniers adieux et ses derniers em-

brassemens ; toute parée de sa ressemblance, de ses vertus et de ses malheurs,
toute sanctifiée de ses bénédictions dernières, qu'elle nous envoie, en ce jour,
pour nous les faire partager avec elle.
Puissent-elles descendre sur nous, comme une rosée céleste, sur ce royaume
ressuscité, sur cette nation repentante ;
et principalement sur sa royale postérité,
afin que toujours chérie, toujours heureuse, toujours victorieuse et toujours
couronnée par l'amour des François dans
le temps, elle le soit aussi par les mains
de Dieu même dans l'éternité : *et in per-
petuum coronata triumphat* (1).

(1) Sag. IV, 2.

DISCOURS

POUR

LA CÉRÉMONIE FUNÈBRE ET EXPIATOIRE

DU 21 JANVIER,

ANNIVERSAIRE DE LA MORT

DE LOUIS XVI,

ROI DE FRANCE ET DE NAVARRE;

PRONONCÉ DANS LA MÉTROPOLE DE PARIS,

LE 21 JANVIER 1815,

Par M. l'Abbé Jalabert, Vicaire-général capitulaire.

A PARIS,

Chez Adrien Le Clere, Imprimeur de N. S. P. le Pape et de
l'Archevêché de Paris, quai des Augustins, n°. 35.

(3)

DISCOURS

Pour la Cérémonie funèbre et expiatoire, du 21 janvier, anniversaire de la mor de LOUIS XVI, Roi de France et de Navarre.

In morte mirabilia operatus est.

Il a fait, à sa mort, des prodiges qui ont rendu *a mémoire immortelle.

Liv. de l'ECCLÉSIASTE, chap. XL.

QUE de tristes images, Messieurs, et cependant que d'héroïques souvenirs cette cérémonie nous retrace! Un Roi condamné et mis à mort dans sa capitale, par ses sujets, parce qu'il étoit bon et vertueux.

Versons des larmes, des torrens de larmes sur la victime; couvrons d'anathêmes et d'imprécations le plus horrible des attentats; faisons à la face du ciel et de l'univers une solennelle amende honorable du régicide; mais proclamons surtout l'héroïsme religieux du martyr, *in morte mirabilia operatus est.*

Le 21 janvier est, Messieurs, un de ces jours qui ne seront jamais effacés du souvenir des hommes. Le

1.

crime de Caïn, le crime d'Absalom, le crime de Judas séparés de nous par tant de siècles, sont presque aussi présens que si nous en avions été les contemporains. Tel sera le meurtre de Louis XVI. La dernière postérité reculera d'horreur à ce récit.

Depuis ce jour affreux jusqu'à celui où, par une suite de merveilles, le ciel nous rendit nos légitimes Rois, la génération qui avoit été témoin du régicide, étoit condamnée à le dissimuler et presque à l'oublier. Ce grand crime auroit été plus connu de nos neveux que de nous-mêmes, tant l'anarchie et le sceptre de fer, sous lesquels nous avons successivement gémi, nous laissoient à peine la liberté des souvenirs secrets d'un forfait sur lequel reposoient leur existence et leur sécurité. Mais aujourd'hui que les cœurs et les bouches sont libres, l'émotion et les expressions sont d'autant plus vives, qu'elles ont été plus long-temps et plus durement comprimées.

Je ne viens pas, Messieurs, en suivant de loin les traces des grands orateurs chrétiens, qui, dans des oraisons funèbres, ont présenté à leurs auditeurs la carrière des illustres personnages dont ils célébroient la mémoire ; je ne viens pas vous entretenir des événemens politiques du règne de Louis XVI ; je me renferme dans cette sainte et imposante cérémonie, circonscrite elle-même dans les souvenirs de la plus douloureuse, mais de la plus édifiante épo-

que de notre histoire, et dans les devoirs de la
tion et de tout François, envers Dieu, envers le
martyr, envers la dynastie régnante, envers le moi
entier.

Cérémonie d'expiation, cérémonie d'édificati
telles sont, Messieurs, les intentions qui nous
réunis, et les grandes et pieuses pensées que no
offre la mémoire de très-haut, très-puissant et tr'
excellent Prince, Sa Majesté Louis XVI, Roi
France et de Navarre,

Honorez-moi de votre attention.

PREMIÈRE PARTIE.

Quand je parle d'expiation, Messieurs, je doi
vous citer un grand exemple. Que vos esprits ne s
hâtent pas de se porter sur une nation qui eût autrefois le malheur de voir monter un de ses Rois su
l'échafaud, et qui regardant cette flétrissure comme
héréditaire, expie tous les ans, par un deuil solennel, le crime de ses pères.

Sage conduite de la part d'un peuple, de préserver la postérité des grandes fautes nationales, com-
mises dans les âges précédens, en perpétuant l'expiation, comme si toutes les générations étoient
coupables. Telle fut la sainte politique de l'ancien
peuple de Dieu, qui, plusieurs siècles après le

voyage des premiers Israélites dans le désert, disoit
à Dieu, en se souvenant de leurs révoltes et de leurs
ingratitudes : «Seigneur, nous avons péché avec nos
» pères, nous avons participé à leur injustice, nous
» avons commis leur iniquité ». *Peccavimus cum pa-*
tribus nostris, injustè egimus, iniquitatem fecimus (1).

Mais élevez, Messieurs, vos pensées beaucoup
plus haut ; écoutez des paroles qui conviennent
mieux à la cérémonie et au lieu saint qui nous réunissent : *Inspice, et fac secundùm exemplar quod tibi*
in monte monstratum est (2). « Regardez, et copiez le
» modèle qui vous est présenté sur la montagne ».

En effet, Messieurs, la foi dont nous faisons pro-
fession consiste à croire un premier et grand acte
d'expiation, de qui toutes les expiations particulières
reçoivent leur mérite, leur vertu, et le caractère
d'un devoir. C'est le sacrifice expiatoire offert par le
Fils de Dieu sur la croix, et dont le mémorial est
toujours exposé à nos regards, à nos adorations, à
notre imitation. *Inspice, et fac secundùm exemplar*
quod tibi in monte monstratum est.

N'entrons ici, Messieurs, dans les décrets de la
sagesse divine que pour nous souvenir que Dieu, con-
sentant à pardonner, vouloit une expiation égale à

---

(1) Psal. cv.
(2) Exod. chap. xxv.

l'outrage qu'il avoit reçu, et qu'il en vouloit si absol
ment le fonds et la mesure, que ne pouvant l'attend
d'aucune créature et de toutes ses créatures réunie
il a livré son Fils à la condition des coupables, il
a fait leur frère, leur répondant, leur victime,
qu'il a exigé de lui toute l'étendue, je dirai presqu
toutes les exagérations du sacrifice expiatoire : *Pr
prio Filio suo non pepercit, sed pro nobis omnibus tr
didit illum* (1).

La foi nous enseigne encore que la grande expi
tion qui a été consommée sur la croix devoit être per
pétuelle; qu'elle devoit commencer dans le lieu mêm
où le crime avoit pris naissance, et continuer, sans i
terruption, jusqu'à la fin des temps. En effet, les sa
crifices de la loi ancienne étoient autant d'actes d'expi
tion destinés à figurer, à annoncer, à préparer l'expia
tion véritable qui s'est effectuée sur la croix; et depui
son accomplissement, elle se perpétue et se perpétuer
jusqu'à la fin des temps dans le très-saint sacrifice d
l'autel, que vous savez être la représentation et l
continuation de l'expiation sur le Calvaire.

Origine divine des expiations; elle nous appren
que l'indulgence qui pardonne ne dispense pas d'ex
pier les fautes; que lorsqu'il s'agit de grands crimes
qui ont offensé des dignités éminentes, les innocens

_____

(1) Rom. v, 32.

doivent s'unir aux coupables pour les expier, en compensant un grand outrage par un hommage proportionné, et que, puisqu'il y a sur la terre des majestés qui sont les images de la Majesté divine, et qu'il peut exister des régicides images aussi du déicide, si ces grands crimes contre la personne des rois ne sont pas irrévocablement punis, comme l'a été le déicide, par la destruction des lieux qui en furent le théâtre, et par la dispersion du peuple à la vue duquel ils ont été commis; ils doivent être solennellement et perpétuellement expiés, parce que la majesté des rois doit être souverainement révérée, et que le souvenir des attentats contre leur personne durera autant que le monde.

Ces idées, Messieurs, chacun de nous les trouve dans sa raison et dans son cœur. Elles sont écrites dans toutes les histoires. Ce sont des lois en vigueur chez tous les peuples, dans toutes les sociétés générales et privées, dans toutes les familles, dans toutes les religions surtout. Elles font partie de cette lumière primitive, qui, de la face de Dieu même, se réfléchit sur nous, et nous imprime un caractère que rien n'efface, et auquel nous donnons le nom de loi naturelle : *Signatum est super nos lumen vultûs tui, Domine* (1). C'est cette lumière, commune à tous les hommes, qui donne à tous les idées de la justice et

----

(1) Psal. iv.

de l'indulgence, comme des émanations de la perfe
tion divine, qui en est la source : *Misericors et mis
rator et justus* : elle leur fait connoître aussi les limite
de l'une et de l'autre ; celle-là pardonnant ce qui au
roit pu être l'objet d'une vengeance sans appel,
l'autre exigeant cependant une expiation, afin c
ne mettre jamais le crime pardonné au même ran
que l'innocence. *Misericors et miserator et justus* (1

Ce seroit une grande tache de moins pour le genr
humain, que le soleil n'eût jamais éclairé des atten
tats contre la personne sacrée des rois. Il est égalemei
affligeant pour un peuple d'en avoir donné le premi
ou le second exemple. Il est heureux et honorable
pour la France, de pouvoir produire en témoignag
de l'innocence de la nation, toutes les circonstance
de la sentence prononcée contre l'auguste victime.

Mais la France n'a pas besoin de l'exemple d'un
autre nation, pour s'unir toute entière dans la céré
monie d'expiation. Son modèle est sur la croix ; c'es
là qu'elle apprend que tout crime doit être expi
à proportion de son énormité, et que l'expiation s
humiliante en elle-même, quand elle est unie à celle
qui s'est opérée sur la croix, participe à son éléva
tion, à sa dignité, à son mérite.

Maintenant, Messieurs, quel est l'homme qu

_____

(1) Psal. III.

cherche aujourd'hui à se dissimuler, à affoiblir l'énormité du régicide, et qui, personnellement innocent, n'avoue que le sol de la France a été souillé, et que la nation a été flétrie?

Ce n'est pas un simple citoyen, c'est le Roi de France qui a été mis à mort, non par un meurtrier, seul confident de son propre crime, mais par un jugement couvert des formes apparentes de la loi, prononcé par un tribunal usurpateur, simulacre de l'autorité suprême, à qui la nation subjuguée obéissoit comme au souverain; par un jugement exécuté, j'ai horreur, Messieurs, de vous le rappeler, un jugement exécuté par cette main infâme, qui, destinée à frapper les grands criminels, osa se porter aussi sur une tête auguste, ceinte du diadème; image de cette autre main plus infâme encore, laquelle n'étoit faite que pour crucifier des larrons, et qui attacha le Fils de Dieu à la croix.

De quel œil le ciel a-t-il vu le régicide? Quel jugement tous les peuples du monde en ont-ils porté? La France est-elle absoute aux yeux de celui qui a dit : « *C'est moi qui fais régner les Rois; ils sont mes » oints* (1), *et je défends à tout homme de porter la » main sur eux* (2); » aux yeux de celui qui ayant

---

(1) *Per me reges regnant.* Cap. VIII.
(2) *Nolite tangere Christos meas.* Psal. CIV.

réglé que des millions d'hommes seront gouvern
par un seul pour le bonheur de tous, semble s'êtr
dit à lui-même : « Nous avons fait tous les homme
» à l'image de notre substance; donnons de plu
» au Roi la ressemblance de notre majesté et d
» notre pouvoir suprême, *facianus hominem, a*
» *imaginem, et similitudinem nostram* (1) ». L
France, dis-je, après un régicide, est-elle absout
aux yeux de celui qui a exigé l'expiation sur l
croix?

Ne doit-elle rien aussi à l'attente des nations,
cette longue postérité dont le bonheur a été me
nacé, parce que le repos de la société demande qu
l'autorité souveraine se montre toujours et partou
entourée d'un respect, je dirai presque d'un cult
inaltérable, seule digue qui défend efficacement le
Etats contre les révolutions et l'anarchie?

Si dans l'affreuse journée du 21 janvier on a
pardonné à la nation son silence, à cause de l'effroi
dont elle étoit frappée, si le joug étranger et jaloux
sous lequel elle a gémi depuis, excuse le secret
qu'elle a gardé pendant plus de vingt ans, sur le re-
nouvellement de son affliction, à l'anniversaire de
cette fatale époque, aujourd'hui qu'elle est libre dans
ses épanchemens et dans son expression, elle de-

---

(1) Gen. cap. 1.

viendroit criminelle, elle se rendroit complice de l'attentat, si elle laissoit ce jour de deuil s'écouler, sans se prononcer avec énergie contre le régicide, sans se pénétrer du courroux du ciel et de celui des nations, et sans faire de ce même jour un jour d'expiation.

Un saint Roi, coupable un instant, mais pénitent et pardonné, voyant son peuple en proie au fléau de la peste, s'écrioit : « Seigneur, Seigneur, qu'a fait » ce peuple; c'est moi qui suis le coupable, c'est » moi que votre justice doit frapper. *Ego sum qui* » *peccavi, isti quid fecerunt, vertatur obsecro manus* » *tua contra me* (1) ». Renversons les événemens, et retenons les sentimens de ce saint Roi. Louis XVI étoit frappé de mort, et son peuple étoit épargné; le Roi étoit innocent; le peuple peut-il dire : J'étois innocent aussi? Ah, Messieurs! c'est donc au peuple à parler aujourd'hui le langage de David, et de s'écrier : « Seigneur! pourquoi avez-vous frappé notre Roi; » c'étoit nous qui devions être victimes. *Vertatur* » *manus tua* ».

Vous direz peut-être que l'expiation ne convient qu'aux coupables; qu'en ce jour la nation devroit être séparée en deux classes, comme le roi Saül sépara autrefois son armée en deux divisions,

---

(1) II. Reg. cap. xxiv.

pour parvenir à connoître le violateur d'un vœu qu'il avoit fait, et dont la transgression lui avoit fait perdre la supériorité du combat ; et vous vous plaisez à vous peindre l'immense population d'un côté, et de l'autre l'extrême petitesse du nombre. Peut-être vous auriez voulu qu'à l'occasion d'un aussi grand crime, l'ancienne pénitence solemnelle eût été rétablie pour ce petit nombre ; qu'eux seuls eussent été introduits dans le temple à l'heure de l'expiation, que seuls ils eussent à la main la torche, symbole de l'amende honorable, et que la multitude innocente, demeurée dans le parvis pendant l'expiation, ne fut entrée dans le lieu saint que pour la prière et le sacrifice.

Ces images sont utiles, Messieurs ; elles sont honorables au peuple François ; elles sont mêmes expiatoires, parce qu'elles servent à démontrer l'horreur générale de la nation pour le régicide.

Oui, il n'est pas un seul François parmi vous à qui il fut vrai de dire : *Tu es ille vir* (1). Vous êtes un des coupables. S'il y en avoit un, s'il y en avoit plusieurs, nous prendrions en main le testament du Roi victime, et les voyant se frapper la poitrine comme ceux qui revenoient du Calvaire, nous proclamerions le pardon du ciel, le pardon du martyr, le par-

_____

(1) II. Reg. cap. xii.

don du Roi, et nous leur adresserions ces paroles de clémence : *Dominus transtulit peccatum tuum* (1). « Dieu et le Roi vous pardonnent ».

Mais que dis-je, Messieurs, et où m'entraînent votre horreur et la mienne pour un attentat aussi énorme ! Oui, sans doute, nous n'avons pas trempé nos mains dans le sang royal ; et, quoique tous ici, nous n'ayons pas montré l'immortel dévouement de ces illustres ôtages qui ont demandé avec instance et avec bien plus de fondement que David ne le souhaitoit autrefois pour son fils Absalom, d'être mis à la place du Roi, et qu'on acceptât leur vie pour la lui conserver : *Quis mihi tribuat ut moriar pro te* (2), nous pouvons nous dire avec confiance, mais avec plus de vérité que ne le dit autrefois un juge déicide : « Je suis » innocent de l'effusion du sang de cet homme juste : » *Innocens ego sum à sanguine justi hujus* (3) ».

Mais si nous remontons à la cause du crime, à ces causes éloignées qui préparent insensiblement les grands attentats qui n'existeroient jamais sans elles, comme les grands édifices ne s'écrouleroient pas, si les dégradations ne commençoient et ne prenoient des accroissemens ; si nous portons nos pensées sur l'in-

----

(1) II. Reg. cap. xii.
(2) II. Reg. cap. xviii.
(3) Matth. cap. xxvii.

crédulité, l'irréligion, l'impiété, l'oubli de tous les devoirs qui, depuis près d'un siècle, ont changé les mœurs de la France, n'avouerons-nous pas, qu'avant ce funeste changement, et lorsque le peuple François étoit vertueux, jamais, non jamais on n'auroit vu un Roi de France sur l'échafaud; le régicide n'a été possible que depuis que la nation a oublié le Dieu, la religion et la piété de ses pères.

Or, Messieurs, sous ce point de vue que personne ne désavouera, quel est celui de nous qui ne prendra aussitôt la torche expiatoire, et qui, se souvenant de la part plus ou moins grande qu'il a pris aux iniquités communes, ose s'attribuer le privilége du silence, pendant que tous ensemble, depuis les ministres du sanctuaire jusqu'au plus humble des fidèles, nous nous prosternons pour nous écrier, en présence de ce monument de la mort de notre Roi, et surtout aux pieds des autels de notre Dieu : *Peccavimus, iniquitatem fecimus.* Oui, nous avons péché, nous avons concouru à cette grande iniquité. *Parce, Domine, parce populo tuo* (1). Pardonnez, Seigneur, pardonnez à votre peuple.

Et c'est ainsi, Messieurs, que l'expiation générale est devenue nécessaire, et qu'en l'unissant par la religion à la grande expiation du Calvaire, nous

_____

(1) Joel. cap. II.

lui donnons, toute humiliante qu'elle est, un grand caractère d'élévation et de sublimité.

Mais j'ai dit que cette cérémonie est encore une cérémonie d'édification. Avant d'entrer dans ce point de vue que va présenter le plus triste, mais le plus beau de tous les sujets, je vous demande un moment de repos.

DEUXIÈME PARTIE.

Ce n'est pas, Messieurs, une observation nouvelle, que plusieurs de nos Rois ont reçu de leur peuple une couronne de plus qui les a comme élevés au-dessus même de la majesté royale. Le trône françois est décoré de ces glorieuses inscriptions, gravées en caractères historiques, *le Sage*, *le Juste*, *le Père du peuple*, *le Grand*, *le Bien-Aimé*; et toutes nos mains, réunies et dirigées par nos cœurs, viennent d'y graver tout récemment, le surnom éternel de notre Roi, *le Désiré*; surnom qui justifiera, devant la postérité, la génération actuelle, de toute accusation d'oubli de ses légitimes Rois pendant leur absence, et peindra, de ce seul trait, aux âges futurs, l'émotion unanime de la nation à l'arrivée de Louis XVIII.

Mais est-ce vous, ô mon Dieu, qui du haut du ciel avez vu que dans cette liste des titres de nos Rois, ne se trouvoit pas le surnom de martyr? Vous seul aviez

aviez le droit de l'observer, et la puissance de con
duire les événemens de manière à leur faire engen
drer ce titre, le premier de ceux que la religion ho
nore dans ses héros ; d'assimiler ainsi le trône fran
çois, d'abord au trône de votre Fils sur le Calvaire
ensuite au trône pontifical, tant de fois occupé pa
des martyrs, et de placer dans le martyre, un nou
veau et plus indissoluble lien entre les successeurs d
Pierre, vicaires de Jésus-Christ et les Rois très-chrétiens, entre votre Église et la France ?

Oui, Messieurs, on l'appellera désormais le Roi-
Martyr ; et apprenez quelle bouche lui en a la première décerné le titre. Pendant que resserrés dans
les limites de la France comme dans une prison d'É-
tat, séparés du reste du monde par la terreur, nous
ne communiquions avec les dehors que par les cœurs et
les sentimens, l'illustre et très-saint Pontife romain,
Pie VI, de très-glorieuse mémoire, invitoit les car-
dinaux aux obsèques de Louis XVI, presque comme
à la solennité d'une victoire, et il ornoit sa pompe
funèbre de palmes beaucoup plus que de signes de
douleur. Faisant lui-même dans l'assemblée du sacré
collége l'oraison funèbre du Roi Louis, après avoir
exposé les nombreux actes héroïques de ce Roi victime, il proclame cette conclusion ; C'en est assez
pour qu'il n'y ait pas de témérité à penser et à dire
que Louis est un martyr. *An hoc satis esse non va-*

*leat, ne temerè existimatum, dictumque sit Ludovi-
cum esse martyrem* (1).

Glorieux Pontife, vous nous rappelez ici un des
plus anciens et plus beaux monumens de l'histoire
de nos martyrs et de celle des Pontifes romains.
Lorsque le saint Pape Xiste marchoit au martyre,
son fidèle ministre Laurent se plaignoit à lui de ce
qu'il alloit seul au supplice, sans y être accompagné
par son diacre, par son fils en Jésus-Christ. *Quo
progrederis sine filio pater?* Le Pontife le consola en
l'assurant qu'il le suivroit bientôt.

Cette fois, Messieurs, c'est le Fils aîné de l'Eglise
qui a précédé le saint Père dans la carrière du martyre. Celui-ci étoit digne de le suivre, et vous savez
que martyr à son tour, le Pape Pie VI, persécuté
par la même haine du trône et de l'autel, victime
des mêmes hommes, traîné par eux de captivité en
captivité, est venu recevoir à son tour, sur le sol
françois, et presque à côté de son fils aîné, la couronne de son long martyre.

Cependant, Messieurs, ce beau titre de martyr,
le seul qui, dans les premiers temps de l'Eglise,
donnoit après la mort une place sur les autels, ne
le prodiguons-nous pas trop facilement à notre Roi?

_____

(1) Alloc. de Pie VI, 17 juin 1793.

Prenons d'une main les actes des martyrs, et de l'autre l'histoire du Roi; comparons et prononcez.

Que dis-je! son histoire. Parlons seulement des derniers jours qui furent comme la lugubre aurore, et presque comme les premières heures du 21 janvier. Parlons de cette solitude profonde, de ce cachot affreux dans lequel non-seulement on ne veut plus qu'il soit Roi de France, on ne veut pas même qu'il soit père de famille. Que ne peut-on l'empêcher aussi d'avoir un Dieu. Seul avec lui, ce témoin, ce consolateur divin, lui tient lieu de tout, de son auguste et tendre épouse, de ses enfans, de sa vertueuse sœur, et de ses peuples. Parlons de ce testament écrit d'une main céleste, et comme descendu d'en haut; testament d'un Roi qui commande à ses successeurs le genre unique de sagesse qui convient à des Rois. Testament d'un père qui déclare avec tendresse, mais avec autorité, à ses enfans, ses dernières volontés, dans lesquelles tout est pour Dieu, pour la religion, pour leur mère auguste et infortunée, et pour le bonheur des François. Testament d'un Roi chrétien, qui lègue à ses persécuteurs le pardon des maux dont ils l'ont accablé, de ceux qu'ils lui préparent encore, de la mort même qu'il attend de leur égarement et de leur révolte. Testament d'une ame droite et repentante, qui, sans avoir souillé le trône, des mêmes fautes que David, ayant

2.

seulement cédé à des conseils timides qui ont arraché à sa plume des souscriptions opposées à l'autorité spirituelle de l'Eglise, désavoue cette condescendance avec autant de candeur, d'amertume et de publicité, que David publioit autrefois son repentir de deux grands crimes, et que le saint évêque Martin déploroit l'illusion d'une charité mal réglée, qui, sollicitant d'un empereur, protecteur d'une fausse communion ecclésiastique, la grâce de plusieurs victimes menacées de la peine de mort, consentit, pour l'obtenir, à la condition qui lui fut imposée par ce Prince, de communiquer un moment avec les évêques de cette communion.

Testament d'un Roi saint, qui, résigné et presque accoutumé à porter les chaînes comme autrefois la couronne, n'aperçoit plus dans la condition des rois que le fardeau de la terre le plus pesant ; parlant à son fils, et dans son fils à tous les rois, de leur destinée, il la leur présente sous un emblème bien différent du langage ordinaire des hommes de cour, un emblème qui ne peut être permis qu'à un Roi, et qui, dans sa bouche, rend la majesté royale plus respectable en la représentant comme un énorme fardeau de sollicitudes, en l'appelant enfin d'un nom qu'aucun homme ne lui donna jamais : *le malheur de régner.*

Parlons surtout de son agonie, qui commença

au moment où l'un de ses plus fidèles sujets et de
ses plus dévoués défenseurs vint se jeter à ses pieds
pour le préparer à entendre sa sentence de mort.

Êtres inhumains, que, par respect pour son indulgence, image de l'indulgence de son Dieu, je n'ose
appeler de votre vrai nom; hommes étrangers au
genre Humain, nous voudrions entendre de votre
bouche le tableau de l'auguste et sainte sérénité avec
laquelle il écouta la barbare lecture que votre ame,
quoique plus dure que l'airain, frissonna de lui faire.

Princesse aussi vénérée que vous êtes auguste et
vertueuse, seul et d'autant plus cher rejeton d'un
père Roi et martyr, seule confidente qui nous restez
de la dernière réunion de famille, laissez-nous lire
dans votre ame ces adieux toujours présens à votre
pensée, et les circonstances du rendez-vous que se
donnèrent ces martyrs dans l'éternel repos, après
une courte séparation. Béni soit le Seigneur qui né
voulant pas, ô Fille de Louis XVI, que cette branche s'éteignît toute entière, vous a conservée pour
perpétuer, nous l'espérons, sur le trône, le sang
propre du Roi martyr; en attendant, Fille des deux
Rois, de celui qui règne dans le séjour de la récompense, et de celui qui nous gouverne, vous êtes dans
le cœur de l'un et de l'autre au même rang que la
mère de Salomon fut autrefois dans le cœur de son
fils. Celui-là présente à l'Eternel vos pieuses oraisons

pour la France, et elles sont exaucées. L'autre,
de son trône, se complaît à accorder les demandes
que la sagesse et la charité vous inspirent. *Pete...
neque enim fas est ut avertam faciem tuam* (1).

Et vous, Ministre du Très-Haut, envoyé du ciel
pour avertir Louis qu'il y étoit attendu, racontez-
nous les merveilles des dernières heures de sa vie.
Parlez-nous de ce sommeil paisible du juste qui touchoit à l'heure du supplice, pendant que vous, qui
n'en deviez être que le témoin, mais un témoin bien
attendri, vous veilliez auprès de son lit, la douleur et
l'admiration qui vous oppressoient ne vous permettant pas un instant de repos. Instruisez-nous de son
beau réveil à la première aurore de ce jour, dont il
ne devoit pas voir le déclin, parce que, vers le milieu du jour, le soleil de justice devoit prendre pour
lui la place du soleil de la nature. Peignez-nous sa
piété durant le divin sacrifice, son saisissement et le
vôtre, lorsque, de votre main, il reçut, sous le
voile de l'Eucharistie, le Dieu que le jour même il
devoit contempler face à face. Racontez-nous sa modération à ce douloureux trait de conformité avec
son Dieu couvert d'injures et d'outrages, lorsque
cherchant un dépositaire de son testament, il reçut
une première réponse plus déchirante que ne l'eus-

----

(1) III. Reg. cap. II.

sent été des soufflets et des crachats. *Je ne suis venu
que pour vous accompagner au supplice.* Dites-nous
ce qui se passa dans l'intérieur de ce char funèbre
aux yeux des mortels, de ce char de triomphe aux
yeux de Dieu, lorsque vous y célébriez avec lui,
comme dans un temple, la solennité de son agonie.
Dites encore ce qu'il éprouva, ce qu'il vous répondit, lorsque vous lui annonçâtes l'approche de l'autel. Tracez-nous le tableau de cette scène supérieure à toutes les autres, et que vous seul avez vue,
lorsque parvenu au pied de l'échafaud, le sentiment
de la majesté royale et l'intrépidité du martyr se
donnent réciproquement de l'élévation et des forces;
lorsqu'à la vue du mouvement de la main destinée
à ne toucher que des scélérats, il reprend la sublime
fierté d'un fils de Louis XIV, refuse de permettre
qu'on lui ôte ses habits, qu'on lui lie les mains; cherchant de ses yeux les vôtres, ô ministre d'un Dieu crucifié, il ouvre son ame à cette parole qui, passant par
votre bouche, semble venir du ciel, comme la voix qui
dit autrefois : *Celui-ci est mon fils bien-aimé.* « C'est
» encore, lui dites-vous, une ressemblance de plus
» que vous aurez avec Jésus–Christ »; levant les
yeux au ciel comme pour prendre les abaissemens
de la majesté divine, pour modèle des abaissemens
de la majesté royale, il s'écrie : « Il ne falloit rien
» moins que cela ». Et pour nouveau symbole, enfin,

de conformité avec celui de qui il est écrit : Personne n'a le pouvoir de m'ôter la vie; c'est moi qui me livre : *Nemo tollit animam meam ; sed ego pono eam à me ipso* (1). Il donne librement ses mains, il les dispose lui-même pour qu'on les lie.

Enfin, ô fidèle interprète des consolations de son Dieu, redites-nous vos dernières paroles, sublime prophétie qui alloit s'accomplir à l'instant : « Fils de saint Louis, montez au ciel ».

Et vous, peuple François, écoutez votre Roi, vous adressant, de ce trône de souffrance et de martyre, ces deux paroles royales que l'univers n'oubliera jamais : *Je meurs innocent. Je pardonne....* Il est écrit « que l'homme juste sera patient jusqu'à la fin, et » qu'après cela, la joie lui sera rendue ». *Usque in tempus sustinebit patiens, postea redditio jucunditatis.* Elevez-vous donc, portes éternelles; ouvrez un passage à ce nouveau Roi de gloire. *Elevamini, portæ æternales, et introibit rex gloriæ* (2).

Saint Augustin a dit, et le saint Pape Pie VI a répété, en parlant du Roi Louis XVI, que l'Eglise ne prie pas pour les martyrs, mais qu'elle se recommande plutôt à leurs prières : *Ecclesia non orat pro martyribus sed eorum potius orationibus se commendat* (3).

---

(1) Joan. cap. x.
(2) Psal. xxiii.
(3) Alloc. de Pie VI, 17 juin 1793.

Pourquoi donc ces décorations lugubres? Des ornemens de joie et de triomphe ne conviendroient-ils pas beaucoup mieux à cette cérémonie? Le même Pontife, Messieurs, semble annoncer qu'un jour, en effet, ce deuil anniversaire sera une solennité de victoire. Mais il nous avertit qu'il n'appartient pas à la pieuse opinion des fidèles, même la mieux fondée, de dresser des autels à un martyr; qu'on doit attendre que Pierre ait parlé par la bouche de son successeur, et prononcer jusqu'alors le nom du défunt devant le trône de l'éternelle miséricorde, pour invoquer, si elle lui est nécessaire encore, l'indulgence divine.

Dans ce moment, Messieurs, la France entière, le Roi, les Pontifes, les Princes, les fidèles sont, les uns debout devant l'autel, les autres prosternés autour de l'autel; les enfans de l'Eglise gallicane, tous les sujets du Roi ont les mains levées vers le ciel pour achever, s'il ne l'étoit pas, l'ouvrage commencé et nécessairement très-avancé, par le Roi Louis sur la terre. O Dieu, dont la miséricorde est infinie pendant que nous sommes ici bas, mais dont la justice est si rigoureuse lorsque nous tombons dans vos mains, quelles taches cependant peuvent rester encore à un Roi, qui, ayant passé du trône à l'échafaud, a été lavé dans votre sang et dans le sien? Mais lui en resta-t-il de très-grandes, ce jour où la France, qui renferme tant de ministres saints, tant d'ames célestes, fait monter vers vous le parfum de tant d'offrandes, de tant de supplications réunies, ne serat-il pas enfin celui de son entrée dans le repos éternel? O Dieu! confirmez l'idée que nous nous sommes faits de votre miséricorde, qui nous est si nécessaire à nous-mêmes, et ne nous donnez pas, à nous qui sommes si loin de cet héroïsme chrétien, l'effrayante leçon d'avoir à penser que, même après ce jour de prière, notre Roi demeurera peut-être captif encore, et souffrant dans le lieu de la parfaite purification. *Requiem æternam dona ei, Domine.*

Et maintenant, ô ciel! ô terre! ô Roi qui nous gouvernez! ô dynastie qui régnerez sur nos neveux! ô France! ô Europe! ô Siége apostolique! ô Eglise de Jésus-Christ! ô Genre humain! écoutez nos protestations et nos sermens : *Audite, cœli, quæ loquor, audiat terra verba oris mei* (1).

Nous, ministres de l'Eglise catholique, de l'Eglise gallicane, nous François, nous habitans de la ville de Paris, faisant revivre la loi ancienne qui vouloit qu'après un meurtre, les chefs de famille des cités voisines fussent appelés; qu'en présence du corps une victime fût immolée, et que chacun levât sur elle la main en témoignage de son inno-

_____

(1) Deuter. xxxii.

cence, afin que le peuple fut déchargé du crime (1). Nous, François, la main respectueusement levée devant la victime trois fois sainte, qui va être offerte sur cet autel, nous détestons le régicide commis dans cette capitale, le 21 janvier 1793, sur la personne auguste, sacrée, inviolable de Sa Majesté Louis XVI, Roi de France et de Navarre, Roi très-chrétien, Fils aîné de l'Eglise, notre Roi de très-glorieuse et immortelle mémoire; renouvelé le 16 octobre de la même année sur la personne auguste, sacrée, inviolable de Sa Majesté Marie-Antoinette d'Autriche, notre Reine de très-pieuse mémoire, et continué à diverses époques sur le sang de nos Rois. Nous demandons à Dieu, à l'Eglise, au Roi, aux nations, à la postérité, de pardonner.

Nous jurons devant l'autel du Dieu vivant, en présence des ministres du Roi, modèles de tous les devoirs des François envers leur légitime Souverain, revêtus de deux grandes dignités, l'une d'être honorés de sa pleine confiance, l'autre de le représenter dans cette cérémonie auguste, doublement chère à son cœur. Nous jurons pour nous, pour les générations futures, fidélité, obéissance, dévouement à notre Roi le Désiré, et à l'auguste et légitime dynastie royale.

_____

(1) Deuter. XXI.

Dieu du ciel et de la terre, par qui règnent
les Rois, et qui, après avoir châtié la France, lui
avez rendu vos anciennes miséricordes, en lui rendant les descendans de saint Louis, écrivez nos solennelles déclarations dans *le livre de vie*, et vous,
ô nations, gravez-les dans vos fastes.

Telles sont les volontés invariables et sacrées du
peuple François; les volontés de ce premier corps
ecclésiastique du royaume, le chapitre de la métro-
pole de Paris, qui n'a pour le Roi, comme pour
l'Eglise catholique, pour le saint Siége, pour l'E-
glise gallicane, qu'un même cœur et une seule ame,
avec les Pontifes françois, avec le clergé de la capitale, avec le clergé de France.

Les volontés des habitans de la ville de Paris, ré-
générée et maintenant représentée par ses magistrats municipaux agréables au Roi, présidés par un
chef dans qui la sagesse des vieillards a devancé les
années, et qui a conquis la confiance du Roi, celle
de la capitale, celle de nous tous.

Les volontés de ces généreux et magnanimes
ôtages, dont le dévouement toujours debout devant
le trône de nos Rois, lègue aux générations suivantes un sentiment de courage et d'amour toujours
prêt à s'immoler pour eux.

Les volontés de l'armée, surchargée de la gloire

militaire comme ces arbres qui succombent sous le
poids de leurs fruits, qui a gravé son nom sur le sol
de tant de peuples, en caractère d'airain que les siècles respecteront, et qui est digne que, sous une couronne de laurier et de lis, on unisse ces deux inscriptions en une seule : *Armée Françoise, Armée Royale.*

Les volontés de la garde nationale, émule du dévouement de l'armée, et dont la gloire ne vieillira jamais, parce qu'elle sera retrempée tous les ans, par
l'insigne privilége de garder seule la personne du Roi
le jour anniversaire de son entrée dans sa capitale.

Les volontés de cet ordre illustre (1), organe protecteur de la veuve et de l'orphelin, et qui compte,
parmi les siens, les immortels et courageux défenseurs de Louis XVI.

Les volontés des François de toutes les classes,
dont les sentimens, répandus dans toutes les cités,
dans tous les hameaux, semblables à ces eaux pures
qui couloient dans tous les ruisseaux de Juda : *Per
omnes rivos Juda ibunt aquæ* (2), effacent la flétrissure
nationale, et à cette France moderne, souillée par
un grand crime, font succéder l'antique France,
fidèle à Dieu, fidèle à ses Rois, dont je trouve l'em-

---

(1) L'ordre des avocats.

(2) Joel. cap. III.

blême dans ces paroles de l'Ecriture : « Otez la » rouille qui dégrade l'argent, et il s'en formera » un vase très-pur » : *Aufer rubiginem de argento, et egredietur vas purissimum* (1).

---

(1) Prov. cap. xxv.

FIN.

Assassinat de S. A. R. Msr. le Duc de BERRY.

IL est donc vrai, et la France en deuil voudroit en vain effac
par ses larmes cette nuit d'éternelle douleur! Le plus jeune d
Princes françois, le descendant de tant de Rois, ce héros sur l
quel reposoit le plus doux espoir de la patrie, vient de tomber
son tour sous le poignard régicide. Le duc de Berry n'est plus a
milieu de nous. Satisfait de voir, après un trop long exil, cett
France vers laquelle se reportoient tous ses vœux, il mettoit so
unique plaisir à se faire connoître par ses bienfaits. Protecteu
des arts, chéri des soldats, père des pauvres, il s'estimoit heu
reux, parce qu'il croyoit avoir conquis notre amour. Oui, Prince
nous vous aimions; et vous existeriez encore, si cet amour avoi
pu vous sauver, et c'est en vous perdant que nous avons appréci
davantage toutes ces vertus qui promettoient de faire si long
temps le bonheur de la France.

LL. AA. RR. le duc et la duchesse de Berry venoient d'assiste
à une représentation extraordinaire à l'Opéra : quelque temp
avant la fin du spectacle, la Duchesse avoit témoigné le désir d
se retirer; le Duc l'avoit reconduit jusqu'à sa voiture, en lui don
nant la main, et lui disant : *Adieu, Caroline, nous nous reverron
bientôt ;* puis, se retournant, il se disposoit à rentrer dans la salle
quand un homme s'élançant sur lui, le saisit fortement, et lui assen
avec violence un coup dans la poitrine. Le Prince s'imagina d'a
bord qu'un coup de poing venoit de l'atteindre ; mais la duchess
de Berry a de bien plus affreux pressentimens; elle a vu frappe
son mari, et tremble qu'il ne porte dans son sein un fer meurtrier;
elle se précipite de la voiture, et Mme. de Béthisy, qui l'accom
pagnoit, retire d'une profonde blessure un instrument de mort.
Le Duc ne peut plus se soutenir : son sang jaillit et inonde la
Princesse; il tombe sans connoissance entre ses bras, tandis qu
l'assassin, fuyant avec une extrême rapidité, cherche à s'échapper
à la faveur de la nuit.

Transporté dans une salle de l'administration, le Prince fut
déposé sur un lit fait à la hâte ; bientôt les médecins les plus ha
biles lui donnèrent des soins qui nous l'eussent infaillliblement con
servé, si l'assassin ne s'étoit attaché à détruire toute espérance de
salut, en plongeant, avec des efforts inouis, le fer tout entier
dans le sein de la victime (1).

L'infortunée Princesse montroit à la fois la plus profonde dou
leur et la plus vive énergie. Après s'être dépouillée précipitam-

(1) Après avoir ouvert le corps de Msr. le duc de Berry, les médecins ont
paru extrêmement étonnés qu'il ne soit pas mort sous le coup. Comment
ne pas admirer ici la Providence, qui, pour récompenser la charité du
Prince envers les pauvres, a voulu, en le retirant de ce monde, sanctifier
d'une manière éclatante ses derniers momens, et le montrer à l'univers
comme un modèle des plus héroïques vertus.

ment de ses parures, elle s'est consacrée aux soins les plus pénibles et les plus touchans. Étrangère à tout ce qui l'entouroit, elle
secondoit les hommes de l'art, prodiguoit les attentions les plus
tendres à son auguste époux, et ses douces paroles sont les premières que le Prince a entendues en reprenant sa connoissance.
Charles, disoit-elle, *ne t'inquiète pas, cela ne sera rien.* Le Prince
lui répondit : *Ma fille et M. l'évêque d'Amyclée.* On s'empressa
d'exécuter ses intentions : on apporta l'enfant royale, trop jeune
encore pour sentir son malheur; et le vertueux prélat accourut
pour remplir les tristes et consolantes fonctions de son ministère.

Déjà Monsieur étoit auprès du lit de son malheureux fils;
Madame et les autres Princes l'avoient suivi de près : en leur
présence, animé des sentimens de la piété la plus tendre et de la
résignation la plus chrétienne, Msr. le duc de Berry se confesse,
et déclare à haute voix qu'il demande pardon à Dieu et aux hommes des scandales qu'il a pu donner, du bien qu'il n'a pas fait, et
du mal qu'il n'a pas empêché. C'est avec des dispositions aussi
dignes d'un fils de saint Louis qu'il reçoit l'absolution; il est ensuite administré par M. le curé de Saint-Roch; puis, ayant embrassé sa fille, et lui donnant sa bénédiction : *Chère enfant,* dit-il,
puisses-tu être moins malheureuse que ta famille. Il fait alors
son testament, recommande à son auguste Père, avec la plus
touchante bonté, et en les nommant toutes par leurs noms, les
personnes attachées à sa maison ou à son service militaire. M. de
Nantouillet étoit depuis trente ans auprès de sa personne. *Venez,
mon vieil ami,* lui dit le Prince, *je veux vous embrasser avant
de mourir.* C'est ainsi qu'avec une tendre affection, il parle à
ceux qui l'entourent, et leur annonce sa fin prochaine. Il en étoit
si convaincu, qu'il répéta plusieurs fois au docteur Dupuytren :
*Je suis bien touché de vos soins; mais ils ne sauroient prolonger
mon existence : ma blessure est mortelle.*

Cependant, Monsieur, Madame et Msr. le duc d'Angoulême,
à genoux au pied du lit de leur fils et de leur frère, passoient
cette terrible nuit dans les prières et dans les larmes, demandant
au ciel d'adoucir les maux du Prince, et formant pour sa conservation des vœux qui ne devoient pas être exaucés. L'inconsolable
père du duc d'Enghien mêloit ses pleurs à ceux des autres Princes:
on eût dit qu'il alloit perdre un second fils.

Vers les trois heures, une révolution favorable sembla s'opérer
dans l'état du malade; on étoit parvenu à déterminer l'écoulement
du sang par la plaie, le pouls étoit devenu meilleur, et on avoit une
lueur d'espérance, quand S. M. arriva près de son neveu à cinq
heures du matin. A la vue du Roi, le duc de Berry retrouve de nouvelles forces : *Sire,* s'écrie-t-il, *grâce pour l'homme.* C'est ainsi qu'il
a toujours eu la générosité de nommer son assassin. Bientôt il ajoute : *Mon oncle, ne me refusez pas la dernière grâce que je vous
demande; grâce au moins de la vie : sans doute c'est quelqu'un
que j'aurai offensé sans le savoir. Mon fils,* répond le Roi, avec
l'accent de la plus profonde douleur, *tranquillisez-vous, vous*

vous rétablirez, et nous en reparlerons..Vers les six heures du matin, le Prince éprouva de vives douleurs, et un étouffement dont l'augmentation progressive fut le signal d'un trépas inévitable. Le sang s'épanchoit dans la poitrine avec rapidité. La mort étoit imminente. Au milieu de ces angoisses, il eut encore la force de réitérer ses instances pour obtenir la grâce du coupable. Tout ce qui étoit présent fondoit en larmes : la duchesse de Berry paroissoit quelquefois prête à succomber à sa douleur ; mais la religion soutenoit ses forces épuisées ; et tandis que le Duc lui témoignoit un vif regret de ses fautes et des chagrins qu'il avoit pu lui causer: *Je le savois bien, disoit-elle, que cette belle ame étoit créée pour le ciel, et qu'elle y retourneroit.* On raconte que MADAME, se précipitant alors à genoux à côté du Prince, prit les mains de son Altesse Royale, et s'écria : *Mon Père vous attend ; dites-lui de prier pour la France et pour nous.* Bientôt après le Duc expira ; et les sanglots, franchissant l'enceinte de la salle, annoncèrent au peuple, assemblé en foule sous les fenêtres, qu'il venoit de perdre son protecteur et son ami. Qui pourroit décrire cette scène de désolation et d'épouvante ? Qui pourroit peindre en ce moment la douleur de la royale famille, et MONSIEUR redemandant avec larmes, comme autrefois Jacob, son fils bien-aimé. Un instant avant de mourir, le Prince avoit levé ses mains vers le ciel, en s'écriant : *O ma Patrie! ô malheureuse France!* Il avoit prié, reçu les secours de la religion, souffert sans laisser échapper aucune plainte : c'étoit mourir en François, en Bourbon, en Chrétien.

Le courage de Mme. la duchesse de Berry l'a abandonnée au moment où le duc rendoit le dernier soupir. Elle s'est jetée sur le corps de son mari, en poussant les cris déchirans du désespoir. Cependant, la fille de Louis XVI, l'héroïne du Temple, sembloit imposer silence à ses ineffables douleurs, pour secourir sa sœur infortunée. En vain on prioit celle-ci de songer à elle. On ne pouvoit la séparer des restes inanimés du Prince. Mais un motif plus puissant (et ce motif est la seule consolation qui nous reste) surmonta tant de résistance. Dans ses derniers momens, le Duc, regardant avec attendrissement celle qui faisoit le bonheur de sa vie, l'avoit conjurée *de se ménager pour l'enfant qu'elle portoit dans son sein*. Le désir de s'acquitter d'un si grand devoir vient relever cette ame abattue. MADAME entraîne sa sœur et la conduit à l'Elysée. Tout ce qui l'habite étoit plongé dans la consternation et dans les larmes. Rentrée dans ce palais, où elle ne verra plus son époux, la Princesse aperçoit dans une glace sa blonde chevelure en désordre: *Hélas! s'écrie-t-elle, voilà les cheveux que ce pauvre Charles aimoit tant,* et à l'instant elle les coupe de ses propres mains. Elle fait ensuite appeler les fidèles serviteurs de son auguste époux, et leur dit qu'elle veut les garder tous auprès de sa personne. Puis s'enveloppant toute entière dans un voile de crêpe noir, et emportant sa fille dans ses bras, elle se retire, accompagnée de MADAME, au château de Saint-Cloud. L'appar-

tement où repose cette Princesse est en même temps un sanctuaire; elle y a fait dresser un autel. C'est-là que chaque matin
un prêtre vient célébrer le saint sacrifice. C'est-là qu'invisible à
tous les regards elle ne communique qu'avec Dieu et les membres de sa famille. La présence seule de MADAME est pour elle
une consolation toute puissante. Les nuits sont assez calmes. Le
moment du réveil est toujours pénible. C'est alors que les idées
funèbres semblent reprendre le plus d'empire. Mais c'est alors
aussi que, les yeux fixés vers le ciel, la Princesse puise dans de
ferventes prières une force toute divine. On lui apporte sa fille,
qui répond à ses larmes par un sourire; et pénétrée des devoirs
qu'une double maternité lui impose, elle se soumet avec une
admirable simplicité aux conseils affectueux de l'amitié la plus
tendre.

Malheureuse Princesse, vous qui connoissiez toutes les vertus
et les nobles qualités de ce cœur véritablement françois, son intrépidité, son goût pour les arts, sa sollicitude pour les pauvres,
son empressement à secourir tous les genres d'infortune, l'eus-
siez-vous jamais pensé, qu'il pût devenir la victime d'un crime
aussi atroce? Quoi! c'est le soir même, où, quittant son palais
pour la dernière fois, le duc de Berry venoit d'envoyer de nouveaux et d'abondans secours aux indigens de cette capitale; c'est
le soir où il disoit: *Pendant que les riches s'amusent, il faut
que les pauvres vivent;* c'est ce même soir qu'un scélérat choisit
pour l'immoler à sa rage. Et quel peut être le motif d'une si implacable haine? Prince, votre bonté vous faisoit craindre d'avoir
offensé *l'homme* sans le savoir. Rassurez-vous. L'assassin, arrêté
dans sa fuite, a pris soin de venger votre mémoire et de lever
toute incertitude. Il n'étoit pas connu de vous. Qui donc a pu,
lui demande-t-on, vous porter à commettre un pareil crime?
Mes opinions, mes sentimens. Eh! quelles sont ces opinions, ces
effroyables sentimens qui, dans la personne du duc de Berry, as-
sassinent l'honneur de la France, et bouleversent la société toute
entière? Le monstre nous l'a clairement appris dans cette horrible
réponse: *Dieu n'est qu'un mot.* Après un tel blasphème, ne soyons
plus étonnés, ni du sang froid qui a dirigé sa main parricide, ni
de la joie barbare avec laquelle il a goûté la mort de sa victime,
ni de cette férocité qui, en apprenant le pardon du Prince, se disoit prête à recommencer encore. Tant de perversité devoit nécessairement partir du cœur d'un athée. Il falloit qu'il eût en
quelque sorte exterminé Dieu dans son ame, avant de concevoir
l'horrible projet d'exterminer la race de nos Rois. Il falloit qu'il
eût renié le Dieu de toute la France, avant de verser le sang le
plus pur et le plus françois qui puisse animer le cœur d'un Prince,
le sang de saint Louis et de Henri IV, le sang de Louis XIV et
du Roi-Martyr.

De l'Imprimerie d'Adrien Le Clere, Imprimeur de S. E. Mgr. le Cardinal
Archevêque de Paris, quai des Augustins, no. 35.

ORAISON FUNÈBRE

DE TRÈS-HAUT, TRÈS-PUISSANT, ET TRÈS-EXCELLENT

PRINCE

CHARLES-FERDINAND D'ARTOIS,

FILS DE FRANCE,

DUC DE BERRY,

PRONONCÉE

Dans l'Église Royale de Saint-Denis, le 14 mars 1820,

PAR M. HYACINTHE-LOUIS DE QUÉLEN,

ARCHEVÊQUE DE TRAJANOPLE, COADJUTEUR DE PARIS.

A PARIS,

Chez ADR. LE CLERE, ÉDITEUR, Libraire, Imprimeur de S. Ém.
Mᵍʳ. le Cardinal Archevêque de Paris, quai des Augustins, n°. 35.

1820.

AVIS DE L'ÉDITEUR

Le produit de la vente de cette *Oraison funèbre* sera appliqué au soutien de l'œuvre de charité des Sœurs de Saint-André ou Filles de la Croix, qui se consacrent à l'éducation des enfans pauvres et au soin des malades dans les campagnes. Son Altesse Royale Mme. la Duchesse de Berry, protectrice de cette œuvre, a bien voulu agréer cette destination.

Nota. Les exemplaires qui ne porteront pas notre signature, seront réputés contrefaits.

ORAISON FUNÈBRE

DE

CHARLES-FERDINAND D'ARTOIS,

FILS DE FRANCE,

DUC DE BERRY.

———

Convertam festivitates vestras in luctum, et omnia cantica vestra in planctum ;.... et ponam eam quasi luctum unigeniti.

Je changerai vos fêtes en deuil, et vos concerts en plaintes lamentables; et je plongerai Israël dans les larmes comme une mère qui a perdu son fils unique.

Amos, c. viii, ♈. 10.

Monseigneur (1);

Lorsque du haut de son trône éternel, le Dieu qui regarde les nations et les rois, avoit juré de visiter et de punir d'une manière éclatante les continuelles prévarications de son peu-

———

(1) S. A. R. Monseigneur le Duc d'Augoulême.

1

ple, il lui faisoit annoncer par ses prophètes qu'il alloit laisser enfin tomber sur lui son bras étendu, et que le coup dont il l'auroit frappé retentiroit dans l'univers.

Ecoutez, enfans d'Israël, lui disoient-ils, voici l'arrêt qu'a prononcé contre vous le Seigneur des armées. Les fléaux que je vous avois envoyés pour vous avertir n'ont point changé vos cœurs; insensibles aux traits de ma colère, vous n'êtes pas revenus à moi; mes efforts multipliés pour vous guérir n'ont pu vous toucher. C'en est fait, je vais exécuter sur vous toutes mes menaces. Vos villes retentiront de plaintes et de sanglots, et dans vos campagnes on n'entendra que des cris lugubres qui répéteront : *Hélas!* *hélas* (1).......! Les jours marqués pour l'ivresse et les plaisirs, je les changerai en des jours de deuil et de larmes; ces lieux consacrés aux ris et aux amusemens, je les rendrai silencieux et déserts; les concerts de joie dont ils réson-

(1) Amos. v.

noient seront remplacés par des accens lamentables; et tout Israël pleurera comme une
mère qui a perdu son fils unique : *Convertam
festivitates vestras in luctum, et omnia cantica vestra in planctum; .... et ponam eam quasi luctum
unigeniti.*

Ne s'est-elle pas accomplie sur nous dans
toute sa rigueur cette prédiction désolante,
Messieurs? La consternation universelle, le silence de la capitale, le deuil de ses habitans,
les larmes qui coulent des yeux de tout un peuple, les voix douloureuses qui s'élèvent de toutes
parts, attestent à l'Europe et au monde, plus
encore que tout cet appareil imposant et lugubre, que le Seigneur *a foulé* tous les cœurs françois *dans le pressoir de sa fureur* (1).

Oui, Messieurs, tous les cœurs françois, et
celui du Monarque, qui s'est vu obligé de recevoir, en quelque sorte, le dernier soupir de sa

(1) Is. LXIII, 3.

famille; et celui d'un père, qui, dans un seul
de ses enfans, croit voir s'éteindre toute sa postérité; et celui d'une sœur, qui semble ne vivre
que pour voir tomber les uns sur les autres sous
un fer parricide ses augustes et vertueux parens;
et celui d'un frère, qui se sent arracher parmi
les embrassemens les plus tendres un frère qui
faisoit le charme de sa vie; et celui d'une épouse
frappée de langueur dès sa jeunesse, et condamnée à un triste veuvage; et celui de la France,
qui, au milieu des sentimens d'indignation et
d'effroi dont elle est agitée, s'abandonne à sa
douleur, comme une mère inconsolable qui
pleure son fils unique : *Convertam festivitates
vestras in luctum, et omnia cantica vestra in
planctum; ... et ponam eam quasi luctum unigeniti.*

La religion vient à son tour mêler ses soupirs
et ses larmes à tant de larmes et de soupirs;
mais elle vient aussi tempérer de cruelles amertumes par de divines consolations. Si elle s'af-

flige avec nous de toutes les douleurs que la main puissante de Dieu a renfermées dans une aussi accablante épreuve, elle nous découvre en même temps tous les adoucissemens qu'il a plu à sa miséricorde d'y apporter. Le sujet de nos douleurs, les motifs de nos consolations, ce sera le partage de ce Discours, que nous consacrons à la gloire de Dieu, et à la mémoire de très-haut, très-puissant et très-excellent prince CHARLES-FERDINAND D'ARTOIS, fils de France, DUC DE BERRY.

PREMIÈRE PARTIE.

PERDRE un Bourbon, quel malheur pour la France! perdre un Bourbon semblable à celui qu'elle a perdu, quel surcroît de malheur! perdre un Bourbon dans les temps et les circonstances où elle l'a perdu, quel excès de malheur!

La France ne peut perdre un Bourbon, Mes-

sieurs, sans qu'aussitôt le souvenir de ce qu'elle
doit à cette famille auguste ne vienne se retracer
à son esprit, et lui faire sentir toute la douleur
de sa perte. Famille choisie pour son bonheur
et pour sa gloire, race privilégiée, à laquelle
nous pouvons appliquer, sans orgueil comme
sans flatterie, les éloges décernés dans nos livres
saints aux conducteurs du peuple d'Israël : Hommes grands en puissance, mais aussi grands en
sagesse, qui gouvernèrent leurs États avec tant
de noblesse et de prudence, qui nous ont laissé
de si beaux modèles de force et de courage, et ce
qui vaut mieux encore, de si beaux modèles de
vertus ; la gloire qu'ils se sont acquise a traversé
les siècles, et nous les louons encore pour ce
qu'ils ont fait dans leur vie. *Homines magni vir-*
tute ;... imperantes in præsenti populo, ... gloriam
adepti sunt, et in diebus suis habentur in laudi-
bus (1).

(1) Eccli. xliv.

En effet, Messieurs, sous quelque point de vue qu'on envisage l'histoire des Bourbons, du côté de leur origine ou de leurs brillantes alliances; du côté des peuples nombreux auxquels ils ont donné des maîtres, ou de l'étendue du royaume dont ils ont si prodigieusement augmenté le territoire; du côté de l'administration et des lois, du gouvernement et de la politique, des sciences et des arts, des talens et des vertus militaires; du côté des Princes qui ennoblirent la patrie, et des Princesses qui embellirent d'autres contrées; du côté de ceux qui nous commandèrent, et de celles qui, ne pouvant régner sur nous, dominèrent sur nos cœurs par l'empire de leur bienfaisance et de leur bonté; il n'est pas un François, il n'est pas un savant, il n'est pas un soldat, il n'est pas un chrétien, que dis-je! il n'est pas un étranger, il n'est pas une nation, quelque rivale qu'on la suppose, qui ne soit forcée de convenir qu'il n'y a rien sous le soleil qui surpasse la grandeur de cette très-chrétienne maison de France ; il n'est personne qui ne reconnoisse que rien ne lui a manqué de ce qui doit lui assurer l'affection des peuples et l'admiration de l'Univers. Non rien, pas même la gloire de l'adversité qu'elle a si magnifiquement conquise ; il n'est point de famille qui ait offert au monde une aussi longue suite de saints, de sages et de héros, depuis cet intrépide Robert-le-Fort, o'u elle fait remonter son origine, jusqu'à ce brave Duc de Berry, où elle craint de voir s'arrêter sa plus illustre branche ; depuis cette vertueuse Blanche de Bourbon, la plus malheureuse Princesse de son temps, jusqu'à notre céleste Marie-Thérèse, qui surpasse en infortune et en héroïsme toutes les autres filles des Rois, et qui s'élève au milieu d'elles comme le lis entre les épines. *Sicut lilium inter spinas* (1).

Voilà les Bourbons, Messieurs, les voilà tels

(1) Cant. ii, 2.

qu'une prédilection particulière de Dieu nous
les avoit donnés; tels que, dans les jours d'une
justice rigoureuse, il nous les a ravis; et tels
encore qu'il les a rendus à notre amour :
voilà cependant ceux qu'une odieuse philosophie essaya de noircir par ses mensonges, dont
un patriotisme hideux, couvert des lambeaux
de la misère et des livrées du crime, osa pro-
faner le front auguste, et verser à grands flots
l'illustre sang; ceux qu'un fanatisme sacrilége
poursuivit jusque dans les ombres de la mort,
et à qui il ne voulut pas même laisser un tombeau; ceux dont une impiété monstrueuse demande encore la destruction, qu'elle accuse
d'attentat contre la félicité publique, et qu'elle
ne rougit pas d'appeler (faut-il prononcer ce
blasphême?) *les ennemis et les tyrans de la
France.*

Les ennemis de la France! Quoi? ce saint
Louis, le plus parfait modèle qu'offre l'histoire, qui couvrit le royaume des monumens

de sa charité, et qui, avec le bruit de ses armes, porta la renommée de ses largesses des
bords de la Seine jusqu'aux rives du Jourdain?
Ce bon Henri, qu'au milieu même de ses égaremens, la multitude se plaisoit à nommer le Roi
du peuple; ce Louis XIII, plein de justice; ce
Louis-le-Grand, qui donna son nom au beau
siècle, magnifique en tout, dans ses récompenses comme dans ses lois, dans ses serviteurs
comme dans sa personne, dans les revers comme
dans les succès, dont la main savoit également
élever un palais superbe pour la demeure des
Rois, et un superbe asile pour le soldat qu'il
avoit fatigué de victoires! Quoi? ce Louis-le-
Bien-Aimé, dont on cite mille traits de bienfaisance? Peut-être aussi fut-il un tyran ce monarque infortuné qui périt victime de la bonté de
son cœur, et qui *fut clément jusqu'à* devoir s'en
repentir?

Les Bourbons *tyrans de la France* ! Ah ! nous
le savons que la France eut des tyrans qui l'op-

primèrent, qui la firent sécher de frayeur ; mai
nous savons aussi que ce fut lorsque les Bour
bons eurent cessé de la gouverner ; qu'éloigné
d'elle, ils ne pouvoient plus ni la consoler ni l
-secourir ; et nous savons encore qu'après d
longues souffrances, ce fut vers eux qu'ell
tourna ses regards affoiblis, qu'elle tendit se
mains défaillantes, et que ce ne fut que par eu
qu'elle fut délivrée plusieurs fois de la dur
servitude qui la menaçoit.

Je cherche en vain, Messieurs, à charme
notre douleur en vous parlant de ces très-excel
lens Princes dans une enceinte pleine de leu
souvenir, dont les murs retentirent si souven
de leurs louanges, et dont les pierres rediroient
au besoin les éloges. Elle ne fait que s'irriter
au contraire cette douleur dans un lieu où tant
de pleurs ont déjà coulé sur leur mémoire, où
tant de larmes couleront encore, et où nous
venons à notre tour apporter un immense tribut
de gémissemens et de regrets, puisque nous

venons y déplorer la perte d'un Bourbon, et d'un Bourbon qui nous rappeloit, avec la noblesse de ses ancêtres, les hautes qualités qui les ont si éminemment distingués devant nos pères.

Oui, Messieurs, et c'est ce qui ne justifie que trop la vivacité de nos regrets et l'abondance de nos larmes. Le Duc de Berry devoit faire aussi, à l'exemple de ses aïeux, la gloire et le bonheur de notre France. Déjà il en étoit l'ornement, en attendant qu'il en fût les délices, et nous pouvons lui appliquer, avec vérité, ces paroles de l'Ecclésiastique, parlant d'un prince de la famille de David : Il marcha généreusement dans la voie de ses pères : *Fortiter ivit in via patris sui* (1). Hélas ! devions-nous ajouter sitôt? Cette constance ne se démentit point entre les bras de la mort, et la fin de sa vie n'a fait que nous révéler les qualités de son grand cœur : *Spiritu magno vidit ultima* (2).

(1) Eccl. xlviii, 25.
(2) *Ibid.* 27.

Dans un siècle où l'incrédulité minant sou
dement les trônes alloit en démolir les fon
demens jusque dans les consciences ; où, mé
connoissant l'autorité de Dieu lui-même, ell
méconnoissoit toute espèce d'autorité émanée
de lui ; et où, prêchant la liberté des penchans
et niant l'existence d'un avenir, elle remplaçoi
la plus forte sanction des lois par le néant, et
arrachoit à la fidélité malheureuse son unique
consolation : dans un siècle où, *sortant de son
cœur impie* (1), ses fausses et pernicieuses doctrines avoient pénétré partout comme un poison
subtil, et s'étoient principalement attachées à
infecter l'esprit des grands, qu'elle vouloit endor-
mir sur le bord de l'abîme où elle alloit les précipiter, le Duc de Berry, Messieurs, fut préservé dès son enfance de la contagion générale.
Elle n'avoit pas atteint cette famille, qui, destinée à remonter sur le trône des rois très-chrétiens,

(1) Ps. xiii.

a cherché sa régénération dans le crime, aspire à être barbare au centre du monde civilisé ; tant elle s'étudie à n'avoir rien de commun avec le reste des peuples ! Ses manières, ses habitudes, sa langue, prennent un caractère hideux ; les dénominations les plus ignobles sont des titres d'honneur ; tout est changé, jusqu'aux noms des mois et des jours ; tous les signes du culte public ont disparu, Dieu n'a plus de temple, et l'on sait pour la première fois ce que c'est qu'un peuple sans religion.

Non, la France n'est plus dans la France même ; il faut la chercher hors de ses frontières : le crime est au-dedans, la gloire est au-dehors ; elle s'est réfugiée dans les camps. Mais, ô lamentable effet de tant de discordes impies ! je vois des Français armés contre des Français, le frère contre le frère, le père contre le fils. Leur patrie est commune, leur valeur est égale ; leurs bannières sont différentes. Un jour viendra que le mur de division qui les sépare tombera pour jamais : il n'y aura plus ni vainqueurs ni vaincus, il n'y aura que des Français; leurs épées seront unies comme leurs cœurs; ils reposeront sous la même tente, ils se rallieront au même panache blanc du petit-fils de Henri IV; ils combattront, ils triompheront ensemble au même cri d'honneur et de fidélité.

Mais ce prodige de réconciliation, à qui le devons-nous? A ce Roi même que vous m'accusiez peut-être de perdre trop long-temps de vue, et qui a été si grand dans l'adversité. Certes, Messieurs, c'est un beau spectacle que celui d'un Prince qui tombe sans se dégrader; que dis-je? qui trouve dans le malheur une source de gloire. L'histoire dira quelles furent sa conduite et ses vues politiques dans ces premières campagnes dont l'issue devoit être si funeste à sa cause, et la postérité saura que, si la fortune trahit ses drapeaux, elle ne le fit jamais descendre au-dessous de ses hautes destinées. Si vous le suiviez dans les

rière des armes, et lui donner occasion de
développer ces vertus militaires qui avoient
coulé dans ses veines avec son sang. L'Europe
coalisée fut témoin de ses premiers essais ; il
les commença dans cette trop funeste campagne, où l'on vit une noblesse généreuse, aban-
donnant ses plus chers intérêts et ses affections
les plus douces, se réunir autour de ses Princes,
afin de préparer à un Monarque malheureux
ou un refuge ou des libérateurs. Le Duc de
Berry, Messieurs, combattoit alors, dès le
premier âge, sous les yeux de celui qui devoit
un jour devenir son Roi et le nôtre ; il conti-
nua de le faire ensuite dans cette armée célèbre,
qui, après le premier choc de notre révolution,
constamment retranchée derrière le Rhin, en
vue de la patrie, soutint l'honneur de notre
chevalerie antique, justifia notre réputation militaire, avant que nous l'eussions portée si loin,
toujours formant avant-garde, toujours proté-
geant les retraites ; dans cette armée dont nous
aurions

aurions aimé à rappeler ici les hauts faits, si
nous n'avions craint d'ajouter à notre nouvelle
douleur la douleur ancienne d'avoir vu des
François divisés rivaliser de bravoure ; dans cette
armée enfin, disons-le une fois franchement,
Messieurs, et n'abandonnons pas cette partie
de notre gloire, dans cette armée qui ne connut
ni défection ni défaite, commandée qu'elle étoit
par trois Condés.

Sous de tels capitaines et avec de tels compagnons d'armes, le Duc de Berry n'eut besoin,
pour se perfectionner, que de se laisser aller à
son penchant naturel. Aussi devint-il bientôt
l'idole du soldat, les délices de ses augustes
chefs, l'honneur de l'armée ; tant il montroit
d'aptitude et de talens ; un coup d'œil sûr, une
précision de mouvemens sans égale, une exactitude rigoureuse pour la discipline, une sévère
vigilance à la maintenir, et avec cela une valeur à toute épreuve, un courage plein d'audace, et un élan qui entraînoit tout après lui.

Quel est l'officier françois, Messieurs, qui
ne se fût senti transporté en entendant cette
réponse noble et fière. du Duc de Berry aux
prudentes représentations d'un général étranger, dans une circonstance où le Prince s'étoit
élancé avec un petit nombre des siens hors de
la ligne chargée de soutenir son action, et qui ne
s'ébranloit pas assez vîte au gré de son ardeur :
*Que ceux qui sont en arrière courent, s'ils veu-
lent arriver avec moi : un fils de France ne sait
pas attendre la gloire, il doit marcher au-devant
d'elle* (1). Avec vous, Messieurs, il ne faut
qu'un mot semblable pour gagner des batailles :
aussi le Prince étoit-il persuadé qu'il lui eût
été aussi facile qu'à un autre de vous conduire
à la victoire, et de conquérir le monde à la tête
de nos soldats.

C'étoit en effet la gloire qu'il aimoit, Messieurs, et non pas le carnage ; sa valeur n'étoit
pas une vertu farouche qui se joue de la vie

(1) Paroles du Duc de Berry.

des hommes, et qui, pour servir son ambition, prodigue avec mépris le sang des braves. On sait comme celui du François surtout lui étoit cher, comment il le ménagea dans Béthune, et comment, par sa générosité, il força des soldâts égarés à mêler au cri du délire le cri de la reconnoissance; rappelant ainsi l'amour paternel de Henri IV, son aïeul, qui, dans les jours où il se vit obligé de faire la conquête de son peuple, se précipitoit à la tête de ses bataillons victorieux en criant : *Sauve les François.*

Laissons à l'histoire, Messieurs, le soin de recueillir mille autres traits qui signalèrent la vie militaire du Duc de Berry; disons seulement, pour achever cette partie de son éloge, qu'un grand Prince dont le nom vivra à jamais dans les fastes de l'armée françoise, et dont l'estime honorera toujours un guerrier; que le Prince de Condé l'aimoit comme son fils, et qu'il ne crut pas pouvoir, en mourant, mieux consoler la constance, la valeur, les services et les souffrances si prolongées de ses anciens compagnons d'armes, que de prier le Duc de Berry de leur servir de protecteur auprès du Roi (1).

Mais si l'histoire fidèle s'occupe à retracer, Messieurs, les vertus militaires du Duc de Berry, elle ne sera pas moins fidèle à retracer toutes les autres qualités que le temps nous permet à peine de compter. Elle dira son habileté et ce tact si délicat dans les affaires, lorsque la nécessité ou l'obéissance l'obligèrent à y prendre part; son amour pour les lettres et les sciences, qui lui faisoit encourager tous les talens utiles; l'ordre et l'économie qu'il savoit établir dans sa maison; et elle fera remarquer combien cette sagesse intérieure et domestique eût pu devenir avantageuse à la prospérité de l'Etat. Elle dira sa bonté pour ses amis, et sa générosité, qui lui fit plus d'une fois partager avec eux des ressources dont il avoit besoin pour lui-même;

(1) Testament du Prince de Condé.

son affabilité, le soin qu'il prenoit de ses serviteurs, et quel fut l'attachement de tous ceux
qui l'approchèrent : elle dira même l'impétuo-
sité de son caractère, qui, emporté par ces premiers mouvemens dont peu de personnes sont
les maîtres, affligea quelquefois malgré lui des
cœurs sensibles et fidèles jusqu'à tout supporter ; mais qui, modérée par l'âge, eût été
si précieuse dans des temps difficiles, parce
qu'elle auroit tempéré sa bonté extrême, et
qu'elle auroit fait trembler les hommes rebelles
et méchans jusqu'à tout oser.

Mais ce que l'histoire ne dira jamais assez,
ce que nous ne pourrons jamais assez louer dans
l'assemblée des saints, ce que les larmes des
pauvres publient, ce qui retentit de toutes
parts dans la capitale, ce qui se répète d'un
bout à l'autre du royaume, ce qui passera de
bouche en bouche et de génération en génération dans les familles malheureuses, ce qui
rend éternelle la mémoire du Prince, c'est sa

bienfaisance continuelle, ses aumônes immenses, sa charité inépuisable, et toute la grâce avec laquelle il savoit doubler le bienfait.

La religion viendra encore embellir ces éloges, et nous apprendra tout ce qu'elle a perdu dans le Duc de Berry. Au milieu du tumulte des camps, malgré les illusions du monde et l'entraînement des désirs, sa foi, Messieurs, jetoit souvent de brillans éclairs ; nous savons, et Dieu nous est témoin que nos paroles sont véritables ; nous savons que dans de graves et importantes circonstances de sa vie il rechercha avec autant de franchise que de simplicité le ministre de la réconciliation, pour mettre ordre à sa conscience et *se tenir prêt* (1), ainsi qu'il le disoit lui-même, *à tout événement.* Nous avons appris de témoins fidèles, que dans les courses impétueuses de ses innocens plaisirs, la vue d'une croix plantée sur son passage faisoit incliner sa tête, et qu'il

(1) Paroles du Duc de Berry.

la découvroit devant elle sans respect humain.
Nous l'avons vu nous-mêmes, dans les jours
consacrés à l'adoration de ce signe auguste, dé-
céler, non-seulement tout ce que sa croyance
lui inspiroit de vénération, mais encore tout
ce que son ame renfermoit de piété ; nous
l'avons vu, ames ferventes vous comprendrez
ce langage, nous l'avons vu remplissant avec
les princes de sa famille ce devoir de religion
envers la croix, ne se contenter pas d'appliquer ses lèvres sur les pieds et les mains de
son Sauveur, mais aller ensuite les coller avec
une tendre affection sur la plaie de son côté ;
comme s'il eût pressenti, que, blessé un jour
au même endroit, il trouveroit dans le cœur
adorable de Jésus le don du repentir et la
grâce des prédestinés.

Tel est le Bourbon, Messieurs, que la France
a perdu, hélas ! et dans quel temps, grand
Dieu ! dans quelles circonstances, et de quelle
manière ! N'étoit-ce donc pas assez d'en avoir

vu périr un si grand nombre sous nos yeux ?
et voilà qu'une perte cruelle vient nous rappeler à la fois toutes les autres. Encore si l'a-
venir pouvoit nous offrir quelque dédommage-
ment ; mais peut-être que de lis moissonnés
en un seul, que de héros morts dans un seul
héros; quelle longue suite de Rois glorieux et
chrétiens arrêtée peut-être dans un seul prince !

Qui entreprendra de sonder toute la profondeur de cet abîme, de mesurer toute l'é-
tendue de cette mer immense de douleur où
la France vient d'être subitement plongée. Elle
a pénétré dans son sein comme un feu dévo-
rant (1). Ses entrailles en sont émues, son
cœur est inondé d'amertume, toute son ame
est bouleversée, un seul coup a ravi peut-être
pour jamais à son amour tous les rejetons de
cette branche auguste, qui faisoit sa force
et sa magnificence, *abstulit omnes magnificos*

(1) Thren. 1, 13.

meos (1) ; et c'est pour cela qu'elle fond en pleurs, que ses yeux répandent des ruisseaux de larmes, *idcirco ego plorans et oculus meus deducens aquas* (2).

Vous la consolerez, ô mon Dieu! vous la consolerez ; nous l'espérons de votre miséricorde ; nous en avons déjà pour garans les adoucissemens que vous avez daigné mêler à ses épreuves : en sorte que nous pouvons dire avec un de vos prophètes, que vous avez devancé le temps, et que, par une puissance et une bonté qui n'appartiennent qu'à vous, vous avez répandu sur le jour le plus ténébreux la douce rosée de votre lumière, *adduxisti diem consolationis* (3). C'est le sujet de la seconde partie.

SECONDE PARTIE.

S'il est des douleurs ineffables, il est aussi

(1) Thren. 15.
(2) *Ibid.* 16.
(3) *Ibid.* 1, 21.

d'ineffables consolations; la religion nous les découvre, Messieurs, au sein de cette mort même qui nous consterne, dans les admirables et sublimes exemples qui nous y ont été offerts, dans les terribles, mais salutaires leçons qui nous y ont été données, dans les espérances qu'elle nous permet de concevoir.

J'ai à proposer de grands exemples, Messieurs, et non pas à émouvoir de grands sentimens; je dois chercher à vous instruire plus encore qu'à vous toucher : aussi bien, je ne crois pas que des larmes stériles d'attendrissement honorent assez l'arène glorieuse où le héros chrétien vient d'achever les saints travaux de la foi.

N'attendez donc pas que, vous transportant sur le lieu même de l'horrible catastrophe; je m'arrête à vous en faire la peinture déchirante; l'idée s'en affoiblit à mesure qu'on essaie de la retracer : ne demandez pas que je vous représente la maison des plaisirs changée tout d'un coup en une maison de deuil; une jeune et

tendre épouse couverte du sang de son époux,
préparant à la hâte, mais avec une présence
d'esprit qui n'appartient qu'à la piété conjugale, la couche funèbre où elle va recevoir ses
derniers embrassemens ; et, dressant de ses
propres mains, l'autel où vont être brisés les
doux nœuds de son alliance; les yeux des guerriers humides de pleurs, de nombreux serviteurs arrivant en foule, des hommes qui ne
peuvent assez étouffer leurs sanglots, et des
femmes désolées qui ne peuvent cacher assez
les parures qui ornent leurs têtes, une famille
en larmes, un Roi dans l'accablement, une
Princesse nourrie de malheurs, mais plus forte
que tous les malheurs ensemble, dominant
cette scène de désolation et d'épouvante, comme un cèdre majestueux accoutumé aux tempêtes, ombrage les ruines amoncelées à ses
pieds;....... et tout près de là un assassin tranquille.....

Mais non, Messieurs, rien ne doit nous dis-

traire de l'admirable et consolant spectacle que
nous offre l'héroïsme d'un Prince au milieu de
tant d'objets capables d'ébranler la constance la
mieux affermie. Il faut le voir tout seul aux
prises avec un trépas long et cruel, devenu maître dans le plus difficile de tous les arts, celui
de bien mourir.

Lorsque nous vous parlons d'une mort héroïque, ne vous figurez pas, Messieurs, celle d'un
sage de l'antiquité païenne, d'un stoïcien, qui,
se confiant en sa vertu superbe, débite avec ostentation, à ses amis rsssemblés, de pompeuses
maximes qu'il n'entend pas bien, et qui cherche à dissimuler jusqu'à la fin, par un orgueil
qui se dément, une crainte qui le trahit.

Ici, Messieurs, point de ces paroles, point
de ces mouvemens qui décèlent le faux héros;
tout y est grand par sa simplicité même, et par
l'humilité chrétienne, qui, en élevant l'ame jusqu'au ciel, quel que soit le poids de ses misères,
dédaigne ce triste secret de vouloir paroître

grand au moment même où toute grandeur humaine s'éclipse et disparoît.

La mort du Duc de Berry fut une mort parfaitement chrétienne, et c'est par-là qu'elle fut une mort parfaitement héroïque ; ajoutons parfaitement consolante, et parfaitement instructive.

En même temps que le fer a percé son sein, la grâce a pénétré dans son âme ; et, par une suite de cette miséricorde dont il fut l'objet, la même grâce qui lui accorde le don du repentir, prolonge miraculeusement une vie qu'il devoit perdre soudain, afin de lui donner le temps de perfectionner sa pénitence, et à nous la consolation d'en admirer et d'en recueillir les fruits.

O Dieu ! put-il alors s'écrier avec le Roi-Prophète : Non, je ne mourrai pas, mais je vivrai, et je raconterai les merveilles de votre miséricorde : *Non moriar, sed vivam, et narrabo opera Domini* (1). Je publierai, avant de quit-

(1) Ps. cxvii, 17.

ter la terre, que le Seigneur m'a châtié pour
me corriger, et non pour me perdre; car il ne
m'a pas livré à une surprise qui pouvoit me plon-
ger dans l'abîme d'un malheur sans fin : *Casti-
gans castigavit me Dominus, et morti non tradidit
me* (1). Ouvrez-vous, portes des saints tabernacles, afin que j'y entre, et que j'y rende perpétuellement grâces à mon Dieu des faveurs
dont il m'a comblé : *Aperite mihi portas justitiæ;
ingressus in eas, confitebor Domino* (2).

Continuons avec assurance les paroles du
Psalmiste : Voici la porte de la maison du Seigneur, par où les justes entreront : *Hæc porta
Domini, justi intrabunt in eam* (3). Vous pouvez
en approcher maintenant, ministres de la religion, pontife du Dieu de toute sainteté, et vous
pasteur vénérable; approchez sans honte d'un
séjour que la dignité de votre caractère et la
majesté de vos fonctions sembloient vous inter-

(1) Ps. cxvii, 18.
(2) *Ibid.* 19.
(3) *Ibid.* 20.

dire à jamais. La grâce du Seigneur y habite, elle l'a changé en un sanctuaire digne de lui, elle y opère des merveilles dont elle va vous rendre les témoins et les instrumens.

Le Duc de Berry les avoit appelés plus tôt encore que les médecins, qu'il savoit *ne pouvoir prolonger son existence* (1). Son premier cri, en se sentant blessé, fut pour la religion, dont il ne cessa de réclamer les secours jusqu'au dernier soupir de sa vie, et ils lui furent prodigués. Il ne regardoit pas comme une foiblesse, Messieurs, indigne des militaires, de demander un prêtre pour l'assister à ce moment suprême; il ne croyoit pas qu'il y eût quelque honneur à braver le Dieu vivant et terrible au moment de tomber entre les mains de son inévitable justice. Avec la même franchise qui lui faisoit avouer les torts qu'il croyoit avoir à se reprocher envers ses amis, il faisoit la confession des péchés dont il se sentoit coupable envers Dieu; mais avec une com-

(1) Paroles du Duc de Berry.

ponction si sincère et si vive qu'elle arrachoit
les larmes de tous ceux qui l'entendoit. Car ce
n'étoit point assez pour ce cœur repentant, de
déposer ses fautes dans le secret de Dieu, en
les confiant au ministre qui a reçu le pouvoir
de les remettre au ciel comme sur la terre : à
l'exemple de David, ce grand Roi, le Duc de
Berry faisoit encore une accusation publique
et solennelle de ses péchés ; tant il étoit plein
de sa reconnoissance : il ne pouvoit la renfermer en lui-même ; il auroit voulu annoncer à
l'univers entier la miséricorde dont il venoit
d'être l'objet : c'étoit ainsi qu'il appeloit le coup
imprévu qui l'avoit jeté entre les bras de son
Dieu.

Tout en effet avoit changé de nom pour ce
héros chrétien que la grâce venoit d'éclairer, et
devant qui sa vive et nouvelle lumière avoit fait
comme évanouir, dit Bossuet, toutes les ignorances des sens. Ni la gloire, ni la puissance, ni l'éclat d'un trône où sa naissance l'appeloit

peloit un jour, ni les années que sembloient lui
promettre sa jeunesse, ni les douceurs de la plus
heureuse union, ni celles de l'amitié, si rare
parmi les Princes, n'auront de lui un regret
ou un soupir; ce ne sont plus à ses yeux que
*des liens que le Seigneur a rompus pour lui lais-
ser offrir en liberté le sacrifice de louan* (1). Il
n'a de regret que pour ses péchés; il ne soupire
qu'après la grâce qui les pardonne; il remercie
son divin libérateur qui s'est hâté de le retirer
du milieu des iniquités du siècle et des périls
auxquels les illusions du monde expose si souvent la conversion la mieux assurée.

Nous avons appris de l'apôtre que la tribulation opère la patience : *Tribulatio patientiam ope-
ratur* (2); cette vertu surnaturelle, qui nous tient
soumis et résignés malgré la vivacité du caractère, les répugnances de la nature, la violence

(1) Ps. cxv, 16.
(2) Rom. vii, 3.

3

et l'étendue de la douleur; mais aussi qui perfectionne tellement la charité, qu'elle peut, en un instant, purifier le cœur et le réconcilier avec Dieu. Elle fut donnée au Prince pour notre édification, Messieurs. Quelles plaintes lui a-t-on entendu former? quel murmure est sorti de sa bouche pendant la durée de cette longue et cruelle agonie, sinon des plaintes touchantes vers celui qu'il se repentoit de n'avoir pas assez aimé, des murmures contre lui-même de ne l'avoir pas assez bien servi? reconnoissant toujours que son Dieu le traitoit trop favorablement, se trouvant trop heureux qu'il daignât prolonger ses souffrances, afin d'achever ici-bas l'expiation qu'il disoit avoir méritée; exhortant enfin ceux qui l'entouroient à profiter pour eux-mêmes d'un avertissement si sensible, et à ne pas attendre les derniers soupirs pour prendre des sentimens que l'incertitude du moment de la mort devroit nous inspirer à tous les momens de la vie.

Ne croyez pas cependant, Messieurs, que
les sentimens de piété, même ceux que la grâce
inspire aux mourans, soient étrangers aux affections les plus légitimes de la nature. Ce seroit
calomnier la religion que de la représenter
comme une vertu sombre et concentrée, qui,
en occupant le chrétien de sa sanctification, lui
fait oublier les intérêts d'autrui. Douce et bonne
comme son auteur, si elle le rend justement
sévère quand il s'agit de condamner et de punir
le déréglement des penchans, elle le rend aussi
jusqu'à la fin tendrement sensible pour tous ceux
que des liens sacrés lui attachèrent. Le Duc de
Berry avoit des amis dévoués, des serviteurs fidèles, et nous avons vu qu'il méritoit d'en avoir; il
pense à leur sort avec une généreuse sollicitude,
et pour leur laisser à tous une marque de son
souvenir perpétuel, il veut, *avant de mourir,*
embrasser le premier de tous et le plus ancien (1).

(1) M. le comte de Nantouillet.

Il avoit une épouse, et nous savons ce qu'ils étoient l'un pour l'autre; il lui exprime toute sa tendresse, en l'assurant qu'il *ne peut mourir heureux qu'entre ses bras* (1). Il avoit une fille, *chère enfant,* capable à peine de sourire à ses caresses; *il la demande, il la bénit, et lui souhaite d'être moins malheureuse que sa famille* (2). Il avoit encore une famille....! Hélas! les restes échappés au meurtre et à l'exil, tenoient sans peine dans la chambre étroite où étoit étendu l'auguste mourant; il cherche à la consoler par les plus touchans adieux. Il avoit un **Roi**, sur la main duquel il désire appliquer ses lèvres éteintes, pour lui donner un dernier gage de dévouement et de respect; il avoit une patrie, ses derniers vœux furent pour elle.....

Ainsi mourut le Prince, Messieurs, plein d'une foi vive et rempli d'une tendre confiance,

(1) Paroles du Duc de Berry.
(2) *Idem.*

vous le savez, Monseigneur, en cette *très-sainte Vierge*, en Marie *secours des chrétiens*, sous la protection de laquelle on ne périt pas éternellement. C'est ainsi qu'il rendit à Dieu *cette belle ame qui avoit été créée pour le ciel, et qui devoit y retourner* (1).... La mort, presque toujours l'écueil et le terme fatal de la gloire des grands, ne fit que couronner la sienne, et nous pouvons avec une vérité pleine de consolation, lui appliquer ce passage du livre de la Sagesse : en peu de temps, en quelques heures, il a fourni une immense carrière. *Consummatus in brevi explevit tempora multa* (2).

Il me semble vous entendre, Messieurs; vous m'accusez en secret de retrancher de ce douloureux récit ce qu'il a de plus frappant et de plus admirable, et d'omettre ce que cette mort chrétienne renferme de plus héroïque et de plus

(1) Paroles de S. A. R. Mᵐᵉ. la Duchesse DE BERRY.
(2) Sap. ıv, 13.

sublime. Dieu me garde de passer sous silence
cette vertu immortelle, qui, commandée dans la
nouvelle loi comme un rigoureux devoir, fut
solennellement proclamée sur le Calvaire pour
le salut du genre humain, qui s'est montrée de
nos jours si grande sur un échafaud, et qui
vient de paroître encore avec tant de majesté
sous le fer d'un assassin..... le pardon des injures et l'amour des ennemis....! vertu d'un Dieu
crucifié, vertu d'un Roi martyr, vertu des Bourbons persécutés, qui a reparu sur le trône avec
eux, et qui doit faire tomber à leurs genoux tout
un royaume, comme elle a fait tomber toute la
terre aux pieds de Jésus-Christ !

C'est elle, Messieurs, qui consomma l'ouvrage
de la rédemption du Sauveur, c'est elle qui rehausse magnifiquement l'éclat des consolans
exemples que nous a laissés le Prince; et si nous
l'avons isolée des autres circonstances de sa mort,
c'est pour l'admirer un instant toute seule avec
vous.

A peine le Duc de Berry avoit-il recouvré
l'usage des sens et de la parole, qu'entrant aussitôt dans les plus généreux sentimens, il solli-
cita le pardon de celui qui venoit de lui arracher
la vie. Comme son divin modèle, il ne l'appelle
ni son ennemi ni son bourreau, comme lui il
l'excuse; comme lui il conjure son père et son
Roi d'avoir égard à sa prière, comme lui il retrouve des forces pour tâcher d'obtenir avec un
grand cri la grâce du coupable; comme lui enfin,
au milieu des angoisses qui annoncent sa dernière heure, il redouble ses instances, afin d'être
exaucé. Calme pour tout le reste, il ne témoigne
d'inquiétude que pour ce seul objet, et il ne
regrette la vie que parce qu'il espère qu'en ne
mourant pas, il pourra sauver du supplice un
traître et indigne François. Ah! puisse au moins
tant de générosité toucher son cœur de bronze,
l'incliner au repentir, et le soustraire ainsi aux
ardeurs des flammes éternelles!

Le Duc de Berry n'est plus! et sa mort, qui

nous a fourni de si beaux exemples, nous a donné aussi de terribles mais salutaires leçons. Au sein de cette nuit fatale un éclair a brillé; il nous a montré l'affreux précipice ouvert à nos côtés, et les ennemis impitoyables qui travaillent sans cesse à creuser le tombeau de notre patrie. Les avoir signalés, Messieurs, c'est nous avoir offert dans notre malheur un nouveau motif de consolation. Or, ces deux redoutables ennemis de notre félicité sociale et particulière, n'en doutons pas, ce sont nos iniquités et nos erreurs. Un moment de méditation, je vous prie, avant de finir, devant ce triste cercueil, qui, avec tant d'espérances évanouies, cache cependant encore tant de précieuses ressources.

Soyons justes, Messieurs, et selon la sentence marquée au livre des Proverbes (1), nous serons nos premiers accusateurs. Oui, ce sont nos iniquités, accumulées jusqu'au ciel, qui ont forcé le

(1) Prov. xviii, 17.

Seigneur de faire pleuvoir sur nous ce déluge de maux qui tombe encore après trente ans; ce sont elles qui ont préparé tous ces fléaux destructeurs qui nous ont ravagés tour à tour; qui, à l'abus le plus criminel de la liberté publique ont fait succéder le plus rigoureux asservissement; aux cris des dissentions civiles le silence de la stupeur et de l'effroi; à la guerre intestine les guerres extérieures; à nos places inondées du sang des citoyens paisibles, les plaines étrangères et lointaines couvertes des cadavres mutilés de notre jeunesse. Ce sont elles, ce sont nos péchés qui ont attiré du sein de la mer, qui ont fait éclater sur nos têtes cet épouvantable orage dont les traces sont si profondes, et dont les suites, de notre aveu même, ont été plus déplorables encore que celles de notre première effervescence.

Il est vrai que malgré les rigueurs de sa justice le Seigneur n'a pas oublié ses miséricordes, et que par une suite de miracles sans nombre, il a essayé de nous ramener à lui par les bienfaits. Mais n'est-il pas aussi vrai que ses faveurs ne nous ont pas plus touchés que ses châtimens, et qu'après avoir été frappés sans être convertis, nous avons été secourus sans être changés. Où sont les marques de notre repentir et les fruits de notre pénitence?... Et voilà pourquoi le Seigneur vient de rouvrir nos plaies, et de nous en faire une nouvelle, qui ne sera peut-être jamais cicatrisée.

Convertissons-nous à Dieu, mes frères, et il la guérira. En nous punissant, il nous a épargnés, puisque le même jour, qui a vu ensanglanter le trône, pouvoit nous le montrer vidé et solitaire. L'avertissement est terrible; mais il nous deviendra profitable, s'il nous décide à fléchir par d'humbles prières la colère d'un Dieu justement irrité, et à enfanter avec douleur cet esprit de pénitence qui l'engage à nous protéger encore. Songeons, mes frères, songeons que *le calice de sa fureur n'est pas épuisé,* et qu'il reste *au fond de la coupe une lie épaisse dont il enivre les peuples endurcis* (1).

Mais en détestant nos crimes passés, abjurons encore nos erreurs. Oui, nos erreurs; j'appelle de ce nom ces doctrines mensongères et perverses, dont nos malheurs, et celui qui achève de nous accabler, ne sont que l'étroite conséquence. Il n'y a plus à craindre aujourd'hui qu'on nous accuse d'exagérer. Il n'est que trop évident que l'attentat qui nous a ravi un Prince qui faisoit notre espoir, n'est pas l'œuvre d'un seul ni la vengeance d'un homme, mais le résultat d'un système que l'impiété est en possession d'établir par des principes et de démontrer par des exemples. Ce n'est pas un fer criminel, mais mille plumes empoisonnées qui ont causé cette prompte et cruelle mort, que nos larmes ne répareront pas. Ce n'est pas un athée, mais l'athéisme, dont on a laissé dire que nos lois elles-

(1) Ps. LXXIV, 9.

mêmes sont empreintes; l'athéisme prêché, répandu dans les villes et dans les campagnes,
avec une licence qu'on nomme liberté; à peu
près, dit saint Augustin, comme celle d'enfans
furieux qui brisent tout ce qu'ils trouvent sur
leur passage, qui se jettent dans les flammes ou
se précipitent dans les ondes, et qui se vantent
d'être libres, parce qu'ils courent çà et là sans
savoir où ils vont ni ce qu'ils font.

Qui osera nier que c'est-là la véritable cause
de l'effroyable catastrophe qui nous plonge dans
le deuil et la consternation, après l'horrible aveu
que nous avons entendu? Les princes, les rois,
la société, sont-ils quelque chose à celui pour
qui *Dieu n'est qu'un mot?*

Eh quoi, Messieurs, ne le savions-nous pas
que l'irréligion tue les rois et renverse les empires? Ne l'avions-nous pas appris déjà par notre
expérience? Pouvions-nous ignorer qu'elle ne
se repose point, qu'elle ne se délasse d'un forfait
qu'en méditant des forfaits plus affreux; que son

souverain plaisir n'est pas de les avoir commis,
mais d'en inventer de nouveaux; et que, semblable au démon qui l'a engendrée, elle les sa-
voure avec délices?

Ah! sans doute nous le savions, mais nous
l'avions oublié : la voix des pasteurs, les conseils
d'amis désintéressés et fidèles, le progrès des
dangereuses maximes, les alarmes de nos voisins, les chants de triomphe et les cris de victoire des méchans, rien n'avoit pu nous réveiller de notre assoupissement, nous inspirer de
sages et sévères précautions contre un funeste retour ; il a fallu qu'un coup de tonnerre vînt nous
tirer de cette léthargie mortelle : et combien nous
expions notre indifférence ou notre crédulité!

Qu'une aussi dure leçon ne soit pas du moins
perdue : n'attendons pas que le poignard aiguisé
ait fait d'autres blessures ; condamnons, abjurons, rejetons pour toujours l'impiété sur la
tombe de la royale victime qui vient encore
d'expirer sous ses coups.

Mais lorsque la douleur fut à son comble, et que
la nature eut enfin reconquis ses droits, les yeux les
moins clairvoyans furent dessillés. Cette tête si ferme
est obligée de fléchir; cette parole si nette et si distincte s'embarrasse et s'obscurcit; ces yeux, tout remplis de l'habitude du commandement, peuvent à-peine
s'ouvrir à la lumière. Toutefois, Messieurs, le Roi existoit encore avec son imposante majesté, non par un
vain amour du pouvoir, mais par un profond sentiment
de ses devoirs envers le pays : entre sa maladie et
sa mort, il ne vouloit que le plus court des interrègnes. Il s'opiniâtra donc à supporter le fardeau si
pesant de la couronne, et à demeurer Roi, jusqu'au
moment fatal où des voix, qui lui étoient chères à
tant de titres [1], lui eurent annoncé qu'il avoit assez
fait pour son Peuple, et que désormais il ne devoit
plus vivre que pour lui-même [2].

Aussitôt le Monarque disparut, et il ne resta plus
que le chrétien. Ce n'est plus ce mélange de douceur et de fermeté, qui faisoit tout ensemble chérir l'homme et craindre le Roi : il n'a plus de
volonté; il ne songe qu'à mourir. Calme et résigné,
un instant lui a suffi pour déposer aux pieds de son
Dieu sa couronne mortelle : la seule qui l'occupe
désormais est la couronne immortelle, promise au
juste persévérant : *Spiritu magno vidit ultima.* La

---

[1] Madame la comtesse du Cayla, et M. l'Evêque d'Hermopolis.

[2] *Dispone domui tuæ, etc.* Is. 38. 1.

compagne fidèle de son exil, un frère tendrement
chéri, tous les Princes de son sang entourent son lit de
mort, pénétrés de douleur et d'amour : lui, il ne laisse
échapper ni plaintes, ni regrets ; et s'il ouvre encore
la bouche, ce n'est que pour adresser à sa famille
désolée des paroles de bénédiction. Si plusieurs fois
la mort, dans ses aveugles caprices, paroît le saisir,
et que, par un jeu cruel, elle le rende à la vie, et
l'abandonne encore à la douleur, il n'en témoigne ni
joie ni déplaisir. Son unique soin est d'unir, à la voix
des ministres saints, sa voix défaillante ; son unique
bonheur, de presser contre ses lèvres le signe du
salut, l'image de celui que l'Écriture appelle, par
excellence, *l'homme de douleurs* : *Spiritu magno
vidit ultima.*

Rappellerai-je ici, Messieurs, les vives émotions
de cette grande ville, et les alarmes de nos provinces,
aux premières annonces de la crise qui se préparoit.
Qui de nous n'a pas été touché de cet empressement
de tous les citoyens à s'informer, heure par heure, de
la santé du Roi ? Comme chaque nouveau détail sur
sa résignation et ses douleurs excitoit un nouveau
sentiment d'admiration et d'amour ! Saint Louis, dans
les contagieux climats de l'Afrique ; le magnanime
Louis XIV, terminant à Versailles sa glorieuse carrière ; le Roi-Martyr sur l'échafaud, se présentoient à
la mémoire de la France, qui sent redoubler sa vénération, son dévouement et son amour pour des Rois
qui savent ainsi mourir : *Spiritu magno vidit ultima.*

Cependant la nation entière se presse aux pieds des
autels, suspendue entre l'espérance et la crainte, et

peines il trouve cependant *quelque joie dans la protection de votre droite et dans la force que vous lui donnerez; réduisez au néant tous ses ennemis* (1); *multipliez ses jours* (2) *malgré leurs efforts, afin qu'il puisse davantage étendre la gloire de votre nom!*

...Grand Dieu! sauvez le Roi, sauvez les Princes et les Princesses de son sang; sauvez son espérance et la nôtre; épargnez la dernière étincelle de David, et rallumez son flambeau presque éteint...! Grand Dieu! sauvez le Roi!!!

AMEN.

(1) Ps. xx, 2.
(2) Ps. LX, 7.

FIN.

ORAISON FUNÈBRE

DE

SON ALTESSE ROYALE

MONSEIGNEUR

LE DUC DE BERRI,

Prononcée dans l'Eglise cathédrale de Troyes, le 19 avril 1820, à l'occasion d'une Assemblée de charité, et d'un Service qu'y ont fait célébrer MM. les Membres de l'Association paternelle des Chevaliers de Saint-Louis.

PAR M. ET. ANT. DE BOULOGNE,

ÉVÊQUE DE TROYES, ARCHEVÊQUE ÉLU DE VIENNE.

A PARIS,

Chez Adr. LE CLERE, Imprimeur de S. Ém. Mgr. le Cardinal Archevêque de Paris, quai des Augustins, n°. 35.

1820.

ORAISON FUNÈBRE

DE SON ALTESSE ROYALE

MONSEIGNEUR

LE DUC DE BERRI,

Prononcée dans l'Église cathédrale de Troyes,
le 19 avril 1820, à l'occasion d'une Assem-
blée de charité, et d'un Service qu'y ont fait
célébrer MM. les Membres de l'Association
paternelle des Chevaliers de Saint-Louis.

Consummatus in brevi, explevit tempora multa.

Enlevé en peu d'heures, il a rempli beaucoup de
temps. Au Livre de la Sagesse, c. iv, 13.

QUAND nous vînmes, il y a peu de temps,
nos très-chers frères, célébrer dans ce temple

1

l'anniversaire expiatoire du Roi-Martyr, nous étions bien loin de prévoir que nous dussions y être appelés si tôt, pour un sujet non moins triste et non moins déplorable. Et vous, malheureux Prince, objet éternel de nos regrets et de nos larmes, qui vous eût dit, il y a trois mois, quand vous rendiez vos devoirs funèbres aux cendres vénérées du *Juste couronné*, qu'incessamment vous mêleriez les vôtres avec les siennes, et qu'en vous la race royale compteroit un martyr de plus? O attentat! ô crime sans exemple dans l'histoire des crimes! Et qui de nous n'a pas senti le contre-coup d'un évènement si funeste? Non, ce n'est plus ici un lis qui tombe, c'est la tige elle-même de ces superbes lis qui ombragent le trône, frappée dans sa racine. Ce n'est plus un seul prince, c'est toute une postérité, c'est toute une génération royale, s'éteignant sous la main barbare qui vient de faire en un instant ce que le temps, tout fort qu'il est, n'avoit pu faire en tant de siècles. C'est la

mort d'un petit-fils d'HENRI IV et de LOUIS LE
GRAND, dépositaire de nos plus chères espérances et garant de notre avenir. O qui me donnera d'ouvrir et de dérouler devant vous ce livre
funèbre que vit Ezéchiel, ce livre qui ne renfermoit et au dedans et au dehors que des lamentations et des calamités; *intus et foris... la-*
mentationes et væ (1); pour y puiser des couleurs
assez fortes ou assez touchantes, assorties au
malheur que nous déplorons, et qui met le
comble à tous les autres! Quel sujet que celui où nous avons à montrer, dans une seule
mort et un si étroit espace, tout ce que la
vertu a de plus sublime et le crime de plus
odieux; tout ce que le ciel a de plus divin et
l'enfer de plus hideux! Quelle voix assez
éloquente pourra donc retracer cet étrange
contraste? Que n'avons-nous ce pinceau sublime qui traça la nuit désastreuse, la nuit

(1) Ezech. II, 9.

effroyable, et la nouvelle retentissant tout à coup comme un éclat de tonnerre! Et quel tonnerre plus atterrant! et quelle nuit plus désastreuse que celle qui couvrit de son ombre funeste le crime affreux qui a plongé la France dans le deuil! Venez donc, amateurs du monde; venez, enfans légers et des jeux et des ris; hommes frivoles et distraits, qui ne savez ni rien sentir, ni rien prévoir : transportez-vous en esprit sur ce théâtre d'enchantemens et de plaisirs, où la mort tout à coup vient aussi placer son théâtre. Entendez tous ces accens de la désolation, et ces longs cris du désespoir qui font taire tous les concerts : voyez toutes ces pompeuses décorations, vains prestiges des yeux, remplacées par des crêpes funèbres; et dans le temps qu'on se livre à une joie trompeuse, et que, suivant l'expression du Sage, *on se couronne de roses et de fleurs* (1), le tombeau s'entrou-

(1) Coronemus nos rosis, antequam marcescant. Sap. ii, 8.

vrant soudain pour dévorer l'héritier de trente
rois. O Dieu! qu'est-ce donc que de nous!
Ainsi nous sont révélées à la fois, et la vanité de ce monde, et la vanité de la vie, et la
vanité des grandeurs, et la vanité des plaisirs,
et la vanité de la gloire, et la vanité tout entière de l'homme, que ni la valeur, ni la santé,
ni la jeunesse, ni la force de l'âge, ni les
douceurs de l'union la plus heureuse, ni la
splendeur du sang, ni l'attente de la plus belle
des couronnes, ne sauroient garantir de la
rigueur de sa destinée. Mais qu'avons-nous
besoin d'éloquence, quand les choses parlent si haut, et que, pour émouvoir, il ne
nous faut que raconter? Qu'en avons-nous
besoin, pour célébrer un Prince dont l'éloge est
dans toutes les bouches comme dans tous les
cœurs? Et ce regret immense, et ce deuil universel, où chaque père le pleure comme son
fils, chaque fils comme son père, chaque brave
comme son chef; et tant de larmes aussi amères

qu'inépuisables ne sont-elles pas plus élo-
quentes mille fois que ne le pourroient être
tous nos foibles discours?

Mais, Messieurs, il ne s'agit point seulement
ici de le louer et de le plaindre; il faut encore
nous instruire, et profiter des grandes et terribles leçons qui sortent comme en foule du
fond de son tombeau. Il s'agit de considérer
non-seulement le Prince qui nous est enlevé,
mais le royaume en deuil qui vient de le perdre;
non-seulement le crime du moment, mais
l'attentat dont la punition peut retentir bien
avant dans les siècles; et je ne remplirois qu'im-
parfaitement mon déplorable sujet, si je ne
l'embrassois à la fois et dans le présent et dans
l'avenir. C'est ainsi que se développeront d'elles-
mêmes ces paroles de mon texte: *Enlevé en peu
d'heures, il a rempli beaucoup de temps*: oui,
beaucoup de temps pour lui, car c'est ici que
s'accomplit en sa faveur un jugement de miséricorde; et beaucoup de temps pour nous, car

c'est ici que s'exécute à notre égard un jugement
de rigueur et de justice : beaucoup de temps pour
son salut dans l'autre monde, et beaucoup de
temps pour notre sort dans celui-ci ; beaucoup de
temps par rapport à lui, puisque quelques heures
de grâce ont décidé de son éternité, et beaucoup de temps par rapport à nous, puisque sa
mort peut compromettre le salut de la France
et décider de notre existence sociale. *Consummatus in brevi, explevit tempora multa.* Double
point de vue qui va faire le partage de ce discours, où nous vous montrerons dans la perte
irréparable que nous avons faite, l'objet le
plus digne de nos regrets amers et de nos
larmes douloureuses, et le sujet le mieux fondé
de nos sérieuses réflexions et de nos plus justes alarmes. Tel est l'éloge que nous consacrons à la mémoire de très-haut, très-puissant
et très-excellent Prince, CHARLES-FERDINAND
D'ARTOIS, fils de France, DUC DE BERRI.

Puisse ce discours, Messieurs, répondre à la

douleur publique, au vif empressement d'une ville renommée par sa fidélité, et au zèle de ces respectables guerriers, de ces vétérans de la valeur et de la gloire, qui; par l'hommage aussi pieux que solennel qu'ils viennent rendre au pied des saints autels à la mémoire du Prince auguste qui fut tout à la fois leur chef et leur modèle, nous disent assez haut, qu'à son exemple, leur plus chère devise sera DIEU ET LE ROI, et qu'en bons et loyaux chevaliers, on les verra toujours marcher sous la double bannière de la religion et des lis.

PREMIÈRE PARTIE.

On a dit souvent, et on se plaît à le répéter, que rien n'est comparable sous le soleil à la grandeur de notre royale famille, qu'elle n'a point de rivale en antiquité et en gloire, et qu'elle efface par son éclat toutes les généalogies du monde : et certes cette idée est trop

douce, trop honorable au nom français, pour
qu'elle ne revienne pas souvent à l'esprit, et
qu'elle ne se reproduise pas dans toutes les
bouches. Mais ce que l'on ne dit pas assez, et
ce que même certains esprits ne savent pas
assez apprécier, c'est que rien n'est plus fait
pour consacrer la légitimité, et assurer par
conséquent le repos des peuples et l'avenir des
générations, que cette gloire et cette noble
antiquité qui se perd dans la nuit des siècles;
et c'est ce que le Sage a voulu nous faire entendre, quand il nous dit : *Heureux le peuple
dont le Roi est d'une naissance illustre* (1); rien
n'étant plus propre en effet que cette illustration de la maison régnante, pour commander
le respect des peuples, et rendre ainsi d'une
part l'obéissance plus facile et plus honorable,
et de l'autre l'autorité plus douce et plus paternelle : de sorte que, n'y eût-il que cette seule

_____

(1) Beata terra cujus rex nobilis est. Eccles. x , 17.

considération, c'en seroit assez pour nous faire chérir à jamais une famille toute rayonnante de ses héros, de ses sages et de ses saints, d'autant plus digne de.n'avoir point de fin, qu'on ne peut guère en assigner le commencement, et qu'elle s'est faite pour ainsi dire d'elle-même; à laquelle nulle autre ne prétend s'égaler, de laquelle toutes les autres tiendroient à honneur de descendre, et qui par tous ces titres divers donne à la nation plus de dignité, à la majesté plus de lustre, à la monarchie plus de grandeur, à l'ordre de la succession plus de stabilité, au trône plus de consistance.

Par-là se fait sentir l'inconséquence et tout ensemble l'abjection de tous ces factieux, qui, bien loin de s'enorgueillir de la magnificence et de la majesté de nos Bourbons antiques, ne rêvent que dynasties nouvelles; qui ne connoissent rien de plus noble et de plus glorieux que ces sceptres précaires, toujours confiés

au sort des combats et au succès du crime; et
ces couronnes éventuelles, triste jouet de l'intrigue et de l'ambition; dussent-ils obéir au
sang le plus ignoble, à l'étranger le plus obscur, au soldat le plus heureux, et dût notre
belle France être la vile proie du premier aven-
turier servi par la fortune.

De tous les héritiers de la race royale, le
Duc de Berri étoit celui qui pouvoit lui offrir le
plus d'appuis, en lui donnant des gages certains
de sa durée, tandis qu'à l'exemple des siens il
nous offroit la réunion des vertus les plus propres à en rehausser l'éclat, et à la rendre de
plus en plus chère à la France. Ils ne le savoient
que trop, ces hommes aussi impies que barbares,
qui depuis si long-temps épioient dans l'ombre
leur proie, et avoient désigné leur victime. C'est
pour cela qu'ils disoient avec ces hommes pervers dont parle Jérémie : Nous le dévorerons;
et le jour que nous attendions est enfin arrivé:
Et dixerunt : Devorabimus : en ista dies quam

expectabamus (1). Et il a été dévoré ; et ce jour à jamais déplorable nous a ravi le plus doux espoir de la France, un Prince digne à jamais de nos regrets, et par les qualités de l'esprit et par celles du cœur, et par sa vie et par sa mort ; par sa vie qui a été toute française, et par sa mort qui a été toute sainte et toute chrétienne.

Lorsque le Duc de Berri naquit, l'État portoit en lui depuis long-temps le principe de sa dissolution, et déjà il touchoit aux jours de son agonie. C'est alors qu'une philosophie inquiète et téméraire, enivrée de systèmes et passionnée pour les innovations, répandoit son venin mortel dans toutes les veines du corps social, minoit sourdement tous les appuis de l'autel et du trône, et préparoit ainsi le règne affreux de cette impiété cruelle, tolérante par ton et par hypocrisie, et tyrannique par goût et par principes ; et qui, commençant par s'ar-

(1) Thren. ii, 16.

mer de calomnies et de mensonges, devoit finir
par s'armer de proscriptions barbares et d'arrêts sanguinaires.

C'est au milieu de toutes ces matières inflam-
mables, et sur ce volcan dont l'explosion devoit bientôt engloutir la France, que fut placé
le berceau de ce nouveau rejeton de la tige
royale. Il croissoit heureusement sous les mains
non moins sages qu'habiles, chargées de le diriger dans les premiers pas de l'enfance, quand
l'orage éclata; et à peine il entroit dans la carrière de la vie, que s'ouvrit devant lui la route
des infortunes. C'est à l'école du malheur, ce
grand maître de la vie humaine, qu'il achèvera
son éducation : école précieuse, la plus féconde
en instructions et en lumières, et où va se fortifier et s'embellir encore son ame naturellement grande et généreuse. Les voilà donc ces
nobles fils de France, exilés de la France, jadis
le refuge des rois malheureux, et maintenant
proscrivant ses propres rois; errans et fugitifs

d'asile en asile, de climats en climats, et des
bords de l'Italie jusqu'aux champs hyperbo-
réens, promenant leur pénible et incertaine
destinée. Que de vicissitudes à parcourir! que
de traverses à rencontrer! que d'épreuves à
subir! que de périls à éviter! que de combats
à soutenir! que d'obstacles à vaincre! Parmi
ces conjonctures si hasardeuses, ces contre-
temps sans cesse renaissans, et ces écueils multipliés, le jeune Duc de Berri se montrera
toujours digne de lui comme de la France,
noble émule de tous les siens, modèle de
tous ses frères d'armes, dont il sait partager
toutes les privations et toutes les misères.
Disciple et compagnon de l'illustre Condé,
dont le nom est celui de la valeur même,
il saura lui prouver, par son courage impétueux et un talent précoce qui semble encore
plus inspiré qu'appris, qu'il est du même sang
que lui. Toujours prêt à voler à la voix du devoir, et, pour nous servir de ses expressions,

à marcher en avant, *quand la gloire l'appelle;*
si trop souvent les occasions lui manquent, il
ne manque jamais à aucune occasion. Mais il
fait bien plus que d'être brave, il est humain
et généreux ; chaque exilé voit en lui un ami,
chaque soldat un frère, chaque famille fugi-
tive un protecteur et un appui. D'autant plus
avare du sang françois, qu'il le voit prodigué par torrens pour la plus injuste des causes, il se reprocheroit tout combat qui n'auroit d'autre but que de verser le sang, et d'autre succès que l'honneur de vaincre : bien supérieur ici à tant de faux héros qui se croient
sans foiblesse, parce qu'ils sont sans entrailles ;
au-dessus de l'humanité, parce qu'ils la mécon-
noissent ; et toujours avides de lauriers et im-
patiens de gloire, n'importe à quel prix. Sans
cesse poursuivi par une fortune ennemie, qui
se plaît à tromper la fidélité et à déconcerter
toutes les prévoyances ; qui semble se jouer
entre les divers intérêts, entre les succès et

les revers, entre la crainte et l'espérance, entre les secours qu'elle promet et les secours
qu'elle refuse, le Duc de Berri se montrera
toujours supérieur à lui-même, toujours d'accord avec sa situation, aussi bon à donner
les conseils qu'à les recevoir, aussi capable de
se mêler d'affaires que de combats, et non
moins propre à négocier qu'à se battre; et toujours il saura prouver que l'on peut bien trahir
sa cause, mais non pas lasser sa constance, et
que, si on peut le tromper, on ne pourra
jamais l'abattre.

Qui nous dira cependant sa douleur, et
nous racontera ses regrets d'employer ainsi
son courage et de tourner ses armes, non
sans doute contre sa patrie, car pour lui,
ainsi que pour tout vrai Français, il n'y a pas
de patrie là où n'est pas le Roi; mais contre
des Français, dont le nom seul intéressoit son
cœur; mais contre un peuple égaré dont aucune injustice ne sauroit l'éloigner; mais contre

tre une nation ingrate et fascinée, que ses malheurs mêmes ne faisoient que lui rendre plus
chère; ou plutôt contre une poignée de factieux, qui s'appeloit alors la nation pour l'as-
servir, comme encore aujourd'hui une poignée de sectaires s'appelle la nation pour la
corrompre.

Enfin, l'heure de la délivrance est arrivée.
Le déprédateur des nations (1) a rempli son
destin; *son arrogance l'a trompé* (2); *et celui
qui a fait tant de captifs est parti pour la
captivité* (3). La France est rendue à son Roi,
à ses nobles enfans, à elle-même; et le Duc
de Berri, qui a tant combattu pour elle, va
jouir enfin du bonheur de la revoir. Avec
quelle confiance et quelle douce sécurité il y
revient! avec quels transports il y sera reçu!

(1) Prædo gentium. Jerem. iv, 7.
(2) Arrogantia tua decepit te. Jerem. xlix, 16.
(3) Qui in captivitatem duxerit, in captivitatem va-
det. Apoc. xiii, 10.

2

Déjà sont dressés les arcs de triomphe; déjà la foule se presse autour de lui, et les fleurs sont répandues à pleines mains sur son passage. Quel spectacle enchanteur que son entrée dans les cités qui les premières ont le bonheur de le recevoir! Sont-ce des chants? sont-ce des larmes? Est-ce de la joie? est-ce de l'amour? est-ce de l'ivresse? et jamais entra-t-il dans des cœurs françois des émotions si vives et si pures? Mais quelle est donc cette pensée déchirante qui vient en ce moment oppresser mon ame? Hélas! qui lui eût dit alors, à ce malheureux Prince, tout rayonnant de gloire et d'espérance, et tellement rempli de son bonheur, qu'*il craint d'y succomber et d'en mourir de joie;* qui lui eût dit alors qu'un jour si beau étoit le précurseur de la plus sombre nuit, qu'un retour si miraculeux auroit une issue si funeste, et qu'en touchant au sol natal il touchoit à l'abîme qui devoit l'engloutir? Et toi, *ô chère France!* car c'est ainsi qu'il te salua, en abordant pour la première fois sur ta rive si désirée; *chère France!* comment donc devoit-il si tôt t'appeler *France malheureuse?*

Mais trompons un instant notre douleur, et écartons de notre esprit ces réflexions cruelles, pour admirer enfin le Prince qui nous est rendu. C'est maintenant qu'il peut dire aussi, comme son vertueux père, lorsqu'il arriva parmi nous, *qu'il n'y a en France qu'un François de plus.* C'est maintenant qu'on va l'entendre s'écrier qu'*on n'est heureux qu'au milieu des siens.* Nous pourrons donc facilement apprécier tout ce qu'il vaut, jouir de ses vertus comme de ses bienfaits, et, avec plus de moyens de le connoître, acquérir plus de raisons pour l'aimer. Nous pourrons juger de nos yeux jusqu'à quel point il est François, et combien il nous est doux de posséder un Prince dans lequel brillent à la fois et cette noble franchise, compagne inséparable d'un grand cœur; et cette affabilité touchante qui se concilie si bien avec la dignité et même la rehausse; et cette vraie popularité qui fait qu'un prince sait souvent oublier son rang, sans jamais en descendre; et ces vivacités aimables, qui ne faisoient que rendre plus sensibles les douceurs de sa société; et cet art, qui n'appartenoit qu'à lui, de réparer les offenses échappées à l'ardeur, souvent extrême, de son caractère, laquelle ne servoit alors qu'à donner plus de relief à sa bonté; vérifiant ainsi cette maxime du Sage, que, *comme la rosée tempère la chaleur, une douce parole vaut mieux qu'un présent* (1).

Mais la vertu qui dominoit en lui toutes les autres, c'est cette compassion pour les malheureux, *qui étoit née et croissoit avec lui dès l'enfance* (2); c'est cette générosité sans bor-

---

(1) Nonne ardorem refrigerabit ros? Sic et verbum melius quàm datum. Eccli. xviii, 16.

(2) Job. xxxi, 18.

nes, avec de si foibles ressources; et cette bienfaisance inépuisable, avec des moyens si faci-
les à épuiser; et cette prodigalité de secours,
toute prise non-seulement sur ses épargnes,
mais sur ses goûts : de sorte que, toujours bon
et indulgent envers ses serviteurs, il n'est sévère que pour l'économie, ainsi que dans les
camps il n'étoit sévère que pour la discipline.
Vous le savez, chrétiens, et qui de vous pourroit l'ignorer? qui de vous n'a pas *entendu raconter ses aumônes dans l'assemblée des fidèles* (1)? Et sans parler ici de ces aumônes
journalières, qu'il semoit, pour ainsi dire, sur
ses pas, et qu'il versoit à pleines mains dans
le sein des pauvres, qui nous dira tous les
malheurs publics qu'il a réparés, toutes les
chaumières qu'il a relevées, toutes les écoles
qu'il a protégées, toutes les entreprises utiles
qu'il a encouragées, toutes les associations de

(1) Eccli. xxi, 11.

bienfaisance qu'il a favorisées, et à la tête des‑
quelles il se montroit aussi bien placé qu'au
front de ses cohortes valeureuses, empor‑
tant, l'épée à la main, les redoutes de l'en‑
nemi.

Mais combien une telle bonté, une telle mu‑
nificence acquièrent de titres à notre admira‑
tion, quand elles sont relevées par toutes ces
qualités et ces vertus chevaleresques qui con‑
stituent le vrai François, et dont le Duc de
Berri fut un parfait modèle! Vertus toutes
fondées sur le sentiment de l'honneur, de
cet honneur, l'ame des monarchies, et qui
surtout fut l'ame de la nôtre! Source féconde
et d'actions héroïques et d'exploits glorieux!
Fleur précieuse, dont la France est la terre
classique, que nos Bourbons ont naturalisée
parmi nous, et que par‑dessus tous les autres
cultivoient nos illustres preux; ces François
par excellence, dont la fidélité n'avoit rien de
servile, le dévoûment rien d'intéressé, la po‑

litesse rien de faux, l'ignorance rien de gros-
sier, la valeur rien de farouche, les foiblesses
même rien de vil; et qui savoient si bien unir
à la fierté des sentimens l'urbanité des procédés, et au désir de plaire le besoin de servir !
Fleur brillante, l'orgueil de notre sol, mais
qui se fane tous les jours, et qu'a flétrie le
vent brûlant de la philosophie, pour n'y sub-
stituer que l'intérêt calculateur, le froid mortel de l'égoïsme, et la rampante ambition,
qui ne connoît d'autre gloire que le succès,
d'autre succès que la fortune !

Mais que disons-nous? et seroit-il vrai que
ce feu sacré du vieil honneur fût éteint parmi
nous jusqu'à la dernière étincelle? Et faudroit-
il dire de notre Prince qu'il a été le dernier
des François, comme on a dit d'un citoyen
fameux qu'il fut le dernier des Romains? A
Dieu ne plaise, Messieurs, que nous fassions
cette injure à une nation qui possède encore
ses Bourbons, et dont le Roi compte en-

core tant de serviteurs dévoués, tant de gardes
fidèles et tant d'épées généreuses! Mais pouvons-nous ne pas gémir sur le déclin précipité
des mœurs françoises, et de l'esprit vraiment
national qui animoit nos bons aïeux? Pouvons-
nous ne pas déplorer cette dégradation toujours croissante qu'entraîne parmi nous la
perte successive de nos traditions héréditaires,
et de ces grands et nobles souvenirs destinés
aujourd'hui à être ensevelis dans la nuit de
notre histoire, comme ils s'éteignent dans nos
cœurs? Pourrons-nous ne pas déplorer l'aveu-
glement de ces hommes dégénérés, qui, bien
loin d'être fiers de notre ancienne gloire, osent
encore nous parler d'un âge nouveau, et nous
vanter leur nation nouvelle, si nouvelle en
effet qu'elle ne peut plus se connoître? comme si la nouvauté d'une nation ancienne pouvoit être autre chose que son dépérissement,
précurseur de sa barbarie! comme si la vieillesse d'une nation n'étoit pas sa vraie majesté!

comme si les sages de tous les temps ne nous
avoient pas dit qu'une nation ne se corrompt
et ne s'abâtardit qu'en dénaturant son génie,
son caractère propre, et en perdant ses mœurs
originales! de même qu'elle ne peut se rajeunir et renaître à la vie qu'en revenant à
son ancien esprit, et en se replaçant sur ses
bases premières; comme si ce n'étoit pas nous
apprendre à nous mépriser nous-mêmes, que
de répudier ainsi nos ancêtres, sans savoir ce
que deviendront nos neveux! moins sages et
moins pieux sans doute que le Scythe barbare,
qui, forcé de quitter la terre natale, vouloit
du moins emporter avec lui ses dieux domestiques et les ossemens de ses pères.

Ainsi donc le grand pas qu'a fait le siècle, à
force de marcher, c'est de nous ramener aux
élémens de la vie sociale et à l'enfance des nations: c'est de nous mettre à l'apprentissage de
la raison et de la pensée, et, pour que rien ne
manque à son délire, d'appeler tous ces essais

infortunés et ces rêves d'un jour, de la raison perfectionnée, de la morale transcendante, et de la haute civilisation.

Mais une vie toute françoise, toute conforme à la foi antique, au caractère et à l'honneur national, ne suffiroit pas au Prince auguste que nous pleurons, pour rendre sa mémoire sainte; et il nous faut d'autres vertus à célébrer dans cette chaire. Ce n'est encore ni la probité, ni la bienfaisance, quelque grande qu'elle puisse être, ni l'amour pour les arts, ni toutes ces qualités guerrières et domestiques dont sa belle ame fut ornée qui auroient pu nous rassurer sur ses destinées éternelles : nous avons besoin, pour cela, d'autres titres et d'autres garanties. Ce sont les pensées de la foi, les sentimens de la piété, et ces vertus sublimes, qui, inspirées par la religion, renferment seules le principe de la vie et le germe de l'immortalité. C'est une mort toute chrétienne, et, comme parle l'Ecriture, *précieuse devant Dieu*, et

digne au moins de sa miséricorde, si on ne
peut pas lui offrir une vie digne en tout de sa
sainteté. C'est une mort où la grandeur du
repentir peut expier tous les écarts, racheter
toutes les foiblesses, et la vivacité de la foi
obtenir le pardon de toutes les erreurs. Or,
telle est celle du Duc de Berri, qui vaut à elle
seule la plus belle vie du monde. Venez donc
encore, Messieurs, venez contempler cette
scène déchirante et ce spectacle vraiment chrétien, où la piété donne des forces à la nature,
où la nature, dans ses épuisemens, rend encore plus sensibles les mouvemens de la piété.
Le voilà donc frappé par une main que les furies ont armée, et déjà couvert de son sang,
rejaillissant sur sa compagne infortunée; le
voilà sur le lit de douleur, autour duquel vient
se précipiter une famille au désespoir. Qui
nous retracera ce tableau lamentable, où l'on
voit à la fois et ce père chéri, autant que respecté, qui semble mourir tout entier dans

son fils; et ce second père, également frappé et dans son trône et dans son cœur, et qui bientôt va lui fermer les yeux de ses royales mains; et ce tendre frère, qui, dans ce seul ami, dit avoir perdu tous les autres; et cette sœur, née pour les larmes et pour le malheur, et qui semble dans ce moment épuiser la coupe de toutes les douleurs et de toutes les misères; et, plus encore que tous les autres, cette épouse, qui, dans *sa douleur sans mesure, et grande comme l'Océan* (1), ne veut plus être consolée; et qui, après avoir possédé tout entier le cœur de son époux, voudroit encore partager son tombeau, si son titre de mère ne lui faisoit pas un devoir de vivre; et, à côté d'elle, l'innocente au berceau, que bénit la main paternelle, et qui par ses grâces touchantes, son aimable sourire et l'ignorance même de ses propres malheurs, semble ajouter encore

(1) Thren. 11, 13.

à cette scène d'épouvante et de désolation, de deuil et d'infortune. Non, après ces malheurs il n'y a plus de malheurs, et il n'est plus permis à aucun mortel de se plaindre. Mais que faisoit en ce moment affreux le Prince agonisant, oppressé à la fois et par les douleurs de son corps, et par les angoisses de son esprit, et par les déchiremens de son ame? Sa première pensée est pour Dieu, sa première inquiétude pour sa conscience, et sa première crainte pour son salut. Il s'occupe bien plus des secours de la religion que des secours de l'art, et du médecin de son ame que de ceux de son corps. Après s'être livré à ses plus nobles et plus chères affections, après avoir payé le juste tribut de ses regrets et de ses larmes à la tendresse, à l'amitié, à la reconnoissance, à la piété filiale, à l'amour fraternel, à l'amour conjugal, il tourne tout son cœur vers celui qui l'a fait et auquel il va se réunir. Il fait à Dieu le sacrifice du reste de ses ans, comme

celui de ses souffrances; il lui adresse ses regrets de l'avoir trop peu servi; il le supplie, à
l'exemple du Prophète, d'*oublier les ignorances
et les fautes de sa jeunesse* (1); il les dépose
dans le sein du ministre sacré, avec autant
d'humilité que de confiance. Il veut encore
que sa contrition immense se répande au
dehors, et que la publicité de son repentir
mette le sceau au sacrement de la réconciliation. Muni du signe auguste du rédempteur, il
invoque à la fois et le Fils et la Mère. Après
avoir demandé pardon pour lui-même, il le
demande pour les autres; il le demande pour
la France. Non-seulement il pardonne *à
l'homme qui l'a frappé,* mais il va même au-
delà de ses devoirs; et, par *une charité plus
forte que la mort* (2), il sollicite du Monarque
la grâce du meurtrier : sentiment d'autant plus
généreux, qu'il regrette, dit-il, de n'être pas

(1) Ps. xxiv, 7.
(2) Cantic. viii, 6.

mort sur le champ de bataille en combattant
pour son pays, plutôt que de mourir d'une
main aussi lâche et aussi cruelle. Vous le
voyez, Messieurs; c'est encore ici le François
qui parle, et qui se montre tel jusqu'au dernier
moment. Mais non, Prince trop abusé peut-
être; vous faites bien plus que de mourir au
lit d'honneur, vous mourez au lit de la vertu
et au lit du chrétien; vous mourez de la mort
des justes, ce qui est bien plus beau que de
mourir de la mort des braves. Vous auriez pu
partager avec vos frères d'armes la gloire de
vaincre, et même celle de les surpasser; mais
la victoire de votre foi, la victoire de vos derniers momens n'appartient qu'à vous seul, et
à vous seul vous en avez tout l'honneur et toute
la gloire. Vous auriez pu triompher de votre
ennemi, vous n'auriez pas pu lui pardonner;
vous auriez remporté la palme du courage,
vous en obtenez une plus pure et plus durable, celle du repentir le plus sincère et de la

résignation la plus héroïque; et vous vérifiez ainsi la vérité de cet oracle, que *le patient vaut mieux que le fort, et celui qui dompte son cœur, que le guerrier qui prend des villes et gagne des batailles* (1).

Et voilà pourquoi, n'en doutons pas, Messieurs, la Providence a prolongé, par un miracle que l'on ne sauroit trop reconnoître, l'agonie de notre Prince et ses souffrances expiatoires; voilà pourquoi elle a permis qu'*il se survécût à lui-même* (2), et se montrât ici plus fort que la nature, afin de lui donner le temps de se purifier et de se reconnoître, et à nous celui de l'admirer, de l'apprécier, et de nous rendre utile le grand spectacle de sa mort. Supposons en effet qu'il fût tombé soudain sous le fer si horriblement assuré du parricide; que de grandes leçons eussent été perdues pour nous et pour sa gloire

(1) Prov. XVI, 32.
(2) Lettre du Roi aux Evêques.

et

et pour la postérité! quel beau monument de moins pour l'honneur de la religion! Et comment donc aurions-nous pu recueillir alors et ses tendres adieux et ses belles paroles, qui, parties de son cœur, retentiront si long-temps dans les nôtres; et ces retours édifians, aussi propres à soulager notre douleur qu'à ranimer notre piété; et ces élans du sentiment religieux, qui, se réveillant avec tant de force parmi les ombres de la mort, nous a prouvé qu'il ne fut jamais éteint au milieu même des illusions de la vie, et n'a servi qu'à nous convaincre qu'un cœur si prompt à revenir à Dieu ne fut jamais atteint du poison mortel de l'incrédulité, que jamais il ne fut perverti par les idées nouvelles, que toujours il resta étranger aux erreurs et aux folies de son siècle, et que celui qui retrouva si tôt toute sa foi étoit bien loin de l'avoir jamais perdue?

C'est ainsi que la mort de notre auguste Prince a *accompli beaucoup de temps,* en

3

nous développant dans un si court délai toutes les profondeurs des desseins éternels sur lui, toute l'étendue de la puissance de la grâce, et toutes les merveilles qu'elle se plaît à opérer dans une ame prédestinée.

C'est ainsi que ces six heures de rémission et de miséricorde nous ont été aussi profitables à nous-mêmes qu'à lui, en nous révélant tout ce que ce cœur noble et magnanime renfermoit de religieux et de chrétien; et en nous pénétrant de la douce pensée que, s'il a vécu comme Henri IV, il est mort comme saint Louis.

Tels sont, Messieurs, les deux titres sacrés que notre Prince vient d'offrir à notre admiration et à notre amour, et qui font de sa perte l'objet de nos éternelles douleurs. Voyons maintenant comment elle doit faire le sujet de nos plus sérieuses réflexions et de nos plus justes alarmes.

SECONDE PARTIE.

Un des principes invariables de notre foi, c'est que Dieu préside à la destinée des empires; que, dispensateur suprême des sceptres et des couronnes, il les donne ou les ôte à son gré. Tantôt c'est en se servant de l'épée de ces *ravageurs de provinces* que nous appelons conquérans, qu'il met un terme à la vie des nations; tantôt c'est en frappant de l'esprit de vertige les peuples et les rois, pour les punir les uns par les autres. Ici, c'est en enlevant par une mort prématurée les Princes vertueux dont les nations se sont rendues indignes; là, c'est en permettant quelquefois que *les plus vils tyrans possèdent les plus beaux trônes de la terre* (1), comme pour nous montrer le peu de cas qu'il fait des humaines grandeurs, et

(1) Multi tyranni sederunt in throno, et insuspicabilis portavit diadema. Eccli. xi, 5.

combien peu de chose sont à ses yeux les
trônes et les diadèmes! et toujours *en trans-*
portant, dit le Sage, *le royaume d'une nation*
à une autre, suivant leurs injustices, leur
politique frauduleuse et leurs mauvais des-
seins (1). C'est ainsi qu'il se plaît à confondre
ces politiques insensés, qui se donnent pour
les arbitres des affaires de ce monde, quand
ils ne sont que des agens d'un conseil bien plus
haut qui les conduit à leur insu : c'est ainsi
qu'il nous apprend à trembler toujours sous la
main de celui *qui déracine les empires superbes*
et plante les humbles (2); qui dit au rois :
Vous êtes des dieux (3), *et les brise dans sa*
colère (4); *qui touche les montagnes, et elles*

(1) Regnum à gente in gentem transfertur propter
injustitias, et.... diversos dolos. Eccli. **x**, 8
(2) Radices gentium superbarum arefecit Deus, et
plantavit humiles ex ipsis gentibus. Eccli. **x**, 18.
(3) Ps. **lxxxi**, 6.
(4) Ps. **cix**, 5.

s'évanouissent en fumée (1); qui touche les trônes, et ils tombent en poudre.

Or, parmi ces pertes véritablement alarmantes pour le sort des générations, et ces morts qui ont tant d'influence sur l'état des sociétés et l'avenir des peuples, il en est peu de plus remarquable et de plus digne de nos sérieuses réflexions que celle du Prince, triste objet de nos plus vifs regrets; tant par le principe qui l'a produite, et que nous devons à jamais détester, que par les suites qu'elle peut avoir, et que nous avons tant à craindre.

En déplorant, Messieurs, avec tant de douleur et d'amertume la mort d'un Prince si cher à la France, il n'est aucun de nous qui ne veuille en rechercher la cause, et qui ne se demande d'où est sorti et comment s'est formé le forcené qui a tranché, par un si lâche attentat, des jours aussi précieux. Il n'est aucun de nous qui ne se soit dit : S'il

(1) Ps. cIII, 32.

est bien vrai qu'il appartienne à la race humaine, l'artisan de ce crime, assez furieux pour s'en faire une gloire, assez barbare pour s'en faire une jouissance, et assez fanatique pour s'en faire un devoir! Mais en même temps que chacun cherche à expliquer ce phénomène d'une perversité surnaturelle, un cri universel se fait entendre, et d'un bout de la France à l'autre le génie révolutionnaire, c'est-à-dire, le génie du mal, est accusé d'avoir conduit et raffermi la main du régicide, après avoir égaré son esprit et dégradé son cœur. C'est dans ces ateliers abjects où se fabriquent tous ces contrats sociaux ou antisociaux, que s'est forgé le fer meurtrier qui a percé le sein de l'auguste victime; c'est dans ces antres ténébreux où préside l'impiété, mère sanglante de la révolte et de la sédition, et où s'ourdissent ces trames infernales et ces perfides machinations qui menacent les trônes, et, avec les trônes, le monde

entier. Non, ce n'est point tant l'arme fatale du meurtrier qu'il faut considérer ici,
c'est le poignard du peuple souverain, c'est-
à-dire, de ceux qui le font tel ; c'est le crime
de ceux qui l'enivrent de folles prétentions,
exaltent ses passions par des promesses fallacieuses, et le promènent depuis trente ans
d'illusions en illusions et de misères en misères ; ceux qui ne cessent de lui dire que
c'est à lui à faire et défaire les rois, et qu'ici
c'est son nombre qui fait sa force, et sa force
qui fait son droit : d'où il conclut que, s'il peut
les détrôner à volonté, il peut, par-là même, les immoler à volonté ; et que, s'il a le
droit de disposer arbitrairement de leur sceptre, il a, par-là même, celui de disposer de
leur vie. Doctrine aussi perverse qu'insensée ; fanatisme nouveau, dont le meurtrier
s'est déclaré lui-même atteint par l'authentique aveu que son crime n'avoit eu d'autre
objet que *de délivrer le peuple de ses tyrans.*

Ce qui veut dire qu'il vouloit immoler le
Prince, non parce qu'il étoit tyran, mais
parce qu'il étoit prince, et que son titre seul
étoit un titre d'oppression. Dans quel siècle
et chez quel nation vit-on jamais un semblable délire?

Mais un aveu non moins frappant et non
moins mémorable, c'est celui qu'il a fait que
Dieu n'est qu'un mot; et qu'ainsi plus criminel
et plus audacieux encore que l'impie dont
parle le Prophète, qui *a dit dans son cœur:
Il n'y a pas de Dieu* (1), il l'a dit de sa bouche. Mot insensé, mais digne d'être retenu;
blasphême horrible, mais bien propre à répandre un nouveau jour sur le crime que nous
déplorons, en démontrant qu'il est l'ouvrage
d'un double fanatisme de politique et d'impiété, et que ce n'est ici que la haine des rois,
exaltée par la haine de Dieu, qui a produit

_____

(1) Ps. xiii, 1.

cet exécrable parricide : épouvantable frénésie, qui, en se propageant, pourroit seule
ébranler les fondemens du monde ! Et qui
sont donc ces hommes qui oseroient nous dire
encore qu'on ne doit voir en elle qu'une doctrine solitaire et un accident sans complice ?
Comme s'il n'y avoit pas ici autant de complices qu'il y a de catéchismes mensongers
pour empoisonner le berceau de la génération
qui arrive, et de *chaires de pestilence* pour
achever de pervertir la génération qui s'écoule !
comme si cette doctrine n'étoit pas celle de
tous ces génies malfaisans qui couvrent en ce
moment la France, ainsi que ces nuées d'in-
sectes venimeux qui couvroient autrefois,
pour sa désolation, la malheureuse Egypte !
Apôtres infatigables d'insurrection et de révolte, qui n'aspirent à rien moins qu'à parcourir l'un et l'autre hémisphères, qu'à sou-
lever la lie des nations pour creuser leur tombeau, et ne seront pleinement satisfaits que

lorsque, rassasiés de sang et de rapines, ils se reposeront sur les débris de l'univers.

Malheureux sophistes, applaudissez-vous donc de vos succès : vous avez voulu les principes, vous en avez les conséquences ; vous avez voulu tout immoler à vos vaines théories, vous en voyez l'application ; et de vos systèmes monstrueux naissent des monstres de crime. Vous avez voulu qu'il n'y eût plus que des opinions, et il n'y a plus que des opinions dont chacun est le juge suprême ; et le régicide vous a donné ses opinions comme sa règle unique, et a justifié ainsi le meurtre par le meurtre. Non, ce n'est point ici un ressentiment, ce n'est point une haine personnelle, ce n'est point une injure vengée ; *c'est son opinion, ce sont ses sentimens ;* de sorte que c'est bien moins ici la passion qui pousse au crime, que le crime qui est la passion. Vous ne voulez point de religion, si ce n'est peut-être son simulacre ; et, loin d'invoquer son autorité, vous ne

cherchez qu'à lui opposer la vôtre; et le cou‑
pable aussi cherche à lui opposer la sienne;
et dans la liberté de penser voit la liberté de
tout faire. Vous désirez des lois athées, et vous
avez des assassins athées, aux yeux de qui le
vice et la vertu ne sont qu'un mot comme
Dieu, et pour lesquels il n'y a d'autre crime
que celui de manquer son coup. Vous ne
voulez plus de sacrilége, et il n'y a plus de
sacrilége, excepté la loi qui le méconnoît; et
immoler l'héritier de la monarchie, ou le plus
vil des hommes, n'est plus qu'un même crime.
Enfin, vous persécutez les missionnaires de la
vie éternelle, et vous avez des missionnaires du
néant : tout cela n'est-il pas dans l'ordre? Et
de quoi donc vous plaindriez-vous? Ne faut-il
pas que les maîtres soient responsables de
leurs disciples? ne faut-il pas que chaque
arbre porte son fruit? ne faut-il pas qu'après
avoir semé du vent, vous recueilliez la tem‑
pête? et, puisque vous ne voulez plus de

l'enfer dans l'autre monde, ne faut-il pas en attendant que vous le transportiez dans celui-ci?

Et vous, Prince magnanime, Prince vraiment Bourbon; et à ce titre si jaloux de l'honneur de votre nation, vous qui trouviez si cruel de mourir de la main d'un Français; non ce n'est point un Français qui vous donne la mort, mais un monstre que repoussent tous les Français, non-seulement comme indigne de l'être, mais comme indigne du nom d'homme. Non, vous n'êtes pas mort par la main d'un Français, mais par celle d'un athée, qui n'appartient à aucune nation, qui ne sauroit avoir une patrie propre, et qui, n'ayant plus de rapport avec le Père universel des êtres, ne connoît plus de frères, et dans son effroyable solitude ne laisse voir en lui que le rebut de l'univers et l'apostat du genre humain.

Mais quoi! et jusques à quand ces scandales dureront-ils, et tous ces principes funestes se

propageront-ils? jusques à quand croirons-
nous donc qu'armés de doutes et de blasphê-
mes, nous pourrons détrôner l'Eternel, ou
qu'en jetant quelques grains de poussière ou
quelques feuilles teintes de sang contre le soleil, nous pourrons obscurcir sa lumière?
Voudrions-nous donc devenir l'opprobre des
nations et l'effroi de la terre? voudrions-nous
donc parler toujours de paix, et mettre un
obstacle invincible à la paix, en déclarant la
guerre à Dieu, source et principe de tout bien
et de toute concorde? N'aurions-nous donc
triomphé de tous nos ennemis que pour entretenir au milieu de nous ce chancre dévo-
rant de l'athéisme, plus redoutable mille fois
à un État que le fer et le feu ennemi? Anathème, horreur donc éternelle à ces fléaux
de la patrie, qui se font un jeu de sa perte et
un spectacle de ses calamités; à ces ennemis
de notre bonheur comme de notre gloire,
dont les principes destructeurs armeroient

contre nous l'univers, nous rendroient aussi
méprisables au dedans qu'au dehors, aussi
odieux à nos voisins qu'insupportables à
nous-mêmes, et avec lesquels nous devien-
drions bientôt les schismatiques de toutes les
nations, comme l'athée est schismatique de
toute la nature!

Et voilà donc, Messieurs, l'inconcevable
frénésie qui ne pouvoit appartenir qu'au siècle
qui ne veut adorer que la *raison pure;* c'est de
voir l'impiété se passionner pour les doctrines
les plus sombres et les plus désolantes, comme
les enthousiastes les plus ardens pourroient se
passionner pour les idées les plus douces et les
plus consolantes : c'est de voir ce triste et froid
raisonneur, qui ne croit plus à rien, et qui discute tout, devenir plus fanatique encore et plus
emporté que le superstitieux qui croit tout et ne
discute rien; avec cette différence néanmoins
que, si dans celui-ci c'est la religion mal enten-
due qui l'aveugle, dans celui-là c'est sa philoso-

phie bien expliquée qui le pousse; avec cette
différence que , si le fanatisme religieux peut
souvent élever l'ame, et la porter au grand,
le fanatisme de l'impiété ne peut jamais que la
flétrir et la porter à tout ce qui est vil; qu'on
peut réprimer l'un, et le diriger même vers
le bien, tandis que l'autre, sans autre mobile
qu'un orgueil exalté et une corruption calculée,
ne connoît plus de frein, et ne souffre plus de
remède; et qu'enfin, si le fanatisme religieux
est l'excès de la vertu, le fanatisme de l'impiété en est l'extinction et la mort.

Mais c'est peu de pleurer sur le Prince que
nous avons perdu; nous devons encore pleurer
sur nous, et, après avoir reconnu la cause à
jamais détestable de sa mort, il nous importe
de nous demander quelles en seront les suites et les fatales conséquences. Hélas! et quel
sort est donc maintenant réservé à la France?
quel changement un si grand attentat mettra-
t-il dans nos destinées? Est-ce donc le dernier

auquel un Dieu vengeur nous attendoit, et là mesure seroit-elle comblée? A quels nouveaux malheurs sommes-nous réservés? quelles voies inconnues nous reste-t-il encore à parcourir? et faut-il donc que nous versions encore plus de larmes sur les vivans que sur les morts? Y auroit-t-il pour les nations une impénitence finale? Arrive-t-il donc un moment, une faute, un malheur, un crime après lequel il n'y a plus de salut, plus d'espérance, plus de miséricorde? et, dans cette terrible et redoutable supposition, ce royaume seroit-il arrivé à sa dernière réprobation et à sa dernière ruine? Mes frères, Dieu le sait; *son secret est à lui* (1), *et qui de nous a été son conseiller* (2)? Mais ce que nous pouvons assurer sans entrer dans les conseils de Dieu, c'est que les royaumes ne pouvant pas être jugés dans l'autre monde, comme les rois, ils le sont tous

(1) Isai. **xxiv**, 16.
(2) *Ib.* **xl**, 13.

dans

dans celui-ci, et reçoivent par conséquent, dès cette vie même, leur châtiment ou leur récompense. Ce que nous pouvons annoncer sans être prophète, c'est que, lorsqu'au coucher du soleil un noir nuage paroît sur l'horizon, le lendemain vient la tempête, et que jamais nuage n'a été plus sombre et plus sinistre que celui qui s'élève aujourd'hui sur le tombeau du Duc de Berri. Ce que nous savons, sans vouloir pénétrer aucun secret du ciel, c'est que, si les hommes tuent les princes, les doctrines tuent les empires, et frappent au cœur les nations ; que toutes ont péri par les mêmes maximes qui nous égarent et les mêmes vices qui nous travaillent ; et qu'un peuple auquel on donneroit l'impiété comme un remède à ses vices, un frein à ses passions et un garant de sa félicité, seroit un peuple perdu, une nation finie. Ce qui n'est que trop évident, c'est qu'après avoir parcouru la plus vaste carrière de licence et d'ignominie qui ait été jamais

4

offerte à la perversité humaine, nous sommes encore plus aigris que corrigés, plus affligés de nos misères que repentans de nos propres excès; et que jamais ni Babylone enivrée de ses coupables voluptés, ni l'incrédule Ninive sourde à la voix de ses prophètes, ni l'Egypte idolâtre et frappée de tant de plaies, ne se montrèrent autant que nous, et rebelles aux menaces du ciel, et insensibles à ses miracles. Ce que nous voyons enfin, sans avoir besoin de *percer le mystère des temps et des momens que Dieu a mis sous sa puissance* (1), c'est que les jours où nous touchons portent tous les symptômes précurseurs des temps prédits par le Sauveur du monde, où l'anarchie des esprits doit précéder la confusion des élémens, et l'extinction de la lumière de la foi, la chute des étoiles.

Telles sont, Messieurs, les tristes réflexions

(1) Act. 1, 7.

et les vives alarmes que nous inspire d'elle-
même la mort fatale que nous déplorons. Et
qui de nous oseroit dire que nous exagérons
nos maux comme nos dangers? Et quelle seroit donc cette calamité nouvelle ajoutée à
toutes les autres? cette flatterie des vices plus
dégradante encore que celle du pouvoir; cette
conspiration contre la vérité, qui ne veut d'elle
tout au plus que des traits émoussés et des accens timides; et cette haine de la lumière, qui,
ne craignant rien tant que le grand jour, nous
aveugleroit assez pour ne pas voir que *rien
ne peut nous délivrer que la vérité toute entière* (1), et que, la trahir, c'est de toutes les fé-
lonies la plus lâche comme la plus fatale. Ah!
il est donc temps d'aller à la source du mal,
ou de nous résoudre à le voir sans remède.
Il est temps d'arrêter les progrès de ces fièvres
irréligieuse et politique, qui nous consument et

(1) Et veritas liberavit vos. Joan. viii, 32.

nous dévorent d'autant plus, qu'elles s'irritent et s'enflamment l'une par l'autre; il est temps de revenir à cette religion sainte, loi suprême sans laquelle il n'y a pas de loi, comme au seul port qui nous reste dans la tempête, comme à l'arche dans ce nouveau déluge, et comme à l'ancre de miséricorde dans ce naufrage universel de l'ordre social. Le siècle a beau nous dire qu'il ne peut pas rétrograder; c'est le délire de l'orgueil, c'est le langage du désespoir, et non celui de la sagesse. Il faut qu'il recule devant nos malheurs, ou qu'il y mette le comble; qu'il recule devant ses excès, ou qu'il y succombe; qu'il recule devant l'abîme ouvert sous nos pas, ou qu'il nous y jette sans retour. *Il est temps enfin de sortir du sommeil* (1), et de prêter l'oreille à ce grand avertissement que vient de nous donner le ciel. Encore un pas, encore

(1) Rom. xiii, 11.

un moment, et l'édifice de nos iniquités croulera sur nous-mêmes. Et combien faudroit-il que nous fussions endormis, si une catastrophe aussi terrible ne nous réveilloit pas; si nous manquions ce moment, ce dernier rayon de lumière que nous offre la Providence, avant de nous abandonner et de nous retirer sa main; et si la mort que nous déplorons, bien loin de nous ouvrir les yeux, nous laissoit aussi insensibles aux grandes leçons qu'elle nous donne, qu'aux grands malheurs qu'elle nous fait craindre! Tournons donc encore un moment nos regards vers la victime expirante, et sachons au moins nous instruire par son dernier soupir. Déjà elle touche aux portes de l'éternité; déjà elle a reçu cette onction sainte qui fait la force des mourans. Le voici arrivé ce moment suprême où des bras de la mort il va passer dans le sein de son Dieu. *Partez donc, ame chrétienne, c'est le ministre de la religion qui vous en donne le signal.*

Partez pour un monde meilleur, accompagné
des suffrages de l'Eglise, des vœux et des prières des fidèles, de toutes les bénédictions des
pauvres, de tout le bien que vous avez fait, et
même de tout celui que vous avez été si repentant de n'avoir pas fait. Partez pour ce nouveau royaume, où, à l'abri des orages et des
factions, les couronnes sont immortelles. Le
Roi-Martyr vous y a devancé, pour vous en
montrer le chemin, et comme lui, *fils de saint
Louis, montez au ciel.* C'est votre sœur, c'est
l'ange tutélaire de la France qui vous y invite
elle-même. C'est elle qui vous dit : *Mon père
vous attend :* belle et touchante parole, digne
à la fois d'une fille et d'une chrétienne. Oui,
son père vous attend pour aller au-devant de
vous, vous présenter la palme du martyre que
vous partagez avec lui, comme ayant l'un et
l'autre arrosé de votre sang la terre du malheur,
et comme lui mourant *victime des passions*

des hommes (1). Mais que lui direz-vous? C'est elle encore qui vous l'apprend : *Vous lui direz de prier pour nous et pour la France.* Ah ! dites-lui donc de prier; et priez avec lui pour *cette veuve véritablement veuve* (2), pour laquelle il n'y a plus de joie dans ce monde, condamnée à un deuil éternel, afin que Dieu vienne remplir ce vide immense que votre mort a laissé dans son cœur. Priez pour cet enfant, né à peine à la vie, qui semble encore demander son père, afin que, suivant votre vœu, *elle puisse être moins malheureuse que sa famille,* pour laquelle il ne semble plus y avoir de paix que dans le cercueil. Priez pour cet enfant qui n'est point encore né, fruit précieux sur lequel reposent toutes nos espérances. Priez pour ce tendre et vertueux père, pour ce tendre et vertueux frère, plus dignes de leur illustre race que le siècle n'est digne d'eux. Priez pour

(1) Paroles de Louis XVI, dans son Testament.
(2) I. Tim. v, 5.

l'auguste prisonnière du Temple, qui vous a
consolé dans votre lit de mort, comme elle
consola son père dans sa captivité. Priez pour
le Roi, notre premier besoin, ainsi que sa famille est notre premier bien, afin qu'il fasse
tout pour une religion qui fait tout pour les
souverains, et que toujours fidèle à cet oracle
de l'Esprit saint, que ses vertus le rendent si
digne d'entendre, *il ait l'impie en abomination,
et n'aime que celui qui parle suivant la droiture* (1). Priez enfin pour la France entière,
qui, semblable à Jérusalem aux jours de ses
douleurs, *n'est plus qu'une grande plaie depuis la plante des pieds jusqu'au sommet de
la tête* (2); et dont la guérison paroît d'autant
plus difficile, qu'elle ne cherche que des pal-
liatifs, et qu'elle n'est pas moins malade de

(1) Abominabiles Regi qui agunt impiè : quoniam
justitiâ firmatur solium. Voluntas regum labia justa :
qui recta loquitur, diligetur. Prov. xvi, 12, 13.

(2) Isai. 1, 6.

ses vices que de ses lois, de ses mœurs que de
ses systèmes.

Mais de quoi serviroient ces prières du Prince, si nous ne prions pas, si nous ne voulons
pas prier; si, loin de faire des retours sérieux
sur nous-mêmes, et de gémir comme Matha-
thias sur la *décadence de notre peuple et de la
cité sainte* (1), nous nous obstinons à nous
plaire dans nos folles erreurs; à ne plus compter que sur nos arts et nos sciences, sur le progrès de notre luxe et de notre industrie ; et à
prétendre qu'un peuple a tout quand il pense,
et qu'il pense quand il ne croit plus rien? Ah !
c'est bien alors qu'auroit sonné l'heure dernière
de la patrie, que notre état seroit vraiment
désespéré, et que l'intercession de toutes les
royales victimes, bien loin de conjurer l'orage,
ne seroit qu'une raison de plus de le voir fon-
dre sur nos têtes. Accourons donc au pied de

(1) I. Mach. II, 7.

cet autel, pour supplier le Père des miséricordes d'avoir pitié de nous, ainsi qu'il a été secourable à notre Prince. Venons-y renouveler notre serment au sang de nos Rois, et à cette légitimité sacrée qui peut seule donner la vie à nos institutions, et sans laquelle nous ne ferions que bâtir sur le sable. Venons abjurer sur ce tombeau cette impiété meurtrière qui l'a creusé, et qui nous menace d'en creuser encore d'autres, et d'immoler à sa fureur de nouvelles hécatombes, si elle les juge nécessaires au progrès des lumières et au triomphe de la raison. Conjurons instamment celui *qui soulève ou appaise à son gré les flots de l'Océan* (1): celui *qui perd et qui sauve, qui plonge dans l'abîme et qui en retire* (2), de nous convaincre pleinement que, quand il sauve, c'est par la crainte, vrai caractère des élus; ainsi que, quand il perd, c'est par l'orgueil, vrai caractère

(1) Ps. LXXXVIII, 10.
(2) Tobie, XIII, 2.

de *Satan, tombé du ciel comme la foudre* (1).

C'est, Messieurs, la grande pensée qui doit nous occuper sans cesse et diriger toutes les autres. C'est le plus sûr moyen d'honorer les obsèques de notre Prince, de rendre hommage à sa mémoire, ainsi que nos aumônes sont les plus belles fleurs que nous puissions répandre sur sa tombe. C'est donc en son honneur que nous allons, en ce moment, les verser dans les mains des pauvres, en disant, comme lui, *que les aumônes portent bonheur.* Ah! sans doute qu'elles lui ont porté bonheur devant le trône de celui qui se dit *la charité même;* et elles le porteront aussi, et à vous et à vos enfans; elles vous consoleront, comme lui, à votre heure dernière; *elles vous soulageront,* comme lui, *sur le lit de votre douleur* (2); elles monteront jusqu'au ciel pour

(1) Videbam Satanam sicut fulgur de cœlo cadentem. Luc. x, 18.

(2) Dominus opem ferat illi super lectum doloris ejus. Ps. xl, 4.

le désarmer et détourner le dernier coup de sa justice; et puisque, suivant l'expression de l'Esprit saint, *elles effacent les péchés comme l'eau éteint le feu le plus ardent* (1), elles effaceront les vôtres; de même qu'elles auront absous ce Prince généreux et compatissant, qui ne sut que donner, et puis donner encore.

C'est ainsi, Messieurs, qu'il sera toujours vrai de dire que sa mort aura rempli beaucoup de temps, en opérant un véritable changement dans nos esprits et dans nos cœurs. C'est ainsi que nous trouverons, dans le sujet de nos larmes et de notre douleur, le motif même de nos consolations et de nos espérances; et que, du plus grand des malheurs, nous ferons une époque de renaissance, un moyen de plus de conservation, et un principe de salut pour le temps et pour l'éternité.

(1) Ignem ardentem extinguit aqua, et eleemosyna resistit peccatis. Eccli. iii, 33.

FIN.

DISCOURS

A LA MÉMOIRE

DE TRÈS-HAUT, TRÈS-PUISSANT, TRÈS-EXCELLENT
PRINCE

CHARLES-FERDINAND D'ARTOIS,

DUC DE BERRI,

FILS DE FRANCE,

PAR M. L'ABBÉ FEUTRIER,

Secrétaire général de la Grande-Aumônerie de France;

Chan. hon. du chap. royal de Saint-Denis, Prédicateur du Roi.

SECONDE ÉDITION, REVUE ET CORRIGÉE.

A PARIS,

Chez Adr. LE CLERE, Imprimeur de S. Ém. Mgr. le Cardinal
Archevêque et de la Grande-Aumônerie de France, quai des
Augustins, n°. 35;
Et à la Sacristie de l'Eglise de la Madeleine, rue Saint-Honoré.

1820.

AVIS DE L'ÉDITEUR.

————

CET éloge funèbre étoit destiné à l'église de la Madeleine, paroisse de Mgr. le DUC DE BERRI, et devoit être prononcé quinze jours après l'événement du 13 février. La défense ayant été faite de célébrer aucun service avant le 23 mars, et de faire aucun discours à la cérémonie de ce jour, nous avons cru atteindre en partie le but que nous nous étions proposé, en livrant à l'impression ce travail rapide. Puisse ce tribut de notre douleur faire regretter davantage encore le Prince que nous n'aurons jamais assez loué, ni jamais assez pleuré!

Le produit de la vente sera appliqué à un établissement d'enfans pauvres,

fondé sur la paroisse de la Madeleine,
et qui souvent eut part aux bienfaits de
Mgr. le Duc de Berri ; cette maison
mérite d'être encouragée et soutenue.
Les jeunes personnes qu'on y recueille,
en même temps qu'elles s'exercent aux
ouvrages de leur sexe, apprennent à
connoître Dieu et à le servir.

Nota. *Les exemplaires qui ne porteront pas
notre signature, seront réputés contrefaits.*

DISCOURS

A LA MÉMOIRE

DE TRÈS-HAUT, TRÈS-PUISSANT, TRÈS-EXCELLENT
PRINCE

CHARLES-FERDINAND D'ARTOIS,

DUC DE BERRI,

FILS DE FRANCE.

———

Refecit gaudium cordis nostri, versus est in luctum
chorus noster, cecidit corona capitis nostri; væ nobis!
Thren. v, 15 et 16.

La joie est bannie de notre cœur, nos concerts sont
changés en lamentations, la couronne est tombée de
notre tête; malheur à nous!

Messieurs,

Où trouver des images assez vives pour
peindre le deuil qui couvre la France

éplorée ? La voix du Prophète lui-même égaleroit-elle les lamentations à une si grande calamité ? Il n'est donc plus, ce Prince, la joie, l'amour et l'espérance de la patrie ; ce Prince dont l'affabilité gagnoit tous les cœurs, dont les mains répandoient tant de bienfaits sur les infortunés, qu'on reconnoissoit à sa noble franchise pour le descendant du meilleur de nos Rois, avec lequel, hélas ! il devoit avoir une dernière et si fatale ressemblance !

Il n'est plus ! les pauvres et les malheureux ont perdu leur bienfaiteur et leur père ; les lettres et les sciences un protecteur éclairé ; l'armée, un général qui l'eût conduite à la victoire ; et la tige sacrée de saint Louis, un de ses nobles rejetons !

Il n'est plus ! tant et de si aimables qualités n'ont donc pu calmer une haine farouche ! Un bras parricide s'est donc

armé contre celui qui ne fit que du bien
pendant sa vie, et qui pardonna encore
en mourant ! O douleur ! ô opprobre éternel ! Et un sang si pur a coulé sans qu'il
nous ait été permis d'y mêler notre propre sang ! Si du moins celui que nous
pleurons eût péri au milieu des combats, entouré de François ; s'il eût pu
contempler en expirant le spectacle de
notre fidélité et de notre dévouement ;
s'il avoit été défendu, à son heure dernière, par l'élite de nos guerriers ! Mais
non, cette consolation ne nous a pas été
laissée : un coup, que nos cœurs ne pouvoient prévoir ; un coup parti d'une
main lâche et barbare nous réduit à la
triste nécessité de ne pouvoir que répandre des larmes stériles.

Les provinces éplorées nous le rede-
manderont ce Prince confié à notre garde ; la terre hospitalière où s'écoulèrent
les années de son exil, nous reprochera
de n'avoir pas préservé une tête si chère ;

les Rois et les Princes eux-mêmes, dans l'excès de leur douleur, éleveront leur voix contre nous ; et nous demeurerons muets et abattus, et nous n'aurons pas même la force de suspendre nos larmes, pour venger notre honneur outragé, et nous ne pourrons que répéter : La joie est bannie de notre cœur, nos concerts sont changés en lamentations, la couronne est tombée de notre tête ; malheur à nous ! *Defecit gaudium cordis nostri, versus est in luctum chorus noster, cecidit corona capitis nostri ; vœ nobis!*

N'attendez pas de moi, Messieurs, un discours où le travail se manifesteroit plus que l'émotion : dans cette triste circonstance, l'éloquence ne doit consister que dans la plus simple expression de la douleur.

Bornons-nous donc à pleurer sur le Prince que nous avons perdu, parce qu'il est digne de nos regrets.

Développons les leçons que nous donne sa mort lamentable.

Que notre affliction soit aussi profonde que notre perte est grande, et qu'elle nous devienne salutaire dans ses effets! Tel est le plan de l'éloge funèbre que nous consacrons à la mémoire de très-haut, très-puissant et très-excellent Prince CHARLES-FERDINAND D'ARTOIS, DUC DE BERRI, fils de France.

PREMIÈRE PARTIE.

S'IL est sur la terre une race digne de la vénération et de l'amour des peuples, c'est celle des enfans de saint Louis. *On ne voit rien sous le soleil* (1), nous dit Bossuet, *qui en égale la grandeur; le pape saint Grégoire*, ajoute-t-il, *donne cet éloge singulier à la couronne de France, qu'elle est autant au-dessus des autres couronnes du monde que*

_____

(1) Oraison funèbre de la reine d'Angleterre.

la dignité royale surpasse les fortunes particulières ; et, suivant la remarque du même orateur, *si ce Pape a parlé en ces termes du temps du Roi Childebert, et s'il a élevé si haut la race de Mérovée, jugez ce qu'il auroit dit du sang de saint Louis et de Charlemagne.* Rappellerai-je cette longue suite de Princes et de Héros qui ont fait le bonheur de la France, et porté si loin sa renommée et sa gloire ? Nommerai-je et le plus saint des Rois, et ce Louis XII, le père du peuple, et ce François Ier., le père des lettres, et ce Henri, dont le peuple lui-même a gardé la mémoire, et ce Louis XIII, appelé le Juste, et ce Louis-le-Grand, qui a donné son nom au plus beau siècle dont s'honore l'histoire, et ce Roi-Martyr, dont les seules vertus illustreroient une race entière ? A cette gloire qui brille sur le front de nos Rois, se joint l'éclat plus doux d'une bonté céleste, d'une bienveillance universelle, d'une tendre compassion, et cette immensité de cœur, comme parle l'Ecriture, qui embrasse tous les malheurs des peuples et tous leurs besoins; *dedit Deus latitudinem cordis* (1). En vain chercheroit-on sur la terre une tige plus féconde en grands hommes et en bons Princes; et puisqu'il a été réglé, dans les conseils suprêmes, que les destinées des nations seroient confiées à de simples mortels, qu'on nous dise où coule un sang plus pur, et quels mortels méritèrent davantage le sublime honneur de commander à un peuple libre et généreux !

Et cependant fut-il une famille plus infortunée que celle de nos Rois au dernier période de notre histoire? Quelle calamité n'a pas assiégé leur trône? quelle amertume n'a pas inondé leur cœur?

Dans une circonstance où votre sen-

_____

(1) III. Reg. iv, 29.

sibilité semble être épuisée, je n'ajouterai
pas à votre douleur, en réveillant en
vous de tristes souvenirs, et je ne vous
rappellerai de nos malheurs passés que
ce qui tient à notre sujet.

La naissance du Duc de Berri ne
précéda que de quelques années le commencement de nos désastres : déjà fu-
moit le volcan qui devoit répandre sur
le sol de notre malheureuse patrie sa
lave dévorante. La licence des mœurs,
le mépris de tous principes, la haine
de toute espèce de joug, le déborde-
ment des mauvaises doctrines, fléau plus
funeste que la famine et la guerre,
un mécontentement sourd et général,
avant-coureur des grandes catastrophes,
annonçoient aux sages l'ébranlement
prochain de l'édifice politique. Une main
habile et ferme eut-elle ressaisi les rênes
flottantes de l'État ? les conseils man-
quèrent-ils de vigueur et d'énergie? de
foibles tempéramens augmentèrent-ils

l'audace des ennemis de la couronne, que des déterminations fortes et subites, et des coups hardis eussent intimidés? c'est, Messieurs, ce qu'il ne nous appartient pas d'examiner, et ce qu'il est toujours trop facile de décider après l'événement. Bornons-nous à remarquer que si la justice et la bonté, si toutes les vertus qui rendent la royauté non-seulement vénérable et sainte aux peuples, mais encore chère et aimable, eussent pu protéger et défendre un trône, aucun règne n'eût été plus calme et plus glorieux que celui du Prince qui gouvernoit alors; que jamais la Providence n'offrit à la terre un modèle plus accompli de modération dans la prospérité, d'une noble et auguste résignation dans les revers, et d'une héroïque magnanimité à la mort, et que si l'histoire, équitable et sévère, après avoir retracé le tableau des belles qualités du Monarque et de ses célestes vertus, et l'avoir nommé le plus juste et

le plus pieux des Rois, pouvoit mêler un
seul reproche à des éloges si mérités, ce
seroit le reproche que faisoit un auteur
célèbre à César lui-même, celui d'*avoir
été clément jusqu'à être obligé de s'en
repentir* (1).

Cependant la tempête éclate, et au loin
s'étend l'orage. Semblable à un vaisseau
battu par les flots d'une mer en courroux,
et poussé violemment sur une terre étrangère, la famille royale s'éloigne de son
illustre chef, se sépare et se disperse.
C'est dans l'exil que le Duc DE BERRI
passa le temps qui s'écoule après la première enfance. Bénissons la Providence
d'avoir écarté de lui ces docteurs d'impiété, ces prédicans de morales perverses, ces précepteurs de corruption qui
eussent flétri un cœur si noble et si généreux, et payons un juste tribut de reconnoissance publique au sage (2), digne

(1) Plin. lib. IX, cap. xxviii.
(2) M. le duc de Sérent.

des plus beaux temps, auquel fut confiée sa jeunesse, et qui sut lui inspirer ces sentimens de religion, héritage sacré de ses illustres ancêtres. Proclamons-le hautement, Messieurs, le Duc DE BERRI ne se laissa jamais égarer par une fausse et pernicieuse philosophie, et si sa vie ne fut pas toujours exempte des foiblesses où entraîne l'ardeur bouillante des passions, foiblesses au reste dont il a témoigné un si touchant repentir, son esprit ne fut point rebelle aux enseignemens de la foi, et l'Eglise compta toujours en lui un enfant docile et soumis.

C'est cette religion sainte qui conserva dans son cœur les qualités précieuses dont la nature l'avoit doué, et que l'impiété eût étouffées, je veux dire, la noblesse de l'ame, la franchise du caractère, une bienveillance inépuisable, et une compassion pour les malheureux, qu'on reconnut en lui dès ses premières

années. Je ne le louerai pas du courage
qu'il déploya dans les occasions, trop
rares au gré de son grand cœur, où
il lui fut permis de courir les hasards des combats : cette qualité, pour
un François, est à peine le sujet d'un
éloge, et la remarquer dans un Bourbon, deviendroit presque une injure ;
mais je louerai son exactitude à observer la discipline, et cette affabilité qui
lui concilioit l'affection du soldat, ap-
préciateur si juste du mérite de ses
chefs : je louerai cette bonté de cœur
qui lui faisoit réparer si noblement les
torts de sa vivacité, et oublier l'élévation de son rang, lorsqu'il s'agissoit de
témoigner ses regrets d'un reproche
hasardé ou d'une sévérité excessive ; il
savoit que l'honneur a sa susceptibilité,
et, pour ainsi parler, ses délicatesses,
et qu'un seul mot sorti de la bouche
d'un Prince peut le ternir, comme une
seule de ses paroles peut aussi lui rendre

dre tout son éclat. Je louerai une générosité sans bornes, qui ne lui permettoit
ni de voir l'infortune de ses nobles compagnons d'armes, sans en être ému, ni
de la secourir sans paroître lui-même l'o-
bligé; et cette grâce qui rehaussoit à
leurs yeux le prix de ses bienfaits, et
gravoit dans les cœurs, moins encore
le souvenir du service, que celui de ces
paroles *meilleures que l'or*, comme
dit l'Ecriture, dont il l'accompagnoit
toujours; je louerai cette pénétration,
ce coup d'œil rapide, ce tact délicat et
sûr, cette activité bouillante et cette ardeur indomptable, auxquels les occasions ont seules manqué, pour qu'il de-
vînt un de nos renommés capitaines.

Je passe sous silence les projets que
médita dans la retraite ce Prince, impatient d'un repos qui enchaînoit son
courage, et ses tentatives multipliées
pour aller partager les périls des François qui, réunis sous l'étendard des

2

lis, défendoient la cause de nos Rois; mais le moment marqué par la Providence, pour le rétablissement du trône de saint Louis, n'étoit pas encore venu, et, pendant long-temps encore, le Duc de Berri fut contraint d'arrêter l'essor de son ame intrépide.

Enfin, les maux de la France sont parvenus à leur comble; tous ses vœux et toutes ses espérances se reportent vers une famille qui seule peut la préserver d'une ruine regardée comme inévitable, et après tant de funestes essais, la patrie demande à se reposer à l'ombre tutélaire de cette monarchie légitime qui lui procura huit siècles de gloire et de prospérités.

En peu de jours, le Duc de Berri a franchi l'espace qui le sépare des François. Descendu sur les côtes de la Normandie, il fait entendre ce cri parti du cœur : *O France! ô chère Fran-*

ce (1)! et l'écho du rivage répète au loin une exclamation qui peint mieux que tous les discours l'amour qu'il porte à sa patrie; son émotion éclate, et des larmes d'attendrissement baignent son visage à la vue de ce peuple dans lequel il lui semble retrouver une famille depuis long-temps l'objet de ses soupirs.

Loin de sa pensée les souvenirs amers et les projets de vengeance. *Nous apportons*, dit-il, *l'oubli du passé, la paix et le désir du bonheur des François* (2). Aux acclamations de la multitude, il ne répond que par ce cri : *Vivent, vivent les François* (3).

Les mots les plus heureux, ces mots dont les Bourbons ont le secret, volent de bouche en bouche. Un officier qui autrefois avoit servi sous ses ordres, craint de n'en être pas reconnu : *Si je*

(1) Paroles du Duc de Berri.
(2) *Idem.*
(3) *Idem.*

vous reconnois, répond le Prince ; *ne portez-vous pas sur le front la cicatrice honorable de la blessure que vous avez reçue à mes côtés* (1); il se plaît à répéter, *qu'on n'est heureux qu'au milieu des siens* (2). Par le seul ascendant de sa franchise et de sa bonté, il désarme un corps de troupes qui n'avoit pas encore arboré le drapeau blanc, et toutes les voix se confondent avec la sienne dans le cri de *vive le Roi*.

S'il réclame, au nom des enfans de saint Louis, les droits sacrés que le ciel leur a donnés, c'est que le premier et le *plus cher de ces droits*, ajoute-t-il, *fut toujours celui de travailler à notre bonheur* (3).

Comment recueillir tous les traits

(1) Paroles du Duc de Berri.
(2) *Idem.*
(3) *Idem.*

brillans, tous les procédés pleins de grâce et de noblesse, tous les témoignages d'amour dont nous fûmes les témoins? Comment peindre l'enthousiasme universel, les hommages de l'admiration, et les transports de la reconnoissance publique?

Mais quel nuage paroît tout à coup dans l'horizon, s'avance en grossissant, et trouble la sérénité du beau jour qui luit sur la France? Quel noir et malfaisant génie a résolu de changer notre joie en un deuil universel? Quelle secousse ébranle de nouveau le sol de la patrie qui commençoit à se raffermir sous nos pas? Il va donc nous être ravi ce Roi qu'environnent tant de respects, et nos Princes n'ont donc été rendus à notre amour que pour nous être sitôt et si cruellement arrachés! Quel lugubre spectacle! L'étendard de la fidélité disparoît devant le signe de la révolte; des cris sinistres succèdent aux accla-

mations de l'allégresse publique, et les
liens si doux qui nous unissoient à nos
Rois sont de nouveau rompus.

L'histoire dira ; Messieurs, que le
Duc de Berri avoit été choisi d'abord
dans le conseil suprême pour aller commander en Franche-Comté, et diriger
cette expédition devenue si fatale par la
défection de son chef ; elle déplorera
les suggestions de cette politique trop
timide qui condamna le Prince à n'être
que le triste spectateur des plus déplorables événemens, et cette résolution
imprévoyante qui a enlevé à son pané-
gyriste la plus belle page de sa vie, et
peut-être au Duc de Berri le titre glorieux de sauveur de la patrie. L'histoire
dira l'impatience de ce bouillant courage, l'ardeur d'un sang qui brûle de
couler pour la cause de nos Rois, la
douloureuse et profonde soumission du
héros, quand il a entendu une voix
chère et sacrée ; elle peindra les hor-

reurs de cette nuit funeste, où cette
royale famille est enlevée à l'amour et
aux larmes d'un peuple consterné ; le
désespoir de ces braves et fidèles serviteurs, brisant l'épée qu'une force supérieure rend désormais inutile ; la retraite précipitée de nos Princes, lorsqu'ils virent chanceler autour d'eux les
appuis sur lesquels devoit . reposer le
trône ; la générosité du Duc de Berri
épargnant quelques insensés dont la
bouche sacrilége pousse, jusque sur son
passage, le cri de la révolte, et comprimant l'indignation des soldats rangés
autour de lui. Elle dira les pressentimens de la France trop tôt justifiés, et
la succession rapide des désastres de ces
cent jours, qui composent un siècle entier
de calamités.

Elle revient enfin cette famille, ra-
menant avec elle la paix, la consolation
et l'espérance d'un meilleur avenir ; elle
s'apprête à guérir des maux qu'elle n'a

pas causés, et à essuyer des larmes qu'elle n'a pas fait répandre.

Ici, Messieurs, le tableau qui me reste à vous tracer est triste et sombre. La France se ressent du coup que lui a porté une main ennemie et barbare; que dis-je? sa plaie saigne encore : on ne reconnoît plus parmi ses enfans cette douce harmonie, et ce concert unanime où se confondoient tous les sentimens. Au milieu de la nation, toujours fidèle, toujours dévouée, s'est élevée une faction égarée et perverse, qui nourrit des pensées de sédition et de révolte, et souffle de tous côtés le feu de la discorde. Séduite par de pernicieuses doctrines, elle est devenue impatiente de toute espèce de joug; elle aspire à une entière indépendance; elle appelle mal ce qui est bien, et bien ce qui est mal : pour elle la trahison est fidélité, et la fidélité est trahison; elle repousse les bienfaits comme des outrages; elle est tourmen-

tée d'une vague et sombre inquiétude ;
elle médite la destruction ; et, dans
ses vœux sacriléges, elle invoque l'a-
bîme pour s'y engloutir avec la monarchie.

Si quelquefois le Duc de Berri cherche en vain la France dans la France
même, la France le retrouve toujours
tel qu'il fut, aussi noble, aussi généreux,
aussi dévoué à son bonheur. Uni à une
Princesse, digne par sa naissance et ses
vertus, de l'amour de son époux et de
l'affection des peuples, il goûte les douceurs de la vie domestique, et, comme
pour s'acquitter envers la Providence, il
prodigue ses largesses, et regarde comme
son plus beau privilége le pouvoir de
faire des heureux. Si des inondations ra-
vagent les campagnes, si une maladie
contagieuse dépeuple quelques provinces, si l'incendie détruit un hameau, si
l'orphelin cherche un appui, si les asiles
du malheur réclament les secours de la

pitié, son ame est émue, de nombreuses aumônes se répandent, et partout renaît l'abondance. Quelle paroisse, plus que celle-ci (1), pourroit attester la multiplicité de ses bienfaits, et combien de voix s'uniroient à la mienne s'il étoit permis aux malheureux de se faire entendre dans cette enceinte? Me demanderez-vous où il trouvoit des trésors pour soulager tant d'infortunes? C'étoit dans un cœur ouvert à tous les sentimens généreux, dans une libéralité qui souvent parut excessive aux dépositaires de ses largesses, dans d'ingénieuses ressources dont seul il avoit le secret, et dans des privations qui ne lui coûtèrent jamais lorsqu'elles lui procuroient ce qui étoit à ses yeux le plus doux des plaisirs.

Ainsi vivoit parmi nous le Duc de Berri, étranger à toute affaire politique, et ne songeant qu'à se faire aimer.

(1) La Madeleine, paroisse du Prince.

Nous jouissions avec délices du bonheur de posséder cet excellent Prince, et déjà nous lisions dans l'avenir tout ce que nous promettoit de bienfaits et de prospérités un cœur si grand et si généreux. Dans nos vaines pensées, nous réunissions sur lui tout ce que la fortune a de plus flatteur, la valeur de plus brillant, la reconnoissance de plus doux, l'admiration de plus vif. Mais vous, ô mon Dieu! *vous avez fait nos jours mesurables, et notre substance n'est rien devant vous* (1); et voilà qu'il ne nous reste plus qu'à vous raconter la mort de notre Prince.

Hélas! je l'ai donc enfin prononcée cette affreuse parole, et nous en sommes venus à ce lamentable événement qui a retenti parmi nous comme un tonnerre.

Quoi! c'est dans un jour consacré au

(1) Psal. xxxviii, 6.

plaisir, et au milieu de l'appareil d'une fête, que sera immolé le meilleur des Princes; du théâtre de la joie, il lui faudra passer à un lit de mort. Déjà le fer est levé, et la victime tombe palpitante sous les coups de son farouche assassin.

Dispensez-moi, Messieurs, d'entrer dans le détail de cette horrible scène; vous n'auriez pas la force de m'entendre, et moi-même je succomberois à ma douleur : qu'il nous suffise de contempler le désespoir de cette royale famille pour apprendre à la chérir davantage. Quel spectacle, grand Dieu! un Prince, digne des plus belles destinées, à la fleur de son âge atteint d'un coup mortel; son épouse, arrosée de son sang, le tenant étroitement embrassé, et le considérant environné déjà des ombres du trépas; un père qui voit descendre et s'éteindre dans le tombeau le bonheur et les espérances de ses derniers ans;

une Princesse, une sœur, qui semble épuiser aujourd'hui jusqu'à la lie la coupe amère des infortunes humaines; un frère qui aimoit son frère comme Joseph aimoit Benjamin; un Roi, un père qui vient fermer la paupière de son fils.

La Providence n'offrira-t-elle donc aucun adoucissement à nos éternels regrets? Abaissez vos regards sur le Prince mourant; quel rayon de la foi brille sur son front! quel calme au milieu de tant de scènes déchirantes! quelle sérénité! quel inébranlable courage! Comment la religion a-t-elle si promptement triomphé de cette vive et bouillante ardeur? Quelle puissance a enchaîné ce cœur indompté? Comment, sous les froides mains de la mort, ce héros conserve-t-il un esprit si présent et une force invincible, et d'où part cette lumière céleste qui éclaire tout à coup une triste et sombre nuit? O mon Dieu! ce sont-là vos triomphes, l'œu-

vre de votre droite, et un de ces spectacles qui servent à confondre l'impiété
et à consoler ·vos justes sur la terre.
*Hæc est victoria, quæ vincit mundum,
fides nostra* (1).

Ma fille et un ministre des autels (2),
s'écrie le Prince mourant, unissant
ainsi les deux sentimens les plus sacrés
de la nature : il fait hautement l'aveu
de ses fautes, il se purifie dans la piscine
sacrée, il présente lui-même son corps
à l'onction sainte, il répond d'une voix
ferme aux prières de l'Église, et se souvenant de l'exemple que lui a donné
son Sauveur expirant, il implore jusqu'à trois fois la grâce de l'homme.......
Sa bouche craint de nommer l'assassin.
Réconcilié avec son Dieu, il bénit sa
fille, et lui souhaite *d'être moins malheureuse que lui* (3). Il étend sa tendre

(1) I. Joan. v, 4.
(2) Paroles du Duc de Berri.,
(3) *Idem.*

sollicitude sur ceux qu'il se plaît à appeler ses amis, et il les honore et les console par de nobles et douces paroles. Il prononce le nom de la France; il lève les yeux au ciel, et le monde s'évanouit pour lui.

Il est temps que je vous abandonne à votre affliction, Messieurs; pleurez, pleurez avec la France le Prince qui faisoit ses délices, et sur qui reposoient ses espérances; confondez votre deuil avec celui de la famille de nos Rois : l'Europe se joint à nous dans le sentiment d'une même douleur; *planxerunt eum omnis Israël planctu magno* (1).

Pleurez un Prince, dont le caractère noble et généreux, inconnu peut-être à beaucoup d'entre nous, s'est révélé tout entier à sa mort, qui, en peu d'heures, a déployé ce que la bonté a de plus tou-

(1) I. Macc. II, 70.

chant, le courage de plus ferme, la résignation de plus accompli, et la piété
de plus héroïque. Pleurez un Prince,
qui, jusqu'à cette horrible catastrophe,
sujet d'une éternelle affliction, n'avoit
fait couler d'autres larmes que celles
de la reconnoissance, dont le cœur ne
connut jamais le ressentiment et la haine, qui a marqué le dernier jour de sa
vie par de derniers bienfaits, et dont
les mains venoient de répandre encore
d'abondantes aumônes, quand il reçut
le coup mortel. Pleurez celui qui aimoit
les François, et estimoit leur caractère
dans leurs égaremens même ; qui se crut
toujours mieux gardé par leur générosité que par les précautions d'une prudence inquiète ; que vous avez vu si
souvent dans vos places publiques, au
milieu de vos fêtes, marchant seul avec
une noble confiance, et n'étant escorté
que par votre amour, et qui repoussa
les avis réitérés de ses plus dévoués serviteurs,

viteurs, en leur disant : *Que dans les rangs des François, il pouvoit compter des ennemis, mais jamais des assassins* (1).

Pleurez le Prince qui, au milieu des angoisses de la douleur, ne se plaignit que de *mourir de la main d'un François* (2); qui prioit pour nous à ses derniers instans; qui s'attendrissoit sur nos infortunes; qui répétoit encore d'une voix presque éteinte : *O ma patrie! malheureuse France* (3)*!* le Prince que le ciel destinoit sans doute à faire un jour notre bonheur, ou qui du moins eût transmis ses belles qualités à ses enfans pour le bonheur et la gloire de nos neveux.

Contemplez dans cette tombe, ouverte avant le temps, par un crime atroce, le fils le plus tendre, l'époux le plus

(1) Paroles du Duc de Berri.
(2) *Idem.*
(3) *Idem.*

chéri, le cœur le plus aimable, le père des pauvres, l'héritier d'une illustre famille, et le meilleur des François; contemplez et pleurez sur une auguste victime! Pleurez sur la France entière! mais n'oubliez pas, pour votre consolation, que le Prince que nous avons perdu fut chrétien, et qu'il est mort en héros et en chrétien.

N'oubliez pas non plus les leçons que sa mort vous donne : sujet de la deuxième partie.

SECONDE PARTIE.

Nous sommes dans la dure nécessité, Messieurs, de rouvrir la tombe qui vient de se fermer à vos yeux, non pour augmenter votre douleur, mais pour vous faire entendre des instructions salutaires. L'illustre victime que nous pleurons parle du sein de la mort même, et ses cendres, tout insensibles qu'elles vous paroissent, ont une voix éloquente qui retentit au fond de tous les cœurs; *defunctus ad-hùc loquitur* (1); nous invite-t-elle à venger son trépas, et à faire encore couler le sang sur la terre? Non, Messieurs, du séjour de l'éternelle paix ne sauroient sortir des paroles de haine et de vengeance; mais elle vous supplie, au nom de votre propre bonheur, au nom de la patrie éplorée, de retrancher du milieu de vous une cause toujours subsistante de calamités et de désastres, et de prévenir le retour de malheurs peut-être plus grands encore, en vous attachant plus fortement que jamais à l'auguste dynastie que Dieu a choisie pour vous sauver, et à la religion qui seule peut réparer tous nos maux; *defunctus adhùc loquitur*.

Y auroit-il encore parmi nous des hommes qui pussent voir avec une sacrilége douleur régner sur la France une famille digne de notre préférence, si le

(1) Heb. xi, 4.

ciel nous avoit laissé le soin de nos destinées, et nous avoit permis de désigner
nos maîtres; des hommes assez pervers,
pour s'indigner de ne pas trouver dans
le cœur des Bourbons leurs honteuses et
violentes passions; assez féroces pour
s'abandonner à la joie et s'offenser de nos
larmes, au moment où tombe le précieux
rejeton d'une tige sacrée; furieux, qui
roulant dans leurs ames de sinistres projets, ne seroient pas épouvantés à la pensée de déchirer leur patrie par la guerre
civile, et qui consentiroient à être écra-
sés sous les ruines de l'édifice social, pour-
vu qu'il leur fût donné de s'élever un instant au milieu des débris. Ah! si ma voix
pouvoit retentir à leurs oreilles : « Eh
quoi! leur dirois-je, toutes les affections
sont-elles éteintes dans vos cœurs avec
tous les devoirs? Votre famille descen-
dra-t-elle avec vous dans la tombe? Ne
portez-vous pas le doux nom de père,
et n'avez-vous aucun fils à léguer en mou-

rant à la patrie? et vous allez allumer, de
vos propres mains, l'incendie qui dévo-
rera bientôt vos amis, vos parens et vous-
même! Vous allez rouvrir l'abîme des révolutions qui déjà a englouti des générations sans nombre; et dans votre jalouse
et implacable fureur, vous enviez à ceux
qui vous survivront quelques momens de
repos achetés au prix de trente années de
troubles, de secousses et d'orages.

» Vous vantez la liberté? et nous aussi
nous la voulons, non cette liberté qui
n'est que le pouvoir de tout oser et de
tout entreprendre, non cette licence effrénée pour laquelle toute règle est une
oppression et toute loi une tyrannie,
mais cette liberté sage et modérée, nécessaire à l'ordre public : et sous quel
empire sera-t-elle plus assurée, que sous
celui d'une famille qui n'abusa jamais
du pouvoir, et dont il faudroit plutôt
craindre l'excessive bonté que l'extrême
rigueur?

» Vous vantez le bonheur ? et quel cœur soupire plus ardemment pour le bonheur des François que le cœur d'un Bourbon ? Vous vantez les lumières ? Vous appelez sans doute un siècle de barbarie, pour ne citer qu'un seul exemple, ce siècle de Louis-le-Grand, si fécond en découvertes utiles, en productions brillantes, en génies sublimes, et vous êtes assez ignorans de notre propre histoire, pour qu'il soit besoin de vous rappeler que nos Princes se montrèrent toujours les protecteurs éclairés des sciences et des lettres. Ah ! cessez, cessez de vous laisser aveugler par de perfides conseils ; venez vous réunir à nous sur la tombe où doivent expirer toutes les haines et s'éteindre toutes les fureurs ; venez avec nous affermir et défendre l'arbre de la monarchie, et sous son ombrage tutélaire vous goûterez, comme vos pères, le bonheur, fruit de la véritable liberté et des lumières, et vous en laisserez l'héritage à vos enfans ».

Tel seroit le langage que j'adresserois aux ennemis du trône de nos Rois; mais je suis environné de leurs plus fidèles sujets, et je n'ai qu'à exprimer des sentimens que je lis dans tous les cœurs! Oui, que cette auguste dynastie nous devienne plus chère par ses malheurs mêmes, et que notre dévouement la console de ses infortunes! En vain quelques voix impies pousseroient-elles encore ce cri sacrilége qui retentit autrefois dans Jérusalem déicide : Nous ne voulons pas qu'elle règne sur nous; *nolumus hunc regnare super nos* (1). Pour nous, nous voulons conserver cette tige précieuse, parce qu'elle est la plus noble de l'univers, parce que le ciel nous l'a donnée, parce qu'elle fleurit en répandant l'éclat des plus belles vertus; nous voulons conserver nos Princes, parce qu'ils nous sont

(1) Luc. xiv, 24.

chers par leurs qualités touchantes, parce que leurs malheurs nous les rendent encore plus sacrés, parce que nous leur avons coûté des larmes trop amères, parce que c'est pour nous un devoir d'adoucir la douleur que leur cause aujourd'hui l'événement le plus lamentable. Nous voulons conserver nos Princes, parce qu'en les perdant nous perdrions la morale qu'ils soutiennent de leurs exemples, la religion qu'ils aiment et qu'ils protègent, et le repos public qu'ils sauront nous assurer : nous voulons conserver leur trône ; et si jamais il étoit attaqué, à leur voix nos guerriers s'armeroient pour leur cause, et des milliers de bras se lèveroient pour les défendre.

Mais non, le ciel ne permettra pas que ces témoignages de notre fidélité deviennent nécessaires : puisse au contraire le sang de la royale victime cimenter parmi nous la concorde et la paix ! Puisse le Seigneur, appaisé par cet holocauste,

déposer ses foudres! Puissent les François, jusqu'ici divisés, se rallier, et comprendre enfin, après un si noir attentat,
dans quel effroyable péril est jetée la
monarchie toute entière!

Non, tout n'est pas perdu, et ce sanglant sacrifice, le dernier qu'exigeoit le
courroux du Seigneur, deviendra notre
salut : le Duc de Berri n'est plus ; mais
il nous reste ce Monarque, que nos regards contemplèrent toujours avec tant
d'amour et de respect ; ce Monarque dont
nous partageons si vivement la profonde
douleur, et qui ne laissera périr ni les
Princes, ses enfans, ni son peuple, sa
seconde famille ; *Pater adhùc·vivit* (1).

Le Duc de Berri n'est plus ; mais
ils nous restent ces Princes, échappés à
tant de désastres, et qui sont le trésor
de la patrie : elle nous reste, cette Princesse, que Dieu n'a éprouvée par tant

(1) Gen. xliii, 28.

de revers, que pour offrir au monde le
beau spectacle, admiré par l'antiquité
même, de la vertu courageuse aux prises
avec l'adversité ; cette Princesse, dont la
voix plus puissante que celle de nos crimes, implore chaque jour la miséricorde
du ciel sur la France, et vers laquelle se
portent involontairement nos pensées,
quand nous voulons ne pas nous croire
désespérés. Elle nous reste, cette autre
Princesse qui porte dans son sein la dernière ressource d'Israël, un fils, nous
en concevons le touchant espoir, un fils
qui nous consolera de la perte de son
malheureux père, un nouveau Joas qui
rassemblera les débris des tribus disper-
sées, et perpétuera parmi nous la race
de nos Rois. *Est nobis Pater, et puer
parvulus* (1).

Non, tout n'est pas perdu, et nous
avons le motif d'une douce confiance

_____

(1) Gen. XLIV, 20.

dans le nouveau protecteur assuré à nos lis ; Dieu n'a pas rejeté de sa présence celui dont la mort fut si calme, si touchante et si chrétienne, et dont le cœur fut toujours ouvert à la tendre compassion : aidé des suffrages de l'Eglise, bientôt ce Prince recevra la couronne immortelle réservée à sa foi, et du séjour du bonheur, il veillera sur la France qui eut ses dernières pensées ; il éloignera les maux qui nous menacent, et ses supplications, unies à celles de saint Louis et du Roi-Martyr, nous obtiendront des miracles, si des miracles sont nécessaires pour nous sauver. *Pater adhùc vivit.*

Mais, ne nous y trompons pas, Messieurs, et c'est la dernière instruction que nous puisons au fond de ce tombeau ; nos espérances seroient déçues, si en nous rangeant autour du trône de nos Rois, nous ne relevions pas les autels de notre Dieu.

Ici les faits parlent plus haut que tous

les discours, et de la plaie encore sanglante sort une terrible leçon.

Nous avons voulu gouverner sans
Dieu ; nous avons effacé son nom du
code de nos lois ; nous avons permis aux
doctrines de l'impiété d'exercer parmi
nous leurs ravages ; ce cri, *il n'y a pas
de Dieu, non est Deus* (1), a retenti
dans les salons de l'opulence et sous le
chaume de la cabane ; l'écho lugubre l'a
porté jusqu'au fond de nos provinces ; il
n'est pas une seule de nos villes, ni une
seule classe de la société où il ne se soit
fait entendre ; un homme d'une perversité incroyable, d'une énergie pour le
crime qui surpasse l'imagination, d'une
haine profonde et concentrée, s'est dit
dans le secret de sa conscience, *il n'y a
pas de Dieu*: donc il est permis à l'homme de tout oser ; donc il peut, à son gré,
ébranler la société entière, et changer

(1) Ps. LII, 1.

l'ordre des dynasties qui gouvernent les
nations, et le fer à la main il est le maître
du monde, et les rois ne sauroient se
dérober à sa fureur. *Il n'y a pas de
Dieu,* ont répété dans son cœur les puissances infernales. Marche et ose, ont
crié les passions. Le reste vous est connu, Messieurs, et sera le sujet de nos
larmes intarissables.

Et cet exécrable attentat n'est pas le
seul malheur que nous ayons à déplorer : il faut le dire, Messieurs, l'ordre
public est menacé, non-seulement dans
notre patrie, mais parmi les nations ;
une conspiration permanente semble
s'être établie au sein des sociétés ; d'un
bout de l'Europe à l'autre s'ourdissent
des trames secrètes qui circonviennent
les trônes ; la fureur désigne des victimes parmi les défenseurs les plus dévoués de la royauté, ou parmi les dépositaires du pouvoir ; le poignard est
levé sur leurs têtes ; un fanatisme aveu-

gle et cruel excite les peuples égarés à
la sédition et à la révolte ; ne prononce
le nom des Rois qu'avec l'accent de la
rage et les imprécations du blasphème,
sanctifie l'assassinat, et, montrant à la
multitude la statue d'une liberté farou‑
che, l'exhorte à honorer cette affreuse
divinité par de sanglans sacrifices.

Si donc nous ne voulons pas laisser se
multiplier sur la terre la race de ces
monstres, qui, s'ils pouvoient s'unir,
ruineroient bientôt la société de fond
en comble, il faut la proclamer de tou‑
tes nos forces, cette grande vérité, fon‑
dement immuable de l'ordre. Il est un
Dieu vengeur du crime et protecteur
de la vertu, qui couvre les Rois de son
bouclier, qui les consacre en quelque
sorte, et les présente aux peuples en
leur disant : Voilà mes images, voilà
les dieux de la terre; *ego dixi, dii es‑
tis* (1). Il faut la graver cette vérité à

(1) Ps. LXXXI, 6.

la tête de nos lois, l'apprendre à l'enfant qui bégaye encore, la redire à la
jeunesse, et la répéter au vieillard qui
va mourir.

Donc, Messieurs, (et qu'on ne nous
accuse pas d'entrer ici dans des discus-
sions de politique, étrangères à notre
ministère; car il est loin de notre pensée
de confondre l'usage d'un droit garanti
par les lois, et qui peut être favorable à
l'ordre public, avec cette licence monstrueuse qui ébranle les fondemens de
toute société); donc, Messieurs, il faut
dessécher ces sources de corruption,
anéantir ces livres empoisonnés, ces
feuilles pestilentielles qui, répandus
parmi le peuple, nourrissent ses passions, brisent chez lui le frein de toute
dépendance et de toute autorité, égarent son imagination, lui inspirent le
mépris de ce qu'il doit vénérer et la
haine de ce qu'il doit chérir, gâtent
son cœur et son esprit, le disposent

peu à peu aux grands crimes par les grandes erreurs, et arment enfin son bras pour le parricide.

Ce n'est donc plus seulement la voix de la conscience, mais celle de la patrie qui vous commande le respect de cette religion sans laquelle la France va périr, qui vous ordonne de pratiquer publiquement les devoirs qu'elle impose, de fréquenter les temples, pour y entraîner ce peuple qui apprenoit autrefois de notre bouche à adorer Dieu et à respecter le Roi, et qui ne sait plus aujourd'hui ni s'il y a un Dieu, ni s'il doit quelque chose à ses Rois.

Et qu'on ne nous dise pas que le fanatisme religieux fit souvent couler aussi le sang le plus pur et le plus sacré ; qu'en conclure, Messieurs ? si ce n'est que le fanatisme est aussi un fléau qui peut, à certaines époques, devenir funeste à l'humanité, et que c'est un devoir alors pour les dépositaires de l'autorité

torité d'opposer à ses fureurs la digue
redoutable de la justice et des lois; qu'en
conclure? si ce n'est que l'homme, dans
sa perversité, abuse de ce qu'il y a de
meilleur, et corrompt ce qu'il y a de
plus vénérable et de plus saint, désole
la terre au nom du ciel, et arme des
mains sacriléges au nom du Dieu de
clémence et de paix, et que dès-lors il
faut répandre et faire fleurir parmi les
hommes cette religion véritable, seul
remède aux passions, et appui le plus
ferme des sociétés; qu'en conclure? si
ce n'est que l'impiété doit nous être également odieuse, soit qu'elle usurpe la
voix de Dieu, ou qu'elle insulte la Divinité, soit qu'elle invoque le ciel ou
qu'elle le blasphême, puisqu'elle est toujours l'ennemie la plus formidable de la
vie des Rois et du repos des peuples.

Unissons-nous, Messieurs, pour
la faire régner, cette religion bienfaisante qui versera l'huile sur nos plaies,

et opérera notre guérison morale et politique. Magistrats, guerriers, citoyens,
pontifes, la cause nous est commune à
tous, donnons-nous la main pour la défendre ; rompons tout pacte avec l'impiété ; *car ce seroit un traité avec la
mort, et un contrat avec l'enfer* (1),
comme dit l'Écriture, et brisons ce glaive
terrible qui tue les nations et les Rois.
*Hic est gladius occisionis magnæ....qui
multiplicat ruinas* (2)!

Ne perdons jamais de vue que l'incrédulité, en infectant notre patrie, a mul-
tiplié tous les crimes, a corrompu nos
mœurs, détruit l'autorité des parens,
affoibli la fidélité conjugale, rendu l'enfance précoce pour le larcin et pour
l'assassinat, épouvanté les tribunaux par
le récit de scènes d'horreur inconnues
jusqu'alors, et mis le comble à tous les

(1) Is. xxvi, 15.
(2) Exec xxi, 14 et 15.

attentats par celui qui vient aujourd'hui
déchirer nos cœurs.

Loin de taire cette vérité, que la religion la redise aux Rois, pour qu'elle
leur soit une leçon utile ; à ceux qui
s'asseient dans leurs conseils, pour qu'ils
fassent de la crainte de Dieu la base de
leur politique ; aux artisans de nos calamités, pour qu'ils pleurent sur le mal
qu'ils nous ont causé ; à leurs victimes,
pour qu'elles se jettent dans les bras
de cette religion qui oublie et pardonne.
Redisons-la souvent à ces hommes qui
séparent la cause des Rois de celle de
Dieu, et qui, se croyant purs, comme
dit l'Écriture, ont conservé le levain
des mauvaises doctrines , *generatio,
quæ sibi munda videtur, et tamen non
est lota à sordibus suis* (1), pour qu'ils
comprennent que le Roi et la patrie
ne font qu'un, et ne peuvent être sauvés
que par les mœurs et par la religion.

(1) Prov. xxx, 12.

Venez donc tous, Messieurs, et c'est le fruit que j'attends de ce Discours, non pas seulement arroser de vos pleurs la dépouille du grand Prince qui est l'objet de nos regrets, mais vous prosterner aux pieds de ce Dieu qu'il imploroit en mourant; venez abjurer les doctrines perverses qui ont poussé le bras de son meurtrier, non-seulement en détestant son crime, mais en détestant son impiété, et redevenez aujourd'hui les serviteurs de Dieu, comme vous êtes les fidèles serviteurs du Roi.

O Prince bien-aimé! et que notre piété se plaît à contempler dans un monde meilleur, offrez au Dieu de saint Louis les sermens qui viennent de sortir de nos bouches, et qui seront éternels comme notre douleur; et vous, Seigneur, daignez sauver et le Roi et nos Princes qui nous sont plus chers que la vie : *Domine, salvum fac Regem* (1) : consolez-les

(1) Ps. xix, 10.

dans leur affliction, qui est une calamité publique; sauvez cette Princesse qui s'est montrée si douce, si courageuse, si résignée dans la plus horrible scène que présentent les annales du monde; cette Princesse que nous vénérons autant qu'elle est digne de notre amour : envoyez vos anges pour veiller sur elle, et tandis que nos guerriers la couvriront de leurs armes, environnez-la de phalanges invisibles Enfin, ô mon Dieu! prenez pitié de la France, qui crie vers vous de l'abîme où elle est plongée; réveillez dans le cœur des François ces sentimens d'une tendre affection pour leurs Rois, et d'une inviolable fidélité, *la seconde religion de nos pères* (1); unissez-nous encore par cette chaîne si douce qui lioit autrefois les sujets à leurs Princes et les Princes aux sujets, et qui, d'un grand peuple ne composoit qu'une

(1) Tert. Apol.

seule et même famille, soumise aux lois
d'un père révéré; ayez pitié de nous-
mêmes que vous avez instruits par de si
lamentables leçons; qu'à la vue de ce
tombeau où s'évanouissent tant de qualités aimables, tant de grâce et d'éclat,
et où s'éteignent de si flatteuses espérances, nous comprenions que la grandeur n'est qu'un nom, la gloire un
fantôme, et que tout est vanité dans
l'homme, excepté la vertu! Les yeux
fixés sur ce cercueil, suspendons quelques instans les accens lugubres de la
douleur, pour répéter cet oracle des livres saints : *Toutes choses passeront,
mais la loi de Dieu ne passera pas* (1),
et apprenons aujourd'hui, pour ne l'oublier jamais, cette salutaire vérité : La
vie la plus brillante a son terme, et quand
l'heure dernière est arrivée, la seule consolation qui survit à toutes les illusions,

(1) Luc. xxi, 33.

c'est le souvenir d'une mort chrétienne.
Puisse la vôtre être aussi calme, aussi
résignée et aussi édifiante que celle du
Prince que nous ne cesserons de regretter et de pleurer sur la terre!...

FIN.

ORAISON FUNÈBRE

DE SON ALTESSE SÉRÉNISSIME

MADAME LA DUCHESSE DOUAIRIÈRE

D'ORLÉANS;

PRONONCÉE DANS L'ÉGLISE DE NOTRE-DAME DE PARIS,

LE 7 AOUT 1821,

PAR M. L'ABBÉ FEUTRIER,

Vicaire-Général de la Grande-Aumônerie de France, etc. etc.

SECONDE ÉDITION.

Se vend au profit des Pauvres,

A PARIS,

Chez Adrien Le Clere, Imprimeur de S. Em. Mgr. le Cardinal Archevêque de Paris, et de la Grande-Aumônerie de France, quai des Augustins, no. 35.

1821.

ORAISON FUNÈBRE

DE SON ALTESSE SÉRÉNISSIME

MADAME LA DUCHESSE DOUAIRIÈRE

D'ORLÉANS.

~~~~~~

Justorum semita, quasi lux splendens, procedit et crescit usquè ad perfectam diem.

PROV. IV, 18.

Le sentier des justes est comme une lumière brillante qui s'avance et qui croît jusqu'au jour parfait.

MONSEIGNEUR (1),

En présence de ces redoutables trophées de la mort, devant ces autels attris-

(1) S. A. S. Mᵍʳ. le duc d'Orléans.

tés par de douloureuses funérailles, qu'attendez-vous de notre ministère, Messieurs, et quelles leçons convient-il de mêler à cette lugubre cérémonie? Faut-il vous entretenir de la fragilité de toutes les choses de la vie? faut-il proclamer que la grandeur et la gloire n'ont rien de solide et de réel; qu'une longue suite de nobles ancêtres, des titres augustes et de brillantes distinctions s'évanouissent comme la pompe d'un spectacle; qu'il n'y a dans l'homme que de magnifiques apparences, sous lesquelles se cache son néant, puisque la mort porte le deuil dans les maisons les plus illustres comme dans les plus obscures; que le cèdre de la montagne est renversé, comme le roseau qui croît au fond des vallées, et qu'un peu de bruit, de vaines images, des ossemens déguisés, des soupirs et des larmes, voilà tout ce qu'il nous est permis de sauver des ravages du temps, et les seuls monumens que puisse élever notre orgueil?

Mais non; et si ce langage convient aux œuvres de la terre, s'il ne reste rien au pécheur de ces richesses d'iniquité dans lesquelles il avoit placé sa confiance, il n'en est pas ainsi du juste, et des trésors que ses mérites lui ont acquis; sa gloire survit à toutes les vicissitudes, et, du milieu de tant de débris, la vertu s'échappe plus belle et plus pure encore. Dans la nuit éternelle viennent périr, il est vrai, les projets de la vanité, les entreprises de l'ambition, les intrigues de la politique, les sanglantes conquêtes; mais tout ce qui fut inspiré par la religion, le bon usage des richesses, les saintes profusions de la charité, les nobles sacrifices, les œuvres héroïques, brillent d'un immortel éclat, et, pour les justes qui ont passé sans souillure par les épreuves de la vie, qui ont joui des honneurs avec modération, des biens de la fortune sans y attacher leur cœur, des plaisirs sans connoître les orâges des passions, le moment de la mort est le commencement d'une vie meilleure, et la tombe ouverte sous leurs pas est un berceau d'immortalité.

Nous venons aujourd'hui déplorer la perte d'une Princesse, dont *toutes les voies ont été belles*, pour me servir des paroles de l'Écriture, et qui ne laisse après elle que des exemples d'innocence et de vertu; d'une Princesse qui n'apparut sur la scène du monde que pour y répandre une pure et douce lumière; dont il n'est besoin, ni de déguiser les foiblesses, ni d'excuser les erreurs; qui, cultivée par la religion, porta les fruits de cette sagesse qui honore et embellit à la fois la carrière humaine; Princesse qui sut éviter les écueils des hautes conditions, et, au milieu des plus difficiles conjonctures, dans la bonne ou dans la mauvaise fortune, au comble des grandeurs ou dans les plus cruels revers, se montra toujours tout ce qu'elle devoit être.

Éloignons donc les images de la destruction et du néant de l'homme; les œuvres de l'illustre Princesse sont empreintes de lumière et de vie, parce qu'elle n'a pas marché sans règle et sans conduite dans les sentiers qu'elle parcouroit, parce qu'elle a cherché sur la terre quelque chose de plus réel que les biens de la terre, et que toutes ses pensées ont été pleines d'espérance et d'immortalité : célébrons les victoires de la foi, quand la mort ne semble proclamer que sa propre victoire, et montrons dans celle qui fait l'objet de nos regrets une ame supérieure aux dangers des grandeurs et aux rigueurs de l'adversité; c'est le plan de l'éloge funèbre que nous consacrons à la mémoire de très-haute et très-puissante Princesse LOUISE-MARIE-ADÉLAÏDE DE BOURBON-PENTHIÈVRE, DUCHESSE D'OR-

LÉANS, PREMIÈRE PRINCESSE DU SANG, DOUAIRIÈRE. Heureux si, fidèle interprète de la douleur universelle, nous pouvons consoler cette foule d'indigens qui pleurent leur bienfaitrice, et tant de nobles personnages rassemblés dans cette enceinte, qui, ayant partagé l'honneur de sa bienveillante intimité, en regretteront toujours les avantages : heureux surtout si nous pouvons tempérer la profonde affliction du Prince auguste et des vertueuses Princesses qui nous apprennent par leurs larmes tout ce qu'ils ont perdu, et tout ce que valoit celle dont nous honorons les cendres et célébrons la mémoire.

Nous n'aurons à exciter le plus souvent en vous que de douces émotions, Messieurs, car le spectacle de la vertu malheureuse a aussi sa douceur et ses charmes : ne nous écartons pas du plan qui nous est indiqué par notre sujet même;

en épargnant votre sensibilité, ce discours aura le mérite de vous offrir d'utiles leçons et d'admirables exemples.

PREMIÈRE PARTIE.

Une illustre naissance, Messieurs, ne confère pas seulement des priviléges, elle impose aussi de grandes obligations envers les autres hommes. Si quelques personnages, séparés du vulgaire, environnés de gloire, d'abondance et de prospérités, décorés de titres d'honneur et de distinctions brillantes, sont placés au-dessus des autres mortels, ce n'est pas pour offrir aux yeux le spectacle d'une pompe stérile et d'une vaine magnificence; pour voir brûler devant eux, au sein d'une molle oisiveté, l'encens de la flatterie, et ne connoître d'autre loi que leur volonté, d'autres règles que leurs penchans. Dieu leur a donné une fin plus digne de sa sagesse et de sa miséricorde; les grands ne

dominent sur la terre que pour servir
aux autres hommes d'exemple et de modèles, pour marcher à leur tête dans les
voies de la vertu, pour être à leur égard
les ministres de la bonté du Très-Haut,
pour répandre tous les biens et adoucir
toutes les infortunes : leur puissance,
comme celle de la Providence qu'ils re-
présentent, doit être bienfaisante et secourable : *Dei minister in bonum* (1).
Noble destinée, Messieurs; mais qu'elle
est difficile à remplir! Il y a dans les
hautes situations de la société des écueils
qui ne se rencontrent pas dans les conditions communes, et là où les devoirs
sont plus sévères, les obstacles sont plus
multipliés et les séductions plus puissan-
tes; la prospérité aveugle, les plaisirs
amollissent, les richesses dessèchent le
cœur, les flatteurs le corrompent : aussi

(1) Rom. XIII, 14.

la vertu, dans les cours surtout, est-elle
sans cesse exposée à de tristes naufrages.
Honneur donc aux ames fortes et généreuses qui échappent à tant de périls, tra-
versent avec sécurité la mer orageuse de
la vie, et gagnent enfin le port sans avoir
été vaincues par la tempête. Admirez,
Messieurs, ce rare bonheur dans une
Princesse qui, au milieu des scandales du
siècle, sut conserver la dignité des mœurs;
dans le rang le plus élevé, ces qualités
touchantes qui font chérir la grandeur;
au sein des richesses enfin un cœur compatissant, et se rendit par là un objet de
vénération, d'amour et de reconnoissance.

Le Seigneur sembloit avoir réuni près
du berceau de la DUCHESSE D'ORLÉANS les
avantages que les hommes admirent le
plus. Sortie d'un sang illustre, qui avoit
pris sa source jusque sur le trône, elle
voyoit rejaillir sur elle quelques rayons

de la majesté royale elle-même, et croissoit avec grâce et dignité au milieu de ces
lis qui répandoient autour d'elle un admirable éclat : destinée à passer ses jours
dans la cour la plus brillante, elle avoit
à redouter les piéges qui environnent la
grandeur, il lui étoit réservé de les éviter.

Une Providence attentive veille sur
son premier âge, et aux distinctions de
la naissance elle ajoute des dons plus solides et non moins rares. C'est la religion
elle-même qui, pour lui enseigner la sagesse, emprunte la voix d'un Prince vertueux : précieux privilége, Messieurs,
douce et heureuse condition que de trouver ainsi, dans les leçons et les exemples
domestiques, la règle de ses devoirs et le
modèle de sa vie !

L'éducation de la Duchesse d'Orléans
fut chrétienne, Messieurs, dans un siècle
où déjà l'impiété commençoit à ébranler

les principes fondamentaux sur lesquels
repose l'ordre social ; alors, on entendoit
sortir de la bouche de nos faux sages ce
paradoxe absurde et funeste, qu'il faut
dérober la connoissance de Dieu à l'enfance, ne pas lui révéler des vérités inac-
cessibles encore à son intelligence, et attendre le développement de ses facultés,
pour lui confier les enseignemens de la
religion. Aveugles, ils ne voyoient pas
que l'âge où il convient le mieux d'inspirer des sentimens qui doivent influer sur
la vie entière est celui surtout où les im-
pressions sont plus vives et plus profondes ; qu'une religion qui n'est qu'amour
ne sauroit fatiguer l'esprit, mais qu'elle
soutient, élève et sanctifie le cœur, et
que ce seroit une haute imprudence que
de laisser se fortifier les passions, sans y
appliquer le remède qui seul peut en tempérer l'ardeur et en prévenir les ravages.

Plus éclairé et plus sage, le vertueux

père de la Duchesse d'Orléans, ce Prince
dont le nom vit encore parmi nous avec
le souvenir de ses touchantes qualités, et
qu'on citera toujours comme la parfaite
image de la piété dans la grandeur et de
la bienfaisance au sein des richesses, le
duc de Penthièvre, disons-nous, s'étu-
dioit à cultiver le plus heureux naturel,
et à former pour la vertu une ame déjà
toute chrétienne; il se plaisoit à graver
dans ce cœur innocent et pur, non-seulement les maximes de la religion, mais
encore les principes et les preuves qui la
rendent ferme et inébranlable; il accou-
tuma sa fille à préférer aux biens d'un
monde qui passe, l'héritage sacré du Seigneur, à marcher avec constance dans la
voie de la vérité, et à fuir des doctrines
ennemies de la vertu. Il lui apprit à ne
chercher la félicité que dans l'accomplissement de ses devoirs, et dans la foi les
consolations véritables. Prévoyoit-il donc

le sort qui l'attendoit, et lui préparoit-il d'avance des ressources contre l'adversité? Quelquefois encore il lui signaloit les écueils contre lesquels se brisent trop souvent la foiblesse et l'inexpérience ; il lui disoit : Ma fille, conservez l'innocence : *Custodi innocentiam* (1); c'est le trésor de votre sexe, c'est son attrait le plus puissant. Fuyez les perfides douceurs des plaisirs coupables; ils semblent conduire au bonheur, ils flétrissent l'ame, corrompent le cœur et déshonorent la vie : *Custodi innocentiam.*

Heureux père, le Seigneur a vu les alarmes de votre tendresse, il a entendu vos soupirs; vous recueillerez la récompense de votre touchante sollicitude, et vous contemplerez votre propre ouvrage, dans sa perfection et dans son éclat : votre fille sera toujours fidèle à la piété

(1) Ps. xxxvi, 37.

dont vous lui avez donné de si belles leçons : elle fleurira sous vos yeux avec la
candeur des lis, et répandra de toutes
parts le parfum de la grâce et de la vertu:
après avoir été ornée de la couronne des
vierges, elle portera avec honneur le
voile nuptial, et celle qui s'est montrée
la plus sensible et la plus respectueuse
des filles sera aussi la plus héroïque des
épouses et la plus tendre des mères.

Oui, Messieurs, il faut le proclamer à
la gloire de la Duchesse d'Orléans; dans
un siècle de frivolité, elle ne connut d'autre passion que celle de bien faire; ses devoirs étoient pour elle une si douce habitude qu'ils paroissoient toujours d'accord
avec ses inclinations. Non-seulement elle
respecta la religion pendant tout le cours
de sa vie; mais elle en pratiqua assidû-
ment les préceptes : jamais l'impiété ne
montra devant elle un front superbe; et
toujours expiroit à ses pieds le blasphème
qui,

qui, dans ces temps de vertige, avoit cessé d'être rare, et qu'encourageoit même une coupable indulgence. Sa vie a été grave, je dirois même austère : elle n'eut ni la légèreté de l'enfance, ni les folies capricieuses de la jeunesse : partagée entre un père dont elle faisoit les délices, et une famille, objet de sa tendre sollicitude, elle fuyoit jusqu'aux plaisirs innocens que son rang lui offroit : personne enfin ne porta plus loin qu'elle cette honnêteté de mœurs, cette dignité de conduite, rempart sacré de la vertu, indice le plus sûr d'une ame supérieure, et qui sait régner sur elle-même.

Aussi, Messieurs, fut-elle constamment environnée de la considération publique, et sut-elle toujours imposer silence à la malignité qui s'empresse de recueillir les fautes des grands, leurs foiblesses, et jusqu'à des imprudences pardonnables. Quelque soigneuse que fût la Duchésse d'Or-

LÉANS de se dérober à l'attention des peuples, elle recevoit un tribut universel de louanges et d'admiration; elle fut respectée à une époque où on ne respectoit plus rien. La calomnie, qui alors versoit tant de poisons, et s'efforçoit de noircir des vertus non moins pures et non moins belles, la calomnie s'arrêta devant la vénération que la Princesse inspiroit, et épargna cette fois, du moins, la double illustration de la naissance et de la vertu.

Au désir de mériter l'estime, la Duchesse d'Orléans joignoit celui de gagner tous les cœurs; douée d'une ame sensible et tendre, elle éprouvoit le besoin de plaire et de rendre heureux tous ceux qui l'entouroient. Une bonté indulgente et douce se peignoit sur son front, et répandoit sur toute sa personne un charme et un attrait inexprimables : loin d'elle cette fierté sévère qui n'ajoute pas à la considération, mais étouffe la con-

fiance et détruit l'amour. Son accès étoit
facile, son regard bienveillant et favorable, et une touchante affabilité s'allioit
admirablement en elle à la noblesse et à
la majesté : elle commandoit avec douceur ; que dis-je ? elle ne commandoit pas,
car toutes ses paroles étoient tellement
assaisonnées de grâce et de bonté, que
les ordres même sembloient prendre sur
ses lèvres l'accent de la prière : loin d'elle
cette inégalité de caractère qui fait de la
vie comme une scène de ridicules caprices et de singularités bizarres, où se succèdent avec une rapide mobilité la modestie et la hauteur, la douceur et l'emportement, les aimables prévenances et
les repoussans dédains, où il n'y a de
constant qu'une perpétuelle inconstance :
elle savoit régler les mouvemens de son
esprit et de son cœur, et quiconque avoit
eu le bonheur de la contempler une seule
fois, la retrouvoit toujours semblable à

elle-même : loin d'elle cette insensibilité systématique qui repousse jusqu'au nom seul de l'amitié, de peur d'affoiblir le respect, et qui croiroit s'abaisser en élevant les autres jusqu'à soi : elle étoit digne d'avoir des amis ; elle en eut, Messieurs, et c'est au sentiment délicieux de l'amitié qu'elle fut redevable des plus grandes consolations qu'elle ait éprouvées sur la terre.

O vous, qui l'avez approchée de plus près, vous qui aviez part à sa confiance et à son affection, dites-nous quelles étoient ses attentions délicates, ses soins empressés, et quels charmes elle savoit répandre sur le commerce de la vie? dites-nous si vos intérêts n'étoient pas les siens, si vos affaires n'étoient pas ses propres affaires, et s'il vous survenoit un chagrin qu'elle ne partageât pas? dites-nous si, aux jours de son adversité, elle ne savoit pas dérober le secret de ses infortunes, montrer un air serein quand son cœur

étoit en proie à de vives douleurs, et s'efforcer de procurer aux autres une félicité
qui n'étoit plus faite pour elle? dites-nous
si elle fut fidèle à l'amitié, si elle oublioit
un service rendu, et si ce n'étoit pas un
titre à sa perpétuelle reconnoissance que
d'avoir eu l'occasion de l'obliger une seule
fois? Ne peut-on pas enfin lui appliquer à
là lettre cette parole de l'Ecriture : Heureux ceux qui vous ont connue, qui ont
vécu avec vous, et que votre intimité a
comblés de joie et d'honneur! *Beati qui
le viderunt, et in amicitiâ tuâ decorati
sunt* (1)*!*

Une Princesse si sensible devoit être
compatissante pour les misères du pauvre. La longue vie de la DUCHESSE D'OR-
LÉANS a été une suite non interrompue
de bienfaits, et je pourrois me taire sur
cette partie de son éloge, sans rien enle-

(1) Eccli. XLVIII, 1.

ver à sa gloire : mille voix suppléeroient
à la mienne, et publieroient ses saintes
profusions. Ses trésors n'eussent pas suffi
à ses libéralités, si elle n'y avoit ajouté
un autre trésor, celui de la modération
et de la simplicité; son luxe consistoit à
donner avec profusion, et son plus doux
plaisir à être magnifique envers les pauvres. Au récit de quelque misère, elle étoit
émue, et une misère qu'elle connoissoit
étoit toujours un malheur réparé; et voilà
le sujet de notre grande confiance dans
les miséricordes que lui réserve le ciel.
Elle peut dire avec Job : Seigneur, trai-
tez-moi avec rigueur, *si j'ai refusé aux*
pauvres ce qu'ils demandoient, si j'ai
été sourde aux gémissemens de la veuve,
si je n'ai pas donné un vêtement à celui
qui étoit nu, et du pain à celui qui avoit
faim (1). Sa charité, semblable à un

_____

(1) Job. xxxi, 16.

fleuve qui fertilise les campagnes, se ma-
nifestoit en tout lieu, et son nom étoit
prononcé avec reconnoissance dans les
provinces les plus lointaines, comme dans
la capitale : ici, dans un réduit obscur,
une épouse désolée à la vue de ses enfans
dont elle ne pouvoit calmer la faim ni
couvrir la nudité, recevoit un secours
inattendu, et goûtoit pour la première
fois le bonheur d'être mère; là, elle sou-
lageoit un vieillard courbé sous le poids
des ans et de l'infirmité, et qui quittoit la
vie avec moins d'amertume. Tantôt elle
réparoit les ravages d'un incendie, et
tantôt les désastres de la nature. Combien
de nobles familles elle a sauvées du malheur, de la honte et du désespoir! combien de jeunes infortunées durent à ses
largesses leur éducation, un sort plus
doux, et peut-être le trésor de l'innocence! Combien d'établissemens publics
elle a soutenus et protégés! Sa mort, vous

le savez, Messieurs, a été regardée comme
la calamité du pauvre; on s'est écrié à
cette désolante nouvelle : *Quelle perte
pour les malheureux !* et ce mot si simple et si vrai, sorti de toutes les bouches,
me paroît le plus beau trait de son éloge,
et l'hommage le plus flatteur qui pût être
rendu à sa cendre : les pauvres ont justifié cette louange par leurs larmes et par
leurs sanglots.

Nous aimerions, Messieurs, à révéler
ici tous les secrets de cette inépuisable
bienfaisance, qui a prodigué tant de secours, étouffé tant de soupirs, consolé
tant de misères; mais en vain avons-nous
cherché autour de l'illustre Princesse et
dans sa propre famille des traces du bien
qu'elle opéroit : nous n'avons découvert
que les précautions attentives d'une humilité chrétienne, soigneuse de se dérober aux regards, et cachant dans le sein
de la Providence ses innombrables au-

mônes. Lés œuvres de la Duchêsse d'Orléans ne vivent plus, Messieurs, que
dans les habitations de l'indigent, où sa
mémoire est en bénédiction; dans les
terres de ses domaines où vous enten-
driez retentir avec l'expression des plus
sincères regrets, des éloges qui aujour-
d'hui ne sauroient être suspects; enfin,
parmi tant d'infortunés qui implorent la
miséricorde divine pour celle qui fut elle-
même si miséricordieuse. Elles vivent encore dans ce livre où se trouvent écrites
les belles actions des saints, et sur ces
colonnes de l'éternité, où sont gravés les
ineffaçables caractères qui conservent le
souvenir de leurs vertus. Heureux em-
ploi des richesses, Messieurs, magnifique privilége de la bienfaisance! La gloire
humaine passe et s'évanouit, les monumens de notre vanité périssent; mais les
œuvres de la miséricorde nous suivent
au-delà du tombeau, et les anges répètent

incessamment dans leurs cantiques, en l'honneur du riche charitable, les louanges qu'ils ont recueillies sur les lèvres du pauvre reconnoissant.

Et comment la DUCHESSE D'ORLÉANS auroit-elle en ces entrailles cruelles que l'Ecriture attribue aux impies : *Viscera impiorum crudelia* (1)? Elle avoit puisé dans le cœur de son vertueux père une bienveillance universelle pour les hommes, une tendre compassion pour les infortunés : elle avoit appris de lui le secret de cette vertu divine, qui n'est ni une émotion profane, ni un stérile attendrissement, ni une sensibilité hypocrite, ni une bienfaisance calculée, mais la charité, la charité! cette fille du ciel, la nourrice de l'indigent, la mère de l'orphelin, la consolation du malheureux; la charité, qui est dans l'homme et qui ne vient pas de

(1) Prov. xii, 10.

l'homme; vertu désintéressée, qui ne cherché ni les applaudissemens, ni l'admiration; qui travaille, non pour la terre, mais pour le ciel; non pour l'homme, mais pour Dieu; qui remue le cœur, non pour exciter les gémissemens et les larmes, mais pour en faire jaillir une source de bonnes œuvres.

Et comment la Duchesse d'Orléans n'eût-elle pas brillé de l'éclat si doux de la bienfaisance? C'est la vertu des Bourbons, c'est la noble prérogative de cette auguste famille qui n'est pas moins magnifiquement décorée par le diadôme de la charité que par la couronne des lis. Dieu a donné en partage à cette dynastie la grâce et la miséricorde: *Dedit Deus.... gratiam et misericordiam* (1). Grâce céleste, empreinte sur le visage de nos Rois, pour en tempérer la majesté, pour y ré-

(1) Dan. 1, 9.

pandre cette sérénité qui, suivant l'Écriture, *est la vie et la félicité des peuples, et cet air doux et humain qui est pour le cœur des sujets, comme la rosée du soir pour les terres sèches et arides* (1); grâce précieuse qui, aux bienfaits, ajoute le mérite de ces paroles meilleures que l'or qui honorent les talens, rehaussent l'éclat d'une belle action, et sont, pour des François surtout, la récompense la plus enviée : *Dedit Deus...... gratiam et misericordiam.* Miséricorde sans mesure, qui verse avec profusion des soulagemens sur tous les malheureux, qui crée des ressources là où il n'y a plus de ressources, et est inépuisable lors même que le fonds de ses largesses est épuisé; miséricorde universelle qui s'est manifestée dans tous les temps, qui a varié la charité de toutes les manières, comme le malheur se re-

(1) Prov. XVI, 15.

produit sous toutes les formes; qui a gravé le nom de nos Rois sur les murs de tous nos hôpitaux, et par leurs mains, de siècle en siècle, a élevé des asiles pour l'enfance et pour la vieillesse, pour la pauvreté et pour la maladie, pour l'innocence en péril et pour le repentir en pleurs; miséricorde qui éclate encore de toutes parts dans nos Princes, multiplie leurs aumônes jusqu'à surprendre l'imagination, communique à toutes les classes de la société le même esprit de bienfaisance, et comme par une puissance magique, avec l'empire révéré des lis, rétablit parmi nous l'empire de la plus belle des vertus: *Dedit Deus..... gratiam et misericordiam.*

La Duchesse d'Orléans a été supérieure aux dangers de la grandeur : considérons-la maintenant dans l'épreuve de l'infortune, c'est ma seconde partie.

SECONDE PARTIE.

Un des spectacles qui étonnent le plus nos esprits, c'est celui du juste aux prises avec l'adversité. Nous voudrions que le Seigneur, dans la distribution des maux qu'il répand sur la terre, épargnât du moins ces âmes pures qui ne provoquent pas ses vengeances, et, s'il va choisir, pour les frapper, d'illustres et d'innocentes victimes, alors surtout nos cœurs sont émus, le murmure est sur nos lèvres, et le mystère des tribulations de la vertu n'est pas loin de devenir pour nous un objet de tentation et de scandale. C'est ici, Messieurs, le secret de la Providence, qui exalte et qui humilie, qui élève et qui abat : peut-être quelque chose manque-roit-il à la vertu qui n'auroit pas été éprouvée par le malheur, et qui n'offri-roit pas à notre admiration le mérite de cette patience, meilleure, selon l'Écriture, que le courage du guerrier qui prend des villes et gagne des batailles : *Melior est patiens viro forti* (1); peut-être aussi, quand le Seigneur courbe, sous sa main redoutable, ces fronts couronnés de gloire, et qu'il fait succéder d'accablans revers à quelques momens d'une vaine prospérité, peut-être entre-t-il dans ses desseins de nous montrer le peu de fond qu'il convient de faire sur les fortunes d'ici-bas; de nous apprendre quel vide est caché sous de pompeuses apparences, et de nous forcer par là de reconnoître qu'à lui seul appartiennent la force, la puissance et la majesté.

Du haut du ciel, le Seigneur a tonné, Messieurs, et l'édifice de la Monarchie, ouvrage de tant de siècles, s'est écroulé; la religion a été poursuivie et outragée jusque dans ses sanctuaires; lois, institu-

(1) Prov. xvi, 32.

tions, dignités, richesses, tout est demeuré enseveli dans le même abîme; l'asile sacré du trône a été indignement violé, et les cendres mêmes de nos rois ont été profanées *dans la maison de leurs sépulcres.*

O vous, qui avez connu le malheur aux jours de nos sanglantes discordes, et qui gémissez au souvenir de vos pertes, et sur les débris de vos richesses, venez contempler l'illustre Princesse, et comparez ce qu'elle souffre à vos propres infortunes. Vous avez été dépouillés de vos biens, elle a aussi perdu l'héritage de ses pères; vous avez été dans les fers, elle a porté les chaînes d'une longue captivité; vous avez été fugitifs sur une terre étrangère, elle est condamnée à errer loin du sol de la patrie; et ces calamités qui excitent vos murmures : elle ne les compte pas même au nombre de ses chagrins, tant est profonde la plaie de son cœur!

tant

tant est extrême cette désolation qu'on ne peut comparer, avec le Prophète, qu'à une mer sans rivages! *Cui assimilabo te, filia Jerusalem? magna est enim velut mare contritio tua* (1).

Souffrez, Messieurs, que j'étende un voile sur ces désastres sans exemples; à Dieu ne plaise que de désolantes images vous assiégent jusqu'au pied des autels, et que j'accroisse votre tristesse présente en vous retraçant de trop déplorables événemens. Et vous, Prince religieux et bienfaisant, vertueux duc de Penthièvre, vous, le père de cette illustre famille que nous voyons rassemblée pour rendre les derniers devoirs à une admirable Princesse; vous qui du haut du ciel êtes attentif à ce spectacle attendrissant, et abaissez avec complaisance vos regards sur un fils, sur une fille, si dignes de marcher sur vos traces, et d'imiter vos vertus; non,

(1) Jerem. Lament.

3

non, nous ne mêlerons pas de cruels souvenirs à une cérémonie déjà si lugubre, et nous respecterons la profonde douleur de ces nobles enfans qui pleurent sur le tombeau d'une mère : cherchons donc des tableaux moins pénibles, et plus propres à édifier notre piété.

La Duchesse d'Orléans soutint le poids des plus affreux revers avec la dignité d'une ame supérieure et la résignation d'une chrétienne : retirée dans le sein de Dieu, elle puisoit dans les pensées de la religion les seules consolations qui soient sur la terre; prosternée devant les autels, elle adoroit la main de celui qui brise les sceptres et se *rend terrible aux rois.* Privée de sa fortune, elle ne se plaignoit que de ne pouvoir plus soulager les malheureux; c'est alors surtout qu'elle recueillit l'héritage de son vertueux père, non ces richesses que le temps dévore, mais l'héritage de cette foi divine avec

laquelle les misères de la vie deviennent
supportables, et qui sait mêler aux larmes
mêmes quelque douceur. Elle contem-
ploit les grandeurs humiliées, et, par la
considération de leur néant, s'élevoit jusqu'aux grandeurs invisibles de Dieu; au
milieu des écueils et du sein des orages,
elle tournoit ses regards vers l'éternité,
où la vertu rencontre enfin un port tranquille : elle gémissoit, comme la colombe,
sur les ruines de la patrie, et sa prière,
humble et fervente, demandoit au ciel un
de ces coups miraculeux qui calment les
tempêtes, un coup qui sauvât la France
au bord de l'abîme, et replaçât la couronne
sur le front de nos maîtres légitimes.

Atteinte dans sa retraite par de nouveaux malheurs, elle les supporte avec
la même résignation : deux fils qui jouis-
soient d'une santé florissante sont empor-
tés par une maladie cruelle, et la tombe
s'ouvre encore pour recevoir ses soupirs

et ses pleurs. Vous lui restiez, Monseigneur, avec votre auguste sœur, pour
adoucir des maux si cuisans; elle s'est plu
à nous apprendre, dans le testament tracé
par sa main défaillante, combien vous
avez été fidèle aux devoirs que la nature
impose, et combien vous étiez digne de
l'affection d'une si tendre mère.

C'est au milieu de ces luttes terribles
de l'homme contre l'adversité que la religion, Messieurs, se montre dans toute sa
force et dans toute sa majesté, et que se
décèle en même temps la foiblesse d'une
philosophie qui n'est pas faite pour les
infortunés. O vous qui, égarés par de funestes doctrines, marchez sur la terre
d'exil et dans la vallée des soupirs, sans
Dieu, sans foi et sans espérance, préten-
driez-vous consoler l'homme que la fortune accable de ses rigueurs? Mais, que
votre sagesse est sèche et stérile! que votre
langage sentencieux est glacé! que vos

systèmes sont désespérans! Vous dites à
l'infortuné qu'il est né pour souffrir, et
son malheur c'est de le sentir; vous lui
dites de s'armer de constance, de se montrer supérieur à ses disgrâces, de vaincre
la douleur, et vous ne lui en donnez pas
la force et le pouvoir : vous ajoutez qu'il
en est de plus malheureux que lui; lui
demandez-vous encore des larmes pour
les chagrins d'autrui, quand déjà il en a
tant à répandre sur ses propres misères?

Sainte religion, venez aussi essayer
votre puissance! que vois-je? l'infortuné
embrasse les autels; il confie sa douleur
au Dieu qui compatit à la douleur, il gé-
mit aux pieds de la croix. O prodige! les
plaintes ont cessé, le cantique de la bénédiction succède aux accens du désespoir, et, si le malheureux n'est pas entièrement consolé, l'espérance du moins
le rend résigné et soumis.

La Providence voulut faire luire pour

la Duchesse d'Orléans des jours plus calmes et plus sereins : une union qui devoit répandre sur la vie de son fils tant d'éclat et de douceur, et le faire renaître dans une brillante postérité, vint suspendre les chagrins de la Princesse, et tarir pour quelques instans la source de ses larmes.

Enfin, elle revit, avec nos Princes, le sol natal, et reparut au milieu de nous entourée de vœux et d'hommages, et précédée de la vénération publique.

Ce bonheur, hélas! fut de trop courte durée; l'horizon de la patrie s'obscurcit de nouveau, et un nuage qui recéloit la foudre passa sur la France et éclata sur nos têtes.

Une cruelle nécessité retint la Duchesse d'Orléans sur une terre qu'avoient quittée nos maîtres, et ce n'a pas été une des moindres peines de sa vie, que de n'avoir pu suivre dans sa retraite un Monarque

auprès duquel, comme le serviteur dont
parle l'Ecriture, elle eût voulu vivre et
mourir : *In quocumque loco fueris, sive
in morte, sive in vitá, ibi erit servus
tuus* (1).

Depuis cette époque, une triste langueur sembloit l'approcher du tombeau ;
avertie par une voix intérieure, elle se
préparoit au jour redoutable qui commence pour l'homme une vie nouvelle.
Un accident, dont ceux qui l'entouroient
ne prévirent pas d'abord les suites funestes, fut pour elle un arrêt parti d'en haut ;
elle l'entendit, et ne songea plus qu'à orner la victime pour le sacrifice. En vain
on lui dissimule le danger qu'elle court,
en vain l'amitié abusée veut lui faire partager sa trompeuse sécurité : elle calcule
les momens de sa fin prochaine, et contemple d'un œil tranquille la tombe qui
va s'ouvrir : on espère encore autour

(1) II. Reg. xv, 21.

d'elle, et, retirée dans le secret, elle trace ce testament, monument de piété, de bonté et de courage, où son cœur n'a rien oublié, ni de ce qu'elle devoit dire, ni de ce qu'elle devoit faire; testament dans lequel respire le sentiment qui a rempli son ame pendant tout le cours de sa vie, et où elle se montre encore, par de généreux bienfaits et par de nombreuses et utiles fondations, ce qu'elle fut toujours, la mère des malheureux et la providence du pauvre.

Enfin, les espérances se sont évanouies, et la mort, long-temps cachée dans son sein, s'est manifestée par des signes trop certains.

Approchez, pasteur vénérable (1), qui avez le secret des grandes douleurs, vous

(1) Magnin, Curé de Saint-Germain-l'Auxerrois. Ce vertueux ecclésiastique eut le bonheur de pouvoir pénétrer jusqu'à la prison de la Reine, et de remplir auprès d'elle le plus douloureux et le plus sublime des ministères.

qui autrefois fûtes aussi appelé pour consoler les infortunes d'une auguste et vertueuse Reine, venez reposer votre ame attristée par le spectacle trop fréquent de la mort des pécheurs, en contemplant la mort la plus édifiante et la plus douce.

La piété avoit réuni autour de la Princesse son illutre famille; les objets les plus propres à l'émouvoir étoient rangés près de son lit de douleur, un fils, des filles.... Mais ses pensées n'appartenoient plus à la terre, et déjà elle étoit élevée vers cette région céleste qu'habitent les élus de Dieu : elle-même demande les derniers sacremens des mourans; l'huile sainte coule sur ses membres glacés et vivifie son ame : le sang de Jésus-Christ la prépare pour le redoutable passage; elle jette sur la croix de son Sauveur des regards pleins de confiance et d'amour.

Pieuse Princesse, vous vaincrez par ce signe : *In hoc signo vinces*. Vous vous êtes humiliée chaque jour de votre vie devant ce bois adorable; vous déposiez vos peines aux pieds de votre Sauveur mourant; vous ne vouliez d'autres consolations que celles qui viennent de la croix; vous avez bu avec les justes à la coupe des douleurs; vos prières, vos vœux et vos aumônes ont monté jusqu'au trône de l'Éternel comme un parfum d'une agréable odeur : remettez votre ame entre les mains de votre Dieu, et que votre cœur repose en paix dans les espérances de la foi : *In hoc signo vinces.*

Consolez-vous dans ces mêmes pensées, Messieurs, *Consolamini in verbis istis* (1). De cette tombe où vos regards sont attachés, portez-les vers les régions éternelles : c'est là que l'auguste Princesse recueillera la récompense de ses vertus. Délivrée de ses maux, elle n'est perdue ni pour sa famille, ni pour la France; la

(1) I. Thes. iv, 17.

France ne cessera d'être présente à son souvenir, et, prosternée devant le trône de Dieu, elle éloignera de nous le retour de ces calamités dont elle a supporté une si grande portion avec un admirable courage.

Livrons-nous donc à la plus vive confiance. Déjà Dieu a cessé de nous montrer une face irritée. Avant de terminer son douloureux pélerinage, l'auguste Princesse a vu, et Dieu sait avec quelle joie, elle a vu les lis abattus et flétris un instant se relever avec un immortel éclat, la famille de nos Rois remonter deux fois sur le trône de ses ancêtres, et recommencer cet empire si doux, auquel la France a dû tant de gloire et de si longues prospérités. Si un meurtre lamentable a désolé son ame, si les espérances de la patrie ont semblé s'évanouir un moment, elle a vu renaître sur un tombeau une fleur noble et brillante, précieux rejeton d'une tige sacrée, et Judas consolé par l'apparition subite d'un nouveau Joas, caché dans les secrets de la Providence.

Si elle a contemplé avec alarmes le vaisseau de l'Etat encore agité et battu par les flots, comme à la suite des longues et violentes tempêtes, elle s'est confiée avec la France dans la prévoyance et la sagesse de ce pilote vigilant, qui, placé au timon du navire, le dirige à travers les écueils, et qui, image de la Divinité sur la terre, saura commander aux passions soulevées, et leur dire comme autrefois le Seigneur à la mer irritée : Vous irez jusque-là, et votre fureur se brisera contre ce grain de sable : *Usque hùc venies, et non procedes ampliùs, et hìc confringes tumentes fluctus tuos* (1).

Puissent nos vœux et nos espérances monter jusqu'au trône de Dieu, et toutes les bénédictions du ciel descendre sur

(1) Job. xxxviii, 11.

nous et sur nos Princes, comme la rosée sur l'herbe des campagnes : *Sicut ros super herbam* (1).

Puisse le Monarque qui nous gouverne, et les Princes qui entourent son trône, faire pendant de longues années l'ornement et le bonheur de la patrie; puisse la France, fatiguée de tant de secousses, se reposer sous le sceptre révéré de ce Roi, pasteur et père des peuples, plutôt que leur maître; et voir renaître dans son sein l'abondance, le bon ordre, la justice et la paix; puissent, enfin, nos institutions s'affermir sur le fondement solide de la vertu et de la religion, et recommencer les beaux jours de notre monarchie.

Pontife (2) si cher à l'Eglise, et qui êtes la douce espérance de ce diocèse, vous dont la sagesse a devancé les années, et

(1) Prov. xix, 12.

(2) Mᵍʳ. l'archevêque de Trajanople, coadjuteur de Paris, officiant.

que vos talens et vos vertus ont environné
d'une vénération qui n'est ordinairement
accordée qu'aux derniers jours d'une longue carrière, vous connoissiez le prix du
trésor que nous avons perdu, et vos larmes avoient coulé avant cette funèbre cérémonie : nous allons suspendre les accens de notre douleur : portez à l'autel
nos vœux et nos prières ; c'est le dernier
tribut d'une famille désolée, de l'amitié
fidèle, de serviteurs dévoués, de pauvres
reconnoissans. Que la vertu de ce sacrifice, offert par vos mains, achève d'expier les fautes de la fragile humanité! que
la voix de la victime sainte intercède en
faveur de celle qui fut si miséricordieuse,
et qu'elle jouisse bientôt de la récompense
promise aux justes dans une vie meilleure!

Et vous tous, Messieurs, que la piété et
la reconnoissance ont réunis autour de ces
dépouilles sacrées, ne vous bornez pas aujourd'hui à d'inutiles regrets, et à une

émotion stérile : j'ose le dire, vous devez
à l'illustre Princesse d'autres sentimens,
et elle exige de vous des hommages plus
profonds encore, et plus chrétiens. Ele-
vés peut-être aussi au-dessus des autres
hommes par les dons de la fortune, ou
par les distinctions de la naissance, vous
mourrez comme l'humble vulgaire, et
vous tomberez sous la main de Dieu. Goû-
terez-vous alors les consolations qui n'ont
pas manqué aux derniers momens de celle
que nous pleurons? Pourrez-vous dire avec
elle : Les pensées de la foi se sont présen-
tées à mon esprit, et j'ai été comblé de joie
et d'espérance : *Memor fui Dei, et delec-
tatus sum* (1). Qu'attendez-vous encore?
n'en est-ce pas assez de ce spectacle pour
vous apprendre la vanité de la gloire, le
néant des richesses et la solidité de la vertu? Ah! souffrez qu'en ce jour de deuil,
je vous rappelle la dignité de votre être,

(1) Ps. LXXVI, 3.

et qu'après avoir attristé vos ames par le souvenir de tant de désastres, je vous propose le seul remède qui puisse guérir toutes les misères de la vie, cette divine immortalité que la religion nous présente comme un breuvage salutaire contre les infirmités, le malheur et la mort : *Pulchrum immortalitatis medicamentum* (1). Ne pleurez donc plus sur ces cendres muettes et insensibles ; mais prenez compassion de vous-mêmes ; pleurez sur la fragilité de votre nature ; pleurez sur vos erreurs et sur vos foiblesses, et, les yeux fixés sur ce mausolée, promettez enfin d'imiter les vertus que nous avons retracées dans l'éloge d'une auguste Princesse, et qui font aujourd'hui son bonheur, sa gloire, et notre consolation dernière.

(1) Ambros. II. Serm. de Resurr.

FIN.

MANDEMENT

DE MONSEIGNEUR

L'ARCHEVÊQUE-ÉVÊQUE DE TROYES,

Pair de France,

A L'OCCASION DE LA MORT DU ROI.

A TROYES,

Chez Ve ANDRÉ et ANNER Fils, Impr imeurs de Monseigneur l'Archevêque--Évêque, Libraires du clergé.

MDCCCXXIV.

MANDEMENT

DE MONSEIGNEUR

L'ARCHEVÊQUE - EVÊQUE DE TROYES,

Pair de France,

A L'OCCASION DE LA MORT DU ROI.

——◦≍◦——

ETIENNE-ANTOINE COMTE DE BOULOGNE, par la miséricorde divine, et la grâce du saint Siége apostolique, Archevêque-Evêque de Troyes, Pair de France, au Clergé et à tous les Fidèles de notre Diocèse, Salut et Bénédiction en NOTRE SEIGNEUR JÉSUS-CHRIST.

TOUT meurt, NOS TRÈS-CHERS FRÈRES, les Rois comme les peuples; et la couronne la plus brillante de la terre tombe avec autant de promptitude et de facilité que les feuilles les plus légères sont emportées par le souffle des vents. Ainsi l'a voulu le Maître du monde, lequel seul ne meurt point. Le Monarque qui fait l'objet de ce triste et lugubre concours vient de subir la loi commune; et celui qui avait sauvé sa patrie et rendu la vie à la France, par son retour miraculeux, vient de tomber lui-même sous la faulx de la mort, et bientôt il ira descendre dans les royales catacombes pour y dormir dans la même poussière que ses grands et augustes aïeux. C'est avec la plus vive douleur que nous vous annonçons ce que déjà vous ne saviez que trop. Il n'est donc plus Louis *le désiré*, doublement digne

de ce nom, et par les droits que sa naissance
lui donnait à notre fidélité, et par les droits
que les hautes qualités de son cœur et de son
esprit lui donnaient à notre amour. Il n'est plus
ce Prince auquel il n'a manqué aucune gloire,
pas même celle de l'adversité, dont les vertus
honorèrent les malheurs et dont les malheurs
épurèrent les vertus : plus grand peut-être
encore dans l'exil et presque dans les fers de la
captivité, que sur le trône et tout resplendissant de l'éclat du diadème : aussi prudent
dans les affaires que délicat dans les procédés ;
magnifique sans dissipation et populaire sans
jamais oublier son rang : d'une âme si élevée
qu'aucun revers ne put jamais l'abattre, et si
sensible qu'elle ne trouvait de bonheur qu'à
soulager les malheureux; et qui, pleinement
convaincu qu'il n'y a de vrais Français que les
chrétiens fidèles, et plaçant à la tête de sa
politique la Religion, comme l'appui le plus
ferme des trônes, et le premier boulevard des
nations, nous prouva constamment que les
deux titres qu'il tenait le plus à honneur,
étaient ceux de père de son peuple et de fils
aîné de l'Eglise.

Mais c'est sa mort surtout, N. T. C. F., qui
le recommande à nos regrets, et le rend cher
à notre mémoire, et l'on peu   lire qu'elle est
à elle seule sa plus belle oraison funèbre. Vous
avez tous été instruits des circonstances qui
l'ont accompagnée : vous connaissez tous ce
grand spectacle d'édification qu'il a donné durant sa longue et douloureuse agonie; toutes
ces expressions de tendresse en même temps
que de piété adressées à sa famille auguste
en proie à sa douleur profonde ; ce témoi-

gnage éclatant de la plus vive foi, en recevant le Saint des saints, et embrassant avec tant de ferveur le signe du salut qu'il presse sur ses lèvres mourantes; enfin ces sentimens d'une patience inaltérable et d'une héroïque résignation, qui l'a fait marcher, pour ainsi dire, au devant de la mort avec autant de fermeté et de courage qu'il s'est montré inébranlable au milieu des plus grands hasards, et supérieur à lui-même dans les plus grandes infortunes.

Nous irons donc, N. T. C. F., nous prosterner aux pieds des saints autels, et supplier le père des miséricordes de recevoir dans son sein celui qui aima tant à faire miséricorde; de pardonner les fautes à celui qui a pardonné tant de crimes; *d'oublier les ignorances* et les faiblesses de celui qui aimait tant à oublier les torts même les plus odieux; dont l'excessive clémence fit souvent des ingrats, et dont la noble générosité fut portée si loin qu'il se vit quelquefois obligé de s'en repentir.

Mais si le Roi est mort, N. T. C. F., le Roi vit encore, et le Roi vit toujours. C'est l'avantage sans prix de la légitimité; c'est le grand privilége attaché aux races royales, de ne rien reconnaître d'éventuel et d'incertain dans la succession monarchique. C'est ce qui fait la force des empires; et c'est à cet ordre imperturbable de l'hérédité souveraine, que la France en particulier doit les quatorze siècles de sa durée comme de sa grandeur.

Quelles actions de grâces ne devons-nous donc pas, N. T. C. F., à la divine providence qui, nous affligeant d'un côté, nous console

de l'autre, et joint à un si grand sujet de
regrets et de larmes, un si puissant motif
de sécurité et d'espérance dans l'auguste successeur du Monarque que nous pleurons. Déjà il nous a peint son âme vertueuse dans la
lettre qu'il a daigné nous adresser, presque
à l'instant où la mort venait de frapper sa
victime. C'est là où il nous dit que *la piété et
la fermeté que Louis a montrées pendant sa
maladie, sont le comble des grâces que le Seigneur a bien voulu lui faire pendant son règne,*
et qu'il exprime le regret *de ce que sa vie n'a
pas été aussi longue qu'elle a été remplie de
gloire et de sagesse.* Paroles d'autant plus
faites pour nous intéresser, qu'elles sont aussi
pour nous le gage du bonheur que va procurer à la France l'héritier de son trône comme
de ses vertus : paroles d'autant plus propres à
tempérer notre douleur et nos regrets, qu'elles
nous promettent aussi un nouveau règne rempli
de gloire et de sagesse, et nous annoncent une
seconde restauration plus grande encore et
plus complète que la première, où il achèvera ce que l'illustre mort n'a eu que le temps
d'ébaucher; où des plaies encore saignantes
seront fermées pour toujours; où il mettra la
dernière main à ce magnifique édifice que
l'impiété dans toute sa fureur n'a pu encore
renverser; où loin de marcher avec le siècle
qui ne sait lui-même où il va, il marchera
avec les principes et les vérités qui sont l'héritage des siècles; et où enfin peu content
d'être appelé un second *Charles le Sage,* il re-
commencera saint Louis, dont il est l'émule
comme il en est le fils, en unissant, à son
exemple, la force à la douceur, la justice à

la bonté ; deux vertus inséparables qui font à elles seules tout le secret des Rois.

Ainsi, N. T. C. F. , tout concourt à nous rassurer sur le sort du Monarque dont nous déplorons la perte. Tout nous dit qu'une si belle mort est pour lui le garant d'une éternelle vie, et que le sacrifice de propitiation que nous allons offrir pour lui ne pourra que hâter le moment de sa délivrance ; si toutefois il n'a pas déjà trouvé grâce devant celui qui juge les Rois ; si ses bonnes œuvres ne lui ont pas déjà ouvert les portes de la gloire céleste, et si les pauvres qu'il a tant aimés, ne l'ont pas déjà introduit, suivant la promesse de l'Evangile, dans les tabernacles éternels.

A ces causes, nous avons ordonné et ordonnons ce qui suit :

ART. 1er Il sera célébré dans toutes les paroisses de notre diocèse, un service funèbre et solennel, auquel seront invitées les autorités qui ont accoutumé d'assister à ces sortes de cérémonies.

ART. 2. Tout Prêtre dira une Messe pour le repos de l'âme de sa majesté ; et pendant huit jours, à la Messe, l'oraison *Pro rege defuncto.*

ART. 3. Et sera notre Mandement lu au prône de toutes les Eglises paroissiales de notre diocèse, dans les colléges, hôpitaux et communautés religieuses.

Donné à Troyes, en notre Palais épiscopal, sous le sceau de nos armes et le contre-seing de notre Secrétaire, le 20 septembre 1824.

† ÉT.-ANT. , Archevêque-Évêque de Troyes, Pair de France.

Par Monseigneur,

CONSTANT-MIGNEAUX, *Chan.-Secrét.*

LETTRE DU ROI.

Monsr l'Archevêque-Évêque de Troyes ; le Roi mon très-honoré Seigneur et frère vient de mourir. La piété et la fermeté qu'il a montrées pendant sa maladie sont le comble des grâces que le Seigneur a bien voulu lui faire pendant son règne ; il serait bien à souhaiter que sa vie eût été aussi longue qu'elle a été remplie de gloire et de sagesse ; mais la divine providence en a disposé autrement. Je ne puis plus lui donner d'autres preuves de mon respect et de ma tendresse que celle d'implorer pour lui la miséricorde infinie, et de joindre mes prières à celles de mes sujets, pour demander à Dieu le repos de son âme. Ainsi je vous écris cette lettre pour vous dire qu'aussitôt que vous l'aurez reçue, vous fassiez faire des prières publiques dans l'étendue de votre diocèse et que vous ayez à convier, à celles qui se feront dans votre Église, les corps qui ont accoutumé d'assister à ces sortes de cérémonies ; et m'assurant que vous exciterez par votre exemple le zèle et la piété de tous mes sujets de votre diocèse. Je prie Dieu qu'il vous ait, Monsr l'Archevêque, en sa sainte et digne garde. Écrit à Paris, le 16 septembre de l'an de grâce dix-huit cent vingt-quatre, et de notre règne le premier.

CHARLES.

✠ DENIS, *Évêque d'Hermopolis.*

ORAISON FUNÈBRE

DE

LOUIS XVIII,

ROI DE FRANCE ET DE NAVARRE.

IMPRIMERIE D'ADRIEN LE CLERE ET Cie.

ORAISON FUNÈBRE

DE TRÈS-HAUT,

TRÈS-PUISSANT ET TRÈS-EXCELLENT PRINCE

LOUIS XVIII,

ROI DE FRANCE ET DE NAVARRE,

PRONONCÉE

DANS L'ÉGLISE ROYALE DE SAINT-DENIS,

LE 25 OCTOBRE 1824,

PAR M. L'EVÊQUE D'HERMOPOLIS,

PREMIER AUMÔNIER DU ROI.

A PARIS,

CHEZ ADRIEN LE CLERE ET Cie., IMPRIMEURS-LIBRAIRES,
QUAI DES AUGUSTINS, No. 35.

1824.

ORAISON FUNÈBRE

DE LOUIS XVIII,

ROI DE FRANCE ET DE NAVARRE

~~~~~~

*Ego occidam, et ego vivere faciam; percutiam, et ego sanabo;
et non est qui de manu mea possit eruere.*

C'est moi qui fais mourir, et c'est moi qui fais vivre; c'est
moi qui blesse, et c'est moi qui guéris; et nul ne peut se soustraire à ma souveraine puissance. (*2*. *Cant. de Moïse.*)

Monseigneur *,

Sans doute que l'histoire des siècles passés nous offre des époques étonnantes qui
devoient laisser après elles de longues et

* Mgr. le Dauphin.

1

profondes traces dans l'avenir : mais je ne
sais si les annales du monde présentent rien
de comparable à ce que l'Europe a vu depuis trente-cinq années, et s'il existe une
autre époque d'une égale durée, qui soit
aussi frappante par la multitude, par la rapidité, par la nature même des évènemens.
Où trouver ailleurs, dans un si court espace de temps, de si grandes calamités
pour les peuples, de si grandes catastrophes pour les Rois, et tout à la fois pour
les uns et les autres de si merveilleuses res-
taurations après tant d'effroyables bouleversemens? et comme ici le cœur du chrétien se tourne sans effort vers celui dont la
pensée se joue dans cet univers, qui préside aux destinées des nations comme aux
mouvemens des astres, et seul a le droit
de dire : « C'est moi qui fais mourir, et
» c'est moi qui fais vivre; c'est moi qui
» blesse; et c'est moi qui guéris, et nul
» ne peut se soustraire à ma souveraine
» puissance. » *Ego occidam, et ego vi-*

*vere faciam; percutiam, et ego sana-
bo; et non est qui de manu mea possit
eruere.*

Voyez d'abord notre France, déchirant
ses entrailles de ses propres mains, passant de ce qu'il y a de plus extrême dans
la licence à ce qu'il y a de plus extrême
dans la tyrannie, faisant revivre tout le
courage des anciens martyrs en déployant
toute la férocité des anciens persécuteurs;
épouvantant l'univers par ses forfaits comme par ses victoires; brisant, après l'avoir
adorée, l'idole sanglante de la liberté, pour
courber sa tête sous le joug d'un maître;
et, ce qui n'est pas moins prodigieux, finis-
sant par recevoir au milieu d'elle avec transport ce Roi qui, après vingt-cinq ans d'exil,
vient s'asseoir sur son trône aussi naturellement que le père de famille, après une
longue absence, se retrouve au milieu de
ses enfans.

Au dehors, qu'a-t-on vu? Le trône
pontifical est trois fois abattu et trois fois

rétabli. D'antiques dynasties tombent pour
se relever, et des rois nouveaux ne paroissent un instant sur le théâtre du monde,
que pour en disparoître à jamais. Des
guerres nationales semblent pousser des
populations entières sur les champs de bataille et menacer de convertir en désert le
sol qu'elles habitent. Partout la civilisation, comme le christianisme, paroît être
sur le penchant de sa ruine : l'Europe est
ébranlée, bouleversée, et comme démo-
lie; et tout à coup elle est reconstruite sur
ses anciens fondemens. Enfin, après avoir
passé par tous les genres d'épreuves et de
traverses, la religion triomphe avec son
auguste chef, rentre avec lui dans la capitale du monde chrétien, et peut encore
faire entendre sa voix du sein de cette
Rome, qui, depuis dix-huit siècles, est toujours combattue et toujours victorieuse,
et qui, destinée à régner par l'Evangile,
quand elle ne peut plus régner par les
armes, est véritablement la ville éternelle.

Que le matérialiste ne voie dans cet ensemble d'évènemens que les jeux de ne
sais quel aveugle hasard, c'est le délire de
la raison humaine. Que le politique se
borne à étudier les ressorts secrets et l'enchaînement des causes secondes qui ont
dû concourir à produire ces étranges phé-
nomènes : sans dédaigner ces recherches
utiles, le philosophe chrétien porte plus
haut ses pensées; il s'élève jusqu'au trône
de celui qui tient dans ses mains puissan-
tes les rênes du monde, et sait, quand il
lui plaît, frapper les rois par les peuples,
et les peuples par les rois. Oui, sachons
reconnoître en tout cette Providence qui
règle le sort des empires comme celui des
particuliers, qui dompte par l'expérience
les nations indociles à la raison, les ramène,
comme malgré elles, à l'autorité par la licence, aux lois par l'anarchie, à la religion
par les excès monstrueux de l'impiété, gué-
rit dans sa miséricorde, après avoir blessé
dans sa justice; et redisons encore avec

Moïse les paroles qu'il met dans la bouche de Dieu même : « C'est moi qui donne
» la vie et la mort, et personne ne peut
» échapper à ma toute-puissance. » *Ego
occidam, etc.*

Le ciel, Messieurs, a voulu que le Monarque qui est plus particulièrement aujourd'hui l'objet de nos pieux regrets, loin
d'être étranger à ces évènemens extraordinaires, y fût mêlé sans cesse; qu'il en ait
été le témoin, la victime ou l'instrument;
qu'il y ait occupé une place dont l'histoire conservera l'immortel souvenir. Le
malheur l'a préparé à régner avec gloire.
Voyons-le dans la disgrâce comme dans
la prospérité, tantôt enveloppé dans les
desseins d'une Providence sévère qui pu-
nit, tantôt servant aux desseins d'une Providence miséricordieuse qui pardonne.
Français de toutes les conditions, de tous
les âges, ne craignez pas de fixer vos regards sur lui dans toutes les conjonctures
de sa vie : vous le trouverez toujours di-

gne d'admiration et d'amour, toujours se conduisant en Roi, dans l'infortune par sa magnanimité, sur le trône par sa sagesse. Tel est l'éloge que nous consacrons à la mémoire de TRÈS-HAUT, TRÈS-PUISSANT ET TRÈS-EXCELLENT PRINCE LOUIS XVIIIe. DU NOM, ROI DE FRANCE ET DE NAVARRE.

PREMIÈRE PARTIE.

Vers le milieu du dernier siècle, une secte impie et séditieuse éleva la voix avec l'éclat de la trompette, pour crier aux peuples que le christianisme est une superstition, et la royauté une tyrannie. Elle mit en œuvre tout ce que le libertinage de l'esprit pouvoit inventer pour justifier la corruption du cœur, pour inspirer la haine de la religion et le mépris de ses ministres, pour remuer dans l'homme l'amour si vif de l'indépendance; partout les anciennes croyances en sont ébranlées, les liens de la subordination se relâchent, la licence

des écrits passe dans les mœurs publiques :
on semble vouloir s'affranchir de toute espèce de joug, n'avoir de maître ni au ciel
ni sur la terre; et l'on peut bien dire que le
trône et l'autel étoient renversés dans les
opinions, avant de l'être en réalité.

C'est dans ces sinistres conjonctures que
la naissance appelle au trône ce Prince de
sainte mémoire, d'une ame si pure, d'une
raison si saine, d'une instruction si solide,
d'un amour si vrai pour son peuple, et qui
devoit être le martyr de sa bonté comme
de sa foi. Jamais Prince ne fut plus digne
d'être heureux, et jamais Prince n'a été
plongé dans un abîme plus profond de
maux et de douleurs. Sa politique étoit
dans son cœur : faut-il s'étonner qu'elle ait
pu être trompée quelquefois par sa tendre
humanité? Les bienfaits qu'il répand au
commencement de son règne, les réfor-
mes désirées qu'il opère, annoncent que
les Français ont dans lui un père plutôt
qu'un Roi. Tout semble lui promettre de

brillantes destinées, lorsque quelques em-
barras dans les affaires publiques font agiter des questions délicates sur l'origine et
l'étendue du pouvoir. Les habitudes lut-
tent bien encore contre les doctrines nouvelles: mais l'obéissance est trop raisonnée
pour être bien profonde; l'esprit du siècle
l'emporte; bientôt un cri se fait entendre,
qui devoit être comme le présage de longues et violentes tempêtes. On demande,
on appelle avec de bruyantes clameurs la
convocation de nos anciennes assemblées
politiques; les sages sont dans la crainte,
les novateurs ont tressailli de joie.

Voici donc que le meilleur, le plus confiant de tous les Rois s'entoure de ses sujets, comme un père de ses enfans. Mais
à peine le grand conseil de la nation est
réuni, que la révolution commence. Messieurs, je ne suis point ici pour accuser
les hommes; je laisse à l'histoire le soin
de nommer les personnages, de les peindre avec les traits de l'inflexible vérité, de

les traduire tous, sans distinction de rang et de naissance, au tribunal de la postérité, pour y être jugés par leurs doctrines et leurs œuvres. Je n'oublierai pas que les lèvres du prêtre doivent être *dépositaires* de la charité comme *de la science* * : ce n'est pas du haut de la chaire d'un ministère de paix et devant les restes vénérables d'un Prince pacificateur, que je ferai entendre des paroles de haine et de discorde; mais aussi je n'aurai pas la foiblesse de taire les excès, et d'épargner l'esprit de perversité qui sera la honte éternelle de ces derniers temps.

Comment se fait-il qu'au sein d'une assemblée qui renferme tant de lumières, tant de talens et même tant de vertus, il se forme des orages qui, après avoir grondé long-temps sur le trône et l'autel, finissent par les briser? C'est que la plupart de ses membres, plus ou moins imbus de fausses maximes, se laissent dominer par une fac-

---

* *Labia sacerdotis custodient scientiam.* (Malach. c. 2, ℣. 7.)

tion irréligieuse et turbulente, qui se joue également de Dieu et des hommes, et veut tenter une expérience sur la société, au risque de la bouleverser tout entière. On ne craint pas de dire hautement qu'il faut tout changer : changer les lois, changer les mœurs, changer les hommes, changer les choses, changer la langue, tout détruire; oui, tout détruire, parce qu'il falloit, disoit-on, tout recréer. De là cette sauvage déclaration *des droits,* qui n'étoit propre qu'à étouffer le sentiment des devoirs et qu'à faire de la France un amas de ruines. Laissez-les fermenter dans les esprits ces levains de discorde et de cupidité, et l'on verra que, pour avoir eu l'imprudence de semer de mauvaises doctrines, on aura le malheur de n'en recueillir que des crimes; et l'on verra se vérifier cette parole du plus grand des orateurs, que là où tout le monde est maître, tout le monde est esclave.

En vain le sage Monarque, alarmé des maux dont il voit l'État menacé, cherche

à les prévenir par une royale condescendance *, qui, s'accordant avec les vœux
exprimés dans toutes les provinces, devoit
alléger pour le peuple le fardeau des char-
ges publiques, et satisfaire, ce semble, les
esprits les plus difficiles : son autorité est
méconnue comme sa bonté, et l'on ose
ne voir dans les bienfaits du Roi que les
présens de la tyrannie. O génération incrédule et perverse! *Generatio perversa
et incredula!* tu insultes à la main paternelle qui veut te sauver: eh bien! le bras
du Tout-Puissant va s'appesantir sur toi;
long-temps tu porteras la peine de ta folle
audace; tu te rouleras de changement en
changement, d'excès en excès, d'abîme en
abîme, déchirée, ensanglantée par tes propres fureurs, opprimée par tes lois, opprimée par tes gouvernemens divers; et tu ne
trouveras de sécurité qu'à l'ombre d'institutions analogues à celles que tu repousses

---

* *Déclaration des intentions du Roi*, lue dans la séance du
23 juin 1789.

de la main de ton Roi, et que viendra te
donner un jour son auguste frère.

Poussée en quelque sorte par le génie
de l'impiété et de la destruction, la France
ne sait plus où s'arrêter. Tout ce qu'il y a
de plus monstrueux, la spoliation, le sacrilége, la corruption publique, le meurtre,
sont devenus un système : aussi les calamités et les excès de huit siècles semblent
s'accumuler sur notre patrie dans l'espace
de huit années. Mais, au milieu de tant de
noirs forfaits, il en est un qui se fait remarquer plus que tous les autres ensemble :
ma bouche se refuse à le nommer; je ne
veux qu'entendre ici la parole inspirée
du prêtre du Dieu vivant : *Fils de saint
Louis, montez au ciel.* Oui, c'est dans
les cieux que je le vois, entre son héroïque sœur et le plus saint de ses ancêtres,
devenu comme eux l'ange tutélaire de la
France, après avoir été victime de son
amour pour elle.

On diroit que cette France nouvelle, qui

a cherché sa régénération dans le crime,
aspire à être barbare au centre du monde
civilisé; tant elle s'étudie à n'avoir rien de
commun avec le reste des peuples! Ses manières, ses habitudes, sa langue, prennent
un caractère hideux; les dénominations
les plus ignobles sont des titres d'honneur; tout est changé, jusqu'aux noms des
mois et des jours; tous les signes du culte
public ont disparu, Dieu n'a plus de temple, et l'on sait pour la première fois ce
que c'est qu'un peuple sans religion.

Non, la France n'est plus dans la France
même; il faut la chercher hors de ses frontières : le crime est au-dedans, la gloire
est au-dehors; elle s'est réfugiée dans les
camps. Mais, ô lamentable effet de tant de
discordes impies! je vois des Français armés contre des Français, le frère contre
le frère, le père contre le fils. Leur patrie
est commune, leur valeur est égale; leurs
bannières sont différentes. Un jour viendra que le mur de division qui les sépare

tombera pour jamais : il n'y aura plus ni vainqueurs ni vaincus, il n'y aura que des Français; leurs épées seront unies comme leurs cœurs; ils reposeront sous la même tente, ils se rallieront au même panache blanc du petit-fils de Henri IV; ils combattront, ils triompheront ensemble au même cri d'honneur et de fidélité.

Mais ce prodige de réconciliation, à qui le devons-nous? A ce Roi même que vous m'accusiez peut-être de perdre trop longtemps de vue, et qui a été si grand dans l'adversité. Certes, Messieurs, c'est un beau spectacle que celui d'un Prince qui tombe sans se dégrader; que dis-je? qui trouve dans le malheur une source de gloire. L'histoire dira quelles furent sa conduite et ses vues politiques dans ces premières campagnes dont l'issue devoit être si funeste à sa cause, et la postérité saura que, si la fortune trahit ses drapeaux, elle ne le fit jamais descendre au-dessous de ses hautes destinées. Si vous le suiviez dans les

diverses contrées du midi et du nord, à
Vérone, sur les bords du Rhin, à Blan-
kenbourg, Mittau, Varsovie, Hartwell,
vous trouveriez que, frère de Roi, Régent
du royaume, Roi enfin, il montra partout
un caractère plein de force et de magnanimité.

Voulez-vous savoir quelle idée il se faisoit de la royauté? Il va lui-même vous
l'apprendre. Après la mort de l'Enfant-
Roi, dont les grâces touchantes, la candeur, l'innocence, n'avoient pu attendrir
ses bourreaux, il écrivoit à ce Prince qu'il
se plaisoit à nommer son fils : « La san-
» glante couronne qui vient de tomber sur
» ma tête, passera, suivant toutes les ap-
» parences, un jour sur la vôtre. Ainsi ré-
» fléchissez plus que jamais à vos destinées
» futures, et dites-vous souvent : Le sort
» de vingt-cinq millions d'hommes dépen-
» dra un jour de moi. » Paroles non moins
sublimes que pleines de cette bonté naturelle à une race de Princes qui n'ont jamais
vu

vu dans la royauté que le devoir de rendre les peuples heureux.

Obligé de quitter l'Italie, où il s'étoit réfugié, il va se placer au poste qui est le plus digne de lui ; il se rend au milieu de cette armée à laquelle le héros qui la commandoit a donné son nom : ici encore ses espérances sont trompées ; mais, du moins, il aura plus d'une fois l'occasion de montrer une intrépidité plus rare peut-être que celle qui fait gagner les batailles. Je n'en citerai qu'un seul exemple. Il étoit à Dillingen, près du Danube, lorsqu'il est frappé à la tête d'un coup parti d'une main homicide : le sang coule ; ses fidèles serviteurs accourent alarmés. « O mon maître, s'écrie » l'un d'eux, si le misérable eût frappé » une demi-ligne plus bas ! — Eh bien ! » mon ami, répond le Roi tranquillement, » le Roi de France se nommeroit Char- » les X. »

Fugitif, trouvera-t-il quelque part un lieu de repos ? Paul Ier. lui offre un asile

dans ses États, et Louis se fixe à Mittau.
C'est là que Ciel lui envoie une consolation bien douce au milieu de tant de
rigueurs. Son cœur s'occupoit avec une
sollicitude toute paternelle du sort de l'auguste fille du Roi son frère; il appeloit de
tous ses vœux le moment où il pourroit
la voir auprès de lui, et l'unir au jeune
Prince à qui sa main étoit destinée. Enfin
elle arrive. « Elle est à nous! s'écrie le
» Roi; nous ne la quitterons plus, nous
» ne sommes plus étrangers au bonheur. »
A son aspect, que de larmes d'attendrissement et de joie coulent des yeux de ces
serviteurs dévoués, de ces gardes fidèles,
qui veillent maintenant autour de la personne d'un Roi malheureux, après avoir,
quelques années auparavant, bravé la mort
pour sauver cette Reine aussi magnanime
qu'infortunée, objet de tant de haine et
pourtant digne de tant d'amour! Les deux
époux seront unis sous les auspices de
cette religion sainte qui seule a des remè-

des pour tous les maux et des consolations
pour toutes les douleurs : un autel modeste, paré de quelques fleurs, reçoit leurs
sermens. Ce ne sont pas ici les pompes du
palais de leurs aïeux : j'y vois quelque chose
de plus grand encore dans sa simplicité ;
c'est la réunion tout à la fois de ce que
l'infortune a de plus sacré, la naissance de
plus illustre, la vertu de plus touchant. La
fille des Rois et un petit-fils de France
obligés de chercher dans ces régions lointaines un asile pour y célébrer leur union ;
quel spectacle ! Dieu de saint Louis, vous
veillerez sur ses enfans, vous les conser-
verez pour nous, et nous les verrons sur
les marches du trône, pour la consolation
du Roi leur père et pour le bonheur de
notre patrie.

Cependant la France, fatiguée de ses
propres excès, soupiroit après un autre
ordre de choses, et tout va prendre en
effet une face nouvelle. Le jeune capitaine
qui, après avoir conquis l'Italie, étoit allé

porter la guerre en Orient, reparoît sur le sol français; tous les regards se tournent vers lui comme vers un libérateur; une révolution prompte, sans être sanglante, le place à la tête des affaires publiques, sous une dénomination modeste, qui bientôt ne suffit plus à son ambition immense; dédaignant la gloire de Monk, il aspire à être un nouveau Charlemagne par sa puissance comme par ses titres. Jamais homme peut-être n'avoit autant que lui conçu le projet d'une monarchie universelle. Rien ne résiste à ses indomptables légions; il entre en vainqueur dans la plupart des capitales de l'Europe. Il veut que sa race efface les plus anciennes dynasties: ses frères seront rois, ses sœurs seront reines, des princes souverains seront ses vassaux. Son nom seul inspire la terreur; et l'on peut lui appliquer cette parole de l'Écriture, que la terre est restée, en sa présence, muette, immobile de saisissement et d'épouvante: *Siluit terra in conspectu ejus.*

Son heure n'est pas encore venue : il s'é-
lève malgré tous les obstacles; il tombera
malgré tous ses efforts.

Le voilà bien au faîte de la grandeur et
de la puissance, et toutefois il est effrayé
au seul nom de Louis XVIII, Prince dés-
armé, errant de contrée en contrée : ses
craintes mêmes sont comme un hommage
rendu forcément à la légitimité. Il fait faire
une proposition qu'un Roi, fût-il réduit
au dernier degré de l'infortune, ne doit
jamais entendre. L'Europe connoît cette
réponse de Louis, si souvent répétée, et
que vous me reprocheriez de ne pas répéter encore en ce jour : « J'ignore les des-
» seins de Dieu sur moi et sur mon peu-
» ple; mais je connois les obligations qu'il
» m'a imposées. Chrétien, j'en remplirai
» les devoirs jusqu'au dernier soupir; fils
» de saint Louis, je me respecterai jusque
» dans les fers; successeur de François Ier.,
» je veux toujours pouvoir dire avec lui :
» *Tout est perdu, fors l'honneur.* »

Ce sentiment de royale fierté ne l'aban-
donnera jamais. Et si je n'étois borné par
le temps, combien ne me seroit-il pas facile d'en multiplier les exemples! Je dois
maintenant vous le montrer dans sa retraite
d'Hartwell, qu'il ne quittera que pour monter sur le trône de ses ancêtres. La royauté
y est bien sans éclat, mais elle n'y est pas
un instant sans dignité. Louis n'est pas
environné de l'appareil de la puissance,
mais de toute la considération que donne
une haute réputation de sagesse, de lumières et de savoir. Dès son premier âge,
ami des lettres et des arts, il les avoit cul-
tivés avec autant de goût que de succès;
rien n'échappoit à la sagacité de son esprit,
et il n'oublioit rien de ce qu'il avoit une
fois confié à sa mémoire. Quelle variété de
connoissances! quelle grâce dans ses discours! quelle fleur d'urbanité! Que de
mots heureux, que de récits pleins de sel
et de finesse, sortis de sa bouche! Tout
est simple et calme dans sa royale soli-

tude; ce qu'il ne commande plus par le pouvoir, il l'obtient par ses qualités personnelles. Et il faut bien le remarquer, Messieurs : qu'un Prince tombé du trône fixe encore sur lui les regards et les hommages des peuples en paroissant sur des champs de bataille, en se signalant par des victoires ou par de glorieux revers, voilà ce qu'on a vu plus d'une fois; mais un Prince à qui il n'est pas donné d'illustrer ainsi ses disgrâces, et qui néanmoins sait conserver pendant vingt-cinq ans une dignité toute royale, voilà ce qui est peut-être assez rare dans l'histoire des Princes malheureux. Il est vrai, le malheur a par lui-même quelque chose de sacré; mais, s'il étoit seul, croit-on qu'il suffiroit pour attirer constamment le respect? Plus rapproché de la France, Louis est plus à portée de bien la connoître. Dans ses nobles et studieux loisirs, il médite sur les moyens d'en réparer les maux et de la gouverner avec sagesse. Sa conduite dé-

cèle toujours le Roi, et ne fait que le
préparer à être plus digne du trône qui
l'attend.

Le moment marqué dans les desseins
éternels est enfin arrivé; les enfans de saint
Louis sont à la veille de rentrer dans leur
héritage. Mais comment va s'opérer cette
merveille? C'est ici que la Providence se
montre à découvert. Après tant de conquêtes, tant de trônes renversés, tant de
nations subjuguées, le dominateur de la
France semble dire, comme ce Roi superbe d'Assyrie dont parle le Prophète :
« C'est moi qui ai exécuté ces grandes cho-
» ses; ma sagesse a été mon conseil. C'est
» moi qui ai déplacé les bornes des na-
» tions, enlevé les trésors des Princes, ar-
» raché les Rois de leurs trônes. Les peu-
» ples les plus redoutables de la terre ont
» été pour moi comme un nid de petits oi-
» seaux sous la main de celui qui le trouve;
» ils m'ont été soumis sans qu'il y eût per-
» sonne qui osât ouvrir la bouche pour

» se plaindre. * » Mais voici que Dieu,
comme parle le même prophète, visite la
fierté du cœur du conquérant et l'orgueil
de ses yeux altiers. La victoire l'a conduit
sur les confins de l'empire moscovite; fier
de ses triomphes, fier surtout de commander la plus belle armée que la terre eût encore vue, il se livre à tous les prestiges
d'une ambition en délire; par un aveugle-
ment surnaturel, il s'obstine à poursuivre
sa marche, malgré la saison des frimas, et
l'ancienne capitale des Czars voit pour la
première fois une armée française dans ses
murs. Forcé à la retraite, il laisse passer le
moment favorable. Vous savez comment
ces formidables légions ont disparu dans
ces climats glacés, et chacun de nous se
rappelle combien la France entière frissonna d'horreur au récit authentique de ce
désastre, le plus grand dont l'histoire ait
conservé le souvenir.

Dieu tient dans ses mains les destinées

* Isaïe, chap. 10.

des nations. Le généreux Alexandre part
des rives de la Néva, s'avance sur le midi
de l'Europe. L'Allemagne s'ébranle; tout
s'agite sur l'Elbe et le Danube, et les trois
puissans alliés marchent ensemble vers le
Rhin, entraînant avec eux les princes et
les peuples : après bien des batailles ga-
gnées ou perdues, ils franchissent nos frontières, ils envahissent nos provinces, et la
capitale tombe en leur pouvoir.

Mais pourquoi donc tant de désastres
et tant de combats? pourquoi cet ébranlement des peuples et de leurs Rois? C'est
que Dieu veut rétablir l'auguste maison de
France: l'Europe est en travail de cette
miraculeuse restauration. Le cri de justice
et d'amour qui appelle Louis au trône de
ses pères se fait entendre à lui dans sa retraite: la Grande-Bretagne s'en émeut; le
Prince aimable et loyal qui la gouverne,
en laisse éclater une joie qui se communique à ses sujets; sa capitale arbore tous les
signes, tous les emblèmes de la famille de

nos Rois, et la population entière est devenue française. Cependant un noble fils de France arrive parmi nous; il s'avance au milieu des lis et des panaches blancs, resplendissant en quelque sorte de la joie qu'il éprouve et de celle qu'il répand sur son passage. Beau jour, qui devoit être suivi d'un jour encore plus beau! Le Roi de France paroit enfin. Je ne sais quelle ivresse de bonheur s'empare de l'immense cité qui le revoit dans son sein. Son premier soin est d'aller rendre des actions de grâces à celui par qui règnent les Rois, et d'annoncer ainsi à son peuple qu'en montant sur son trône, il va s'y montrer une image vivante de la Divinité, et faire asseoir à ses côtés la justice et la clémence.

Ici, Messieurs, revenons un instant sur les évènemens que je viens de rappeler, et suivons la Providence dans l'accomplissement de ses desseins à l'égard de la monarchie, de la famille royale et de la religion.

Une fausse politique, bien différente de celle qui les anime aujourd'hui, avoit égaré les puissances étrangères et leur avoit inspiré d'ambitieuses pensées sur la France : eh bien! le Ciel permet que les armées françaises, constamment victorieuses, déconcertent leurs projets; le sol de la patrie ne sera point entamé, et la France de Louis XIV est encore la France de Charles X.

Les ennemis de la religion affectoient de dire, pour la rendre odieuse et méprisable, qu'elle énervoit le courage, qu'avec leurs croyances et leurs pratiques les chrétiens n'étoient pas faits pour combattre : eh bien! le Ciel permet que la chrétienne Vendée devienne la terre de l'héroïsme, et fasse voir l'alliance de ce que la piété a de plus simple et de plus populaire avec ce que le courage peut avoir de plus entreprenant et de plus audacieux.

Deux monstres, celui de l'impiété et celui de l'anarchie, sembloient devoir ra-

vager pour toujours l'Eglise et l'Etat : eh
bien! le Ciel suscite un homme qui les enchaîne de son bras puissant, relève les autels abattus, comprime ces sociétés d'autant plus ennemies des peuples qu'elles se
disent plus populaires, et, sans le savoir,
prépare ainsi pour les Bourbons une France
monarchique et catholique tout à la fois.

Un philosophisme, qui se croyoit la sagesse, disoit que la religion n'avoit plus de
racines dans la foi des peuples, et qu'elle
tomberoit si elle étoit abandonnée à ses
seules forces; même il avoit espéré de faire
trouver fausses les promesses de perpétuité
faites à l'Eglise chrétienne par son divin
fondateur : eh bien! le sanctuaire est dépouillé, ses pontifes sont dans l'indigence,
ses prêtres languissent dans l'exil ou meu-
rent sur les échafauds; les choses saintes
sont l'objet de la dérision publique, tous
les appuis humains sont brisés, tout l'éclat
extérieur a disparu : et toutefois, quand le
moment est arrivé, la religion sort toute

vivante du fond des cœurs, où elle s'étoit
réfugiée comme dans un asile inviolable.
Ce n'est pas tout; le chef de l'Eglise est
captif. Mais qu'on ne s'y trompe pas; l'univers le contemple : sa prison a plus d'éclat
que le Vatican avec toute sa magnificence;
ses chaînes sont plus glorieuses que sa tiare. La renommée de ses vertus se répand
au milieu des communions séparées de la
sienne, et le monde entier s'étonne de se
trouver catholique par un sentiment d'admiration dont il ne peut se défendre. Enfin
le vicaire de Jésus-Christ est rendu au
peuple romain à l'époque où les enfans de
saint Louis et de Henri IV sont rendus au
peuple français. Dieu l'a voulu ainsi pour
la consolation de son Eglise et l'instruction de la terre; et c'est bien en ce jour
qu'il faut plus que jamais répéter les paroles que Bossuet, d'après les livres saints,
faisoit entendre sur la tombe d'une Reine
malheureuse : « Comprenez maintenant,
» ô Rois; instruisez-vous, vous qui êtes

» appelés à gouverner les nations. » *Et nunc, Reges, intelligite; erudimini, qui judicatis terram.*

Je passe à des jours qui sont plus particulièrement des jours de miséricorde. Je vais montrer Louis sur son trône, qu'il est si digne d'occuper par sa haute sagesse : sujet de la seconde partie.

SECONDE PARTIE.

Le temps de justice a fait place au temps de miséricorde; la famille de nos Rois est rendue à notre amour; elle est à nous comme nous sommes à elle : on peut bien l'appeler nationale, tant elle est nécessaire au bonheur, à la durée, à l'existence politique de notre nation. Une ère nouvelle commence, qui portera dans la postérité le nom qu'elle porte aujourd'hui, celui de restauration.

C'est ici, Messieurs, qu'il importe d'être vrai sans rigueur comme sans foiblesse : s'il ne faut pas que la flatterie vienne ramper sur la tombe des Rois, il ne faut pas non plus que la haine et l'envie viennent y faire entendre leurs injurieuses clameurs. Les Rois aussi sont hommes comme nous; plus leurs devoirs sont étendus et difficiles, moins on doit s'étonner qu'ils participent à la fragilité commune. Soyons équitables, et, pour bien apprécier les choses, plaçons-nous au milieu des circonstances où se trouve Louis en arrivant au trône.

Rassasiée de batailles et d'une renommée qui avoit coûté tant de sang et de larmes, et porté si souvent dans les familles le trouble et le deuil, lasse du sceptre qui pesoit sur elle depuis long-temps, la France désiroit à la fois et plus de repos et plus de liberté. Elle étoit peuplée de générations anciennes qui donnoient au passé des regrets légitimes, et de générations nouvelles qui ne connoissoient que le présent. Il ne s'agit pas de policer un peuple enfant qui entre dans la vie sociale, ni de ramener au devoir, après quelques écarts passagers,

un

un peuple profondément religieux et docile : il s'agit de gouverner un peuple tra-
vaillé depuis un siècle par des doctrines de
licence et d'impiété, divisé par les intérêts
comme par les opinions; un peuple usé par
la civilisation même, devenu étranger, du
moins en grande partie, à un ordre de choses suranné pour lui et qu'il ne connoît que
par l'histoire; qui s'irriteroit de remèdes
trop violens, qui tomberoit en langueur
par des remèdes trop doux. Oh! qu'il faut
une main habile et sage pour guérir tant
de maux! La France se présente à Louis,
non telle qu'il l'a laissée, mais telle que la
révolution l'a faite, comme se présenteroit
à son ancien maître une maison ruinée par
le temps et ravagée par l'incendie.

Certes, Messieurs, je ne suis pas du
nombre de ceux qui croient qu'il falloit
élever un mur d'airain entre ce qui avoit
été et ce qui alloit être, compter pour rien
les traditions et l'expérience des siècles, re-
nier en quelque sorte ses ancêtres et répu-

dier leur héritage de gloire et de vertus,
se laisser emporter avec insouciance, sans
réflexion, sans discernement, au torrent
des opinions nouvelles. Le premier devoir des gouvernemens, c'est de lutter
contre les passions indociles pour les soumettre au joug des lois, contre la licence
pour le maintien de la liberté commune,
contre l'esprit d'innovation pour le repos
de la société, contre l'impiété pour la défense de la religion, la meilleure sauve-
garde des mœurs et des lois; et c'est surtout de l'homme public qu'il est vrai de
dire que sa vie est un combat perpétuel.

Mais je sais aussi qu'on est forcé plus
d'une fois de respecter les ravages du
temps, qu'il n'est pas au pouvoir des vivans de rappeler les morts du fond de
leurs tombeaux, que le temps met dans
les esprits des dispositions dont les hommes ne sont plus les maîtres, et qu'après
une longue suite de secousses et de dévastations dans l'ordre religieux et politi-

que, il peut devenir aussi impossible de
reconstruire l'édifice social tel qu'il étoit,
qu'il seroit insensé de n'en rien conserver.
Que fera donc Louis? sera-t-il exclusive-
ment dominé par les doctrines, les habitudes, les usages dans lesquels il a été
nourri, élevé dès ses premières années?
ou bien va-t-il, en novateur, quitter les
routes monarchiques, pour se jeter dans
ces vagues théories qui ont toujours promis la paix et la sécurité sans les donner
jamais? Il ne fera ni l'un ni l'autre. Il ne
tentera pas de relever l'ancien édifice tout
entier; la plupart des pierres qui le com-
posoient ne sont pas seulement disper-
sées, elles ne sont plus que de la poussière.
Il se gardera bien de dédaigner le passé;
ce seroit l'infaillible moyen de ne pas avoir
d'avenir. Il s'attachera à rajeunir l'antique
monarchie, à renouer plutôt qu'à finir de
briser la chaîne des générations. Il sait que
si la politique, comme la morale, a ses
maximes inviolables, leur application n'a

rien d'absolu; qu'elle se modifie par l'empire des circonstances, par les mœurs, le
génie et les besoins des peuples. Législateur ferme et sage à la fois, rien ne le fera
fléchir devant ces doctrines d'anarchie qui,
en déplaçant le pouvoir pour le confier
aux caprices de la multitude, mettent dans
la société un levain éternel de révolutions;
mais en même temps, dans ce qui est commandé par l'intérêt de tous, il comprendra
qu'il doit plier devant la force des choses.
D'après la maxime d'un ancien, il donnera
à la France les institutions qu'il la croit capable de porter, et qui ne seront à ses yeux
que le développement, devenu indispensable, de celles qu'il étoit dans la pensée de
Louis XVI de lui donner; il laissera au
temps ce qui n'appartient qu'au temps, le
soin de révéler les avantages comme les
imperfections de son ouvrage. Ainsi, sous
la main du pilote habile qui le dirige, le
vaisseau de l'État voguera sur une mer encore agitée, sans craindre les écueils. Que

si la tempête vient l'assaillir de nouveau,
elle n'est que passagère : le calme renait;
le génie du mal s'enfuit et disparoît pour
toujours.

Louis sera donc révéré comme le res-
taurateur de la monarchie française. Mais
que de difficultés dès l'entrée même de la
carrière! Comment d'abord le sol de la
patrie sera-t-il délivré des armées étrangères qui l'occupent, qui sont en possession de ses places fortes, et qui peuvent
être tentées de dicter des lois? Messieurs,
tout est possible à la sagesse, aux efforts du
possesseur véritable du trône de France:
la légitimité a un ascendant sur les esprits
qui se fait sentir à tous; elle exerce un empire d'autant plus assuré qu'il est moins
violent; elle porte avec elle un caractère
de justice qui est imposant aux yeux même
de la force. Tous les souverains ont senti
qu'il étoit de l'intérêt de tous de respecter
les droits de chacun, et, heureusement
pour le repos de l'Europe, la légitimité

est la première des puissances qui la ré-
gissent.

La France, il est vrai, se ressentira bien
des blessures profondes qu'elle a reçues;
mais le temps en effacera les traces. Et ici,
Messieurs, comment ne pas s'honorer d'ê-
tre Français? Quel pays que celui qui,
après tant de bouleversemens intérieurs,
tant de sang répandu, tant de trésors épui-
sés, tant de dévastations et de ruines,
tant d'horribles impiétés, tant de désastres, suite inévitable de dissensions intes-
tines et d'un double envahissement; quel
pays, dis-je, que celui qui, après de si
longues calamités, voit les arts prendre un
nouvel essor, l'industrie faire des progrès
étonnans, les lois recouvrer leur empire,
la fortune publique arriver à un état de
prospérité que la France n'avoit jamais
connu, les sciences et les lettres compter
dans tous les genres tant d'écoles floris-
santes, la religion retrouver un peuple qui
reçoit avec tant de joie les pasteurs qu'on

lui donne, le calme et la sécurité régner
en tous lieux! Français, voilà les bienfaits
de la restauration!

Mais, en rendant justice à ce qui est,
je ne dois pas me laisser éblouir par tout
cet éclat de félicité publique : le caractère
sacré dont je suis revêtu, la présence du
Dieu de vérité, l'amour de mes concitoyens, tout me presse de signaler, de déplorer, dans cette circonstance solennelle,
un mal d'autant plus redoutable qu'on s'en
inquiète moins, et qui, en fomentant tous
les jours dans le corps social les passions
les plus désordonnées, y entretient, y dé-
veloppe le principe le plus actif de dissolution et de mort, mal qui suffiroit seul
pour déconcerter, pour ruiner toutes les
combinaisons de la politique humaine; je
veux parler de la circulation de cette multitude de livres funestes qui portent dans
les familles, avec les mauvaises doctrines,
la corruption qu'elles justifient. Dans ce
siècle tout est perverti : on dénature notre

histoire en ne recueillant que des traits d'ignorance ou de scandale, en présentant les faits sous un faux jour, et la jeunesse n'apprend ainsi qu'à dédaigner nos pères comme des hommes odieux et ridicules; on dénature la religion, en rappelant les maux dont elle a été quelquefois le prétexte, et en jetant un voile sur les biens immenses dont elle est la source. Rien n'est oublié de ce qui peut affoiblir ou même briser les liens qui doivent nous attacher aux maximes monarchiques et chrétiennes des âges passés. Dans toutes ces productions, les notions du bien et du mal sont altérées : la piété est une foiblesse; l'obéissance, une servitude; le respect pour le sacerdoce, une superstition; le mépris de toute religion, une noble indépendance. Et quel est donc le fruit de tous ces enseignemens qu'on a tant de soin de faire descendre jusqu'aux dernières classes du peuple? C'est d'aller dessécher dans les cœurs les germes de la vertu, d'étouffer la conscience,

de rendre les hommes méchans par système; c'est de former au milieu de nous
des familles sans aucun frein religieux,
d'où sortent de jeunes criminels qui connoissent les raffinemens du vice presque
dans l'âge de l'innocence; c'est de faire
voir sur l'échafaud des malfaiteurs qui
donnent à la multitude l'effrayant exemple de mourir dans le crime sans crainte
et sans remords.

Tel, vous le savez, a paru l'auteur de
cet exécrable forfait qui vint, il y a quelques années, jeter dans la France entière
la douleur et la consternation. Mais écartons ces cruels souvenirs pour rappeler
seulement et l'héroïsme chrétien de la
royale victime, et l'héroïsme maternel de
l'auguste veuve qui portoit dans son sein
la fortune de la France, et la naissance
merveilleuse de cet autre Henri qui, un
jour, se montrera digne de son nom.

Salut, enfant de miracle! oui, vous vi-
vrez, vous croîtrez dans les vertus de vos

pères, vous régnerez sur nos neveux. Le
Dieu qui vous a fait naître pour notre consolation saura bien vous conserver pour
leur bonheur. Que si mes pressentimens
ne me trompent pas, si mes vœux sont ac-
complis, vous arriverez assez tard au trône
pour que vous puissiez être mûri par l'expérience et par les grands exemples que le
ciel aura mis sous vos yeux.

Remarquez au reste, Messieurs, comment la Providence, qui ne permet le
mal, suivant saint Augustin, que parce
qu'elle est assez puissante pour en tirer du
bien, a fait servir le crime au triomphe de
la cause royale. L'autorité alarmée en devient plus vigilante; on sent davantage où
peuvent conduire l'oubli de la religion et
l'amour d'une farouche indépendance; on
se rallie plus que jamais autour du trône
et de l'autel. Quelques factieux pourront
bien s'agiter encore; mais leurs efforts seront vains. Rien n'a pu d'abord arrêter une
révolution qui écrasoit tout ce qu'elle trou-

voit sur son passage; rien désormais ne résistera à la force de la légitimité.

Le règne de Louis avance vers son terme; mais ce Prince n'a pas encore rempli toute sa destinée. Il disoit lui-même que le ciel l'avoit appelé à fermer l'abîme des révolutions, et voilà ce qu'il exécute avec autant de fermeté que de sagesse. L'Espagne est en proie à tous les fléaux d'une anarchie dévorante; le peuple y est d'autant plus opprimé qu'on affecte davantage de l'appeler souverain, et son Roi d'autant plus captif qu'on proclame davantage sa liberté. Là sont enseignées toutes les doctrines subversives de l'ordre social: c'est un incendie qui, gagnant de proche en proche, peut embraser le monde encore une fois. Les Rois sages qui le gouvernent ont les yeux ouverts sur le danger, et la France a reçu la noble mission de venger la cause commune. Armez-vous, Prince vaillant et sage; allez où votre Roi vous envoie, où la gloire vous appelle. Jeunes et vieux soldats, tout va marcher sur vos pas avec une ardeur égale. Je vous vois traversant la péninsule en triomphateur pacifique, faisant aimer vos victoires par vos vertus, poursuivant, enchaînant enfin le génie sanglant des révolutions, et, sujet fidèle, revenant déposer aux pieds de votre Roi l'épée qu'il vous avoit confiée pour l'honneur de son trône et le repos de l'Europe entière.

Tout ce que nous avons raconté, Messieurs, suffiroit bien pour illustrer le règne de Louis. Mais pourrois-je passer sous silence le dernier acte de sa volonté royale qui met le comble à sa gloire, et qu'on peut nommer le testament de mort du Roi Très-Chrétien? et ne dois-je pas regretter que ma position présente ne me laisse pas la liberté de m'étendre sur une détermination si précieuse pour l'église de France, et qui, accueillie avec une pieuse reconnoissance par vingt-neuf millions de catholiques, ne doit faire ombrage à per-

sonne? La religion de l'État aura donc
toute la dignité qui lui convient, mais sans
blesser en rien ce qui est consacré par les
lois; elle règnera sur nos cœurs, non point
dans un esprit de domination et de faste,
mais dans un esprit de paix et de bienveillance; toujours inflexible contre l'erreur, parce qu'elle est vérité; toujours con-
descendante envers les personnes, parce
qu'elle est charité.

La carrière politique de Louis XVIII
est terminée. Depuis quelque temps on re-
marquoit en lui un affaissement, présage
trop certain de sa fin prochaine. Il conserve néanmoins une admirable présence
d'esprit: s'il est accablé, il n'est pas vaincu;
il lutte avec effort, voulant porter dignement jusqu'au bout le poids de la royauté.
Il disoit qu'un Roi peut mourir, mais qu'il
ne doit pas être malade. Il semble que la
vigueur de son ame soutienne la défaillance de son corps; les étrangers comme
les Français, admis aux pieds de son trône,

sont étonnés de tout ce qu'il y a encore de
vivacité et de sagesse dans ses discours.
Cependant ses forces trahissent son courage; il ne lui est plus permis de quitter
son lit de douleur : dès ce moment, il désire de recevoir les sacremens de l'Eglise;
sa piété console, en l'édifiant, sa famille
en pleurs; consolé, fortifié lui-même par
les secours divins qui lui ont été adminis-
trés, il se recueille pour méditer les années éternelles; bientôt après il lève un
bras défaillant sur des têtes augustes et
chères, et appelle sur elles toute l'abondance des bénédictions célestes. On sait
avec quelle sollicitude le peuple entouroit
sa royale demeure. Non, ce n'étoit pas une
curiosité vaine qui l'animoit, c'étoit un sentiment de tendre vénération; il gardoit un
religieux silence, qu'il interrompoit à peine
pour s'informer de l'état de l'auguste malade, comme s'il avoit craint de troubler
son repos. Mais le mal a fait des progrès
rapides; on croit que le moment est venu

de réciter les prières touchantes par lesquelles la religion dispose ses enfans à quitter la vie. Il entend avec résignation cette
parole dure à notre foiblesse, mais pleine
d'immortalité : « Partez, ame chrétienne;
» partez. » *Proficiscere, anima chris-
tiana.* Peu à peu la nature s'épuise; elle
succombe : le Roi a rendu le dernier soupir. Ici de quelle scène de douleur et de
désolation n'avons-nous pas été les témoins! Nous avons vu les Princes et Princesses de la royale famille, baignés dans
leurs larmes, tomber à genoux et baiser
respectueusement cette main qui a porté
le sceptre, et maintenant glacée par la
mort. La funeste nouvelle se répand dans
la capitale; elle passe dans les provinces :
partout elle éveille les mêmes sentimens,
et Louis XVIII est comme enseveli dans
les regrets et les bénédictions de la France
entière.

Il vivra dans nos annales, ce règne
qui vient de finir; il y occupera une place

glorieuse pour le Monarque comme pour
son peuple. C'est un vaste tableau qui,
plus que tout autre, demande à être con-
sidéré dans son véritable point de vue.
Les contemporains en sont trop rapprochés; ils sont placés de manière à remarquer ses imperfections plutôt que ses
beautés. Les générations suivantes se trou-
veront à une distance convenable; pour
elles les instrumens du bien comme du
mal auront disparu; elles verront bien
moins les hommes que les choses, bien
moins les détails que l'ensemble; les intérêts privés, les rivalités, la diversité des
opinions, les illusions de l'amitié ou de la
haine, ne viendront pas offusquer les esprits. La postérité blâme sans amertume
et loue sans flatterie, parce qu'elle juge
sans passion. Si elle ne croit pas devoir
tout admirer, ne sera-t-elle pas étonnée
du moins qu'au milieu de si nombreux et
de si grands obstacles, du choc de tant
d'opinions désordonnées, Louis ait pu
guérir

guérir des plaies aussi profondes, préparer le remède à celles qui restent encore, marcher avec succès vers une régénération universelle, disposer et conduire les choses de manière que le passage d'un règne à l'autre, qui pouvoit paroître si périlleux, se soit effectué sans la plus légère secousse, tout aussi paisiblement que dans les plus beaux règnes de la monarchie? Louis a laissé la France tranquille au-dedans, puissante au-dehors, remontée au rang politique qu'elle est faite pour occuper dans le monde civilisé, et ses regards se sont fermés sur la France restaurée par sa sagesse.

Messieurs, le Dieu qui frappe est aussi le Dieu qui console. Un Prince de sage et pacifique mémoire nous a été ravi; un Prince de douce et tendre espérance nous est donné. Il règne, ce Prince si vrai, si noble, si Français, qu'on ne voit pas sans l'aimer, qu'on n'entend pas sans être ému, dont toutes les paroles ont pour le cœur un

charme qui entraîne, parce qu'elles sortent
du cœur qui les inspire : il arrive au trône
avec une connoissance approfondie des
hommes et des choses. Chrétien, il mettra
dans son gouvernement la religion qui est
dans son ame. Il sait que le ciel commande
aux Princes la justice, comme aux peuples
l'obéissance, et que, pour régner avec
gloire, il doit faire régner Dieu par son
autorité comme par ses exemples.

Pour nous, chrétiens, écoutons les leçons que nous donne cette pompe funèbre. Le palais des Rois a quelque chose
d'éblouissant; la grandeur y jette un éclat
qui en cache la fragilité; tout y est illusion,
jusqu'au moment où la mort vient dissiper
le prestige et mettre à découvert le néant
de tout ce qui est humain. C'est au même
lieu où le Monarque, entouré des grands
de sa cour, de ses vaillans capitaines, des
premiers hommes de l'État, recevoit les
hommages de ses peuples et ceux des envoyés de l'Europe entière, c'est dans ce

même lieu qu'étoient déposés ses restes inanimés; et, chose frappante! c'est sur son trône même qu'étoit placé son cercueil.

Mais qu'est-il besoin d'aller chercher ailleurs que dans cette enceinte des exemples de la caducité des choses humaines? Nous l'avons vue, cette basilique, remplie de tombes royales, de mausolées, de colonnes, d'inscriptions qui étoient comme la chronologie sensible des races de nos Rois et des divers âges de la monarchie. Mais ce que le temps avoit épargné, la fureur des hommes l'a détruit. Ces monumens ont disparu; les tombeaux ont été violés; les cendres de quarante générations de Rois ont été profanées. Tout cela ne vivra plus que dans l'histoire : même il viendra ce jour qui n'aura pas de fin, où l'histoire ne sera plus, parce qu'il n'y aura plus de temps, jour qui seul est digne, mes frères, de fixer les désirs de vos ames immortelles. Puissé-je moi-même, après avoir paru, sans doute pour la dernière fois, dans la chaire chrétienne, en descendre pénétré de cette pensée, qu'il n'est rien de grand que Dieu, et rien de stable que l'éternité!

FIN.

ÉLOGE FUNÈBRE

DE

LOUIS XVIII,

PAR M. L'ABBÉ LIAUTARD.

Se trouve aussi à Paris,

Au Collège Stanislas, rue Notre-Dame-des-Champs, N.° 34;

Aux Missions-Étrangères, rue du Bac, N.° 120;

A la Société des Bonnes-Études, place de l'Estrapade, N.° 11;

Aux Institutions
- de M. l'Abbé AUGER, rue du Bac, N.° 88;
- de M. l'Abbé ANDRIEU, rue d'Assas, N.° 8;
- de M. ANDRIEU D'ALBAS, rue de Thorigny, N.° 7, au Marais;

Et chez MM.
- NYON-MAIRE, quai Conti, N.° 13;
- ADRIEN LE CLERE et C.°, quai des Augustins, N.° 35;
- les principaux Libraires de Paris et des Départemens.

ÉLOGE FUNÈBRE

DE

TRÈS-HAUT, TRÈS-PUISSANT ET TRÈS-EXCELLENT PRINCE

LOUIS XVIII,

ROI DE FRANCE ET DE NAVARRE,

PAR M. L'ABBÉ LIAUTARD.

Salomon autem sedit super thronum David patris sui, et firmatum est regnum ejus nimis.

Salomon s'assit sur le trône de David son père, et sa puissance devint inébranlable.
III. *Reg.* 2. 12.

Troisième Édition, revue et corrigée.

PARIS,

LEBLANC, IMPRIMEUR-LIBRAIRE,

ABBAYE SAINT-GERMAIN-DES-PRÉS.

FÉVRIER 1825.

ÉLOGE FUNÈBRE

DE

LOUIS XVIII.

Dormivit igitur David cum patribus suis, et sepultus est in civitate David.

David s'endormit avec ses pères, et fut enseveli dans la cité de David. III. *Reg.* 2. 10.

Tels sont, Messieurs, les termes simples par lesquels l'historien sacré affecte de terminer le récit du règne glorieux de David; tel est, dans son étonnante brièveté, l'éloge funèbre tout entier du plus grand Roi d'Israël : comme si tout-à-coup l'on eût oublié le vainqueur de Goliath, le destructeur des Philistins, le libérateur du peuple choisi, celui qui avoit porté au plus haut degré la gloire de Juda, remis en honneur le culte du Très-Haut, préparé un asile à l'Arche sainte; celui enfin que Dieu lui-même se plait à appeler un Roi selon son cœur.

Mais ce Prince, que la protection du Seigneur et ses vertus sublimes avoient appelé au trône, n'étoit

1

que le huitième des enfans d'Isaï; il avoit, dans sa jeunesse, fui devant un Monarque jaloux, erré dans le désert, cherché un refuge parmi les ennemis de sa nation, contrefait l'insensé. Et si, après mille tribulations, comme après mille actions d'éclat, chargé de mérites et de gloire, il fut désigné par le Seigneur pour régner sur Israël et sur Juda, ne fut-il pas cependant réduit, dans sa vieillesse, à fuir devant un fils ingrat et rebelle; et presque jusqu'à son dernier soupir, ne demeura-t-il pas incertain si Salomon régneroit à sa place, et si les desseins de Dieu s'accompliroient sur ce fils de prédilection?

Loin donc de nous étonner de la simplicité de ces paroles du texte sacré : *David s'endormit avec ses pères, et fut enseveli dans la cité de David,* tâchons d'en pénétrer le sens profond, et admirons comment, par des voies incompréhensibles, Dieu amène toutes choses à une fin inattendue.

En effet ce Roi, qui s'endort avec ses pères, pouvoit mourir dans une terre ennemie, loin de la ville qu'il avoit conquise par sa valeur et agrandie par sa sagesse, dépouillé du diadème, et ne conservant de son ancienne grandeur qu'un vain et douloureux souvenir.

Vous m'avez compris, Messieurs; et dans le Roi d'Israël, vous avez reconnu le Prince que nous pleurons; celui dont la maladie et la mort ont fait retentir la France de plaintes et de gémissemens; TRÈS-HAUT, TRÈS-PUISSANT, TRÈS-EXCELLENT PRINCE; LOUIS-STANISLAS-XAVIER, ROI DE FRANCE ET DE NAVARRE.

Il est vrai que l'histoire peindra à grands traits ce

Roi qui nous a réconciliés avec l'Europe et avec nous-mêmes; qui a calmé les ressentimens, apaisé les haines; qui nous a rendu nos antiques et chères libertés[1], et qui, par ses exemples aussi bien que par des lois protectrices, a remis la Religion en honneur; ce Roi qui, après avoir pendant un demi-siècle lutté contre le génie du désordre, l'a vaincu à force de vertus; et qui, s'il n'a pu *fermer l'abîme des révolutions*, nous a laissé, pour l'exécution de ce dernier vœu de son cœur, son frère bien-aimé.

Mais ce même Roi, qui ne goûta jamais que les amertumes du pouvoir suprême, n'y est parvenu que par la mort prématurée ou sanglante des Princes de sa famille[2]; et, dans la terre de son exil, que de mortelles inquiétudes! quel dénûment! que de pressans dangers! Et jusque dans cette haute majesté dont l'avoit investi une Providence sévère, quels étranges abaissemens; sans que cependant il lui soit jamais rien échappé que n'eût avoué le fier Louis XIV, rien dont la nation du Monde, la plus délicate sur le point d'honneur, ne réclame aujourd'hui sa part de gloire !

Et lorsqu'après quarante années des plus cruelles vicissitudes, fort de l'estime des Souverains comme de l'affection de ses peuples, il rentre dans la résidence de ses pères, que n'aura-t-il pas encore à souffrir? Tantôt, de hardis conspirateurs, par la violence;

[1] Voyez la réponse de Charles X aux Pairs et aux Députés, le 17 septembre 1824.
[2] Le grand Dauphin, les ducs de Bretagne et de Bourgogne, Louis XVI, le premier Dauphin, et Louis XVII.

tantôt, de perfides conseillers, par d'odieuses intrigues, essaieront de faire tomber le sceptre de ses
mains; ou, après que de séditieux orateurs, dans le
sanctuaire même des lois, auront prononcé des arrêts
de proscription contre les Princes de sa famille, le
poignard des assassins viendra, jusque dans la sécurité des fêtes publiques, en consommer l'exécution.

Admirons donc la divine Bonté, qui a voulu que
notre Roi s'endormît du sommeil d'une mort paisible dans le palais de ses ayeux, et qu'il fût dressé
un monument lugubre dans le temple consacré,
depuis tant de siècles, à la sépulture des races
royales, dans cette antique cité de Saint-Denis, qui
frémit encore au souvenir de la violation des tombeaux de nos Rois : *Dormivit igitur David cum
patribus suis.*

La mémoire de cette religieuse cérémonie est
encore toute récente; jamais pompe funèbre ne fut
environnée de tant de solennité; jamais la grandeur
royale, tout humiliée qu'elle est par la mort, ne
frappa les regards d'un plus brillant éclat, d'un plus
imposant appareil; jamais les cœurs n'éprouvèrent
de plus vifs sentimens d'admiration, de douleur et
d'amour : *Et sepultus est in civitate David.*

Grâces vous en soient rendues, ô Dieu de bonté!
de la même main dont vous nous aviez frappés, vous
avez guéri nos blessures : nous devions périr à jamais;
vous nous avez rendus à la vie.

Mais pour bien comprendre, Messieurs, tout ce
que nous devons à la suprême Miséricorde, parcou-

rons ensemble les principales circonstances de la vie de ce grand Roi, soit avant que des catastrophes inouïes lui aient ouvert le chemin du trône, soit après qu'il aura saisi, d'une main assurée, le sceptre de ses ancêtres. Nous reconnoîtrons que sa vie entière ne fut qu'un long enchaînement d'adversités, de combats et de douleurs, jusqu'à ce que, frappé dans sa royale personne, il ait terminé, dans les souffrances du corps les plus cruelles, une carrière qui jamais (l'Univers le sait) n'avoit été exempte ni des inquiétudes de l'esprit, ni des peines du cœur: de sorte que, dans les années de son pélerinage, il a hautement vérifié cette sentence de Job : *La vie des hommes sur la terre est un continuel combat*; c'est une épreuve de tous les instans.

Pour mettre quelqu'ordre dans un sujet aussi étendu, et pour nous aider à l'embrasser, du-moins dans ses détails les plus importans, nous le diviserons en deux parties, dont l'une comprendra les événemens qui ont précédé notre Restauration miraculeuse, et l'autre ceux qui l'ont suivie.

Dans la première, nous vous montrerons Louis aux prises avec la Révolution, lorsqu'elle combattoit à découvert, et l'empêchant, par son héroïque résistance, de se consolider et de prévaloir ; dans la seconde, vous verrez Louis aux prises avec elle, lorsqu'elle combattoit sourdement et dans l'ombre, et consommant à jamais, par ses vertus, la ruine de ce redoutable ennemi.

* *Militia est vita hominis super terram.* (Job. 7. 1.)

PREMIÈRE PARTIE.

La véritable école d'un Roi, c'est le malheur; et si Louis parvint à cette haute sagesse qui fit l'admiration de notre âge, c'est qu'il fut presque constamment le plus infortuné des hommes.

17 novemb. 1755. Car sans nous arrêter à l'époque même de sa naissance, marquée par une funeste inondation de livres sacrilèges, et par une guerre si peu honorable au nom françois*; à peine le jeune Prince sort-il de sa première enfance, qu'il est atteint dans ses affections les plus chères, et perd les plus solides appuis de sa foiblesse. Le Dauphin, espoir de la 1765. France, est frappé dans la vigueur de l'âge; bientôt sa fidèle épouse va le rejoindre dans le tombeau.

Quelle désolation pour Louis, à qui sa raison précoce faisoit sentir tout ce qu'il perdoit, de demeurer désormais sans guide et sans conseils! Mais Dieu frappe ceux qu'il aime, sans les accabler. Déjà les augustes parens de Louis avoient jeté dans son cœur la semence de toutes les vertus. Il n'avoit pas encore fini sa dixième année, et grâce à ce prodigieux esprit, don spécial de la divine Providence, il commençoit à comprendre l'étendue de ses devoirs envers le Créateur, et ce que la Religion impose d'obligations à quiconque est né si près des marches du trône.

Aussi, malgré les plaisirs d'une Cour si abon-

---

* La guerre de sept ans, commencée en 1756.

dante en séductions, si féconde en funestes exemples, notre jeune Prince, mûri avant le temps, s'appliqua-t-il à former son cœur aux vertus les plus élevées et les plus fortes, et à enrichir son esprit de toutes les connoissances qui conviennent au petit-fils d'un puissant Monarque. Et cette science profonde, qu'il acquit dès-lors, ne fut pas de la nature de celle qui ne produit qu'une vaine enflure [1] et un coupable orgueil. Malgré les erreurs criminelles des beaux-esprits de cette époque, le fils du vertueux Dauphin reste fidèle aux doctrines de la vraie sagesse, et conserve religieusement les traditions antiques d'une politique toute chrétienne, fondement inébranlable des Empires.

Plus sage et plus prudent que Jonathas, en dépit de cette soif inquiète de tout connoître, si naturelle dans un esprit si facile, il ne fut pas réduit, comme le fils infortuné de Saül, à déplorer la perte prématurée de son âme [2] : il sortit pur de cette épreuve, la plus délicate de toutes les épreuves, et ne se laissa ni fasciner l'esprit, ni pervertir le cœur, ainsi qu'avoient fait tant d'illustres Princes dans ce siècle de corruption.

Il fut, il est vrai, comme un autre Moyse, initié à tous les mystères d'iniquité de l'Égypte moderne; mais malgré les pièges tendus de toute part à la foiblesse de son âge, il préféra les dangers qui envi-

---

[1] *Scientia inflat.* (I. Cor. 8. 1.)
[2] *Gustans gustavi paululùm mellis, et ecce ego morior.* (I. Reg. 14. 43.)

ronnoient les trônes, aux chimériques douceurs d'une régénération imaginaire : il sentoit dès-lors (toute l'histoire de son règne en est devenue la preuve) qu'un Bourbon doit vivre et mourir en Roi [1].

Ce fut ainsi que le Dieu de saint Louis veilla sur les premières années d'un Prince destiné à réparer les maux de notre siècle, et qu'il laissa échapper quelques rayons de cette Providence pleine de bonté que conteste l'incrédule [2].

De 1774 à 1814. Mais il me tarde, Messieurs, de vous montrer Louis aux prises avec la Révolution, et luttant, pour ainsi dire corps à corps avec elle, pendant quarante années de sa vie, soit comme frère d'un Roi aussi malheureux que tendrement chéri, soit comme Régent du Royaume, soit enfin comme Roi lui-même.

Il n'entre point dans notre sujet de vous peindre les généreux efforts du frère aîné du Prince que nous pleurons. Il seroit trop long de rappeler à votre souvenir tout ce que fit Louis XVI pour le bonheur de son peuple, et la résistance coupable d'une secte qui, dans sa fureur insensée, croyoit bien mériter du genre-humain en sapant à coups redoublés l'autel et le trône.

1789. Heureux parmi nous ceux qui n'ont pas entendu les clameurs de ces faux sages et de la multitude qu'ils ont abusée : « Nous ne voulons point qu'il » règne sur nous : brisons son sceptre odieux ; ren-

---

[1] *Magis eligens affligi cum populo Dei, quàm tempo-ralis peccati habere jucunditatem. (Heb. 11. 25.)*

[2] Sap. 8. 1.

» versons le temple du Dieu qu'il adore : *Nolumus*
» *hunc regnare super nos*[1]. Rompons ces indignes
» liens; rejetons loin de nous ce joug flétrissant[2] ».
Levez-vous, Seigneur; mettez en fuite les ennemis
de votre saint nom[3].

Mais hélas! les temps de notre délivrance ne sont
pas encore venus. Il faut que notre Prince et toute la
France avec lui, il faut surtout que son auguste
frère, *qui a le malheur d'être Roi*[4], boivent jusqu'à la lie le calice d'amertume. Vainement par de
sages mesures et des concessions prudentes, en
partie indiquées par le Prince que nous pleurons,
on cherche à calmer les esprits; vainement on s'applique à cicatriser les plaies de l'État : les remèdes
aigrissent le mal; la condescendance est taxée de
crainte; tout devient instrument de ruine et germe de
destruction. L'esprit de Dieu semble s'être retiré de
nos conseils; et sa main s'appesantit de plus en plus sur
la race royale, sur les magistrats et sur les pontifes, sur
l'armée et sur ses nobles chefs : les sages sont dépouillés
de leur sagesse, et la prudence a fui loin de nous[5].

De même qu'aux jours de la captivité de la tribu De 1789
sainte, les trésors de la maison du Seigneur et les à 1792.

[1] Luc. 19. 14.
[2] *Dirumpamus vincula eorum, et projiciamus à nobis jugum ipsorum* (Ps. 2.)
[3] *Exurgat Deus, et dissipentur inimici ejus* (Ps. 67.)
[4] Testament de Louis XVI.
[5] *Perdam sapientiam sapientium, et prudentiam pru-dentium reprobabo.* (I. Cor. 1. 19.)

richesses des palais de nos Rois deviennent la proie
d'une multitude, qui cependant est dévorée par la
faim et par la misère. Les grands et les puissans, les
prêtres et les docteurs, l'élite des guerriers et celle
de la nation, tous regardent comme un bonheur de
s'exiler dans une terre étrangère [1].

Louis est à leur tête, Louis qu'une Providence
propice avoit, à son insu, séparé de son infortuné
frère. Sous ses ordres se rangent, comme le plus
soumis des soldats, d'Artois, son frère bien-aimé,
aujourd'hui notre consolation et notre espérance, et
ses deux jeunes fils, dont l'un désira, mais en vain, de
mourir dans les combats. Et vous aussi, illustre rejeton
du grand Condé, guidé alors au champ d'honneur par
un père qui n'est plus, et, dans tous les périls, protégé
par un fils, éternel objet de votre douleur. Impitoyable
mort! c'est donc ainsi que tu nous séparés de ce qui
nous est cher! *Siccine separat amara mors* [2]!

Campagne de 1792. Plein de confiance en la justice du Dieu des
armées, bientôt Louis s'avance, pour rendre à la liberté
sa malheureuse patrie; pour rétablir sur le trône de
Louis-le-Grand le meilleur des Rois, injustement
dépouillé des prérogatives de sa couronne. Que de
vœux furent adressés au Ciel! que de supplications
en faveur d'une si noble cause!

Mais que sont devenues, Seigneur, vos anciennes
bontés pour le royaume de Clovis, pour la postérité

---

[1] *Et transtulit universos principes , et omnes fortes
exercitus, et omnem artificem et clusorem.* (IV. Reg. 24. 14.)

[2] I. Reg. 15. 32.

de saint Louis? Vous avez donc repoussé loin de
vous celui que le Pontife avoit marqué de l'onction
sainte : vous avez renversé les barrières sacrées de
son trône; vous l'avez environné de terreur : dans
ses mains royales, son glaive est demeuré sans force,
et en vain ses alliés se seront armés pour sa défense.
Vous avez abrégé les jours de son règne; vous les
avez remplis de confusion et d'amertume! Jusques à
quand, grand Dieu! votre colère s'allumera-t-elle
comme une flamme dévorante [1]?..... Le Seigneur est
demeuré sourd à nos prières, il a fermé l'oreille à
nos cris, et la coupe de sa vengeance continue à se
répandre sur cette nation, jadis l'objet de son amour.

Une horde forcenée court aux armes; la Majesté
du trône est violée jusque dans son sanctuaire. Où
fuir? où se cacher? La fureur d'une populace effrénée
enlève tout espoir de salut : la cruelle mort a mois-
sonné les défenseurs de l'infortuné Monarque.... Ah!
laissez moi, s'écrioit, dans l'excès de ses souffrances,
le saint homme Job! laissez-moi pleurer sur ma douleur : *Dimitte ergo me, ut plangam paululùm dolo-
rem meum!* Laissez-nous aussi, Messieurs, dans le
secret de notre cœur, gémir et partager les vives
angoisses de notre Prince, et sa douleur profonde, à
la vue du grand crime qui se prépare! *Dimitte ergo
me* [2]. Que ne lui est-il donné de mourir pour son
frère, pour son Roi? [3] Mais une puissance supérieure

*10 août
1792.*

[1] Ps. 88. *passim.*
[2] Job. 10. 10.
[3] *Quis mihi tribuat ut ego moriar pro te.* (II. Reg. 18. 33.)

enchaîne son bras; ses vœux sont stériles. Pour soustraire la France au plus inoui des attentats, il n'a que
ses larmes, ses anxiétés, sa douleur.

21 janv.
1793. O honte ineffaçable! ô forfait qui surpasse tous
les forfaits! Le Monarque devient l'esclave de ses
sujets; il est proscrit, jugé, condamné par eux. Son
sang coule sur l'échafaud, comme celui du plus vil
scélérat. Où donc est votre justice, ô Dieu terrible?
et que répondre désormais à ceux qui nous deman-
deront où est notre Dieu[1]. Mais j'entends une voix[2]
qui est comme la voix de votre esprit; elle me fortifie et me console; par elle, le Ciel est ouvert au Fils
de saint Louis : cet échafaud inondé de sang, voilà
le degré par où il a plu au Seigneur d'y faire monter
le Roi-Martyr, le juste couronné.

Dieu tout puissant! pardonnez à ma douleur et à
mon trouble. Est-ce à la foible créature qu'il appartient de sonder la profondeur de vos jugemens?
Judicia tua, abyssus multa[3].

Par la désolation où vient d'être plongée la France
entière, par celle de la royale Famille, jugez,
Messieurs, quelle ne dut pas être alors celle de
Louis dans la terre de son exil, et de quelle force
il eut besoin pour supporter un coup si accablant.
Cependant sa grande âme n'en fut point abattue. Et
sans rien refuser à ce juste sentiment de la nature qui
fait répandre d'abondantes larmes sur le tombeau

---

[1] *Ubi est Deus eorum?* (Ps. 113.)

[2] L'abbé Edgeworth, confesseur de madame Élisabeth,
directeur des Missions étrangères.

[3] Ps. 55.

d'un frère chéri et d'un Roi vénéré, il n'oublia pas ce qu'il devoit à la France outragée, ce qu'il devoit à sa famille, ce qu'il se devoit à lui-même. Plus que jamais il sentit l'obligation qu'il s'étoit imposée, dès l'origine, d'opposer au génie de la Révolution une résistance proportionnée à l'audace de ses attentats.

Régent par le droit de sa naissance, il établit Lieutenant-général du Royaume son frère bien-aimé, auquel il a pu depuis préparer un trône si assuré et si tranquille. D'une main il essuie ses pleurs, qui ne peuvent tarir, et de l'autre il soutient le sceptre des Bourbons, qui devoit bientôt échapper au bras débile d'un enfant dans les fers. *28 juin 1793.*

Telles ces prodigieuses inventions de l'industrie humaine, qui, sans éprouver ni altération ni secousse, impriment autour d'elles, à l'aide du puissant ressort caché dans leur sein, une action irrésistible et un mouvement sans cesse renaissant : ainsi le Prince dont nous déplorons la perte, renfermant en quelque sorte dans son cœur et dans son génie la vie et l'honneur de la monarchie françoise, toujours calme au milieu de dangers sans exemple, séparé des Princes de son sang, dénué d'argent, d'armes, de conseil, supporte avec une héroïque constance les maux présens, et considère sans trouble les maux à venir; applique aux uns le remède permis par la difficulté des conjonctures; et pour se garantir des autres, prépare les moyens que lui indique sa haute prévoyance.

De la retraite mal assurée où le tient comme captif

une politique effrayée ou jalouse, il veille à tout ce qui se passe au-dehors, chez les Rois ses alliés, aussi bien qu'au sein de la France, qu'il sait que Dieu lui a donnée en dépôt. Il n'a auprès de lui qu'un petit nombre de fidèles serviteurs; et cependant, à l'égal des monarques du premier rang, il entretient dans toutes les Cours des ambassadeurs et des agens secrets, choisis parmi ce que l'épiscopat, la noblesse et tous les ordres présentent de plus haut en dignité, en talens et en vertus [1] : ils lui servent en quelque sorte de lien pour tenir l'Europe entière unie dans la pensée de combattre la Révolution.

Que les trônes antiques s'écroulent pour faire place à de bizarres républiques, ou qu'ils ne soient tirés de leurs ruines que pour être occupés par des potentats d'un jour; Louis n'oubliera pas ce qu'il a été, ni ce qu'il est: pour excuser des concessions et des traités qui semblent inévitables, il ne se fondera pas sur de nombreux et d'augustes exemples; il conservera intact et sans souillure ce diadème dont, hélas! il plaira bientôt à Dieu d'orner sa tête royale [2].

Tout-à-la-fois habile écrivain et entraînant orateur, dans ses lettres, aussi bien que dans ses discours, en particulier comme en public, il se montre digne du haut rang où la Providence l'a fait naître; et quelles que soient les chances des événemens, il

---

[1] M. l'évêque de Nanci, aujourd'hui cardinal de La Fare; M. l'évêque de La Rochelle, mort archevêque de Reims; M. le duc d'Harcourt, etc.

[2] *Omnis potestas à Deo.* (Rom. 13. 1.)

conserve l'amitié des Rois ses alliés, et force l'estime de ses plus implacables ennemis.

Et cependant au milieu de ces graves occupations et de ces hautes pensées, son esprit est aussi calme que s'il goûtoit le doux loisir d'une longue paix, et il cultive les lettres, de même que feroit un savant tout-à-fait étranger aux grands intérêts du monde politique. Toujours plein de grâce pour ce qui l'entoure, il répand dans son intérieur le charme et la vie. Délicat et poli dans ses entretiens, ainsi qu'il convient au *premier gentilhomme françois*, affable comme le bon Henri, noble à l'égal du grand Louis XIV, il conserve dans la terre d'exil les traditions d'exquise urbanité de la Cour de ses ayeux. Enfin il attache à sa personne, par un doux commerce d'amitié et par une confiance sans bornes, les cœurs qu'il saura d'ailleurs contenir, par le respect, dans les limites où finit le compagnon d'infortunes, et où le maître commence......

Mais qu'entends-je? Une voix déchirante a retenti jusqu'aux extrémités du désert. Ce ne sont partout que larmes, que gémissemens, que cris de douleur. Rachel pleure ses enfans qui lui sont enlevés; elle pleure, elle ne peut se consoler, parce que ses enfans ne sont plus *. Foible image, osons le dire, de ce qui se passa dans l'âme de Louis, pendant ces années de terreur et ces jours de sang, où la France étoit

---

* *Vox in Ramâ audita est; ploratus et ululatus multus: Rachel plorans filios suos, et noluit consolari, quia non sunt.* (Mat. 2. 18.)

devenue un théâtre de carnage, une arène d'assassinats. Combien de pleurs dut verser ce tendre Père
sur ce nombre infini de ses enfans, qui périssoient de
tant de cruels supplices! Ainsi falloit-il, Messieurs,
qu'à cette longue école du malheur, il apprît la
clémence et la miséricorde, et que, par le tableau,
sans cesse présent à son esprit, de tant de forfaits
(que la justice divine seule pouvoit punir), il se
créât un besoin immense d'indulgence et d'oubli.
Ainsi le vouloit cette Providence, qui dispose des
événemens à son gré, et qui, du sein de la mort,
fait jaillir l'étincelle de salut et de vie. *Attingit a
fine usque ad finem* [1].

Toutefois le terme des épreuves qu'il réservoit à
notre Prince étoit encore bien éloigné; et si, après
la chute d'un obscur et sanguinaire tyran [2], il commença à concevoir pour le pays quelques espérances,
il ne tarda pas à gémir sur un nouveau crime,
crime atroce et tout gratuit, froidement conçu, consommé froidement dans l'ombre du royal cachot.
Qu'ai-je besoin, Messieurs, de vous en dire davantage? Victime d'une barbarie raffinée, à-peine au
milieu de la troisième année d'un règne qui ne fut
pour lui qu'un long supplice, tel qu'une tendre
fleur, desséchée par l'aquilon, et que n'a point
fécondée la rosée du ciel, l'Enfant-Roi succombe.
Epouvantée au récit de ce nouveau régicide, la
France hésite à croire la trop fidèle Renommée;

Du 21
janvier
1793, au
9 therm.

8 juin
1795.

[1] Sap. 8. 1.
[2] Robespierre, qui périt sur l'échafaud le 9 thermidor
an 2 (27 juillet 1794).

elle cherche à se faire illusion sur ce malheur, triste conséquence, hélas ! des malheurs précédens. Les assassins du plus vertueux des Monarques auroient-ils pu pardonner à l'innocence de l'Enfant couronné ?

Mais le trône des Bourbons ne peut jamais être vide ; Louis XVII n'en sera précipité que pour ouvrir le passage à Louis XVIII. Pour la première fois, il est vrai, l'annonce lugubre et solennelle : *Le Roi est mort, le Roi est mort*, ne se fit point entendre ; mais le cri monarchique : *Vive le Roi !* ne perdit rien de sa mystérieuse énergie, et retentit dans tous les cœurs.

Messieurs, il règne au ciel un Dieu juste, un Dieu tout-puissant, un Dieu plein de miséricorde, non pas tel que celui dont un insolent décret avoit proclamé l'existence [1] : l'Univers est dans ses mains, nous dit le sage ; il lui commande avec un irrésistible pouvoir : *In manu Dei potestas terræ* [2]. A la suite des grandes catastrophes, aux temps marqués par sa bonté infinie, ce grand Dieu suscite des Rois selon son cœur, des Rois sages et prudens, mûris par l'expérience et le malheur, remplis d'une douceur inépuisable, ne respirant que l'indulgence et le pardon ; et lui-même il les établit pour faire le bonheur des peuples : *Et utilem Rectorem suscitabit in tempus super illam* [3].

Tel étoit Louis, qui, dès-lors riche de tous les

---

[1] Décret de la Convention, du 18 floréal an 2 (7 mai 1794).
[2] *Eccli.* 10. 4.
[3] *Ibidem.*

2

dons qui font les grands Rois selon le Monde, voulut
se perfectionner de plus en plus dans la science qui
fait les Rois chrétiens, et, par sa fidélité à répondre
aux grâces célestes, attirer sur la France et sur lui
d'abondantes lumières et de riches bénédictions; bien
convaincu qu'avec ces armes divines, il lutteroit avec
moins de peine contre un ennemi qui chaque jour
devenoit plus formidable.

A une âme si élevée, à un esprit si fort au-dessus
du vulgaire, Dieu ménagea, dans sa miséricorde,
deux guides qui n'étoient pas au-dessous de cette
sublime tâche : l'illustre abbé Edgeworth, dont
l'héroïque piété avoit aidé Louis-le-Martyr à consommer son sacrifice; et cette lumière de l'Église gallicane, qui, par l'étendue de ses connoissances et par
la perfection de ses vertus, faisoit la gloire de
l'Épiscopat*.

Que ne nous est-il donné de connoître les entretiens du Prince avec ces doctes et pieux personnages;
de suivre les progrès de la grâce dans l'âme docile
du royal disciple; de contempler ce front auguste du
Roi très-chrétien abaissé devant l'autorité toute
divine du sacerdoce, et l'humble simplicité de la
Croix remportant de nouveau la victoire sur la Majesté du trône?

Là nous découvririons le secret de cette force
d'âme et de cette rare prudence, que Louis a montrées
dans les premières années du règne le plus difficile;

---

* M. l'abbé Asseline, docteur de Sorbonne, évêque de
Boulogne-sur-Mer.

lorsque l'injustice étoit couronnée par le succès; que
de l'assemblage de tous les crimes il ne sortoit, par
un prodige inattendu, que de rapides conquêtes, que
d'innombrables trophées; et que toute résistance au De 1793
génie de la Révolution sembloit être une folie.   à 1799.

Tout est dans l'épouvante autour du nouveau Roi;
lui seul demeure inaccessible à la crainte. On lui conteste sa dignité, il la soutient avec calme, et conserve
le langage et l'attitude qui conviennent à un grand
Monarque. Si Venise, cette République, jusqu'alors   Avril
si fière, s'effraye tout-à-coup de l'asile qu'elle donne   1796.
à Louis, et lui retire une hospitalité si glorieuse pour
elle, il ne s'éloignera pas sans tirer de cette lâche insulte la plus noble des vengeances, ni sans exiger que
son nom et celui du grand Henri soient effacés de ce
livre d'or dont ils faisoient le principal ornement.

Soit que les étrangers lui promettent des secours
incertains; soit que, frappés de terreur, ils le forcent
à fuir d'exil en exil; il se roidit contre l'infortune;
il espère contre toute espérance. Lors même que
toutes les ressources semblent lui échapper au-
dehors, son génie, aussi inventif que ferme, aussi
flexible que courageux, essaye de nouer avec ses
fidèles sujets les fils de la plus étonnante des corres-
pondances *. Par un plan aussi habilement conçu
qu'adroitement exécuté, il nourrit dans tous les cœurs
l'espoir d'une délivrance prochaine : avec une inébranlable constance, il en prépare les moyens. Aucun

* Voyez l'ouvrage intitulé : *Institut philanthropique.*

2 *

obstacle ne l'arrête : ni les fureurs de la Convention,
ni les sourdes persécutions du Directoire, ni même
les rapports décourageans et mensongers d'agens
gagnés et perfides.

Le temps nous manqueroit, Messieurs, si nous
voulions rapporter tout ce que fit Louis-le-Désiré,
pour montrer à l'Univers combien il étoit digne du
trône des Bourbons et des soupirs de la France.

19
juillet
1796.

Mais nous pardonneriez-vous de taire ce qui se
passa à Dillingen? Vous le savez, Messieurs: *une ligne
plus bas,* et c'en étoit fait de celui que la Providence
tenoit en réserve pour notre salut. A la vue de ce sang
précieux, ses fidèles compagnons sont glacés d'effroi.
Mais, sans s'émouvoir, notre Prince les rassure et
les instruit par ce mot si connu, qui dans sa profonde brièveté renferme tout le mystère de la monarchie légitime : *Hé bien! c'étoit Charles X!*
Comme si, dix-huit ans d'avance, la royale sollicitude de Louis XVIII pour la France eût proclamé
le règne heureux de Charles le bien-aimé. Voilà
le grand Roi et l'intrépide capitaine..... Voici le
Roi sage et le tendre père.

10 juin
1799.

De même que s'il étoit dans son Louvre antique, ou
dans sa magnifique résidence de Versailles, il choisit
à celui que sa naissance devoit plus tard rapprocher
du trône, une compagne qui commande l'amour
et la vénération des François. Par cette admirable
alliance, non-seulement il prépare à son peuple la
plus douce des consolations, et s'assure à lui-même
pour sa vieillesse le plus touchant appui; mais encore,

en ménageant à l'auguste orpheline une place si près
du trône, sa paternelle prévoyance essaye de réparer
les injustices du sort, et jette en quelque sorte un
contre-poids dans la balance du malheur. Mais,
hélas! qu'est-ce même qu'un diadème pour la fille
du Roi-Martyr? Et pour sécher les larmes de celle
qui eut MARIE-ANTOINETTE pour mère, est-ce assez
d'une couronne, fût-elle la plus brillante de l'Univers?

Cependant la Providence suscita un de ces hommes
extraordinaires, qu'elle conserve dans les trésors de
sa justice, pour châtier les peuples et humilier les
Rois. Suivez, si vous le pouvez, sa marche rapide :   1799
du couchant à l'aurore, des sables brûlans de l'Égypte   et suiv.
et de l'Arabie aux climats glacés du Nord, partout
ses indomptables légions répandent la terreur et
sèment le carnage. S'il ne donne pas la mort aux
Rois vaincus, il les dépouille de tout l'éclat de la
couronne; il en fait ses tributaires et ses esclaves.
Dans sa course précipitée, il atteint aux extrémités du
Monde; les richesses des nations deviennent sa proie,
et la terre consternée se tait en sa présence : *Siluit
terra in conspectu ejus* [1]. A la gloire de conquérant
il joindra celle de législateur : une police meilleure
remplace les lois du désordre et de l'anarchie; à des
hommes jusqu'alors sans frein il apprend ce que c'est
que d'obéir; aux partisans insensés d'une égalité chi-
mérique, il fait supporter la distinction des rangs et
le poids des dignités : par lui les autels se relèvent;

[1] I. *Mac.* 1.

et il se flatte que bientôt du fond de l'Italie le successeur de Pierre viendra placer sur sa tête la couronne de Charlemagne.

Mais il manque à son orgueil, aussi bien qu'à sa sûreté,
un titre sans lequel tous les autres ne lui seroient rien.
Ce titre, Messieurs, Louis en est le dépositaire; il le
tient d'une possession de huit cents ans, de nos invariables lois, de Dieu même. Or *il connoît les obligations que ce Dieu lui a imposées : chrétien, il les
remplira jusqu'à son dernier soupir; fils de saint
Louis, il saura, à son exemple, se respecter jusque
dans les fers; successeur de François I.ᵉʳ, il veut
du-moins pouvoir dire comme lui : « Nous avons
tout perdu, fors l'honneur* »*.

Ni la fière Autriche, deux fois vaincue, ni la
Prusse belliqueuse dépouillée, ni la Russie ébranlée,
ni la Péninsule envahie, ni l'Italie réduite en une des
provinces du gigantesque Empire; rien ne put faire
changer à Louis de langage et de conduite. Roi dans
la solitude d'Hartwell comme à Blanckenbourg et à
Mittau, il attendoit avec calme *la manifestation des
desseins de Dieu sur sa race et sur lui-même*[2];
uniquement sensible au bien que le redoutable conquérant, *par quelques actes de son administration,
avoit pu faire à son peuple*[3].

Là, malgré les poignards suspendus sur sa tête,
presque seul dans l'Univers, pour conjurer l'orage

---

[1] Lettre du Roi à M.ʳ Buonaparte, du 28 février 1803.
[2] *Ibidem.*
[3] *Ibidem.*

amassé par l'ambition sanguinaire du nouvel Attila,
il s'occupe sans relâche d'entretenir, dans cette
France si chère à son cœur le feu sacré de la
monarchie légitime. C'est en vain qu'une police
inquiète surveille ses mouvemens. L'amour, dit
l'Écriture, est fort comme la mort, et brave tous
les dangers : *Fortis est ut mors, dilectio*[1]. Ni le
prestige des victoires, ni l'éclat emprunté d'un
trône envahi, ni toutes les ressources d'un pouvoir
sans bornes, ne peuvent arrêter les fidèles serviteurs
de Louis. Dans chaque province, dans chaque ville,
des hommes dévoués conservent et resserrent les fils
précieux qui tiennent le Monarque uni à ses sujets.
La spoliation, l'exil, les prisons, l'échafaud, rien
n'effraie les généreux défenseurs de la légitimité
malheureuse : *Fortis est ut mors, dilectio.*

Vous en savez quelque chose, courageux Vendéens,
martyrs de l'autel et du trône! Et vous, mânes ensan-
glantées des héros de Quiberon! Et vous aussi, illustres
généraux, dignes d'un meilleur sort et d'une plus
longue vie, vous que le Roi avoit ralliés à son panache
blanc[2] : l'histoire s'est plu à raconter vos exploits,
et ce qu'il vous en a coûté de sang et de larmes. Mais
le temps, jaloux des gloires médiocres, agrandira la
vôtre, et vous paroîtrez à nos descendans, tels que
vous fûtes en effet, supérieurs à votre renommée!

Toutefois il ne vous a pas été donné de délivrer
votre pays du joug : la gloire en étoit réservée à

[1] *Cant.* 8. 6.
[2] Pichegru, Moreau, etc.

Louis, à qui, par des voies incompréhensibles, la
Providence ménageoit le plus éclatant comme le plus
imprévu des triomphes. En effet elle semble prêter au
fier dominateur de l'Europe une force nouvelle. Par
lui les limites des plus vastes empires seront renversées,
leurs défenseurs dispersés comme la poussière qu'emportent les vents, et leurs fières capitales humiliées
et foulées aux pieds de ses superbes légions. Bientôt,
dans l'ivresse de ses victoires, il essayera de réunir
sur sa tête la tiare pontificale à la couronne des Rois,
et de tenir d'une seule main l'anneau du pêcheur et
le sceptre des Césars.

De 1809 à 1811. Mais la suprême Sagesse, qui a marqué des bornes
à la mer et dicté des lois à ses flots impétueux, se
souvint des promesses faites à son Église, à cette
Église fondée sur la pierre éternelle, qui est Jésus-
Christ même. Elle se souvint des longues tribulations et des héroïques vertus des Bourbons et de
leur auguste chef. Elle eut pitié de l'Europe et de
ses Rois, dont la destinée étoit attachée à celle de
notre Roi. Puis, afin de se manifester avec plus
d'éclat, elle endurcit le cœur du conquérant, non
par des plaies multipliées, mais par un accroissement
de puissance et de gloire.

24 juin 1812. Ainsi poussé par une force inconnue, il rassemble la
multitude innombrable de ses soldats, et tant d'illustres guerriers façonnés à la victoire; il entraîne à sa
suite l'élite des plus belliqueuses nations. Lui-même,
plus rapide que l'éclair, égal par sa renommée à plusieurs armées réunies, il franchit les limites du vaste

empire de Russie, et laisse derrière lui le fatal Niémen : *Junxit ergò currum, et omnem populum suum assumpsit secum* [1].

Écoutez, Messieurs, les discours de son orgueilleuse présomption : « Poursuivons, saisissons nos fugitifs » ennemis [2]; la *fatalité qui les entraîne* à leur perte les » livrera dans nos mains ; *que les destins* qu'ils ont » provoqués *s'accomplissent* sur eux dans toute leur » rigueur [3] ». Mais ton souffle tout-puissant s'est fait sentir, ô mon Dieu ! le vent glacé du Nord a obéi à ta voix : *Flavit spiritus tuus* [4]. Les vaincus se réunissent comme un seul homme : du septentrion, du midi, des plaines qui entourent leur capitale encore fumante, ils accourent en foule, et comme une vaste mer, ils couvrent, ils accablent leurs formidables vainqueurs : *Flavit spiritus tuus, et operuit illos mare.* Ah ! Seigneur, quelle force égale votre force ? Que vous êtes grand, que vous êtes terrible ! [5]

Octobre
1812.

Je le reconnois, ô suprême sagesse de mon Dieu ! vos jugemens sont incompréhensibles, et vous arrivez à vos fins par d'inexplicables voies et par d'irrésistibles moyens : *Attingit à fine usque ad finem fortiter.* Vingt années de guerre avoient élevé le colosse : quelques mois auront suffi pour le renverser. Mais que de victimes écrasées dans sa chute ! Pendant

[1] Ex. 14.
[2] *Persequar et comprehendam. Ib.* 15.
[3] Paroles des proclamations de Russie.
[4] Exode 15.
[5] *Quis similis tui in fortibus, Domine ? Ib.*

deux campagnes terribles, où chaque position fut disputée avec acharnement, que de flots de sang versés ! quel effroyable carnage ! quelle horrible confusion que celle de tant de peuples, tour-à-tour victorieux et vaincus ; où la faim et la maladie achèvent ce qui avoit échappé au glaive du combat !

Mais ce temps de désastre fut abrégé par la miséricordieuse Providence ; et lorsque le succès des événemens paroissoit encore incertain, elle fit descendre Louis au milieu de nous, ce Roi si ardemment désiré, qui seul pouvoit tarir la source de nos larmes et nous rendre à la paix et au bonheur. Ce ne sera pas cependant sans que ce Prince ait encore à passer par de cruelles tribulations, ainsi que nous vous le montrerons dans la seconde partie.

SECONDE PARTIE.

TELLES les invincibles légions de Cyrus, dont le Prophète provoque la fureur contre la superbe Babylone : « elles n'éprouvent pas le besoin du repos, » et sont insensibles aux douceurs du sommeil. » Dans leurs rangs pressés, la faim, la maladie, » la mort, semblent avoir perdu leur empire. Les » pieds de leurs chevaux sont comme la pierre du » rocher, et toujours elles tiennent leurs armes » prêtes pour le combat. Si, comme le lion rugissant, » elles saisissent leur proie, nulle force ne pourra » l'arracher de leurs mains* ». Tels et non moins

---

* Is. 5. 27 *et seq.*

terribles ces infatigables guerriers, que le bras du
Très-Haut avoit transportés des remparts fumans de
Moscou aux portes de notre capitale abusée et sans
défenseurs, développent le formidable appareil de
leur puissance.

Mais, dit le Seigneur, mes pensées ne sont pas
les pensées des hommes; et autant le ciel est élevé
au-dessus de la terre, autant mes pensées sont au-
dessus de leurs pensées [1]. Aussi, quel que soit le
nombre des soldats étrangers et la sévérité de leur
discipline, quel que soit l'accord des Rois libérateurs, et leur modération dans la victoire, la mission
que Dieu leur a donnée semble se terminer à la
conquête de nos murs : c'est au Roi de France qu'il
appartient de faire celle des cœurs.

Paroissez donc, précieux débris de la proscription
et de l'exil; sortez de vos retraites, généreux chevaliers, dont nous avions tant de peine à contenir
l'impatient courage. Préparez la voie à LOUIS-LE-
DÉSIRÉ. Et vous [2], illustres héroïnes du 31 mars,
quittez pour quelques instans ces pauvres, ces in-
firmes, ces jeunes orphelins, ces soldats malades ou
blessés, et d'une main exercée à répandre au sein
de l'indigence des bienfaits ignorés, jetez au milieu
de cette multitude, surprise et vacillante, la fleur de
la monarchie, le lis du salut..... Mais quoi! déjà le
mouvement est donné à l'immense population de la
capitale. Voyez avec quelle joie empressée elle at-

[1] Is. 55. 8, 9.
[2] Quelques Dames de la société.

tache à l'orgueilleuse statue du tyran le lien de l'ignominie; comme elle s'efforce de le précipiter du haut de la colonne de nos triomphes; comme elle se hâte de flétrir sa gloire, gloire funeste, achetée au prix de notre sang et de nos trésors; et comme par cette manifestation de sa pensée, elle met fin aux irrésolutions des Rois libérateurs. Ainsi préludoit à des services non moins importans le noble chef de cette décisive entreprise.

12 mars 1814.
Aussi, tandis que le bruit se répand que Bordeaux a ouvert ses portes à un Fils de France, et que le drapeau blanc, non sans quelque danger pour cette cité, flotte sur ses remparts; vers l'Orient paroît un autre Fils de France, remplissant tous les cœurs d'espérance et d'amour. C'est le frère même de notre Roi, qui malgré vingt-cinq années des plus effroyables malheurs, n'aperçoit rien de changé dans les pays qu'il parcourt (tant il est accoutumé à l'indul-

12 avril.
gence); *il n'y voit qu'un François de plus*.

3 mai.
Enfin le chef auguste de la royale famille, la sérénité sur le front, le pardon dans le cœur, accourt, et par sa présence met le comble à notre félicité et à notre joie. Il renonce sans hésiter aux charmes de sa solitude et à la sécurité d'une île hospitalière; il n'écoute ni ses infirmités ni ses douleurs.

O doux souvenir du 12 mars, du 12 avril et du 3 mai! Comme ce long intervalle de calamités sans exemple fut rapidement oublié! Comme dans l'ivresse de son amour tout le peuple à l'envi s'écrioit: *Vive*

---

* Paroles de MONSIEUR, lors de son entrée dans Paris.

*le Roi! Vive celui qui nous apporte la paix! VIVE
LOUIS-LE-DÉSIRÉ!**

Mais d'où viennent, dans les dispositions de tout
un peuple, ces changemens inespérés? Asservi naguère au joug le plus pesant, cède-t-il aujourd'hui à
une crainte nouvelle? Détrompez-vous, Messieurs:
la crainte n'imite pas le langage de l'amour. Louis
n'a ni soldats ni trésors; mais il est fort de la tendre
affection de son peuple pour lui, et de sa tendre
affection pour son peuple; il est fort des dix-neuf
années qui se sont écoulées depuis que, par la mort
de l'Enfant-Roi, il est monté au trône de ses ancêtres;
il est fort du titre de Roi de France et de Navarre
que lui a transmis Henri-le-Grand; il est fort de ses
droits qui lui viennent de Dieu. Aussi, par la noble
Déclaration de Saint-Ouen, il porte à l'anarchie un   2 mai
coup qu'elle prévit dès-lors devoir être pour elle le   1814.
coup fatal.

Ne croyez pas néanmoins qu'il soit ébloui de sa
grandeur, ni qu'il tienne à l'exercice actuel du pouvoir: plutôt en effet que de consentir à ce qu'il nous
soit imposé aucun tribut, il offre de retourner dans
sa solitude d'Hartwell; convaincu qu'il ne peut
acquitter autrement la double dette de la reconnoissance et de l'honneur.

Ce n'étoit là que le prélude des épreuves réser-

* *Cecinerunt buccinâ, et dixit omnis populus:* Vivat
Rex. III. *Reg.* 1. 39.

vées à Louis : nous avons encore à vous le montrer
aux prises avec la Révolution, lorsque ce redoutable ennemi ne combattra plus que sourdement et
dans l'ombre; et vous reconnoîtrez, je l'espère, Messieurs, comment Louis, par ses vertus, en consomme
la ruine; soit que de hardis conspirateurs provoquent
ses vengeances, soit que de perfides confidens essayent
de le précipiter dans l'erreur, soit même enfin que
la maladie l'accable, ou qu'il lutte avec la mort.

Dès que notre Roi se fut montré à la France ravie,
et qu'il eut fait entendre sa voix à ses peuples, on dut
croire que cette terre, si long-temps divisée contre
elle-même, n'avoit plus qu'une âme, qu'un cœur,
qu'une pensée. Des hommes simples et loyaux, for-
més pour un temps meilleur (car comment soupçonner la trahison si près du trône?) purent se flatter
que désormais il n'y auroit plus rien à redouter d'un
ennemi qui de lui-même se confessoit vaincu; que
les ambitions étoient éteintes, les haines assoupies;
que la vigilance devenoit superflue, et que pour la
sûreté du Roi, il lui suffiroit de l'amour de ses peuples : trompeuse illusion, funeste erreur qui nous a
coûté bien des larmes !

Vous le savez : celui à qui les Rois libérateurs
avoient assigné une retraite paisible, secondé par la
trahison, franchit les mers. La terreur et la séduction
marchent devant lui : nulle force, nulle prudence
n'arrêtera, ne détournera cet impétueux torrent.
Cette leçon, grand Dieu! étoit-elle donc nécessaire
aux Peuples et aux Rois?

Il faut donc s'éloigner encore de cette France, doublement chère au cœur de Louis; il faut s'arracher de cette capitale, qui l'avoit accueilli avec de si vives acclamations d'allégresse et d'amour. Mais ce revers imprévu n'abattra pas l'âme forte du Monarque: sa confiance est au Dieu de ses pères; il ne se livrera donc pas à d'inutiles larmes; à l'exemple de David fugitif il ne prendra pas l'attitude et les vêtemens de la douleur : les pleurs seront pour son peuple; la désolation et le deuil pour les enfans qui se voient ravir le meilleur des pères : *Omnesque flebant voce magná* [1].

Filles de Jérusalem, reprenez vos vêtemens de joie; vierges de Sion, chantez des cantiques d'allégresse [2] : le Seigneur a opéré des merveilles inouies; le Seigneur a délivré son peuple. Entre le départ de l'usurpateur pour les combats et son entière destruction, dix jours ne se seront pas écoulés. Sa défaite, prompte comme l'éclair, terrible comme la foudre, lui aliène le cœur même de ses complices. Il n'est donné qu'au Prince légitime de conserver dans le malheur des amis fidèles.

Mais vous, chefs des phalanges victorieuses, ne perdez pas, dans l'hésitation, de précieux momens: suivez la route qui vous est tracée par des guides fidèles; marchez droit vers la capitale, où les héri-

(marginal: 20 mars 1815.)

(marginal: 8 juillet 1815.)

---

[1] II. *Reg.* 15. 23.
[2] *In voce exultationis annunciate.... redemit Dominus servum suum Jacob.* (*Is.* 48. 20.)

tiers de l'usurpation font l'essai de leur nouvelle
puissance. Ou s'il est trop tard, croyez-en des avis
certains, et par un savant détour, rendez vains les
préparatifs de défense de la séditieuse assemblée :
vous épargnerez ce que Waterloo n'a pas détruit ;
vous garantirez une immense cité des horribles
chances du pillage et de l'incendie.....

Peut-être me demanderez-vous, Messieurs, ce qu'a
fait le Roi pour amener un si prodigieux retour de
fortune, et comment il a triomphé du plus redoutable adversaire ? Écoutez ma réponse, ô vous surtout qui avez pu vous égarer dans de vaines spéculations sur l'origine du pouvoir ! Sachez donc qu'au
salut de notre Roi est attaché le salut de tous les Rois
de l'Europe ; que du repos de la France dépend le
repos de toute la Chrétienté ; et ne vous étonnez plus
si les plus puissans Monarques deviennent les auxi-
liaires d'un Prince fugitif et dépouillé, et si d'innombrables armées se font honneur d'être comme à ses
ordres.

Au reste, ne craignons pas de le déclarer dans la
ville même où résident les représentans de nos augustes alliés : ce que firent alors l'attachement, la
confiance et l'estime que l'on portoit à Louis, les lois
d'une impérieuse politique y auroient également
entraîné les Souverains. En effet, avec l'usurpateur
se relevoit cette foule d'aventuriers qu'il avoit décorés du diadème ; et de plus la chute du légitime
Monarque amenoit celle de tous les Rois qui lui devoient d'être remontés sur le trône. Les droits les

plus sacrés devenoient une seconde fois probléma-
tiques; et les bornes des empires, de nouveau dépla-
cées, ne laissoient plus de passage qu'à l'invasion et
au désordre. Dans des conjonctures aussi critiques,
au milieu de tant de passions mal assoupies, Louis
étoit le lien de réconciliation, le gage de paix :
dans cet universel ébranlement des peuples et des
Rois, dans ce choc de tant de si hauts intérêts, il
étoit comme la clef de la voûte destinée à conserver
à l'édifice de la société européenne toute sa solidité
et toute sa force : *In tempore iracundiæ, factus est
reconciliatio* [1].

Pensez-vous, Messieurs, que Louis ait profité de
ce miraculeux ascendant sur les Nations et sur les
Rois, pour satisfaire une vengeance qui sembloit
être un devoir ? Peut-être dans le sentiment de leur
indignation, d'indiscrets conseillers lui auront-ils dit,
comme firent à leur maître les serviteurs de David :
« Grand Prince, voici le jour annoncé par le Sei-
» gneur : votre ennemi est dans vos mains; traitez-le
» comme il vous eût traité lui-même ». A Dieu ne
plaise que le petit-fils de Henri IV s'éloigne jamais de
la route que lui a tracée son ayeul [2]. Aux malédictions il ne répondra que par des bénédictions, et se
montrera sur la terre le vrai représentant du Dieu qui
du haut du ciel fait briller son soleil sur les méchans
comme sur les bons, et répand sa rosée sur le préva-

[1] *Eccli.* 44. 17.
[2] I. *Reg.* 24. 5, 7.

ricateur comme sur le juste *. Aussi combien, par
cette politique toute chrétienne, fidèle exécuteur du
testament de Louis XVI, notre bon Roi s'est-il
assuré de cœurs! Et quel coup terrible sa clémence
sans bornes a-t-elle porté au monstre de la Révolution, qui, dans l'espoir de faire retomber la France
sous son joug de fer, la menaçoit sans cesse des vengeances des Bourbons et de leur chef !

Mais elle ne se croyoit pas vaincue; et s'étant, par
ses artifices, rendue maîtresse des avenues du trône,
elle ne désespéra pas (tant la haine et l'ambition rendent aveugle) d'entraîner dans ses piéges le plus
clairvoyant des Princes, celui qui d'un coup-d'œil
lisoit dans le fond des cœurs, et de faire servir à sa
perte sa droiture et sa loyauté même.

L'histoire, qui nous a appris par quels secrets ressorts l'hérésie mit en jeu la puissance du premier
Empereur chrétien, et la tourna contre la croyance
catholique; l'histoire nous apprendra plus tard par
quelle profonde intrigue notre Roi faillit être jeté
hors de la ligne que lui avoient tracée dès l'origine
sa rare prudence et sa haute sagesse. Plus tard les
mystères de l'iniquité seront mis au grand jour.

O splendeur du trône bien peu digne d'envie!
Heureux l'homme obscur à qui sa naissance n'impose
d'autre obligation que de se laisser guider et d'obéir!
Du-moins lui est-il facile de connoître la vérité. Mais
comment parviendra-t-elle à celui de qui toutes les

---

* *Solem suum facit oriri super bonos et malos, et pluit
super justos et injustos.* Mat. 5. 45.

faveurs découlent? S'il la cherche, elle lui échappe;
s'il fuit l'erreur, l'erreur se présente à lui avec de
faux et spécieux dehors. Le bien qu'il désire, il ne
le peut faire; et le mal qu'il voudroit éviter [1], il
y est comme entraîné par d'irrésistibles influences.
Toutefois la Providence arrive à ses fins par des
voies impénétrables; et quand il le faɩ, elle donne à
ceux qu'elle protége d'utiles et sévères leçons:
Attingit à fine usque ad finem fortiter.

13
février
1820.

« Venez, se sont écriés les restes de la faction
» impie; venez, frappons à mort le royal héritier [2] ».
Ils disent, et Berri est atteint au cœur d'un coup
mortel. Mais, ô prodige! l'auguste victime se survit
à elle-même; et tout enveloppée qu'elle est des ombres de la mort, elle aura brillé du plus vif éclat.
Dans une seule nuit, sur cet humble lit où il a été
jeté à la hâte, Berri aura présenté l'assemblage des
plus hautes vertus, des qualités les plus heureuses,
des plus affectueux sentimens. Fut-il jamais une foi
aussi vive, une contrition aussi humble, une résignation aussi profonde, une aussi opiniâtre charité?
Vous en fûtes témoin, ô grand Roi! vous qu'il regardoit comme un second père. Dans cet abîme de
douleurs où vient d'être précipité ce fils chéri,
quelle présence d'esprit! quelle prévoyance! quelle
sérénité! quel calme! et avec tant d'attentions déli-

[1] *Non enim quod volo bonum, hoc ago; sed quod odi
malum, illud facio.* Rom. 7. 15.

[2] *Hic est hæres : venite, occidamus eum.* Marc. 12. 7.

3*

cates pour tous, quel entier oubli de lui-même!
Aucun Prince, aucun Roi, aucun Saint peut-être
ne sera mort ainsi. C'est tout-à-la-fois le meilleur des
époux et des pères, le plus soumis des enfans, le
plus fidèle des sujets, l'ami le plus tendre, le prince
le plus magnanime. Aussi ce n'est plus un homme;
il ne touche plus à la terre; il est tout entier dans
le ciel. Semblables à ce rayon du miel le plus pur
que le vainqueur des Philistins tira de la bouche
du plus redoutable des animaux : de l'âme toute de
feu de Monseigneur le Duc de Berri sortirent la douceur, la patience, la charité, toutes les plus aimables
vertus : *De forti egressa est dulcedo*[1].

Messieurs, qu'est-il besoin de le dire? ce sang d'un
héros chrétien consolidera le trône et l'autel, que de
lâches assassins s'étoient flattés de renverser; et la
naissance de *l'enfant du miracle*, constatée par sa
courageuse mère avec un si grand péril, viendra au
temps marqué rassurer et consoler la royale famille,
la France, l'Europe, à-peine revenues de leur épouvante et de leur douleur. Ainsi bravant, sur un frêle
esquif, l'Adriatique furieuse, apparut au milieu de
ses légions alarmées, le grand César, dépositaire des
destinées du Monde.

Béni mille fois celui qui du haut des Cieux se joue
des vains complots de l'iniquité[2]; qui de la mort fait
naître la vie, et de la poussière des tombeaux suscite
l'espérance et la consolation d'Israël !

29 sep-
tembre
1820.

---

[1] Jud. 14. 14.
[2] *Qui habitat in cœlis, irridebit eos.* Ps. 2.

Quelles étoient cependant les pensées de Louis,
après que d'une main tremblante il eut fermé les
yeux de son fils bien-aimé? Sa profonde douleur,
loin d'arrêter le cours de ses méditations, ne servit
qu'à les rendre plus actives et plus assidues, et la
grandeur même de la perte qu'il avoit à déplorer
donna à ses royales sollicitudes une nouvelle énergie.
Depuis long-temps, en effet, Messieurs, ce grand Roi
réfléchissoit, dans l'amertume de son cœur, sur cette
alternative étrange de maux et de biens, de catastrophes sanglantes et de consolantes merveilles, qui faisoit en quelque sorte le caractère propre de son règne.
Bien différent de ces Princes qu'une première erreur
entraîne dans une erreur nouvelle, que les préventions aveuglent, que l'incertitude décourage et re-
bute; il cherchoit à pénétrer le secret des causes de
cette inexplicable fluctuation d'événemens et de doctrines, qui sans cesse tenoit entre la crainte et l'espérance le Monarque et les sujets. Comme un médecin habile, depuis long-temps il travailloit à sonder
les plaies profondes et cachées du corps politique.
Pour s'aider dans cette recherche délicate, et pour
être sûr de dégager la vérité du mensonge, les circonstances les plus légères ne lui avoient pas paru
indifférentes: pendant deux années entières, sans rien
diminuer de ses travaux accoutumés, il s'applique
avec une admirable constance à prendre, sur un
nombre presque infini de ses sujets, des notions justes
et précises. Malgré sa haute dignité, il se fait un
devoir de tout approfondir, de descendre dans les
moindres détails : semblable à ce pasteur de l'Évan-

*24 dé-
cembre
1818.*

gile, qui connoît ses brebis et les appelle par leur
nom[1] : et il vient à-bout de distinguer le zèle hypocrite d'avec le généreux dévouement, et de ne plus
confondre la loyauté franche et la vérité courageuse
avec les rapports envenimés et la fausse louange.

N'allons pas plus loin, Messieurs, et souvenons-
nous du conseil de l'Esprit-Saint, qui nous recommande de garder le secret des Rois, et de dérober
aux regards du vulgaire les ressorts cachés de leur
politique[2]. Laissons au temps le soin de mettre à
découvert les sources de notre salut, et de déchirer
le voile mystérieux derrière lequel s'est vraiment
consommée la restauration de la France. Aussi-bien
n'y a-t-il rien de caché qui ne doive être révélé un
jour ; et ce qui d'abord ne se confie qu'au petit
nombre, ne sera-t-il pas manifesté à l'Univers ?[3]

Au reste, Messieurs, considérez, je vous prie,
comme la Providence se plaît à récompenser les
longs et généreux efforts de notre Prince. Les méchans, à qui se montre dans tout son jour la vérité
qu'ils auroient voulu dérober à Louis, ne peuvent
en soutenir l'éclat. Ils s'éloignent, la honte sur le
visage et le remords dans le cœur, comme Caïn, qui
ne pouvoit supporter le regard des hommes. Le courage des bons se ranime ; les craintes vagues, les
indéfinissables inquiétudes se dissipent ; la sécurité

---

[1] *Proprias oves vocat nominatim.* Joan. 10. 3.
[2] *Sacramentum Regis abscondere bonum est.* Tob.
12. 7.
[3] Mat. 10. 26, 27.

s'établit ; l'espérance renaît dans tous les cœurs.

Un Roi, dit Salomon, qui monte sur son trône pour rendre la justice, dissipe l'iniquité d'un seul de ses regards[1]. Qu'arrivera-t-il s'il est secondé par les conseils d'une amitié dévouée, courageuse, qui parle sans déguisement et sans fard ? Quel trésor ! et qu'y a-t-il de comparable à un bien si précieux ? *Amico fideli nulla est comparatio*[2]. Ainsi éclairé par un doux rayon de lumière et de vérité, le puissant Assuérus révoque le fatal arrêt, et comble d'honneurs la fidélité humiliée[3]. Quoi de plus consolant pour un bon Roi ! Et dans le souvenir de tant de biens, quelle récompense pour ceux qui ont eu le bonheur d'y concourir !

Libre de tant de cruels soucis, pouvant désormais se fier à ce qui l'entoure, le Monarque, assuré de l'affection de ses sujets, du tendre attachement des Princes de son sang, exécutera désormais sans obstacles les plans qu'il a conçus et mûris dans sa haute sagesse.

13 décembre 1821.

L'ordre dans les finances ne se borne plus à la trompeuse symétrie des calculs de chaque année ; mais les impôts sont progressivement réduits dans une proportion inespérée[4]. C'est véritablement *une*

---

[1] *Rex qui sedet in solio judicii, dissipat omne malum intuitu suo.* **Prov. 20. 8.**

[2] *Eccli. 6. 15.*

[3] Est. 7. *passim.*

[4] A Paris, depuis 1816, la diminution de l'impôt foncier est dans la proportion de 240 à 127.

ère *nouvelle qui commence* [1]. Par les soins d'une administration aussi paternelle qu'éclairée [2], mille sujets sont proposés à l'émulation des artistes, et leurs travaux généreusement récompensés. La résidence de Louis ressemble à un vaste atelier des arts. Le commerce est encouragé. L'agriculture acquièrt un développement inconnu; et au-lieu de ces disettes factices, préparées par la perfidie et consommées par l'ignorance, nous voyons s'accomplir les bénédictions que promet Moyse au peuple fidèle; et nous n'avons plus en quelque sorte à nous plaindre que de notre abondance [3].

Que dirons-nous de ce qu'a fait pour la Religion de ses pères le Roi très-chrétien, le digne descendant de saint Louis? Par lui l'Épiscopat, qui commençoit à s'éteindre, est rendu à la vie : trente nouveaux Pontifes sont institués pour réparer les ruines du sanctuaire, et redonner à la race d'Aaron son ancien lustre et son premier éclat. Et comme si ce n'étoit pas assez pour la piété éclairée de Louis, il veut que les plus hautes dignités de l'État relèvent celles de l'Église, qui à son tour réfléchit sur les autres sa douce et vivifiante lumière : le sacerdoce et l'empire

---

[1] Inscription du nouveau salon de Saint-Ouen, bâti à la place même où fut signée la Déclaration du 2 mai 1814.

[2] M. le Comte de Chabrol, Préfet de la Seine, et le Conseil général du Département.

[3] *Abundare te faciet Dominus Deus tuus, in cunctis operibus manuum tuarum.* Deut. 30. 9.

n'auront plus qu'un même intérêt ; le trône et l'autel seront appuyés sur une base commune[1].

Mille pieux établissemens se forment sous les auspices de Louis, éclairés par ses conseils, encouragés par ses largesses. D'un côté, voyez ces solitudes austères, ménagées au repentir ; de l'autre, ces paisibles retraites, ouvertes à des vertus plus douces[2]. Les enfans d'Ignace et de Vincent, ceux du vertueux Olier, tout ce qui a pu échapper au glaive de l'impiété et de la tyrannie, animés d'un feu tout nouveau, prodiguent leurs soins à la jeunesse délaissée, à la pauvreté ignorante, à la précieuse semence qui doit reproduire et multiplier la tribu de Lévi[3]. Nos colonies, si long-temps abandonnées, recouvrent leurs prédicateurs ; et de courageux apôtres se dévoueront encore au salut des nations plongées dans les ténèbres de la mort[4].

Mais quels sont ces nouveaux ouvriers évangéliques, dont la voix retentit dans nos grandes cités ? ils ne sont arrêtés ni par les fatigues, ni par les contradictions : zélés apôtres, sujets dévoués, ils font vivement sentir aux peuples le bonheur qu'il y a d'être chrétien, d'être François, de vivre dans le sein de l'Église catholique, sous le sceptre paternel des Bourbons[5]. C'est à la voix de Louis qu'ils se sont

---

[1] Plusieurs prélats créés pairs en 1823, et conseillers-d'État en 1824.

[2] La Trappe, la Chartreuse, etc.

[3] Les Jésuites, Lazaristes, Sulpiciens, etc.

[4] Le Saint-Esprit, les Missions-Étrangères.

[5] Les Missionnaires de France.

sacrifiés pour cette œuvre, de toutes la plus importante[1]; et si dans son Royaume il reste encore quelques ennemis secrets de sa dynastie, toute la vengeance qu'il exercera contre eux, ce sera de leur envoyer ces ministres de paix, pour les rendre plus heureux et meilleurs.

Voilà donc, Messieurs, comment Louis triomphe de la Révolution; voilà comment il en prépare la ruine. Mais ce n'est pas tout; il veut que la jeunesse, espoir du pays, ait un chef digne par ses talens et par ses vertus de la guider dans la carrière de la science et de la religion; un chef capable, après les égaremens de notre siècle, de nous assurer pour l'avenir une génération plus sage et des jours plus sereins. Et déjà, comme pour indiquer le plan qu'il faudra suivre dans une indispensable réforme, il avoit permis qu'un de ses augustes noms (douce et délicate récompense!) fît briller d'un nouveau lustre celle des grandes écoles de son royaume qu'il sait lui avoir produit le plus de sujets fidèles. Sous votre nouveau guide[2], collége Stanislas, poursuivez vos destinées: le frère de Louis XVIII vous affectionne!

Pourquoi cacherions-nous l'une des pensées les plus chères à son cœur, le noble projet de rendre à la Religion Catholique, à la Religion de l'État, tout le lustre que semble lui enlever, par une rédac-

Juin 1822.

Février 1822.

---

[1] Voyez le Mandement de M. l'Évêque de Nancy, sur la mort du Roi.

[2] M. l'abbé Augé, docteur de Sorbonne.

tion équivoque et timide, le texte même de la Loi
fondamentale ; sans néanmoins rien retrancher de
la tolérance jurée, ni de la protection consacrée par
de solennelles promesses?[1] Déjà comme un gage de
cette salutaire correction, il avoit remis les intérêts
de la Religion Catholique dans des mains chères au
Clergé françois : l'éducation de la jeunesse et le culte
du Très-Haut, ces deux sauve-gardes des Empires,
n'auront plus qu'un même Ministre[2].

Août
1824.

En un mot, Louis auroit voulu *fermer à jamais
l'abîme des Révolutions*[3] : c'étoit là sa pensée unique,
et l'objet de ses méditations continuelles. De là, malgré des douleurs inouies et qui croissoient chaque
jour, de là son assiduité à remplir tous les devoirs de
la royauté : plus esclave des heures, plus avare des
momens que le moindre de ses sujets; et depuis bien
des années pratiquant à tous les instans cette sévère
et noble maxime, échappée trop tard à sa grande
âme : *Le Roi peut mourir, mais le Roi ne doit pas
être malade.*

24 août
1824.

Aussi nous concevons aujourd'hui, peut-être mieux
que dans le temps même de l'exécution, ce qu'il y
avoit de grand et d'héroïque dans le projet de délivrer la Péninsule du joug d'une assemblée rebelle,
et de rendre à un utile allié ce noble sceptre des
Espagnes, ravi par des mains usurpatrices. Malgré la

7 avril
1823.

[1] Voyez la Charte, articles 5, 6, 7.
[2] M. l'Évêque d'Hermopolis, Grand-Maître.
[3] Discours du Roi, en 1824.

mort qui le menace, en dépit de ses indicibles souffrances, capables d'écraser les âmes les plus fortes,
il se lance dans la plus périlleuse des entreprises :
incapable d'hésitation et supérieur à la crainte, il
n'entend que la voix du devoir, que le cri de
l'honneur, que les avis pressans de la grande ombre
de Louis XIV, et des mânes sanglans du Roi-
Martyr.

L'armée, toujours admirable par sa valeur, admirable plus que jamais par sa discipline et par le
concert de ses efforts, se montre digne et du Roi
qui l'a envoyée, et du Prince qui la conduit aux
combats : de ce héros pacificateur qui, dans le court
espace d'une campagne rapide, révèle à l'Europe le
plus noble caractère, la plus haute sagesse, l'esprit
le plus conciliant, la plus rare impartialité. Nous ne
parlons pas du courage : il est héréditaire chez les
Bourbons.

Mais pourrions-nous taire tant de fameux capitaines réduits par la force ou gagnés par la clémence;
tant de vastes provinces occupées par des troupes si
peu nombreuses, et les retranchemens ennemis fran-
chis aussi aisément que les arcs de triomphe? Pourrions-nous taire tous les plans de résistance décon-
certés par la célérité de nos mouvemens ou par
l'intrépidité de nos attaques, et les merveilles de
la conquête de l'Asie renouvelées par un autre
Alexandre*? Pourrions-nous taire le dernier rempart
de la rebellion écrasé, les fers du successeur de

---

* Voyez Arrien, Liv. I.

Charles-Quint brisés, et les désastres de Pavie réparés par d'Angoulême sur les ruines du Trocadéro?

Le charme d'un si beau triomphe, qui nous replace à notre ancien rang, a dû, ô grand Roi, apporter quelqu'adoucissement à vos douleurs : vos jours auront été prolongés par cet aimable conquérant, que vous vous plaisiez à appeler du nom le plus cher à votre cœur. La France et la capitale, en-même-temps qu'elles ont applaudi aux victoires du Fils, ont vivement partagé les jouissances du Père. *Décembre 1823.*

Hélas! dès-lors le temps approche, où malgré la fermeté de son caractère, le Roi ne peut plus dérober à notre amour inquiet les progrès d'un mal sans remède. Soit qu'il remplisse avec les solemnités d'usage ses devoirs de Roi et de Chrétien; soit même dans le calme des entretiens les plus familiers, et jusque dans le détail des actions les plus indifférentes : un simple changement de position, une parole, un geste, rien qui ne lui soit une cause de souffrance, un supplice nouveau. Qui le croiroit? tandis que son regard et son visage conservent la noblesse et le calme qui conviennent au plus grand Roi de l'Univers, une partie de son corps, usée par la douleur, se détache par lambeaux comme le vêtement de l'indigence. C'est ainsi que pendant plusieurs mois la cruelle mort s'essaye sur sa noble proie; et néanmoins, les courtisans les plus habiles en conjectures, ignorent si le mal qu'ils soupçonnent a fait de nouveaux progrès; à-peine même croient-ils que le Roi peut souffrir.

Mais lorsque la douleur fut à son comble, et que la nature eut enfin reconquis ses droits, les yeux les moins clairvoyans furent dessillés. Cette tête si ferme est obligée de fléchir; cette parole si nette et si distincte s'embarrasse et s'obscurcit; ces yeux, tout remplis de l'habitude du commandement, peuvent à-peine s'ouvrir à la lumière. Toutefois, Messieurs, le Roi existoit encore avec son imposante majesté, non par un vain amour du pouvoir, mais par un profond sentiment de ses devoirs envers le pays : entre sa maladie et sa mort, il ne vouloit que le plus court des interrègnes. Il s'opiniâtra donc à supporter le fardeau si pesant de la couronne, et à demeurer Roi, jusqu'au moment fatal où des voix, qui lui étoient chères à tant de titres [1], lui eurent annoncé qu'il avoit assez fait pour son Peuple, et que désormais il ne devoit plus vivre que pour lui-même [2].

Aussitôt le Monarque disparut, et il ne resta plus que le chrétien. Ce n'est plus ce mélange de douceur et de fermeté, qui faisoit tout ensemble chérir l'homme et craindre le Roi : il n'a plus de volonté; il ne songe qu'à mourir. Calme et résigné, un instant lui a suffi pour déposer aux pieds de son Dieu sa couronne mortelle : la seule qui l'occupe désormais est la couronne immortelle, promise au juste persévérant : *Spiritu magno vidit ultima.* La

8 sep-tembre.

11 et 12 septem-bre.

13 septem-bre.

[1] Madame la comtesse du Cayla, et M. l'Évêque d'Hermopolis.

[2] *Dispone domui tuæ, etc.* Is. 58. 1.

compagne fidèle de son exil, un frère tendrement chéri, tous les Princes de son sang entourent son lit de mort, pénétrés de douleur et d'amour : lui, il ne laisse échapper ni plaintes, ni regrets ; et s'il ouvre encore la bouche, ce n'est que pour adresser à sa famille désolée des paroles de bénédiction. Si plusieurs fois la mort, dans ses aveugles caprices, paroît le saisir, et que, par un jeu cruel, elle le rende à la vie, et l'abandonne encore à la douleur, il n'en témoigne ni joie ni déplaisir. Son unique soin est d'unir, à la voix des ministres saints, sa voix défaillante ; son unique bonheur, de presser contre ses lèvres le signe du salut, l'image de celui que l'Écriture appelle, par excellence, *l'homme de douleurs : Spiritu magno vidit ultima.*

Rappellerai-je ici, Messieurs, les vives émotions de cette grande ville, et les alarmes de nos provinces, aux premières annonces de la crise qui se préparoit. Qui de nous n'a pas été touché de cet empressement de tous les citoyens à s'informer, heure par heure, de la santé du Roi ? Comme chaque nouveau détail sur sa résignation et ses douleurs excitoit un nouveau sentiment d'admiration et d'amour ! Saint Louis, dans les contagieux climats de l'Afrique ; le magnanime Louis XIV, terminant à Versailles sa glorieuse carrière ; le Roi-Martyr sur l'échafaud, se présentoient à la mémoire de la France, qui sent redoubler sa vénération, son dévouement et son amour pour des Rois qui savent ainsi mourir : *Spiritu magno vidit ultima.*

Cependant la nation entière se presse aux pieds des autels, suspendue entre l'espérance et la crainte, et cherche par ses vœux à prolonger de si précieux jours. Elle ne peut se résigner à la séparation dont elle est menacée. Hélas! le moment fatal est arrivé : Louis expire; mais il expire avec la paix du juste. La mort ne laisse sur son visage, encore tout rempli de majesté, aucune trace de ses ravages ordinaires, ni de tant d'années d'insupportables tôurmens; tant son âme avoit conservé de grandeur et de force: *Spiritu magno vidit ultima*[1].

16 sep-
tembre
1824.

Lorsque David sentit les approches de la mort[2], les Livres saints nous apprennent, Messieurs, que ce grand Roi appela Salomon son successeur, et lui dit : « Prenez courage, ô mon fils bien-aimé; » mettez votre confiance au Dieu de nos pères, et » montrez-vous à vos peuples comme le digne des- » cendant de Juda, comme le noble rejeton d'Isaï : » *Confortare et esto vir.* Observez les commande- » mens du Seigneur; marchez dans la voie qu'il » nous a tracée par le ministère de Moyse; confor- » mez-vous religieusement aux cérémonies saintes et » aux réglemens sacrés. Par là vous régnerez à jamais » sur Israël; par là, selon la divine promesse, ô mon » fils! vous affermirez le trône dans notre maison : » *Non auferetur tibi vir de solio Israël* ».

Vous n'aurez pas été obligé, ô Prince! objet de nos larmes, de descendre à de semblables instruc- tions. Formé comme vous à l'école de l'adversité,

---

[1] *Eccli.* 48. 27.
[2] III. *Reg.* 2. *Passim.*

lié comme vous, par d'irrévocables sermens, au
bonheur de ses peuples, votre frère chéri, vous le
savez, mettra la Religion en honneur, maintiendra
les lois et les libertés du Royaume, et s'attachera
à l'observation fidèle de ce pacte conciliateur, qui
unit le présent au passé, et nous assure l'avenir [1].

Mais écoutons encore l'historien sacré. Tout-à-
coup le Roi d'Israël semble se repentir de cette clémence sans bornes dont jusqu'alors il s'étoit fait un
titre aux miséricordes du Seigneur [2] : ce David si
justement renommé pour son infinie douceur, ne
recueillera un reste de forces à cette heure fatale,
que pour rappeler à Salomon les malédictions pro-
noncées par Séméï, et le sang innocent versé par le
fils de Sarvia ; que pour lui indiquer la juste peine
due à l'ingratitude et à la cruauté. Monarque infortuné, voué à la douleur jusqu'au-delà du trépas, il
ne remettra son âme aux pieds du Souverain Juge,
qu'après avoir donné à ses sujets cette triste marque
de sa royale sollicitude ; qu'après avoir exigé de son
fils ce terrible gage d'obéissance et de sagesse : *Tu
autem sapiens es, ut scias quæ facias ei.*

Heureux le Roi très-chrétien d'avoir pu, sur son
lit de mort, ne s'occuper que du salut de son âme ;
et plein d'amour pour tous les Français, goûter, sur
leurs destinées futures, une parfaite sécurité ! Heureux le disciple du Dieu qui pria pour ses bourreaux,

---

[1] Voyez la réponse de Charles X aux Pairs et aux Députés,
le 17 septembre 1824.

[2] *Memento, Domine, David, et omnis mansuetudinis
ejus.* Ps. 131.

d'être descendu dans la tombe avec cette paix de l'âme et ce calme de la conscience, inséparables d'une charité sans mesure; n'ayant à se reposer sur le plus tendre des frères que du soin de récompenser le zèle éprouvé, et de dédommager la fidélité malheureuse.

Dormez donc d'un paisible sommeil, ô Roi clément et miséricordieux! Loin de chercher à venger d'anciennes injures, le nouveau Louis XII, le vrai père du peuple, n'aura d'autre ambition que de cicatriser toutes les plaies, de ne faire de toute cette immense nation qu'une seule famille, et de *continuer votre règne*. Dormez d'un paisible sommeil, ô Prince si cher à tous les cœurs! bien différent de ces conquérans insatiables que la mort a surpris vides de richesses et dépouillés de puissance *. Dormez d'un paisible sommeil dans le temple réservé aux royales sépultures, au milieu de vos illustres ancêtres; tranquille sur l'avenir de vos peuples, dont votre main bienfaisante a guéri les blessures qu'elle n'avoit pas faites, et réparé les calamités qui n'étoient pas son ouvrage : *Dormivit igitur David cum patribus suis, et sepultus est in civitate David.*

Puisse la France, sous le sceptre paternel de son nouveau Roi, jouir sans trouble de la félicité que nous a garantie celui que nous avons perdu! Puisse Charles-le-bien-aimé resserrer chaque jour, entre tous ses enfans, les liens d'union et d'amour dont nos longs malheurs ne nous ont que trop fait sentir

---

* Ps. 75.

le prix! Puisse, du haut du Ciel, placé entre saint Louis et le Roi-Martyr, puisse le Prince dont nous avons essayé, Messieurs, de consacrer le souvenir, être témoin de ce bonheur, présage ici-bas de celui que le Dieu de charité réserve à ses élus! Ainsi soit-il.

ORAISON FUNÈBRE

DE SA MAJESTÉ

LOUIS XVIII.

IMPRIMERIE D'ADRIEN LE CLERE ET Cᵢᴇ.

ORAISON FUNÈBRE

DE SA MAJESTÉ

LOUIS XVIII,

ROI DE FRANCE ET DE NAVARRE;

PAR M. L'ABBÉ TEXIER-OLIVIER,

CHANOINE HONORAIRE DE LIMOGES.

A PARIS,

CHEZ ADRIEN LE CLERE ET Cie., IMPRIMEURS-LIBRAIRES,
QUAI DES AUGUSTINS, No. 35.

1824.

ORAISON FUNÈBRE

DE SA MAJESTÉ

LOUIS XVIII,

ROI DE FRANCE ET DE NAVARRE.

*Usque in senectutem permansit ei virtus, ut ascenderet in excel-
sum terræ locum, et semen ipsius obtinuit hæreditatem, ut viderent
omnes filii Israel, quia bonum est obsequi sancto Deo.*

Sa vertu s'est soutenue jusque dans la vieillesse; elle l'a fait monter aux lieux les plus élevés de la terre, et sa postérité a recueilli
son héritage, afin que les enfans d'Israël connoissent qu'il est bon
d'obéir au Dieu saint. (*Eccles.* chap. XLVI, 11, 12.)

MESSIEURS,

Il faut mourir! tel est le terrible anathème que
le Tout-Puissant dans sa juste colère a lancé contre
l'homme coupable. En vain cependant une triste
et douloureuse expérience nous le répète à tous les
instans de notre vie; nous semblons l'oublier. Mais
si dans ses jeux bizarres et cruels la mort vient à
frapper une de ces têtes que le diadème sembloit
devoir préserver de ses coups, alors malgré nous

1

saisis de crainte et d'effroi, nous ouvrons les yeux
sur le néant des grandeurs de la terre, et semblons
douter encore que tant de gloire, de puissance,
de fortune, aient pu s'évanouir comme un songe
léger; alors nous apprenons, en tressaillant de
crainte, que, pour les rois comme pour leurs sujets, il n'est qu'un seul bien dont la pierre sépul-
crale ne nous sépare pas.

Et ici, Messieurs, comment ne pas admirer la
sagesse de la Providence, qui, dans un siècle où
la vertu trouve à peine un asile sur la terre, a
voulu laisser aux hommes une grande et utile leçon dans la vie de l'auguste Monarque dont l'Esprit saint lui-même semble avoir tracé dans le peu
de mots de mon texte et les mérites et les bienfaits?

*Sa vertu s'est soutenue jusque dans la vieil-
lesse; elle l'a fait monter aux lieux les plus élevés
de la terre, et sa postérité a recueilli son héritage,
afin que les enfans d'Israël connoissent qu'il est
bon d'obéir au Dieu saint.*

Surtout, Messieurs, qu'il me soit permis de
m'applaudir devant vous de n'avoir pas, dans ce
jour, à proposer à votre attention l'éloge d'un de
ces héros dévastateurs dont les peuples ne répètent les hauts faits qu'en frémissant, et dont le
nom n'est inscrit qu'en caractères funèbres au tem-

ple de l'immortalité. Etrange folie des hommes!
il semble qu'ils n'admirent que ce qui les fait
trembler, et que le seul chemin qui conduise à la
gloire doive être arrosé de sang et jonché de cadavres. Les insensés! il n'est donc que les éclats
de la foudre qui puissent les éclairer? Ah! qu'ils
sont plus grands au contraire, ces rois qui consacrent leurs veilles et leurs travaux à rendre la
justice à leurs peuples, à faire fleurir dans leurs
Etats les lettres et les arts, à protéger l'agriculture, et à donner à la religion l'éclat et la splendeur dignes de cette fille du ciel. Partout, quelque
difficiles que soient les temps qui les voient naître;
partout, pour fruit de leur sage administration, ils
voient autour d'eux les factions s'éteindre, la paix
s'affermir, les plaies de l'Etat se fermer, la haine et
la discorde expirer d'impuissance à leurs pieds, et
les étrangers jaloux frémir d'une grandeur qu'ils
n'avoient pu prévoir; partout enfin, sur leur passage, leurs regards ne rencontrent que des heureux
qu'ils ont faits. Heureux en effet, ah! mille fois
heureux les peuples ainsi gouvernés! L'amour et
non la crainte leur commande le respect et l'obéissance; loin de les voir conspirer contre la vie et la
puissance de leur généreux Souverain, loin de les
entendre adresser au ciel des prières pour la délivrance de leur patrie, le jour où l'inexorable mort

l'enveloppe de ses ombres est un jour de deuil universel, où chaque citoyen semble prêt à faire le sacrifice de sa fortune, et même de son existence pour
rendre un maître à ses disciples, un père à ses enfans, un Roi à des sujets dont il faisoit le bonheur.

Mais n'anticipons pas sur les évènemens; avant
de briller sur le trône, la vertu de ce Roi après lequel soupirèrent tant d'années tous les cœurs vraiment français s'étoit long-temps exercée dans le
creuset de l'infortune, et si le sceptre de ses pères
est devenu son héritage, s'il a eu la gloire de le
transmettre à ses nobles descendans, après en avoir
augmenté la splendeur, ce fut la récompense de
cette grandeur d'ame, de cette élévation de sentiment, de cette magnanimité de conduite, surtout
de cette confiance inaltérable en la justice et en la
miséricorde du Seigneur, qui ne l'abandonnèrent
jamais au milieu des longues et terribles calamités
de son peuple et de sa famille, et qui le firent si
long-temps espérer contre l'espérance elle-même.

Usque in senectutem permansit et virtus, ut as-
cenderet in excelsum terræ locum, et semen ipsius
obtinuit hæreditatem, ut viderent omnes filii
Israël, quia bonum est obsequi sancto Deo. Sa
vertu s'est soutenue jusque dans la vieillesse; elle
l'a fait monter aux lieux les plus élevés de la terre,
et sa postérité a recueilli son héritage, afin que

les enfans d'Israël connoissent qu'il est bon d'obéir au Dieu saint.

Venez donc, Messieurs, sur la tombe de votre Roi, écouter les grandes leçons que la religion vous enseigne : venez y apprendre qu'il n'est ici-bas de véritable grandeur que celle que la vertu sanctionne, et que le Prince que nous pleurons ne dut qu'à sa foi et à sa piété d'être mis au rang des souverains les plus illustres de sa race.

Être Grand en effet dans les revers, être plus Grand encore dans la fortune, tel est le plus bel éloge qu'on puisse faire d'un Roi, et tel est celui que nous allons consacrer dans ce jour à la mémoire du *très-haut, très-puissant* et *très-excellent prince* Louis, *dix-huitième du nom,* Roi très-chrétien de France et de Navarre.

En commençant, Messieurs, je l'avoue, la grandeur de mon sujet m'étonne : mon ame est abattue par la triste et douloureuse pensée de cette longue suite de désastres sur lesquels ensemble nous avons à gémir pour suivre le Roi que nous pleurons sur tous les théâtres de son héroïque vertu. Hélas! jeune encore, la plupart de nos malheurs ne me sont connus que par les larmes et les gémissemens de cette génération que la foudre du Très-Haut a frappée d'une manière si sanglante, et, lorsque j'ou-

vris les yeux à la lumière, Louis étoit un prince
aussi grand par ses revers que par l'inaltérable fermeté qu'il sut leur opposer.

Ah! que j'aime, Messieurs, à me reporter vers
ces temps heureux de la monarchie française, où
les Rois, pères de leurs peuples, rivalisoient avec
leurs sujets dans la pratique de toutes les vertus
domestiques : que j'aime à voir cet illustre fils de
Louis le bien-aimé, le grand Dauphin, faire ses
délices, au milieu d'une cour aussi brillante que
frivole, de présider à l'éducation de ses fils chéris,
comme s'il eût pu prévoir que tour à tour ils oc-
cuperoient le trône de leurs ancêtres! comme si,
pressentant cette mort prématurée qui devoit l'empêcher d'y monter lui-même, il eût voulu laisser
à la France des successeurs dignes de lui faire
oublier la grandeur de sa perte! Oh! comme il
s'applaudit des rapides progrès de son enfant de
prédilection, le jeune comte de Provence! les
triomphes éclatans qu'il obtient dans tous les genres d'étude enivrent de joie son cœur paternel :
l'histoire, la morale, la littérature, les sciences
naturelles, rien en effet ne lui est étranger, rien
n'offre à son étonnante facilité d'obstacles insurmontables : ses frères eux-mêmes se plaisent à
reconnoître sa supériorité, et la cour répète avec
enthousiasme ses mots heureux, ses saillies spiri-

tuelles, ses réparties ingénieuses ; et le peuple re-
dit avec les transports de la plus vive allégresse ces
preuves continuelles qu'il donne d'une inépuisable
bienveillance. Un jour, encore dans la plus tendre
enfance, touché du récit du naufrage d'un navire
dont une partie de l'équipage étoit tombée au pouvoir des insulaires des côtes de Guinée, il court
trouver ses frères, ses amis, les attendrit par une
éloquente peinture du sort affreux qui attend ces
infortunés, et bientôt deux bâtimens équipés à
leurs frais franchissent les mers, et vont redire
jusque sous le ciel brûlant de l'Afrique les espérances que donnent à la France et au monde de si
précoces vertus.

Plus tard, lorsqu'affranchi de toute tutelle et par
l'âge et par la mort de ses augustes parens, dont il
fut long-temps inconsolable, on le vit, foulant à
ses pieds le faste de la cour et les jouissances du
luxe et de la fortune, cultiver en paix les lettres,
dont il se proclama le zélé protecteur, dédaignant
même de s'y enorgueillir de ses succès, dont il
abandonnoit tout le mérite à ses amis ; n'ayant
pour lui d'autre ambition que celle de soulager
les malheureux et d'édifier les peuples, d'autres
plaisirs que la société de quelques amis vertueux
et l'amour de son intéressante épouse, Joséphine
de Savoie.

Jours de son bonheur, vous deviez vous évanouir comme l'ombre. Hélas! du fond de leurs
affreux repaires, déjà l'athéisme et la philosophie
avoient crié : *Haine au Christ! mort aux Rois!* et
de lugubres échos avoient répété ces cris de fureur jusque sur les marches du trône. Déjà la
foudre grondoit dans le lointain, et le nuage précurseur des tempêtes planoit sur notre malheureuse patrie. Hélas! séduit par un trop grand
amour du bien, égaré par la bonté même de son
cœur, le vertueux Louis XVI ne pouvoit prévenir les malheurs qui menaçoient la France. Plein
de confiance en des hommes qui, pour la plupart,
n'étoient que les instrumens ou les complices de
ses ennemis, il laisse dans l'obscurité de la retraite
un frère, un ami, dont les vues profondes et les
grandes lumières auroient pu lui être si utiles dans
la crise terrible où se trouvoit le royaume; et lorsque plus tard il voulut recourir à lui pour fermer
l'abîme creusé sous ses pas, le mal, parvenu à
son comble, ne souffroit plus de remèdes : aussi,
pas une démarche imprudente, pas une fausse mesure, pas un ordre nuisible n'émane des conseillers
du trône, qu'un esprit de vertige entraînoit vers
leur perte, dont le frère du Roi ne sonde les conséquences funestes : et ce ne fut jamais qu'en gémissant qu'il se vit par fois contraint de céder et

à la dure nécessité du moment, et au mouvement rapide qu'avoient donné à la nation quelques têtes volcaniques. Il est vrai que, dans les circonstances où se trouvoit son pays, il sentoit l'indispensable nécessité de réformer quelques abus ; mais il vouloit que si, par la force des choses, et pour le bonheur des peuples, on étoit entraîné vers une révolution, ce fût le Roi seul qui la fît et en restât constamment le maître.

Mais, ô mon Dieu ! trop long-temps nous vous avions offensé par nos crimes et par notre indifférence : l'heure fatale de la vengeance étoit sonnée, et, pour nous punir un instant, votre justice abandonna les hommes à leurs propres pensées.

Ah ! Messieurs, ici commencent des malheurs qu'une bouche mortelle ne sauroit qu'affoiblir. Sapé dans ses fondemens, le trône chanceloit et sembloit menacer l'Europe entière de ses ruines. Déjà le plus jeune des frères du Roi avoit volé auprès de puissances amies pour réclamer leurs secours ; sa noblesse étoit ensevelie sous les décombres des châteaux de ses pères, ou avoit été forcée, pour fuir la hache homicide, d'aller chercher l'hospitalité chez de généreux voisins : ses guerriers, éloignés de sa personne, combattoient pour sa cause sur la terre de la fidélité, ou avoient couru demander des armes aux alliés de la France ; les magis-

trats avoient disparu avec les lois dont ils étoient
les conservateurs ; et les ministres de la religion,
séparés avec violence de leurs troupeaux, s'étoient
vus forcés de se réfugier sur une terre étrangère.
Monsieur restoit seul auprès de son Souverain,
semblable à un roc immobile qu'essaient en vain
d'ébranler les vagues d'une mer en furie, il par-
tageoit tous les périls, toutes les douleurs de sa
malheureuse famille. Qui ne l'admireroit au milieu
des désastres de ces journées affreuses dont le nom
seul fait dresser les cheveux ! Le voyez-vous, Messieurs, comme il console son frère, soutient son
courage, ranime son espérance ? le voyez-vous,
ici arrêtant les factieux par sa présence d'esprit,
là les désarmant par sa douceur, plus loin les
étonnant par son inébranlable fermeté, et les con-
traignant au respect par son héroïque sang-froid ?
Mais hélas ! inutiles efforts : la révolution, marchant
de crimes en crimes, laissoit déjà pressentir celui
qu'elle tramoit dans l'ombre ; l'armée étoit séduite, le peuple égaré, la noblesse et le clergé
exilés ou massacrés, la dignité de la couronne
avilie, son autorité foulée aux pieds ; Louis XVI
enfin n'étoit plus qu'un esclave enchaîné sur son
trône, où une main de fer le forçoit à signer les
actes les plus contraires à sa volonté : il n'étoit
même plus libre d'adorer au sein de sa famille le

grand Dieu de ses pères, et, selon l'expression de Monsieur, *on n'avoit plus de choix, en France, qu'entre l'apostasie et le martyre.* Dans une telle extrémité, fuir étoit donc le seul parti à prendre : la Reine communique à Monsieur un plan d'évasion pour le Roi, et lui indique le lieu où il pourra venir les rejoindre. Malheureux frères, ce n'étoit que dans le Ciel que vous deviez vous retrouver un jour ! Ils partent cependant, et la Providence, toujours incompréhensible dans ses décrets, favorise la fuite de Monsieur, et le conduit au travers de mille dangers jusqu'à la frontière, où son premier mouvement (admirable simplicité de la foi de nos Princes !) est de baiser une image que sa sœur, la pieuse Elisabeth, lui avoit donnée la veille de son départ. Mais bientôt, ô douleur ! il apprend l'affreux évènement de Varennes, et ses amis peuvent à peine l'empêcher d'aller porter sa tête aux bourreaux dont la hache sacrilège alloit frapper celle de son frère et de son Roi.

Alors s'ouvrit devant Monsieur une carrière vraiment digne de son génie. Nommé par Louis XVI. lieutenant-général du royaume pour gouverner la France, si lui-même n'étoit plus assez libre pour y exercer son autorité, son premier soin fut de s'unir intimement avec le comte d'Artois, qu'il appeloit son fils, et avec qui désormais il ne fera plus qu'un. De concert, ils travaillent donc à abattre par la force des armes le pouvoir révolutionnaire, afin de délivrer leur frère, devenu prisonnier d'une troupe de cannibales que dévoroit la soif de son sang. Ne vous attendez cependant pas ici, Messieurs, que je le suive dans les savantes et profondes relations qu'il eut avec les puissances étrangères. Ah! qu'il vous suffise de savoir que, sans les tergiversations continuelles, sans la tiédeur, la foiblesse, les craintes de ses alliés, il eût vingt ans plus tôt fermé, par son courage et son habile politique, toutes les plaies de notre pauvre France.

Ce fut pendant le cours de ces brillantes et malheureuses campagnes au bord du Rhin, et à l'immortelle armée de Condé, que MONSIEUR prouva que nulle sorte de gloire ne lui étoit étrangère, et que plus tard, s'il fit ses délices de la paix, ce fut parce qu'il la croyoit utile au bonheur de son peuple, et non par mollesse et par timidité. Compagnons de ses malheurs et de sa gloire, vous dont il adoucit l'infortune par tant de généreux sacrifices, redites-nous avec quelle intrépidité vous le vîtes alors à la tête de ses preux guerriers, auxquels, comme celui de son aïeul, son panache blanc servoit toujours de guide, affronter les foudres ennemies, dresser des plans de bataille, assurer des re-

traites, et donner partout l'exemple du mépris de
la mort. Et, Messieurs, entendez-le lui-même ex-
primant au prince de Condé sa joie sur la glorieuse
affaire de Belheim, où la noblesse française avoit
si vaillamment combattu : *Sa gloire est la mienne,
ses succès sont ma plus douce satisfaction ; dites-
lui bien de ma part que mon seul regret est de n'a-
voir point partagé dans cette belle journée ses lauriers et ses dangers.* Et lorsque atteint à Dillingen
du plomb meurtrier d'un lâche assassin, avec quel
sang-froid ne répondit-il pas à d'Avaray, qui,
effrayé de voir couler le sang de son maître, s'é-
toit écrié tout tremblant : *Ah ! Sire, si le misérable
eût frappé quelques lignes plus bas ! — Eh bien !
mon ami, le Roi de France se fût appelé Charles X.*

Alexandre buvant avec calme la coupe que lui
présentoit son médecin accusé de vouloir l'empoisonner ; l'intrépide roi de Suède, tant vanté de
nos jours, dictant sans se troubler une lettre sur
les décombres d'une maison qui s'écrouloit sous
ses pieds, sont-ils ici plus grands que Louis ?

Au milieu de ces douloureuses et importantes
occupations, environné lui-même de tant de périls et de dangers, Monsieur apprend que la tête
de son frère venoit de tomber : ô Providence ! tu
permis cet horrible attentat pour apprendre à la

terre jusqu'à quel point l'homme peut être et
grand et criminel. A cette affreuse nouvelle l'ame
de Monsieur fut brisée, mais elle ne fut pas abattue; il sentoit combien sa vie étoit utile à la cause
du trône et de l'autel, et son cœur généreux et
sublime ne respira plus que pour réparer tant et
de si grandes calamités : *Si dans un tel malheur il
nous est possible de recevoir quelques consolations,*
écrivoit-il au comte d'Artois, *elle nous est offerte
pour venger notre Roi, et replacer son fils sur le
trône;* mais pour ce fils infortuné il n'étoit plus
d'autre couronne que la palme du martyre et l'auréole des saints.

Hélas ! partout en France retentissoient les frap-
pemens lugubres du marteau de la destruction;
partout la fureur révolutionnaire exerçoit son empire, et la reine et madame Elisabeth venoient à
leur tour d'expirer sous le glaive de ces assassins
juridiques, qui sembloient n'aspirer qu'à la gloire
de régner sur des cadavres. Ah! Messieurs, ici
c'est à Dieu seul qu'il faut rapporter la constance
et la résignation du prince dont j'esquisse l'histoire.
Non, jamais un courage humain n'auroit pu résister
à des douleurs aussi cruelles et aussi longuement
prolongées, et ce ne fut qu'en s'appuyant sur la
croix, que Louis XVIII osa monter sur ce trône,
rouge encore du sang de son frère, et au pied du

quel rouloient les têtes de ses parens et de ses amis les plus chers.

Devenu Roi, MONSIEUR ne démentit pas un seul instant cette réputation de bonté qu'il s'étoit acquise dans la vie privée; toutes ses proclamations à son peuple ne parloient que de pardon et d'amour : *Quel Français*, y disoit-il, *pourroit désirer la vengeance, lorsque son Roi pardonne?* il porte même si loin sa bienveillance pour des sujets rebelles, qu'il tremble que pour sa cause ils n'exposent leur vie. Un jour en effet, ayant poussé une reconnoissance jusqu'auprès du camp des républicains, une foule de soldats français se range sur l'autre côté de la rive du Rhin qui les séparoit, afin de contempler leur Roi : ému à leur vue, Louis leur adresse quelques paroles attendrissantes, et comme un officier de sa suite les engageoit à crier *Vive le Roi : Non, non*, reprend-il avec vivacité, *ils pourroient se compromettre*, et sur-le-champ il partit au galop.

De toutes parts cependant la révolution triomphoit , ses armées portoient la terreur au sein de tous les Etats d'Europe, et son odieuse politique poursuivoit avec un acharnement incroyable dans tous ses asiles cette malheureuse famille des Bourbons, naguère si brillante. Représentez-vous, Messieurs, ce Roi que nous venons de voir mourir revêtu de la pourpre, chéri de ses sujets, respecté de ses voisins, allant de cour en cour demander pour lui et sa famille un refuge sacré, que toujours lui accordoient la vénération et l'estime, mais que bientôt lui refusoient la foiblesse et la lâcheté.

Le sénat de Venise le premier se déshonore en le bannissant de Véronne, et Louis se venge en Roi : *Je partirai*, répond-il à son envoyé, *mais j'y mets deux conditions, la première c'est qu'on me présente le livre d'or où le nom de ma famille est inscrit, afin que je l'efface de ma main; la seconde, qu'on me rende l'armure dont l'amitié de mon aïeul Henri IV fit présent à la république.*

Blakenbourg le reçoit, et long-temps il y donne l'exemple de toutes les vertus domestiques et chrétiennes. O d'Avaray, ô Villequier et Fleury, heureux compagnons de sa retraite, c'est à vous seuls qu'il auroit pu être donné d'en raconter les merveilles ! Forcé encore de fuir, Paul Ier. lui ouvre les portes de Mittau. Délicieux séjour, de combien de scènes attendrissantes tu fus l'heureux témoin ! C'est là que la fille de Louis XVI rejoignit son oncle : *Voilà votre enfant, soyez son père*, s'écriat-elle en se précipitant dans ses bras. C'est là que dans un vieux château des anciens ducs de Courlande, sur un autel où l'on ne voyoit d'autres ornemens que des lis et une croix, en présence de quelques

quelques amis restés fidèles à la famille royale, sous la seule protection du ciel, le cardinal de Montmorency donna la bénédiction nuptiale à l'ange du temple et à son illustre cousin le duc d'Angoulême, union qui devoit adoucir l'exil de leurs augustes parens, et flatter tous les cœurs francais du plus délicieux espoir, en fixant près du trône l'illustre rejeton du Roi-Martyr.

Cependant le czar, séduit à son tour, envoie l'ordre au Monarque français de quitter Mittau au milieu de l'hiver, peu inquiet de savoir dans quelle contrée il pourra trouver un coin de terre pour y reposer sa tête royale, et y attendre en paix l'accomplissement des décrets du Très-Haut. Le 21 janvier même fut intimé à Louis XVIII l'ordre de quitter sur-le-champ la Russie. Quel douloureux rapprochement ! Les larmes et les prières auxquelles ce jour de funeste mémoire étoit consacré furent interrompues par les tristes apprêts d'un voyage que la rigueur de la saison rendoit effrayant à la seule pensée. Le Roi, toujours impassible pour lui-même, veut en vain s'opposer à ce que son héroïque nièce l'accompagne dans cet exil affreux: *Je veux suivre mon Roi partout*, lui répond-elle avec courage ; *je veux confondre mes infortunes avec les siennes.*

Ennemis des Bourbons, vous que depuis si long-

temps aveugle une rage insensée, retiendrez-vous
toujours vos larmes au récit des longues calamités
de cette auguste famille, plus grande aujourd'hui
par le souvenir de ses revers que par celui de sa
fortune? Vos cœurs endurcis par le crime oseront-
ils blasphémer encore, en voyant le descendant de
Louis XIV, à peine environné de quelques serviteurs dévoués, traverser les déserts de la Courlande
par le froid le plus vif, obligé de creuser de ses
mains royales un chemin au milieu des neiges qui
menaçoient à chaque instant de l'engloutir, et forcé,
à l'heure du repos, de partager une grossière nour-
riture et un dégoûtant asile avec une foule d'aventuriers, dans de misérables auberges? O fille de
Louis XVI! ô nouvelle Antigone! on vous vit
alors, oubliant et la foiblesse de votre sexe et vos
propres douleurs, ne songer qu'à la position cruelle
de votre Père et de votre Roi. C'est en s'appuyant
sur vous qu'il raffermit ses pas chancelans, lorsqu'à pied il lui faut gravir des sentiers difficiles :
c'est vous dont la piété angélique l'entretient des
plus nobles consolations : c'est vous dont les douces
vertus et l'esprit agréable font disparoître les longues heures de cette route périlleuse; et ainsi unis
pour résister au malheur, on eût dit, à la douce
sérénité qui brilloit sur les visages de ces illustres
proscrits, qu'ils ne souffroient que pour ce petit

nombre d'amis qui partageoient leur infortune.

Le Roi de France ne savoit pourtant pas encore où il trouveroit un refuge contre les coups du sort qui le poursuivoit avec tant d'acharnement, et la seule perspective qui s'offroit à lui étoit de courir les grands chemins de villes en villes, d'hôtelleries en hôtelleries, sans argent et sans moyens d'en emprunter. *C'étoit la seconde fois*, lui disoit son fidèle d'Avaray, *qu'il se trouvoit n'ayant pas de quoi vivre pour un mois.* Ah ! il possédoit dans sa confiance au Seigneur un inépuisable trésor.

Accueilli, quoique avec peine, à Varsovie, non en Roi, mais en simple particulier et sous le nom obscur de comte de Lille, il y reçut un message de ce fier conquérant sous la puissance duquel tout plioit alors, et qui, tout près de s'asseoir sur le trône de France, sembloit être effrayé par l'ombre de la légitimité. Louis, accablé par des revers si cruels que l'imagination ne sauroit en sonder la profondeur, ne se laisse ni éblouir par les offres séduisantes qu'on lui fait, ni effrayer par l'horreur de l'avenir dont on le menace ; et la noblesse de la réponse que lui dicte sa grande ame dans une circonstance aussi impérieuse me fait regretter de ne pouvoir la citer tout entière. *Je suis loin de confondre M. Buonaparte*, y disoit-il, *avec ceux qui l'ont précédé ; j'estime sa valeur et ses talens*

militaires; mais, quoique j'ignore les desseins de
Dieu sur moi et sur ma race, je connois les obligations qu'il m'a imposées par le rang où il m'a fait
naître. Successeur de François Ier., je veux du
moins pouvoir dire comme lui : Nous avons tout
perdu, hors l'honneur; et, comme si ses malheurs
eussent doublé son courage et sa fermeté, il ren-
voie avec indignation les insignes de la Toison-
d'Or au roi d'Espagne, qui avoit eu la foiblesse de
faire un traité avec l'usurpateur et de le décorer
de cet ordre antique, lui écrivant qu'il ne pouvoit jamais y avoir rien de commun entre lui et le
grand criminel que la fortune et l'audace avoient
placé sur son trône.

Enfin, après bien des projets éventés, des tentatives inutiles, des entreprises périlleuses, toujours formées sans recouvrer sa puissance; après
avoir long-temps encore erré dans toute l'Europe,
sans cesse poursuivi par le poignard ou le poison,
Louis se décide, au commencement de 1808, à se
retirer en Angleterre, où le comte d'Artois lui
avoit ménagé une retraite sûre. Bientôt il s'y voit
entouré de toute sa famille, et il semble un moment renaître à la joie et au bonheur; mais le
Tout-Puissant n'avoit pas encore vidé la coupe
de sa colère, et le repos du Roi y fut, hélas! trou-
blé par les chagrins les plus amers : frappé dans

ses affections les plus tendres, il perdit successivement ses meilleurs amis et son auguste épouse, la compagne et la consolatrice de ses malheurs : ce n'étoit que du haut des cieux que la Reine de France devoit jouir du triomphe de son époux et du bonheur de ses sujets ! Profondément ému de cette perte, le Roi quitta peu après Golsfield, où le noble marquis de Buckingham lui avoit donné un magnifique asile. Trouvant ce séjour trop brillant et peu conforme à la triste situation de son cœur et de sa fortune, il se retira enfin à Hartwel, que la modicité de ses revenus le força d'abord à louer seulement. Ah ! Messieurs, il est inutile ici de recourir à l'éloquence, et narrer de semblables évènemens est la manière la plus sûre de toucher et d'émouvoir.

L'horizon cependant commençoit à s'éclaircir pour Louis : si le Roi n'avoit pas encore recouvré son trône, le sage avoit trouvé la paix ; le chrétien, le bonheur. Quel spectacle, Messieurs, tout à la fois terrible et instructif offroit alors la Providence à l'Europe étonnée ! Dans une province isolée d'un royaume ennemi vivoit obscurément un Roi héritier du génie et des vertus de ses ancêtres, n'ayant d'autres revenus que les généreux dons des souverains ses alliés, d'autre cour que quelques vieux serviteurs et son héroïque famille, d'autre occupation que l'étude, d'autre consolation que la prière, d'autre soin que de faire le bonheur de tous ceux qui l'entourent. Ah! Messieurs, le cœur s'émeut, des larmes d'attendrissement cherchent à se frayer un passage, en songeant à Louis parcourant les beaux environs d'Hartwel, recueillant partout les bénédictions des habitans d'une terre étrangère, que, malgré sa détresse, il avoit néanmoins l'art de soulager dans leurs misères et dans leurs infirmités, tandis qu'il n'auroit pu fouler le sol de sa patrie sans y rencontrer des fers ou l'échafaud. Tant d'ingratitude néanmoins de la part de ceux qui étoient ses sujets et qu'il appeloit toujours ses enfans, ne ralentit pas son zèle; sans cesse il soupire après les moyens de finir leurs maux et d'assurer leur bonheur. Dans toutes les cours d'Europe, en France même, il a des amis sûrs, des agens secrets; lui seul correspond avec eux, et jamais sa grande ame ne désespère de voir ce fortuné moment *qui*, disoit-il, *devoit arriver tôt ou tard*. Au fond même de sa retraite, où tous les prestiges du trône l'avoient abandonné, il en conserve encore les plus douces prérogatives : ses dures infortunes n'ont pu fermer son cœur à la clémence, ce glorieux apanage de la royauté; et, à sa prière, l'empereur de Russie traite avec la plus magnanime générosité les soldats français tombés en son pouvoir après cette campagne aussi célèbre que déplorable : *Ils sont malheureux, et je ne vois plus en eux que mes enfans,* lui avoit écrit ce digne fils de Henri IV.

O grand Dieu, qui pourroit sonder la profondeur de tes voies, et qui ne s'humilieroit devant les leçons que ta puissance et ta sagesse se plaisent quelquefois à nous donner ! Hélas ! non loin d'Hartwel, un homme d'un esprit vaste et profond, mais d'un cœur ambitieux, un homme, surprenant assemblage de grandeur et de foiblesse, de crimes et de vertus, étonne l'univers par la constance de sa fortune et l'audace de ses succès : tout plie sous ses lois; la France esclave rampe à ses pieds; l'hydre des révolutions expire écrasée sous l'impitoyable roue de son char de victoire; les sceptres des rois ne sont plus dans ses mains que des jouets d'enfans, et le monde effrayé semble, à son aspect, vouloir reculer ses limites : tel que le génie du mal, il plane sur notre malheureuse patrie, et la foudre dont il écrase les peuples est précédée d'éclairs si brillans, que les peuples se prosternent en sa présence et l'adorent comme le dieu de la guerre. Tour à tour il éblouit, il étonne, il subjugue, et nul ne peut résister au séduisant prestige dont il marche environné. L'insensé ! sa gloire devoit bientôt s'écouler comme

l'eau des torrens! L'Europe, toute meurtrie de
ses chaînes, les secoue enfin avec indignation. Des
bords de la Moscowa jusqu'aux Colonnes d'Her-
cule, des millions de victimes ont crié vengeance,
et ces cris se sont élevés jusqu'au pied du tribunal
du juste Juge. L'esprit des ténèbres s'empare alors
de tous les sens de ce conquérant enivré de ses
succès; un déliran. vertige préside à toutes ses
résolutions; le démon de l'ambition l'entraîne
jusqu'au fond des déserts de la Russie, et les
flammes du Kremlin apprennent au monde entier
les fautes et les désastres de celui qui naguère le
faisoit trembler....

Ah! Messieurs, à ces déchirans souvenirs mon
cœur me reproche d'avoir peut-être fait saigner des
blessures mal cicatrisées. O malheureuse France,
quel voile affreux te couvrit alors! Dans tes champs,
dans tes villes se mêlent et se confondent avec le
bruit des armes et le son des trompettes, et les
larmes des mères et des épouses, et les gémissemens secrets des magistrats, et les prières des
prêtres, et les imprécations de la multitude. O
immortelle armée, ton chef venoit de creuser lui-
même ta tombe!.... O généreux soutiens de notre
gloire, vous n'étiez plus!.... et, semblables à ces
tonnerres lointains, sinistres précurseurs des tempêtes, d'innombrables légions ennemies appro-

chent en frémissant de rage.... Grand Dieu! que
de justes représailles elles ont à exercer : aussi tout
tremble à leur approche; chacun sent que désormais la résistance est inutile, et se demande avec
effroi : quels sont donc leurs projets? sous quel
joug d'airain va-t-il falloir plier? Mais, ô bonheur! une voix qui retentit jusqu'au fond de tous
les cœurs français s'élève du milieu de leurs rangs.
O ma patrie, réjouis-toi! ces hordes étrangères
t'apportent le bonheur; les Bourbons les accompagnent, et Louis va remonter enfin sur le trône
de ses pères.

Quelle langue, Messieurs, seroit assez éloquente
pour rappeler ces jours de bonheur où tous les
Français réunis semblèrent ne plus former qu'une
seule famille! Ah! qu'il est doux d'obéir à un
Prince qui ne vient régner que par les lois, le
pardon et l'amour! et de quel délicieux espoir ne
s'enflammèrent pas des cœurs chrétiens, depuis
si long-temps désolés, en revoyant ce Roi pieux
dont les premières paroles, en débarquant sur la
terre natale, furent pour la religion ! *Messieurs,*
dit-il au clergé de Calais, qui venoit le compli-
menter, *après vingt ans d'absence, le ciel me rend
à mes enfans; allons remercier Dieu dans son
temple.*

Ses épreuves cependant n'étoient pas finies : le

cadavre de la puissance impériale devoit se ranimer un instant pour disparoître ensuite sans retour; et Dieu sembla ne condamner Louis à un nouvel exil que pour donner l'essort à de nouvelles vertus. Une seconde fois il reparoît donc au milieu de ses sujets, armé de mille glaives prêts à assouvir ses vengeances; mais une seconde fois encore sa clémence est si grande qu'elle étonne jusqu'à ses ennemis, honteux de se voir pardonner.

Je laisse ici, Messieurs, au burin de l'histoire le soin de vous redire les merveilles de ce règne de dix années où tous les politiques des âges futurs viendront apprendre le grand art de gouverner les hommes. Pour le louer dignement, que dire de plus, si ce n'est qu'il ne pàlit pas devant le brillant règne de l'empire, qu'il le fit même oublier. Et ici j'oserai développer une pensée qui sans doute paroîtra téméraire à plusieurs, mais qui toujours m'a frappé par son évidence; oui, j'oserai avancer que le règne de Louis le Désiré fut plus grand que celui du vainqueur même d'Austerlitz. Car, Messieurs, réfléchissons un instant sur cet art funeste de la guerre, le fléau des peuples et de la religion, où les brigandages les plus atroces, où les forfaits les plus exécrables deviennent légitimes; sur cet art qui offre tant de grands maîtres, tandis que l'on compte à peine

quelques rois législateurs, quelques rois pères de
leurs peuples; sur cet art où les plus grands scélérats ont presque toujours triomphé des souverains vertueux; sur cet art enfin qui ne diffère du
crime que par de vagues apparences de justice
qu'une conscience droite craindroit souvent de
sonder; et décidons si c'est un titre si merveil-
leux de gloire, que d'être placé aux premiers rangs
de ceux qui s'y sont illustrés. Ah! périsse à jamais la mémoire de ces héros téméraires dont
tous les lauriers sont arrosés de sang, et qui plient
au gré de leur ambition les droits les plus sacrés
des hommes. Messieurs, on n'est vraiment grand
par la guerre que lorsque l'on combat pour la justice et la vertu, lorsque l'on dispute pied à pied
le sol de sa patrie à de barbares oppresseurs. Je le
sais néanmoins, la gloire de ce monde est presque
toujours le partage des conquérans, même les
plus cruels. Qu'ils s'en rassasient donc, de cette
gloire éphémère! volontiers, le Seigneur les en
laisse jouir; mais, comme eux, leur récompense
est vaine et fantastique, et jamais les peuples ne
pleureront sur leurs tombeaux. Pénétrés de ces
vérités importantes, ne craignons donc pas de
suivre un instant, dans des carrières si opposées,
deux souverains dont les noms remplissent seuls
deux grandes époques dont le souvenir est ineffa-

çable parmi les hommes. D'avance cependant tous vous comprenez, Messieurs, que je ne veux pas ici, profitant de mes avantages, vanter dans Louis ni l'illustration de ses aïeux, ni les vertus de sa belle ame : comment comparer alors ; mais je veux parler seulement de ce que l'un et l'autre ont fait pour le siècle et pour la postérité.

Hélas ! ici, je vois les peuples foulés aux pieds, leurs lois sans vigueur, leurs droits méconnus, leur liberté enchaînée ; là, une grande nation retrouve tout à la fois, dans le don immortel de son bienfaiteur, et de glorieuses prérogatives, et son antique honneur, et cette sainte indépendance qui sanctionne la paix des demeures, la sûreté des propriétés, la dignité de l'homme, la récompense de la vertu et les châtimens du vice.

Ici, les campagnes sont en friche, les villes désertes, le commerce sans vie et sans activité ; là, de brillantes moissons semblent ne plus attendre que la faucille du cultivateur, de nouveaux édifices s'élèvent pour de trop nombreux habitans, et le crédit public apprend aux nations jalouses que notre prospérité ne connoît plus de bornes.

Ici, les arts languissent, les sciences dégénèrent, les lettres s'appauvrissent : là, de glorieuses médailles, d'encourageantes expositions excitent des talens rivaux ; des savans sont envoyés jusqu'aux limites du monde pour recueillir de précieuses découvertes, et la liberté d'écrire multiplie les moyens d'accroître et de répandre toutes les connoissances humaines.

Ici, l'Europe sanglante se couvre de trônes usurpés, destinés à recevoir une seule famille : là, par les soins d'un seul homme, les Bourbons s'affermissent à jamais sur les trônes de France, de Naples et d'Espagne.

Ici, la tyrannie, en comprimant les passions, donne, il est vrai, dans l'intérieur l'image de la paix, mais hélas! de cette paix compagne des tombeaux : là, une magique bonté éteint les haines, étouffe les factions, réunit les partis, et range tous les Français sous le même étendard.

Ici, on relève les autels pour vicier l'encens qu'on y offre à l'Eternel, on invoque l'autorité du saint Siége pour l'avilir, on proclame la puissance de l'Eglise pour la forcer à courber sa tête majestueuse sous la verge de fer, et l'on semble ne reconnoître Dieu que pour avoir la gloire de braver Dieu lui-même : là, la religion se voit environnée d'hommages purs et sincères, son culte est ennobli, ses institutions protégées, ses ministres honorés, et le titre de Roi chrétien redevient le plus bel ornement de la plus brillante des couronnes.

Ici enfin, je ne vois qu'un héros farouche et grand par nos malheurs : là, j'aperçois le génie tutélaire qui ferma toutes nos plaies, cicatrisa toutes nos blessures, répara tous nos désastres; là, j'aperçois le héros pacificateur auquel ma patrie doit ses richesses, son bonheur et son repos. Mais, ô Providence! ici encore est une tombe que les flots de la mer viennent seuls visiter, une tombe dont un seul vieux soldat ne mouilla pas la pierre d'une larme, et que n'ombrage pas même l'ombre d'un vieux drapeau : là, au milieu des tombeaux de ses ancêtres, repose celui dont les cendres sont tous les jours arrosées des pleurs de sa famille, et dont la félicité céleste seroit obscurcie, s'il étoit possible, par la vue des regrets et des douleurs de son peuple.

O mon Dieu! seroit-il donc quelquefois même dès cette vie des châtimens pour le crime et des récompenses pour la vertu?

C'est surtout, Messieurs, dans cette lutte terrible que Louis eut à supporter contre la mort, que son héroïque vertu se développa d'une manière admirable. Dès long-temps, au milieu des souffrances les plus aiguës, il l'attendoit de sang-froid, sans la braver, mais aussi sans la craindre. Sachant que peu d'années lui étoient réservées sur la terre, il se hâtoit de faire le bien; et la France reconnoissante, glacée d'effroi à l'idée de sa perte prochaine, invoquoit tous les jours le Seigneur pour sa conservation.

Malgré cette effrayante certitude d'un malheur aussi grand qu'inévitable, Messieurs, vous en avez été les témoins comme moi : lorsque, tel que ce bruit sourd qui annonce l'approche du torrent dévastateur, on apprit dans cette capitale que la vie du Roi étoit menacée, quelle consternation! quelle morne stupeur! Le commerçant fait trève à ses spéculations, le riche à ses plaisirs, le mercenaire à son travail; les avenues de la demeure d'un Roi chéri sont encombrées par une foule immense; on se presse, on se heurte sans distinction d'âge, de sexe, de fortune; partout règne un religieux silence; tous se regardent avec une inquiète crainte, et nul n'ose interroger ceux qui l'entourent, de peur d'apprendre la terrible nouvelle; les temples se remplissent, et d'ardentes prières s'élèvent jusqu'au pied du trône de celui qui donne et la mort et la vie. On espère à peine, et pourtant on prie avec ferveur, on demande, s'il n'est plus d'autre espoir, le bonheur éternel de celui qui a tant fait d'heureux sur la terre. Hélas! l'heure fatale étoit en effet sonnée, et l'ange de la mort avoit étendu son aile funèbre sur l'antique demeure de nos rois.

Louis connoit son état, et seul il ne s'en effraie

pas, trop heureux de déposer une couronne périssable, pour se couronner à jamais de l'auréole des saints. Son salut l'occupe tout entier, et il ne donne plus une seule pensée aux affaires de son royaume. Eh! ne savoit-il pas qu'il devenoit l'héritage de ce frère auguste, qui, après avoir partagé ses malheurs et sa gloire, devoit encore éterniser ses bienfaits? Sentant néanmoins que tout va finir pour lui, il veut mourir comme il a vécu, et avec instance il réclame les sacremens de l'Eglise. Ah! quelle foi, quelle piété, en écoutant les exhortations du ministre sacré! les hommes s'en étonnent, les anges en sont jaloux. Quel calme au milieu d'une cérémonie effrayante et lugubre! La main du pontife tremble à l'idée de la grande victime que la mort va immoler; incertaine, elle n'ose oindre cet élu du Seigneur, et Louis l'affermit par ses regards, et Louis lui indique lui-même les lieux que l'huile sainte doit purifier.

Non, non, Messieurs, il ne regrette à ce dernier moment ni les douceurs du trône, ni l'élévation de sa fortune, ni sa gloire, ni ses grandeurs; la vue de sa famille désolée lui arrache seule des larmes. Pour elle, il surmonte un instant ses incroyables souffrances, et sa main paternelle la comble des plus saintes bénédictions. O famille héroïque, qu'il est acéré le glaive de douleur dont

votre

votre cœur est percé! pour vous plus de repos; la nuit, le jour, vous voient assis au chevet du meilleur des rois; vous partagez toutes les horreurs de son agonie, vous adoucissez ses dernières angoisses; mais hélas! soins inutiles! vœux superflus! Louis expire! et les voûtes retentissent de vos sanglots et de vos gémissemens; vous couvrez ses royales mains de vos larmes, et ce n'est qu'avec violence que l'on vous arrache de dessus le corps inanimé de celui qui fut tout à la fois votre ami, votre guide et votre père.

A ces déchirans souvenirs, je me hâte, Messieurs, car je sens que ma voix s'éteint et que mes forces s'affoiblissent. Oh! comment vous faire partager l'amertume de ma douleur! comment peindre la grandeur de notre perte!

Il n'est donc plus ce Roi qu'illustreront à jamais et ses revers et sa fortune : il n'est plus, et la France en deuil pleure sur son tombeau, et l'Europe long-temps encore retentira du glorieux souvenir de ses vertus et de ses bienfaits : il n'est plus, et les malheureux ont perdu leur appui, les affligés leur consolateur, les pauvres leur soutien, l'Eglise un disciple fidèle, sa famille un guide sûr, les Rois leur modèle, tous les Français leur père : il n'est plus, et ma bouche cherche en vain à porter dans vos cœurs quelques paroles de con-

solations; il n'en est pas pour de semblables douleurs!

,Venez donc, Messieurs, venez sur ces tristes
débris, seuls restes de tout ce que le monde eut
de plus grand et de plus magnifique; venez apprendre combien sont méprisables tous ces biens
frivoles qu'encensent les enfans du siècle. Hélas!
à peine quelques instans se sont écoulés depuis
l'affreux évènement que nous déplorons, et déjà
il ne reste plus sur la terre d'autre souvenir de
Louis que les bienfaits dont il nous fait jouir, et
déjà mort pour le temps, le grand homme n'appartient plus qu'à l'éternité : ah! de quoi sert-il
donc d'être Roi ?

Venez apprendre de votre généreux Souverain
et à vivre et à mourir : rois, philosophes, guerriers, chrétiens, à tous Louis est votre modèle, et
ses derniers momens seront à jamais votre école :
soit lorsque, tourmenté par des douleurs aiguës, il
répond aux courtisans qui lui conseillent le repos,
qu'un Roi meurt et n'est jamais malade ; soit lorsqu'en apprenant que ses jours sont comptés, il
s'écrie gaiment en donnant le mot d'ordre *Saint-
Denis;* soit lorsque, sûr de sa destruction prochaine, il l'envisage néanmoins avec calme, et
semble indiquer à la mort l'heure où elle doit le
frapper; soit enfin lorsqu'il se jette avec confiance

dans les bras de l'Eglise, pour la supplier de lui ouvrir les portes des cieux.

Pleurons donc, Messieurs, pleurons sur tant de courage et de vertus! mais que dis-je? quittons plutôt ces vêtemens lugubres, entonnons les hymnes de la gloire, et chantons les cantiques d'actions de grâces. Ah! la mesure de justice étoit comblée pour notre Roi, la France heureuse, la royauté à jamais affermie, et Dieu, voulant enfin dans sa miséricorde récompenser l'auteur de tant et de si grandes œuvres, a appelé dans son sein ce nouveau fils de saint Louis.

O mon Dieu, nous l'espérons! mais, si quelques nuages obscurcissoient encore sa gloire, ministres sacrés, achevez le sacrifice, et qu'à vos voix les portes éternelles s'ouvrent pour votre bienfaiteur. N'oubliez pas surtout au pied des saints autels ce frère chéri du Roi que nous pleurons, qui lui-même s'adressant au noble et saint prélat, l'orgueil de cette capitale, a daigné recommander son règne, sa famille et sa personne à vos pieuses prières.

Rangeons-nous donc tous, Messieurs, autour de ce trône qui s'élève du fond même des tombeaux, pour adoucir l'amertume des regrets que nous cause la perte de celui qui vient de s'y engloutir à jamais; par notre amour, rendons léger à notre nouveau Roi le lourd fardeau de la couronne: oui, rallions-nous tous à ses côtés, et que ce Prince aimable, digne émule de François Ier., trouve en nous de généreux rivaux des preux de ces temps de vertu, de gloire et de bonheur. Eh! mille fois, Messieurs, vous avez répété avec délire ces paroles de paix par lesquelles le comte d'Artois consoloit naguères la France éplorée : *Français, rien n'est changé,* nous disoit-il alors, en parcourant nos villes; *il n'y a en France qu'un Français de plus.* Eh bien! entendez aujourd'hui Charles X, vous répétant avec la même bonté : Français, rien n'est encore changé, et il n'y a en France qu'un Français de moins, au ciel un élu de plus.

Ainsi soit-il.

FIN.